外国著名演说鉴赏

YANSHUOJIANSHANG
YANSHUOJIANSHANG

图文版

陶涛 张木荣 主编

吉林人民出版社

图书在版编目（CIP）数据

外国著名演说鉴赏：图文版 / 陶涛，张木荣主编 . —3 版 . —长春：吉林人民出版社，2011.8
ISBN 978－7－206－04563－9

Ⅰ.①外… Ⅱ.①陶… ②张… Ⅲ.①演讲—外国—选集 Ⅳ.①I16

中国版本图书馆 CIP 数据核字（2011）第 180633 号

外国著名演说鉴赏 [图文版]

主　　编：陶　涛　张木荣
责任编辑：谷艳秋
吉林人民出版社出版发行（长春市人民大街 7548 号 邮政编码：130022）
网　　址：www.jlpph.com
全国新华书店经销
发行热线：0431－85395845　85395821
印　　刷：北京嘉业印刷厂
开　　本：690mm×960mm　1/16
印　　张：20　　　　字　　数：310 千字
标准书号：ISBN 978－7－206－04563－9
版　　次：2011 年 9 月第 3 版　　印　　次：2014 年 6 月第 3 次印刷
定　　价：39.80 元

如发现印装质量问题，影响阅读，请与出版社联系调换。

目录

政治演说

葬礼演说　　安东尼/3
我们已遍地燃起自由的希望　　西塞罗/8
不自由，毋宁死　　亨利/12
维护神圣的自由火炬　　华盛顿/16
勇敢些，再勇敢些！　　丹东/20
最后的演说　　罗伯斯庇尔/23
让更多的人幸福　　欧文/26
就任哥伦比亚共和国总统的演说　　玻利瓦尔/30
让我们永远独立　　韦伯斯特/33
为红旗而斗争　　布朗基/38
无产阶级就是执刑者　　马克思/40
裂开的房子　　林肯/44
给美国政府的答复　　西雅图酋长/46
在马克思墓前的讲话　　恩格斯/49
祝酒词　　胡亚雷斯/52
在马克思墓前发表的悼词　　李卜克内西/54
"勇敢、勇敢、再勇敢！"　　卢森堡/58
社会主义一定会取得最后胜利　　列宁/61
悼列宁　　斯大林/64
对美国人民的声明　　甘地/69

出任首相后的首次演说　　丘吉尔/72
论四大自由　　罗斯福/76
忠于你的泉源　　苏加诺/79
不容许任何国家垄断核力量　　戴高乐/83
我的一个梦想　　马丁·路德·金/87
在德法条约签订周年时的电视讲话　　阿登纳/91
建立一种新的世界秩序　　尼克松/95
当选为英国保守党领袖后的演讲　　撒切尔夫人/99
希望　　密特朗/102

军事演说

还有谁比我们更能立于不败之地呢？　　伯里克利/107
对马其顿士兵的演说　　亚历山大/111
致众士兵　　汉尼拔/116
非战胜，决不离开战场　　恺撒/120
黑斯廷斯之战　　威廉大公/123
第二次十字军东征　　圣伯纳德门/126
时机现在已经迫近了　　腓特烈/129
在尼斯检阅意大利方面军的演讲　　拿破仑/132
追击拿破仑军队时的战斗号令　　库图佐夫/134
只有民主的波兰才能获得独立　　马克思/136
失败本身就包含着胜利　　恩格斯/141
勇士们把这块土地圣化了　　林肯/145
告红军书　　列宁/148
提请美国国会对德宣战的演说　　威尔逊/151
拿破仑墓前的演说　　福煦/154
授勋仪式后的祝酒词和答词　　朱可夫/157
为光复祖国而顽强战斗　　金日成/160

目录

一个永志难忘的国耻之日　　罗斯福/164
依我看　　萧伯纳/167
牢记死者作出的牺牲　　白求恩/170
反法西斯广播演说　　戴高乐/173
奋起反抗法西斯的广播演说　　斯大林/175
在斯大林格勒保卫战胜利周年庆祝会上的演说　　布琼尼/179
开赴欧洲作战前对士兵们的演说　　巴顿/182
在巴黎英国军事展览会揭幕典礼上的演说　　蒙哥马利/184
责任——荣誉——国家　　麦克阿瑟/187

经济演说

关于自由贸易的演说　　马克思/193
反对资本主义经济的演说　　图姆斯/198
在密谋石油界大联盟会议上的讲话　　洛克菲勒/201
在国家资源与计划委员会的讲话　　哈默/203
模型的本质及其他　　简·丁伯根/205
西蒙·库斯涅茨教授的成就　　奥林/208
世界发展中的平等问题　　缪达尔/211
经济学与自然科学　　弗里德曼/215
关于经济问题答记者问　　撒切尔夫人/218
经济政策的宪法　　布坎南/220

法律演说

出席参议院石油工业小组委员会会议上的讲话　　哈默/225
在安理会回答阿根廷政府指控时的讲话　　梅厄夫人/228
生命的最后一刻　　布朗/231
历史将宣判我无罪　　卡斯特罗/234
大西洋宪章　　艾德礼/240

妇女是不是人　　安东尼/243
让历史来评判我的行动　　左　拉/246
为矿工们改善工作生活条件所作的辩护词　　丹　诺/251
在三巴朗法庭审判时的声明　　甘　地/255
印度尼西亚控诉　　苏加诺/258
反对"印花税法"的演说　　威廉·皮特/262
在您的权威下只是一个懦夫　　布莱特/267
控告威勒斯　　西塞罗/269
我对这部宪法很满意　　富兰克林/271
对路易十六判刑的意见　　罗伯斯庇尔/274
美德和豪迈气概永远不会死亡　　巴贝夫/276
为我的名誉辩护　　伊墨刺多/281
死能迫使工人俯首听命么？　　拜　伦/285
请接受我为人民永恒的祝福　　玻利瓦尔/287

育演说

在爱北斐特的演说　　恩格斯/293
胜利需要教育　　列　宁/296
在华演讲集萃　　杜　威/299
教师和学生　　爱因斯坦/304
在学前教育工作者大会上的演说　　克鲁普斯卡娅/306
我要永远住下去　　李光耀/311

政治演说
zhengzhiyanshuo

政治演说

[古罗马] 安东尼

葬礼演说

公元前44年

我今天来，是来安葬恺撒，并不是来赞扬他的功德。我看人生在世，"好事入泥沙，坏事传千古"这句话无异是为恺撒说的。布鲁图斯是一个高尚的人，他告诉你们，说恺撒的野心勃勃，若果真是如此，自然是恺撒的大错，恺撒已死，也算是已偿了他的债了。我今天承布鲁图斯的好意，准我演说，所以我得在恺撒的灵前说几句话。

布鲁图斯真可算是一好人，他们同谋的人也都是好人，恺撒原来是我的至交，待我忠厚公平；但是照布鲁图斯这样的好人，偏说他私怀野心。他从前曾获胜边疆，所得的财帛都归入国库，难道这算是野心吗？他听着穷人的叫唤，也曾经流下泪来，有野心的人，未必有这样慈悲。但是布鲁图斯一定要说他有野心，而布鲁图斯又是一个好人，我有什么法子和他辩呢！那天过节的时候，你们眼睁睁地看着，我三次皇冕劝进，他三次拒绝，这也算野心么？但是布鲁图斯一定说他有野心，而布鲁图斯又确是一个好人，你看有什么法子呢！我并不是说布鲁图斯的话说得不对，我不过是知道什么便说说什么罢了。从前的时候，你们大家都曾爱戴过恺撒。你们爱戴他，并不是无因。现在他死了，你们都没有人替他伤心，这件事我真不解。唉！天良呀！你跑到禽兽身上去了么！人的理性都丧失尽了么！唉！我的心现在已到恺撒棺材里面去了！我要等他回来才能再说话了！（安东尼说到这个地方，就大哭起来，停住不讲；看看市民在下面议论，有的说："有理，"有的说："恺撒真受了冤枉。"于是安东尼又接着说。）

唉！昨天的恺撒一句话足以翻天覆地，何等尊严！哪知道今天躺在这里，无人睬他。啊！若是我要把你们的心激动起来，那我一定对不起布鲁图斯，我一定对不起布鲁图斯的同谋开西友斯了。他们是好人，我哪里敢这样！我情愿对不起已死的人，我情愿对不起自己，对不起你们大家；不情愿对不起他们这些好人。但是我这里有一张羊皮纸，是我在恺撒的卧房里找出来的，这就是他的遗书。他这里面的话，我不愿意读出来；要是我读出来，哪怕愚夫愚妇听见，恐怕也要去对尸痛哭，拿帕子去溅他的圣血。唉！恐怕还要在他身上求一根毛发,拿回家去做纪念品;到了死的时候,还传给子孙,看作宝贝一样呢!(安东尼讲到这里,下面即有人叫道:"请你读遗书给我们听。"他又接着说。)

你们不要性急,我万不能读给你们听。我若使你们知道恺撒待你们的厚道,恐怕要坏事,你们不是一条木桩,不是一块石头,你们是人!人听了恺撒这些话,心里一定要烧起来,一定要变成疯子,你们不知道你们是恺撒的后嗣,倒是很好;如果让你们知道,我就不知道要闹出什么事来了!(说到这里,下面又有人叫他读遗书,他接着说。)

难道你们现在一定要听么?你们等一会都等不了么?我很懊悔我的口太快了,错把这件事告诉你们了。我自己不觉得,恐怕已经对不起那些杀恺撒的好人了。不该!不该!(下面有人说:"什么好人!他们是乱贼!是坏蛋!你读遗书吧!"安东尼接着说。)

难道你们要逼我读么?那么就请你们站开,在恺撒尸首的侧边站成一个圈子,让我把那写遗书的人,指给你们看。你们准我下来么?(下面有人叫"下来,"安东尼便下演说台,指着尸首哭说。)

你们若要流眼泪,现在便是你们流眼泪的时候了!这件大袍(指着恺撒的袍)你们大家都知道的。我还记得恺撒第一次穿上这件大袍的时候,是在夏天一个晚上,那天就是他征服内尔微的一天。现在你看,开西友斯的刀子,从这里穿进去;你看,还有一个与布鲁图斯同谋的人加斯加,用这样毒手,杀了偌大一个口子;你们看,这个地方就是恺撒所宠爱的布鲁图斯所杀的,你看他刀子抽出来的时候,恺撒鲜血淋漓,他好像跑出大门来问问恺撒那样地爱布鲁图斯,难道布鲁图斯也忍心来行刺么?啊!天知道!恺撒是何等地

一刀真是最

见他

圣安东尼的诱惑

政治演说

直气得心碎胆裂,鲜血长流,倒在罗马将军的旁边的石像下面,脸也被大袍子盖上了。唉!诸君啊!试想一想是怎样大的一个冤劫呵!照这样杀人放火,你我都在冤劫之中呵!啊!你们也哭起来了么!我也看出你们也知道心痛了啊!大家同洒伤心之泪!你们这些良心未死的人,才看见恺撒的衣服,就这样哭,你们还没有看见他尸首哪。他的尸首在这里,你们看,被这些大逆不道的叛贼弄得不像样子了!(说到这个地方,下面的人大哭大怒,大喊大叫起来,都骂布鲁图斯,要为恺撒报仇,安东尼又接着说。)

诸位好朋友,不要忙,不要因为我讲这些话,就把你们大家都激成这个样子。杀恺撒的人,都是些好人。他们有什么私仇、隐怨,做到了这一步,我实在不知道。但是他们既是好人,聪明厚道,定有他们的道理向你们讲。朋友们,我来并不是煽动你们的心。我不会说话,没有布鲁图斯那种口才。你们谁不知道我是一个忠厚老实的人,只知爱我朋友。就是杀恺撒的人,已深知我是这样,所以才肯让我当众演说。我一无聪明,二无门第,既无口才,又无手段,哪里能激动人心。我说话只是顺口乱说,自己知什么就和你们说什么。你们看恺撒的伤,请这些已经哑了的嘴,替我嘴说话。唉!如果我是布鲁图斯,布鲁图斯是我安东尼呢,我怕那个安东尼硬要把你们激动起来,我怕他要在恺撒的每个伤口上都栽一个舌头,简直能把罗马的顽石都说得跳

罗马广场

起来，烧起来呢！（说到这里，下面的人愈怒，要去烧布鲁图斯的房子。安东尼又接着说。）

朋友们，再听我说几句话。你们现在只是要跑，跑去干什么，你们自己也不知道。我问你们，恺撒为什么值得你们这样爱戴呢？哈哈！你们还是不知道，听我告诉你们：我先前不是说有一个遗书么？你们居然忘记了。遗书就在这里，书上有恺撒的印。凡是罗马的人，每人他都给七十五个"抓黑码钱"花的；花园树林，在泰伯尔河这边岸上的，也都送给你们，送给你们的子子孙孙，永远作为公共游乐，大家享福的地方。

唉！照恺撒这样的人，世间那里还找得出第二个来呢！（说到这个地方，市民便要去烧房子报仇了，安东尼的目的，终于达到。）

马尔库斯·安东尼（公元前82—30年），罗马统帅、著名的恺撒党人。

公元前44年3月15日恺撒被他所器重的将领布鲁图斯刺死，消息传开，罗马为之骚动。布鲁图斯为了掌握主动权，控制局面，行刺之后，马上在罗马广场向公众发表演说。他的演说博得了听众阵阵掌声，赢得了他们的支持。正当布鲁图斯发表演说之际，恺撒的另一员爱将安东尼及其同党抬着恺撒的尸体向广场走来，布鲁图斯演讲完毕，安东尼要求向公众发表演说，这就是在历史上著名的"葬礼演说"。

布鲁图斯的演说尽管激动人心，但他对恺撒的指责实际上只有一点，即恺撒大权独揽，要对罗马国民实行独裁专制。而且布鲁图斯在演讲结束时，对安东尼顺带一击，谴责他对"害国害民的恺撒，竟不想法除去他，已经说不过去，并且安东尼因恺撒之死，反可以得到尊贵地位"。因此，安东尼要为自己正名，首先须为恺撒正名，要为恺撒正名，就要摘去布鲁图斯扣在他头上的"野心"、"独裁"等帽子。

布鲁图斯谴责恺撒有野心。可并未举出事实。演说开始，安东尼就紧紧抓住这一点，连续抛出三件事实，反问听众，恺撒将自己的财帛归入国库，算是有野心吗？听见穷人叫苦，流下泪来。有野心的人会发这种爱民的慈悲吗？三次皇冕劝进，恺撒三次拒绝，这是有野心的表现吗？安东尼举出的这三件事实，仅寥寥几语，就将恺撒为人慷慨大度、对百姓慈悲为怀、淡泊功

政治演说

名的形象树立起来。

在这篇演说中，安东尼多次巧妙地采用欲擒故纵的手法，取得了很好的效果。在安东尼演讲之前，布鲁图斯已经成功地赢得了听众的支持，这种形势对安东尼十分不利，安东尼深深懂得这一点。所以，他一上台演讲并不是劈头盖脸地使用尖刻凌利的语言指责布鲁图斯是刽子手，然后历数恺撒的丰功伟绩，证明恺撒的伟大。安东尼没有放纵自己的朴素感情，而是针对眼前十分被动的形势，及时调整了策略，采取恰当而有效的方法，去争取听众。演讲一开始，安东尼就称布鲁图斯是一个"好人"，而且当布鲁图斯同谋的都是"好人"，他在演说中不断重复这一句话。安东尼甚至表明，他宁肯对不起恺撒，对不起自己，对不起听众，也不情愿对不起这些"好人"。可这些"好人"到底"好"在哪里呢？从安东尼的论述中，只能证明他们是一批寡情少义、诬陷中伤的政客。安东尼基本上没有从正面直接攻击布鲁图斯，但在演说过程中，他却将这些"好人"的真实面目揭露出来。安东尼善于让听众自己去喊出他心中的话，让他们去做他心中想做的事情，他表面上恭维布鲁图斯，实际上却将他们置于死地。这种欲擒故纵的手法至少有这样两个好处：如果安东尼一上台便破口大骂，给布鲁图斯戴上"乱臣贼子"的帽子，势必会造成针锋相对的局面。当一部分听众已被布鲁图斯争取过去时，这种"硬碰"是相当冒险的。安东尼懂得这一点，知道自己只能在演讲的过程中逐步地扭转听众的感情。其次，这种欲擒故纵的手法显得安东尼很有教养，这一点颇为重要。安东尼口口声声称自己既无钱财，又无手段，是个老实人，如果唇枪舌剑地和布鲁图斯斗起来，他的立场和意图就暴露得非常明显，与他的言行就不符了。

我们从这篇演讲中还可以看到，安东尼善于用演说来煽动、激发听众情绪。他很懂得听众心理，像舞台演员的表演对观众的心理施加诱导一样，安东尼的演讲时刻在操纵听众心理。他一会儿痛哭流涕，一会指着恺撒的尸体慷慨陈词，他忽而停顿下来让听众酝酿情绪，忽而拿出恺撒的遗书秘而不宣。直到最后，当群情激荡，听众已被他争取过来时，他才"打开包袱"，宣读了遗书，牢牢地抓住了听众，巩固了演讲成果。安东尼的演讲一结束，愤怒的人群发疯似地向凶手家冲去，布鲁图斯和卡西乌斯等共和派在罗马已无容身之地，遂带领一批武装逃离罗马。

☒ 李克

[古罗马] 西塞罗

我们已遍地燃起自由的希望

公元前43年

　　罗马人！在今天这次盛会中，你们遇见了这么多人，比我记忆中所见过的都要多，这种场面令我急切地渴望去保卫自己的国家，内心燃起重新把它建立起来的伟大希望，虽然我的勇气一直未曾衰竭过。最令人难熬的时刻，就是像现在——黎明前的微曦时。我恨不得立刻在保卫自由的阵线上，挺身而出成为一位领导者。然而，即使以前我有这种想法并可以去实践，可现在却已不是那种时代了。因为像今天，罗马的子民们（也许你们不相信，这种场面只是我们所面临许多事务中的一些琐事罢了），我们已替未来的行动打下了基础。元老院不再是口头上把"安东尼"视为敌人，而是以实际的行动表示他们已把他视为一个敌人。直到现在我心里还一直觉得很高兴，相信你们也一样，我们能够在这样完全一致、鼎沸的气氛中，一致认为他是我们的敌人，并通过了这项宣言。

　　罗马人，我赞美你——是的，我非常赞美你们。当你们激起那令人可喜的意志，跟随那最优秀的年轻人，或者甚至说他只是个孩子。他的名字是年轻人，那是由于他的岁数，他的行为已属于永恒而不朽。我曾收集到许多事迹，我曾听过许多事的情节，我也曾读过许多故事，但是在这整个世界上，在漫长的历史中，却不曾见闻过这样的事。当我们被奴隶制度所压迫，当恶魔的数量与日俱增，当我们没有任何保障，当我们深恐马可·安东尼采取致命性的报复手段时，这个年轻人承袭了没有人愿意去承担的冒险计划，他以超越所有我们所能想象的方式来解决问题，他召集了属于他父亲的，一支所向无敌的军队，使安东尼想用武力方式造成国家不幸的那种最不仁义的狂乱遭到了阻力。

　　只要是在这里的人，谁不看得非常清楚！要不是多亏了恺撒所召集的军队，安东尼的报复不是早将我们夷为平地？因为这次他的回来，意志里燃烧着对所有人仇恨的火焰，身上更沾染着屠杀过市民的血腥，在他的脑海里除

政治演说

了全然地予以毁灭的意念之外，什么也容不下。如果恺撒没有组成这一支他父亲的最勇敢的军队，你们的安全保障和你们的自由靠谁来保护？为了表示对他的赞美和崇敬——为了他如神一般不朽精神的表现，他已被冠以最神圣而不朽的荣耀——元老院已接受了我的提议，通过了一项政令，将把最早的最好的头衔委任于他。

马可·安东尼啊！你还能玩弄什么坏主意呢？恺撒对你宣战，实在是应该受到极力称赞的。我们应该极尽最美丽的言辞来赞美这支队伍，也由此离弃你。这完全是因为你的缘故，如果你不是选择做我们的敌人而是成为议会的一员，这全部的赞美，全是你的。

西塞罗雕像

罗马人！你们面对的不是一个放荡邪恶的人，而是一头没有人性、凶暴的野兽。现在，他既然跌落陷阱之中，就在此地将其焚毁吧！要是让他逃了出来，你们就再也难逃暗无天日、苦闷的深渊。然而，他现在正被我们已出发的大军围困，四面紧紧地包围了起来。近日，新的执政官将派出更多的军队去支援。像你们目前所表现的，继续献身于此壮烈之举。在每一次为理想而战的战役中，你们从未表现出比今天更加协同一致，你们从未与元老院之间有过如此诚挚的配合。再也不要彷徨，今天的问题已不再是生活条件的抉择，而是我们如不能全然光荣地活着，就是面临放荡与耻辱的毁灭。

虽然凡人皆难免一死，此乃天性，然而，勇士们却善于保护自己，除去属于不逊或残酷的死。罗马的种族和名称是不容被夺取的，罗马人！我由衷地恳请你们——去保护它！这是我们所留下的产业和象征。虽然每一事物都是易流逝的，暂时而不确定的，唯有美德能够深深地扎下它的根基。它永不为狂暴所中伤、侵蚀，它的地位永远无法动摇。你们的祖先，正是靠了这种精神，才能首先征服了意大利，继而摧毁迦太基、打败诺曼底，在这个帝国的统领下，消灭了那最强悍的国王和最好战的国家。

不久的将来，由于各位与元老院之间史无前例完美而和谐的配合，以及我们的战士和将领们的英勇的表现和幸运的引导，你们可以看到那甘冒风险沦为盗贼的无名小子安东尼被打败。现在显示：很久以来，这是第一次的盛举，我们已遍地燃起自由的希望。

鉴赏 jianshang

马尔库斯·杜利马斯·西塞罗（公元前106—43年），罗马共和国末期著名政治家、哲学家和文学家，也是西方享有盛名的大演说家。

西塞罗出身于富裕的骑士家庭，在罗马和希腊受过良好的教育，他很早就开始了政治生涯，起初从事法律辩护，后来进入政界。

像当时大多数有志于政治活动的富家子弟一样，西塞罗不仅学习法律、政治、哲学，而且花了大量时间钻研修辞学，掌握演讲技巧。他确信，任何一个政治家和社会活动家都必须掌握当众演讲的艺术，才能保证他的事业的成功。西塞罗留传下来的大量作品中有完整的演说词57篇，它们不仅反映了当时许多重大的历史事件，有珍贵的史料价值，而且在演讲史上影响极大。除了演讲词，西塞罗还写了一系列演讲理论著作，如《论演讲家》、《论演讲家的最好类型》等。

公元前44年，安东尼在执政官任期届满时提出要得到高卢行省的统治权，西塞罗和元老院中的大多数人都看穿了安东尼这一要求的目的是想控制罗马政局，当然不予批准，于是双方爆发冲突，在元老院中形成了强大的反安东尼派，西塞罗成为这一反对派的首领。从公元前44到43年4月，西塞罗鼓起如簧之舌，连续发表反对安东尼的演说14篇，对安东尼进行了激烈攻击。对此，安东尼恨之入骨，必欲除之而后快。后来，安东尼借口为恺撒复仇，在意大利进行了血腥屠杀。当杀死西塞罗的百夫长把西塞罗的头和手送给安东尼时，安东尼欢喜非常，对百夫长额外加赏，把西塞罗的头带回家，用餐时放在饭桌上，每看一眼就发一阵狂笑，直到看厌了才叫人挂在西塞罗生前发表演说的地方示众。安东尼的所为固属残忍，但这从另一个方面说明，西塞罗的演说确实有力量。

在这篇演说中，作为政治家，西塞罗知道要说什么，作为演说家，他知道应该怎么说。由于安东尼手握兵权，而元老院又无军队，西塞罗要反对安东尼，必须借掌有重兵的屋大维，元老院和屋大维的结盟是反对安东尼的基本条件（后来，就是因为屋大维和元老院决裂，才导致300名元老遭到杀害，

政治演说

西塞罗自己也送了命)。这种现实决定了这篇演说的特色:极力表现对屋大维的赞美和崇敬,在指责安东尼的穷凶极恶时,又不失时机地对其加以嘲弄,显示出安东尼渺小的一面。如这样的语言:"马可·安东尼啊,你还能玩弄什么坏生意呢?"语气中带有调侃嘲讽的味道,表达出对安东尼的蔑视。

西塞罗曾概括其演讲依据的三条原则,其中之一是,影响听众的意志并激励他们去行动。这篇演说可以说是这条原则的具体体现,它好像是一篇战前激动人心的动员令,又像是慷慨激昂地声讨敌人的一篇檄文,演说洋溢着一股乐观的激情,激发起人们的斗争精神,具有很强的鼓动力。

西塞罗的演说很注重修辞章法,他的语言经过了仔细的加工,精心的锤炼,不但词汇丰富,句法讲究,而且语句流畅,结构匀称,读来抑扬顿挫,铿锵有力。世人公认,西塞罗对语言的运用达到了挥洒自如的程度,他堪为运用语言的楷模。

□李克

[美国] 亨利

不自由，毋宁死

——在弗吉尼亚州议会上的演讲

1774年3月23日

主席先生：

没有人比我更钦佩刚刚在会议上发言的先生们的爱国精神与见识才能。但是，人们常常从不同的角度来观察同一事物。因此，尽管我的观点与他们截然不同，我还是要毫无顾忌、毫无保留地讲出自己的观点，并希望不要因此而被认为是对先生们的不敬。此时不是讲客气话的时候，摆在各位代表面前的是国家存亡的大问题，我认为，这是关系到享受自由还是蒙受奴役的大问题。鉴于它事关重大，我们的辩论应该允许各抒己见。只有这样，我们才有可能搞清事物的真相，才有可能不辱于上帝和祖国所赋予我们的伟大使命。在这种时刻，如果怕冒犯各位的尊严而缄口不语，我将认为自己是对祖国的背叛和对此世界上任何国君都更为神圣的上帝的不忠。

主席先生，沉湎于希望的幻觉是人的天性。我们有闭目不愿正视痛苦现实的倾向，有倾听女海妖的惑人歌声的倾向，可那是能将人化为禽兽的惑人的歌声。这难道是在这场为获得自由而从事的艰苦卓绝的斗争中，一个聪明人所应持的态度吗？难道我们愿意做那种对这关系到是否蒙受奴役的大问题视而不见充耳不闻的人吗？就我个人而论，无论在精神上承受任何痛苦，我也愿意知道真理，知道最坏的情况，并为之做好一切准备。

我只有一盏指路明灯，那就是经验之灯，除了以往的经验以外，我不知道还有什么更好的方法来判断未来。而即要以过去的经验为依据，我倒希望知道，10年来英国政府的所作所为中有哪一点足以证明先生们用以欣然安慰自己及各位代表的和平希望呢？难道就是最近接受我们请愿时所流露出的阴险微笑吗？不要相信它，先生，那是在您脚下挖的陷阱。不要让人家的亲吻把您给出卖了。请诸位自问，接受我们请愿时的和善微笑与这如此大规模的海、陆战争准备是否相称。难道舰艇和军队是对我们的爱护和战争调停的必要手段吗？难道为了解决争端，赢得自己的爱而诉诸武力，我们就应该表现出如此的不情愿吗？我

政治演说

们不要自己欺骗自己了，先生，这些都是战争和征服的工具，是国君采取的最后争执手段。主席先生，我要向主张和解的先生请教，这些战争部署究竟意味着什么？如果说其目的不在于迫使我们屈服的话，那么哪位先生能指出其动机所在？在我们这块土地上，还有哪些对手值得大不列颠征集如此规模的海陆军队吗？不，先生，没有其他对手了。一切都是针对我们而来，而不是针对别人。英国政府如此长久地锻造出的锁链要来桎梏我们了，我们该何以抵抗？还要靠辩论吗？先生，我们已经辩论10年了，可辩论出什么更好的抵御措施了吗？没有。我们已从各种角度考虑过了，但一切均是枉然，难道我们还要求救于哀告与祈求吗？难道我们还有什么更好方法未被采用吗？勿需寻找了，先生，我恳求您，千万不要自己欺骗自己了。我们已经做了应该做的一切，来阻止这场即已来临的战争风暴。我们请愿过了，我们抗议过了，我们哀求过了，我们也曾拜倒在英国王的宝座下，恳求他出面干预，制裁国会和内阁中的残暴者。可我们的请愿受到轻侮，我们的抗议招致了新的暴力，我们的哀求被人家置之不理，我们被人家轻蔑地一脚从御座前踢开了。事到如今，我们再也不能沉迷于虚无缥缈的和平希望之中了。希望已不能存在！假如我们想得到自由，并拯救我们为之长期奋斗的珍贵权力的话；假如我们不愿彻底放弃我们长期所从事的，曾

美国独立战争

 著名演说鉴赏

经发誓不取得最后的胜利而决不放弃的光荣斗争的话,那么,我们必须战斗!我再重复一遍,必须战斗!我们的唯一出路只有诉诸武力,求助于战争之神。

　　主席先生,他们说我们的力量太单薄了,不能与如此强大凶猛的敌人抗衡。但是,我们何时才能强大起来呢?是下周?还是明年?还是等到我们完全被缴械,家家户户都驻守着英国士兵的时候呢?难道我们就这样仰面高卧,紧抱着那虚无缥缈的和平幻觉不放,直到敌人把我们的手脚都束缚起来的时候,才能获得有效的防御手段吗?先生们,如果我们能妥善利用自然之神赐予我们的有利条件,我们就不弱小。如果我们三百万人民在自己的国土上,为神圣的自由事业而武装起来,那么任何敌人都是无法战胜我们的。此外,先生们,我们并非孤军作战,主宰各民族命运的正义之神,会号召朋友们为我们而战。先生们,战争的胜负不仅仅取决于力量的强弱,胜利永远属于那些机警的、主动的、勇敢的人们。况且,我们已没有选择余地了。即使我们那样没有骨气,想退出这场战争,也为时晚矣!我们已毫无退路,除非甘愿受屈辱和奴役!囚禁我们的锁链已经铸就,波士顿草原上已经响起镣铐的叮当响声。战争已不可避免——那么就让它来吧!我再重复一遍,就让它来吧!

　　回避现实是毫无用处的。先生们会高喊:和平!和平!!但和平安在?实际上,战争已经开始,从北方刮来的大风都会将武器的铿锵回响送进我们的耳鼓。我们的同胞已身在疆场了,我们为什么还要站在这袖手旁观呢?先生们希望的是什么?想要达到什么目的?生命就那么可贵?和平就那么甜美!甚至不惜以戴锁链、受奴役的代价来换取吗?全能的上帝啊,阻止这一切吧!在这场斗争中,我不知道别人会如何行事,至于我,不自由,毋宁死!

　　帕特里克·亨利(1736—11799年),美国独立战争时期著名政治家和演说家,曾任弗吉尼亚州议员等职。

　　18世纪中叶,北美要求独立的呼声越来越高,面对这种情况,英国政府软硬兼施,采用各种手段,力图维持它与北美殖民地的宗主国关系。殖民地某些人由于在利益上与英国有联系,主张效忠英国;有些人对未来谁来统治他们漠不关心,他们愿意向任何一方出售商品,谁给的价钱高就卖给谁。还有些人对于反抗英国感到悲观,极力主张和解。在种种压力下,北美殖民地独立的步伐始终是"慢慢吞吞、勉勉强强"的。第一届大陆会议只字未提独立问题,进入

政治演说

70年代，列克星敦已经打响了独立的第一枪，独立已摆到了议事日程上，成为人们谈论的热点问题，然而各种意见仍然争执不休，不能统一。

60年代，亨利就在弗吉尼亚州议会上提出了一系列决议，坚决反对美国向殖民地人民征收印花税。在独立问题上，亨利更是个激进派。他主张北美殖民地不惜以自己的生命和鲜血来换取独立，摆脱对美国的依附关系。1774年3月23日，他在弗吉尼亚州议会上发表了这篇演讲。

亨利的主张明确，态度坚决，立场十分鲜明，这已为社会所知。然而这篇演讲是在议会上发表的，议会是宣传自己主张的讲坛，也是政治斗争的场所。要使自己的主张能为众人接受，争取各方面的理解和支持，就要讲究策略。所以演讲一开始，亨利并未用激烈的语调，义正辞严的态度，令其演讲的内容充满剑拔弩张的火药味。而是采用委婉的态度，舒缓的语调，首先肯定了在他之前发言的几位议员的良善用心，然后婉转地道出自己的主张与上面几位议员有所不同，避免惊人之举。演说开始这种求同存异的做法，表现了亨利的政治智慧，也为下面的发言争取众多的拥护者打下了基础。

在议员中，主张效忠英国的人虽有，但只是少数。对这极少数人，要靠言词来打动他们，使他们转变立场，几乎是不可能的。相比之下，主张与英国妥协、避免武力冲突的议员较多，这部分议员是争取的对象。他们主张和解，反对战争的理由主要有两点：一是对英国抱有各种各样的幻想；二是认为英国武力强大，自己势单力薄，万一战争爆发，后果不堪设想。对此，亨利看得很清楚，他的演讲就是针对着保守派和温和分子的，因而演说在内容上紧紧扣住上述两点，一步步详细阐发，一段段逐层批驳，最后归引到结论上来："唯一的出路只有诉诸武力，求助于战争之神。"演说内容的安排，体现了亨利的政治策略，也说明了一篇演说的结构，要受到演讲者追求的政治目的的制约。

这篇演讲开始时语调舒缓，但随着演讲的进行，调子越来越坚决，言辞越来越峻急，态度越来越激烈。从修辞角度看，这与大量使用排比、反问、感叹、长短句交错等表达手法有密切关系，同时也与使用精练而富有鼓动性的名言警句分不开，尤其是演讲的最后一句话，"不自由，毋宁死"，气势磅礴，铿锵有力，把演讲推向了高潮，给听众深刻的单象。这一警句当时不胫而走，深深鼓舞了人们为争取独立而进行的斗争，而且两百年来家喻户晓，一直为人们所传颂。

☒李克

[美国] 华盛顿

维护神圣的自由火炬

——向国会两院发表的就职演说

1789年

参议院和众议院的同胞们,本月14日收到根据两院指示送达给我的通知。阅悉之余,深感惶恐。我一生饱经忧患,惟过去所经历的任何焦虑均不如今日之甚。一方面,因祖国的召唤,要我再度出山,对祖国的号令,我不能不肃然景从。然而,退居林下,系我一心向往并已选定的归宿。我曾满怀奢望,也曾下定决心,在退隐之地度过晚年。对此退隐的居所,除喜爱之外,已经习惯;看到自己的健康,因长期操劳,随着时光的流逝而日益衰退之时,对之更感需要和亲切。另一方面,祖国委我以重托,其艰巨与繁剧,即使国内最有才智和最有阅历的人士,亦将自感难以胜任,何况我资质鲁钝,又从未担任过政府行政职务,更感德薄能鲜,难当重任。处于此种思想矛盾中,但我一直认真致力于正确估量可能影响我执行任务的每一种情况,以确定我的职责,这是我所敢断言的。我执行任务时,如因往事留有良好的记忆而使我深受其影响,或因我的当选使我深感同胞对我的高度信任,并为此种感情所左右,以致对自己从未担负过的重任过少考虑自己能力的微薄及缺乏兴趣,我希望,我的动机将减轻我的错误,国人在判断错误的后果时,也会适当考虑所以产生此种偏颇的根源。

既然这就是我在响应公众召唤就任现职时所抱有的想法,在此举行就职仪式之际,如不虔诚地祈求上帝的帮助实极欠允当,因为上帝统治着全宇宙,主宰世界各国,神助能弥补凡人的任何缺陷。愿上帝赐福,保佑美国民众的自由与幸福,及为此目的而组成的政府,并保佑他们的政府在行政管理中顺利完成其应尽的职责。在向公众和个人幸福的伟大缔造者谢恩之际,我确信,我所表述之意愿同样是诸位及全国同胞的意愿。美国民众尤应向冥冥之中掌管人间一切的神力感恩和致敬。美国民众在取得独立国家地位的过程中,每前进一步,似乎都有天佑的征象。联邦政府制度的重要改革甫告完成;虽然性质不同的集团为数众多,但均能心平气和,互谅互让,经过讨论,卒底于

政治演说

成。若非我们虔诚的感恩得到回报,若非过去似乎已经呈现出预兆,使我们可以预期将来的赐福,这种方式是无法与大多数国家组建政府时所采取的方式相比的。在目前这一紧急关头,产生这些想法,确系深有所感而不能自己。我相信你们与我会有同感,即没有任何一个政府像我们这个新的自由政府这样,从一开始就诸事顺利。

根据设立行政机构条款的规定,总统有责"将他认为必要和有益的措施提请你们考虑"。现在和你们会见的这一场合,我无法详细谈论这个问题,我只想提一提我国的伟大宪法,我们就是根据宪法的规定举行这次会议的。宪法为诸位规定了权力范围,也指出了诸位应该注意的目标。在今天这次大会上,我将不向诸位提出某些具体的建议,而是要颂扬被选出来考虑和采纳这部宪法的代表们的才能、正直和爱国热忱。这样才更适合这次会议的气氛,我的感情也驱使我这样做。我从诸位这些高尚品德中,看到了最可靠的保证,一方面是,地方偏见或感情以及党派的分歧,都不能转移我们统观全局和一视同仁的视线。我们的视线是理应照顾各方面的大联合和各方面的利益的。所以,在另一方面,我们国家的政策将建筑在纯正不移的个人道德原则的基础上,这个自由政府将以它能博得公民的热爱与全世界的尊重等特点而显示出它的优越性。

我对祖国的热爱激励我以满怀愉悦的心情展望未来。这是因为,在我国的体制和发展趋势中,出现了又有道德又有幸福;又尽义务又享利益;又有公正和宽仁的方针政策作为切实准则,又有社会繁荣昌盛作为丰硕成果的不可分割的统一;这已是无可争辩的事实。这也因为,我们已充分认识,上帝决不会将幸福赐给那些把他所规定的秩序和权利的永恒准则弃之如粪土的国家。这还因为,人们已将维护神圣的自由火炬和维护共和政体命运的希望,理所当然地、意义深远地、也许是最后一次地,寄托于美国民众所进行的这一实验上。

乔治·华盛顿(1732—1799年),美国第一任总统,有美国"国父"之称。

作为第一任总统,华盛顿的这篇演说开了美国总统就职演说的先河。从内容上看,这篇演说主要包括三部分:一、讲述接受总统职务时的心情和感受；二，感谢上苍和神明的保佑，呼吁人民的支持；三，对重大问题表明政府的基本立场。

　　赢得人民的拥戴，接受总统的职务，心情应该是振奋和昂扬的，但华盛顿接受美国总统职务时，心情却是复杂的。

　　由于华盛顿功勋卓著，德高望重，在正式选举进行之前，全国人民异口同声地拥戴他为总统，总统职位已经非他莫属。可对于华盛顿，由军队统帅转变为合众国总统，并非易事。一是他要治理的国家幅员广阔，情况复杂，在边远地区，英国和西班牙还在制造矛盾，挑起争端。国内财政状况可悲可叹，内外债台高筑，政府信用扫地。在此时都接受总统职位，无疑会面临重大挑战。其次，华盛顿在战场上赢得了桂冠，但对民政事务缺乏经验。特别是要把一种崭新的、前人没有试验过的政府体制付诸实践，对他来说困难重量。全世界会用疑虑的目光注视着他："战场上的月桂在内阁小室中还会继续开花吗？"第三，华盛顿为人十分谦虚，此时年近花甲，健康状况已不如前，

美国白宫

政治演说

能否挑起总统的重担,他内心也有犹豫和矛盾。凡此种种,使华盛顿在就职时心情比较复杂,这在其演说的第一部分作了诚恳坦率的表露。

西方社会中,宗教观念极为盛行,举凡重大事件,教会扮演着重要角色。华盛顿就职时,各个教堂都举行了祈祷仪式,在由大法官主持的宣誓仪式上,华盛顿誓词的最后一句话是,"我宣誓,愿上天祝我!"从华盛顿开始,历届总统就职演说大都少不了一段赞美上帝的话,它既表达对上苍的感激之情,又表现对未来的信心和希望。

演说的最后部分,涉及对当前重大事件的看法。一般情况下,总统就职演说不会提出具体的解决办法,而只是对重大问题表明政府的基本立场。当时,宪法是人们关注的主要问题。在讨论时,只有三个州一致通过,其它州要么激烈反对,要么主张修正和修改。针对这种状况,华盛顿在演说中特别提到了"我国伟大的宪法",他用充满激情的语言指出,"上帝决不将幸福赐给那些把他所规定的秩序和权利永恒的准则弃之如粪土的国家,"强调维护宪法的重要意义。态度诚挚,言词恳切,给人们留下深刻印象。

□李克

[法国] 丹东

勇敢些，再勇敢些！

1792年9月2日

一个自由民族的政府官员能够向人民宣告国家将得到拯救，似乎是最称心的事了。于是所有人都被激励起来，热情奔放地投身于斗争中。

你们知道凡尔登城目前尚未陷入敌手，守卫部队誓称要处死第一个说出投降二字的人。

我们一部分人将守卫边界，一部分人构筑工事，设垒防御，其余持长矛者将担任城内的警卫工作。巴黎将支持我们的巨大努力。各公社委员要向公民发出庄严号召，要求他们拿起武器奔赴保卫祖国的战斗。在这时刻，你们可以公开宣告，我们的首都值得全法兰西敬重。在这时刻，国民会议成了名副其实的作战委员会。我们要求你们一同领导这场崇高的人民运动，指定一定的委员支持和协助实现所有这些伟大的措施。任何人拒绝供职或提供武器，我们要求判决他们死刑。他们要求恰当地指示公民领导各种活动。我们要求派人到一切部门去传达你们在这里公布的各项指令。我们不敲报险的警钟而要吹响向法兰西的敌人冲锋的军号。为了胜利，我们需要勇敢，更勇敢，永远勇敢！这样，法兰西的安全就能得到保障。

鉴赏

若尔日·雅克·丹东 jianshang（1759—1794年），18世纪法国资产阶级革命著名活动家，山岳派重要领导人之一。

丹东小时候阅读了大量启蒙主义著作，伏尔泰、狄德罗、卢梭等人的思想对他世界观的形成起了重要影响。中学毕业后，他到

丹东

政治演说 zhengzhi yanshuo

巴黎高等学校继续深造,以优异成绩获得津师资格。年轻的丹东有很强的政治嗅觉,他预感到腐败的法国社会将会有一场大变动,"冰山正在崩塌下来",点滴的改革无济于事。果然,两年之后,即1789年,法国爆发了大革命。丹东在革命中冲杀在前,深得民心,被推选为巴黎哥德利埃区区长。后来他参加了雅各宾俱乐部,热情支持群众斗争。

法国革命爆发,在欧洲开创了新社会的纪元。普鲁士、奥地利、俄国对这股革命洪流深怀恐惧,组织联军干涉法国革命。1792年8月24日法国边境要塞龙维被普鲁士军队攻陷,敌军长驱直入,兵临凡尔登城下。该城一旦失守,通向巴黎的大门就被打开。在这种危急形势下,巴黎一片混乱,许多官员主张迁都布瓦鲁,逃往外省。丹东临危不惧,沉着镇静,坚决反对这种投降举动。9月2日,凡尔登城告急,巴黎受到威胁,形势严峻,为号召人们拿起武器,鼓舞士气,坚决打退入侵者,他在国民公会上发表了这篇著名演说。

丹东的这篇演讲可以看作是战前的动员,它有这样几个特点:

一、目标明确、形式简洁

作为战前动员,丹东对所谈的问题十分明确,丝毫没有含含糊糊,界限不清;而且在危急形势下,他直接迅速地切入议题,立即紧紧地抓住听众注意力,不做拐弯抹角的铺垫,不用大段的华丽的词藻,简单而意味深长的比喻,尽量少做离题的发挥,或在某一细节上进行厚实的铺陈。

法国大革命

二、语调刚毅、感情热烈

一般来说，学术演讲对所谈的问题可以用商量的口吻，探讨的语气，显示演讲者谦虚平和的态度。作为战前的鼓动，所谈的问题应该丝毫不容商量，使用的语气应是斩钉截铁、充满激情的，而且是命令式的，表现出十足的信心。像演说的最后一句话："为了胜利，我们需要勇敢、更勇敢、永远勇敢！"只有这种掷地有声的语言，这种无所畏惧的气魄，才能鼓舞人民的士气，激发民众抗敌的热情。

三、充满着英雄主义思想

作为战前鼓动，一方面要对懦弱胆怯者提出警告，另一方面，又要用信念和信心鼓舞人们，号召人们在战斗中建立功勋。特别是后一方面，构成了战前鼓动的主要内容。丹东在这篇演说中很注意这一点，他把向民众发出的战斗号令称之为"庄严号召"，把保卫法兰西的战斗称做"崇高的人民运动"，并说"大家听到的警钟，不是恐惧的信号，而是向法兰西敌人冲锋的军号！"这样的语言赋予人们保家卫国的行动以庄严感和神圣感，有很强的感召力。

值得指出的是，丹东的"勇敢些，再勇敢些！"的号召，不仅当时产生了巨大鼓动力，而且后来成为有名的警句，多次被人引用，原因之一是：丹东自己就以英勇无畏而闻名。后来，因为政见不合，丹东被救国革命委员会军事法庭判处死刑。行刑前他昂首挺胸，以沉着高傲的目光环视四周。到断头台前，他突然动了感情，大声说："噢，亲爱的，我的爱人，我要永远看不到你了……"然后他打断自己的话，对自己说，"丹东，勇敢些！""勇敢些"不仅是丹东对处于危难中的祖国的鼓励，也是他一生的座右铭，他用这一铮铮如铁的语言为自己的生命画上了句号。

☒ 李 克

政治演说

[法国] 罗伯斯庇尔

最后的演说

1798年7月26日

共和国的敌人说我是暴君！倘若我真是暴君，他们就会俯伏在我的脚下了。我会塞给他们大量的黄金，赦免他们的罪行，他们也就会感激不尽了。倘若我是个暴君，被我们打倒了的那些国王就绝不会谴责罗伯斯庇尔，反而会用他们那有罪的手支持我了。他们和我就会缔结盟约。暴政必须得到工具。可是暴政的敌人，他们的道路又会引向何方呢？引向坟墓，引向永生！我的保护人是怎样的暴君呢？我属于哪个派别？我属于你们！有哪一派从大革命开始以来查出这许多叛徒，并粉碎、消灭这些叛徒？这派别就是你们，是人民——我们的原则。我忠于这个派别，而现代的一切流氓恶棍都拉帮结党反对它！

确保共和国的存在一直是我的目标；我知道共和国只能在永存的道德基础上才能建立起来。为了反对我，反对那些跟我有共同原则的人，他们结成了联盟。至于说我的生命，我早已把生死置之度外了！我曾看见过去，也预见将来。一个忠于自己国家的人，当他不能再为自己的国家服务，再不能使无辜的人免受迫害时，他怎么会希望再活下去？当阴谋诡计永远压倒真理、正义受到嘲弄、热情常遭鄙薄、有所忌惮被视为荒诞无稽，而压迫欺凌被当作人类不可侵犯的权势时，我还能在这样的制度下继续做些什么呢？目睹在革命的潮流中，沙泥俱下，鱼龙混杂，周围都是混迹在人类真

罗伯斯庇尔被送上断头台

诚朋友之中的坏人，我必须承认，在这样的环境下，时我确实害怕我的子孙后代会认为我已被他们的污秽沾染了。令我高兴的是，些反对我们国家的阴谋家，因为不顾一切的疯狂行动，现在已和所有忠诚正直的人划下了一条深深的界限。

只要向历史请教一下，你便可以看到，在各个时代，所有自由的卫士是怎样受尽诽谤的。但那些诽谤者也终不免一死。善人与恶人同样要从世上消失，只是死后情况大不相同。法兰西人，我的同胞啊，不要让你的敌人用那为人唾弃的原则使你的灵魂堕落，令你的美德削减吧！不，邵美蒂啊，死亡并长眠"！公民们！请抹去这句渎的手刻在墓碑上的铭文，因为它给整个自然界蒙上一层丧礼黑纱，使受压迫的清白者失去依赖与信心，使死亡失去有益的积极意义！请在墓碑刻上这样的话吧："死亡是不朽的开端。"我为压迫人民者留下骇人的遗嘱；只有一个事业已近尽头的人才能毫无顾忌地这样说，这也就是那严峻的真理："你必定要死亡！"

马克西米连·罗伯斯庇尔（1758—1794年），法国大革命时期杰出的资产阶级革命家，雅各宾政权的领袖。

1789年7月14日，法国人民攻陷了巴士底狱，揭开了法国大革命的序幕。随着革命的深入发展，罗伯斯庇尔积极的革命活动和激进的政治主张，赢得了群众广泛信任，他成为雅各宾派的领袖。当时，国外敌人大兵压境，对法国构成严重威胁，国内反革命势力亦极为嚣张，马拉、沙利埃等民主派人士相继被刺杀。在危急关头，罗伯斯庇尔力主实行恐怖政策。然而掌有大权的救国和治安委员会中大资产阶级代表以及革命中大发横财的"新富人"，对雅各宾政权的极端措施深为不满，他们暗地积极活动，散布流言，罗织罪名，对罗伯斯庇尔大加攻击，以图推翻雅各宾政权。对此，罗伯斯庇尔已经察觉，他也在暗中布置，准备迎头痛击。7月26日（热月8日），罗伯斯庇尔一大早就来到国民公会，他登上讲坛，发表了这篇经过认真推敲的演说。这篇演说的目的，是要揭穿阴谋，澄清事实，消除误解，洗刷敌人泼在自己身上的污水，争取国民公会的支持。

雅各宾专政时期实行的恐怖政策，在当时是完全必要的，因为它关系到共和国的生死存亡。但是后来恐怖范围扩大，被处死的人逐日增多，于是，敌人就千方百计地将暴君和独裁的帽子扣在罗伯斯庇尔头上。在演说中，罗伯斯庇

政治演说

尔必须为自己正名，反驳敌人对自己的指责。他答辩道：如果说我是暴君，那么暴君理应高高在上，一切人都要俯伏在他的脚下，可现在，敌人非但没有"俯伏"，反而煽风点火，四面出动，必欲置人死地而后快，猖獗之极，究竟谁是暴君呢？如果说我是暴君，我赦免他们的罪行，又塞给他们一些黄金，他们定会感恩不尽。可他们剑拔弩张，来势汹汹，这哪里是暴君手下的奴才相呢？如果说我是暴君，我为什么要推翻国王，独裁者为什么会谴责我呢？我们本应缔结盟约，互相支持。一连串的反诘，强有力的逻辑，无可辩驳的事实，将敌人的指责驳得体无完肤。

法国大革命著名领袖罗伯斯庇尔肖像

在驳斥了敌人对自己的污蔑后，罗伯斯庇尔指出，反对共和国的人已经结成了联盟，但在大革命的潮流中，这些人巧于装扮，"混迹于人类真诚朋友之中"。这种真伪难辨的程度，革命中这种复杂形势，罗伯斯庇尔用一句非常形象的话表现出来了："我必须承认，在这样的环境下，有时我确实害怕我的子孙后代会认为我已被他们的污秽沾染了。"但罗伯斯庇尔又指出，尽管共和国的敌人善于伪装，他们的"疯狂行为"已和忠诚正直的人划下了一道深深的界限，他呼吁人们擦亮眼睛，分清敌友。

最后，罗伯斯庇尔从历史角度指出，自由的卫士历来是要受到诽谤的，这种现象不足为奇。他用充满感情的语言向国民公会的代表发出号召，站稳立场，不要被敌人的伎俩所蛊惑。如果说演讲的前半部分重在说理，驳斥敌人，使用的语言具有论战色彩，那么后半部分语言则具有浓厚的哲理和诗意，多从情感上打动听众，特别是结尾部分，语气坚定，充满气势，给人以回味。

据目击者说，罗伯斯庇尔演讲时场内非常寂静，演讲结束后，这种寂静延续良久，大会情绪显得摇摆不定，一部分代表显然被罗伯斯庇尔所打动，有人要求公开印发这篇演讲。但罗伯斯庇尔随即受到猛烈攻击，在第二天国民公会代表大会上，他被禁止发言，遭到逮捕，次日（热月10日），他被送上断头台，时年36岁。

☒李克

[英国] 欧文

让更多的人幸福

1817年

今天我到这里来，不是为了满足无聊和无用的虚荣心。我来到大家面前，是为了完成一项庄严而极其重要的任务。我所重视的，不是要博得大家的好感和未来的名望。这两项在我看来都没有什么价值。支配我的行动的唯一动机，是希望看到你们和全体同胞到处都能实际享受到大自然所赋予我们享受的极其丰厚的幸福。这是我终身抱定、至死不移的愿望。

世人如果具有智慧的话，在以往许多世代中早就会发现：人们一向追求的这种恩惠，这种非财富所能购买的天赐，一直是掌握在世人手中，甚至连那些历来最不受尊敬的人也能具有这种幸福。幸福的条件虽然遍地皆是，但愚昧却挡住了我们的视线，它用荒谬绝顶的精神环境重重围住这些条件，这种环境严密万分，而且牢牢地挡住了任何大胆的冒险者，因此连世代积累的经验也一直未能突破它的重重阴影。

这种黑暗环境的统治虽然有无数奇形怪状的毒蛇猛兽防卫着，但终于成为过去了。

经验将它的形迹深深地印在以往的时代中，并毫不疲倦、毫无恐惧、毫不松懈地在它那正义的道路上坚持到底。当敌人睡着的时候，它在前进；当敌人没有注意它的行动时，它在悄悄地往前爬。它前进时虽然步步艰巨而又危险，但终于使敌人惊慌失措、狼狈不堪地看到它跨到外层的障碍上来了。一切黑暗势力马上开始了凶险可怖的活动，准备对这个胆大妄为的来犯者实行报复。

但经验是真知与灼见之母，因而它的一切举止都是明智而又坚定的。以往它一直把自己的伟大和力量隐藏起来，现在它突然展示出它那万能的真理之镜，镜上闪耀出这样神圣的光辉，使得黑暗的全体妖魔看了以后都在这种耀眼逼人的光芒下惊骇退缩，而这种光芒却一下就刺中了他们的心房。这些妖魔完全绝望地溃逃了，甚至现在还在慌忙地向四面八方逃跑，永远离开我

政治演说 zhengzhi yanshuo

风雪中行走的失业工人

们的住处,让我们能充分地享受完整的团结、真正的美德、持久的和平和实际的幸福。

朋友们,今天我希望你们都投到"经验"这位胜利的领导者的旗帜下面来。请不要为这一建议而感到惊恐。由于原先曾受到这位永无过失的教师的教导,我甚至在目前就要更前进一步;现在我要向你们说:你们将在今天这个日子里被迫归于经验的旗帜之下,今后你们将永远无法背离它,而今天这个日子后世也将永志不忘。这位领导者的统治和管辖,将使你们感到十分公平和正确,你们将不会感到任何压迫。在经验的城池中绝不会有饥饿和贫困的危机。由于愚昧和迷信而兴建的监狱,将永远敞开大门,监狱的刑具将留作经验的应得的战利品。在它的永无差错的规律下,你们的体力和智力都将得到发展,你们将得到良好的教育和工作,这一切对于你们自己和旁人都将是有用的、愉快的和有利的,因而使你们再也不想离开你们的正义道路。

罗伯特·欧文（1771—1858年），英国空想社会主义者。

本篇是欧文1817年在伦敦中心区酒家向工人发表的演说。原演说稿较长，基本上阐明了欧文的主要思想和理论，这里节录的是演说的前一部分。在这一部分中，欧文列举了英国社会苦难、贫困和悲惨的状况，指出要克服这种状况所造成的饥饿和贫困的危机就必须投到"经验"这位胜利的领导者的旗帜下来，只有这样，才能实际享受到大自然所赋予的极其丰厚的幸福。不难看出，欧文对英国资本主义社会的苦难、堕落的揭露是深刻的、犀利的，对英国政府在这些社会问题面前手足无措、一筹莫展的无能与无力的讽刺也是辛辣的、有力的。欧文对英国社会现状和当权者的揭露与抨击，实际上已经把矛头指向了资本主义制度本身，并从经济基础和上层建筑两个方面全面地否定了资本主义制度。欧文对资本主义制度的批判与否定的精神动力来源于他的空想社会主义理想。他真诚地希望工人和全体英国同胞"到处都能实际享受到大自然所赋予我们享受的极其丰厚的幸福"，希望他们的体力和智力都将得到发展，"得到良好的教育和工作"。实际上欧文在这里为人们勾勒了一幅空想社会主义社会人人平等、个个幸福的美好蓝图。在英国资本主义尚处在上升阶段的时候，欧文却能看出它的危机，并且为人们画出未来社会的蓝图，这确实是一种了不起的天才设想。后来，他的学说与法国圣西门、傅立叶的理论一起成为马克思主义三个来源中的一个，这也可以从一个方面看出他的学说的重大价值。

罗伯特·欧文画像

但是，必须看到，尽管欧文对资本主义社会的揭露是深刻的，对社会主义社会的设想也是美好的，但是，在如何实现从资本主义到社会主义的过渡这个重大问题上，他却步入了一个理论的误区。他把现实社会中的邪恶、愚昧、堕落、贫困等一切丑恶现象的存在、把资本主义制度的存在，都看成是人类理性迷误、人类经验失落的结果，因而，在本篇演说中，他运用美好的语言歌颂了"经验"的近乎神秘的伟大力量"现在它突然展示出它那万能的真理之镜，镜上闪耀出

政治演说

这样神圣的光辉,使得黑暗的全体妖魔看了以后都……惊骇退缩",真诚地把它称之为"胜利的领导者"、"永无过失的导师",天真地认为有了这位领导者的统治和管辖,"将来你们感到十分公平和正确,你们将不会感到任何压迫",绝不会产生饥饿和贫困的危机。这样,资本主义社会一切的危机就在"经验"这个魔术师的灵光下化解了、克服了,人人平等幸福的新社会就出现了。可见,这是何等地天真、何等地幼稚,又何等地荒谬,欧文这种以经验改造社会的设想是他主观编造的结果,因为它离开了无产阶级反对资产阶级的斗争,所以他的社会主义理想只能是一种空想。

总之,这篇演说反映了欧文思想的深刻性与复杂性。欧文思想的矛盾使这篇演说在内容上呈现出了精华与糟粕并存的复杂的思想风貌。在表达上,这篇演说由于是向工人发表的,所以它在语言上尽量做到了深入浅出。它不同于抽象的高深的学理的探讨,而是尽量把深奥的理论用工人能听懂的形象化的语言表达出来。这种使理论形象化、具体化的主要手段就是对比喻的大量运用:例如,它把许多抽象的概念比之为"奇形怪状的毒蛇猛兽"、"妖魔"、"万能之镜"、"城池"等等,从而使演说既显得生动活泼,又使听众易于理解。

□林甫

欧文构想的"新和谐"公社蓝图

[委内瑞拉] 玻利瓦尔

就任哥伦比亚共和国总统的演说

1821年10月3日

先生：

刚才我以哥伦比亚总统身份所作的神圣宣誓对我来说是一个道德协定，它成倍地增加了我服从法律和听命祖国的义务。只是出于对最高意志的深切尊重，才迫使我接受了最高行政权力的巨大任务。此外，我对人民的代表们的感激心情，要求我接受这一令人欣愉的使命，继续以我的财产、我的鲜血、乃至我的尊严提供服务，保卫这部关系到由自由、幸福和荣誉联结起来的两个兄弟人民的权利的宪法。与独立一起，哥伦比亚宪法将开创一个神圣的纪元，我愿在这一事业中作出牺牲。为此我将走遍哥伦比亚的各个角落，去粉碎厄瓜多尔国民们的枷锁，并在他们获得自由以后，邀请他们加入哥伦比亚。

先生，我期望你们授权与我，以仁慈的纽带联合由天地万物和上帝赐予兄弟情谊的各国人民。在以你们的智慧和我的热忱完成这项工程以后，除了和平以外，再给予哥伦比亚所需的一切：幸福、安逸和荣誉方面，我们什么也不缺了。先生，到那时候，我热切地希望，不要对我的良知和名誉大声疾呼地要求我只当一名普通公民的呼声充耳不闻。我感觉到了放弃共和国首脑职位的必要性。人民把这个职位视为心灵的元首。我在战争中成长，是一个由历次战斗推上元首职位的人，命运支撑我，胜利确认我留在这个地位上。但是，这些并不是由法律、幸运和民族意志认可的资格。曾经统治哥伦比亚的利剑不是阿斯特雷亚的天平，而是对邪恶天性的鞭笞。有时，天国让这种邪恶降临人间，以惩罚独裁者和儆戒各国人民。在和平的日子里，这把利剑没有任何用处。和平来到之日，应该是我的权力结束之时，因为我曾经如此发过誓，对哥伦比亚作过许诺，也因为在一个人民不能确保行使其权力的地方，是不会有共和制度的。像我这样的人，在一个平民政府中任职是危险的，是对国家主权的直接威胁。为了自身的自由，也为了大家的自由，我愿做一个公民。我宁要公民的身份而不要解放者的称号，因为解放者的称号源于战

政治演说

争，而公民的身份来自法律。先生，请你们把我的一切头衔改为优秀公民的称号吧。

鉴赏 jianshang

玻利瓦尔（1783—1830年），拉丁美洲独立运动的民族英雄。他领导了六个国家（委内瑞拉、哥伦比亚、厄瓜多尔、巴拿马、秘鲁、玻利维亚）的独立战争，身经472次战斗，经过艰难曲折的斗争，终于推翻了长达300年之久的西班牙殖民统治，他被誉为拉丁美洲的"解放者"。

1819年，玻利瓦尔率领部队从安哥斯徒拉山出发，沿途穿过1200公里的原始森林，翻越终年积雪的安第斯山之险，历尽千辛万苦，解放了新格拉纳达。接着，玻利瓦尔向盘踞在哥伦比亚境内的殖民军发起进攻，在玻亚米战役中大获全胜，西班牙指挥者巴雷罗和大部分军官以及1600名士兵被俘。根据玻利瓦尔的建议，委内瑞拉同格拉纳达联合成立哥伦比亚共和国，玻利瓦尔当选为共和国的最高统帅和总统。本篇演说就是玻利瓦尔在总统就职典礼上发表的。

玻利瓦尔出生于委内瑞拉的加拉加斯城，他的父亲拥有金矿、糖厂、牧场、庄园和许多豪华别墅。尽管玻利瓦尔是个土生白人，家庭又富有，但在西班牙殖民当局的淫威下，他改变不了政治上"二等公民"的社会地位。这种屈辱使玻利瓦尔从年轻时就萌发了反殖民统治的思想，他曾发出这样的誓言，"为了祖国，我宣誓，不砸烂西班牙统治者套在我们身上的枷锁，我身心永不安息。"可是，玻利瓦尔领导的武装起义，屡次遭到失败，在斗争中，他终于认识到，没有民众支持，不吸引各地区爱国力量积极参加斗争，要取得胜利是不可能的。由于吸取了教训，被奴役的

南美解放者玻利瓦尔画像

贫苦大众纷纷参加爱国军，各地起义部队和游击队，也纷纷投到玻利瓦尔的旗帜下，使西班牙殖民军陷于彻底孤立。共和国的成立，作出巨大贡献的是民众，在就任共和国总统时，玻利瓦尔并未忘记这一点。他指出接受总统这一职务，一方面是出于对于"最高意志的深切尊重"，另一方面也是对于"人民代表的感激之情"。受到人民的拥戴，玻利瓦尔并没有像有些胜利者那样忘乎所以，而是感到肩头上担负着重大使命，认为当选共和国总统"成倍地增加了服务于法律和听命于祖国的义务。"演讲的这一部分语调庄重，言词深沉有力，充满着庄严感和神圣感。

玻利瓦尔是名副其实的打天下者，然而，最可贵的是，他并未以"得天下者"自居。他深深懂得，在战争中成长起来的领袖并不具有"法律、幸运和民族意志认可的资格。""解放者的称号源于战争，而公民的身份来自法律"，没有对民生政治有透彻理解的人讲不出这样的话，政治上没有高瞻远瞩的人也不会具备这种思想。玻利瓦尔的目的不仅是要从拉美国家中赶走西班牙殖民者，而且要在这块富庶的大陆上建立起民主政治和幸福的国家。

玻利瓦尔不仅以军事统帅的才华称誉南美，而且以其政治和人格上的伟大令人景仰。今天，拉美许多城市和华盛顿、巴黎、罗马等地，都矗立着他的塑像，在拉美一些国家，常常看到以他的名字命名的市区、街道、广场和影剧院。每逢重大节日，四面八方络绎不绝的人群前去参观玻利瓦尔的故居，拜谒安放他的灵柩的国家公墓，人们以各种不同的方式纪念这位为拉美独立立下不朽功勋的伟人。

☒李克

政治演说

[美国] 韦伯斯特

让我们永远独立

——在纪念美国革命传统会议上的演说

1826年7月4日

今天,当我们悼念美国独立战争中杰出的政治家亚当斯先生、发扬美国革命传统的时候,亚当斯先生为支持美国独立而大声疾呼的动人场面又浮现在我们的眼前。

不管沉浮,不论生死,任凭幸存或毁灭,我都衷心拥护这次通过独立宣言的表决。的确,开始的时候,我们的目的并非在于独立。但是,上帝决定了这种结局。英国的不公正行为,使它看不到自己的真正利益之所在,却迫使我们拿起了武器,不管英国怎样顽固坚持殖民立场,我们都要战斗下去,直到独立已唾手可得时,我们便伸手把它拿过来,因为它是属于我们的。既然这样,为什么我们要把独立宣言拖延下去呢?难道竟有人如此软弱,至今还希望与英国和解,指望它来保障北美的生存和自由,保障他自己的生存和荣誉吗?难道不是您——那位坐在椅子上的先生,难道不是他——坐在你身边的那位可敬的同事,难道你们两位不是被放逐、受惩罚的对象吗?英国的政权依然存在,在毫无希望得到英国宽恕的情况下,你们除了当顽徒之外,能做什么样的人呢?如果我们把独立推迟下去,那么,我们是要把战争坚持下去,还是放弃呢?我们要服从包括波士顿港法案在内的国会议案吗?我们还要允许毁灭我们自己吗?我们能愿意国家受蹂躏、权利遭践踏吗?不!我们不想屈服,也将永不屈服。

当我们推举出华盛顿去冒种种政治风险,甚至可能会招致战争危难之时,我们曾保证:不论出现什么情况,即使倾家荡产或者献出生命,也要全力支持他。难道现在我们却想违背在上帝面前立下的敬重华盛顿的神圣誓言吗?我相信在座的诸位宁可看到一场大火把大地烧掉,一次地震把地球毁灭,也不愿看到我们的一句誓言化为泡影!12个月前,也是在这个地方,我曾建议:为了捍卫美国的自由,不论是他自告奋勇也好,还是人们推选他也好,应当任命华盛顿当三军司令。就我来说,假如在支持他的过程中有半点犹豫动摇,

起草《独立宣言》

那我就情愿做一个白痴,甘心受到一切惩罚。

我们必须把战争坚持下去,坚持到底。既然战争要坚持下去,那么为什么要把独立宣言的实施长期地推迟下去呢?宣言会使我们坚强起来,会使我们赢得国际声誉,各个国家会同我们交往。可是,我们现在要是承认自己是拿起武器造英王反的叛民,各国就决不会和我们打交道了。不仅如此,我相信,一旦我们独立,英国就会很快同我们进行和谈。它不会同意以撤消一些法律条文的方式承认,它对我们所做的一切都是非正义的和压迫的行为。如果顺应了我们的独立潮流,那么,它的尊严就会比在论战中向叛臣让步所受的损害要小得多。前者它会认为是命运的结果,后者它会感到自己的耻辱。那么,为什么,先生,为什么,我们不尽快地把内战变成民族战争呢?既然我们要把战争进行下去,而且最终我们必定会取得胜利,那么为什么不把我们自己放到享受一切胜利利益的地位上去呢?

若是我们失败的话,情况也再坏不到哪里去。况且,我们不会失败。我们的事业会召集起陆军,我们的事业也将会创造出海军。人民,人民,如果我们忠于人民,那就会使我们,使全体人民把光荣的斗争进行到底。我不管其他人如何多变，可是我了解这些殖民地的人民，反抗英国侵略的思想在他们的心里已经根深蒂固。实际上，每个殖民地的人民都表示，只要我们带头，他们就响应。

先生们，宣言将鼓舞人民，增加人民的勇气。与其仅仅为了恢复权利，纠正冤情，得到英王赠给的特许豁免权而进行一场持久的流血战争，还不如倾注于完全独立的光荣目标，让人民吸进新生活的空气。你要是在军队面前宣读独立宣言，勇士们就会拔刀出鞘，发出誓言，去维护它，宁愿战死在疆场上；你要是到教堂的讲坛上去发表这个宣言，它必将赢得宗教界的赞成，热爱宗教自由的感情就将以它为核心，信徒们就将坚守宣言，将同宣言共存亡；你要是把宣言拿到娱乐大厅去公诸于众，让那些听到了敌人的第一声炮响的人们看看它，让那些看到了自己的子弟在帮克高地的战场上或者在莱科西顿大街和康克得大街上倒下去的人们看看它，那么，整个大厅都会迸发出支持宣言的雷鸣般的吼声。

先生，我知道人世间的事情变幻无常。我明白了，经过这一天的事情后我彻底明白了。当然，我和你都不会后悔。我们可能活不到这一天——实现宣言的日子，我们可能死去，到死的时候仍然可能还是殖民地的人，仍然是奴隶。死，可能在绞架上屈辱地死去。就那样好了，就那样好了。假如天意要我把这微不足道的生命献给我们的国家，我将随时准备着，在需要牺牲的时刻死。让这个时刻到来吧！然而，在我活着的时候，让我有一个国家，起码有一个希望中的国家，有一个自由的国家吧。

不管我的命运如何，我坚信这个宣言将永存。为了它，可能得付出钱财，也可能得付出鲜血和生命。但是，只要宣言存在，就会加倍补偿这两方面的损失。透过现在的黑暗，我看到了未来的光明，它就像天上的太阳一样。我们将使它成为一个光荣的、不朽的一天。当我们进入坟墓的时候，我们的子孙一定会纪念这一天。他们将怀着感恩戴德的心情，像欢庆节日一样燃起篝火，张灯结彩来庆祝这一天。这一天在一年一度到来的时候，他们将共洒热泪如涌泉。那泪水再也不是殖民者的泪水，不是奴隶的泪水，不是悲痛的泪水，那泪水是狂欢的泪水，感激的泪水，喜悦的泪水。先生，在上帝面前，我坚信这个时刻一定会到来，我赞成这个宣言，我的全部心血都贡献给它。我所有的一切，我的整个身躯，我今生今世的一切希望都准备随时倾注于它。最后，我再重申开始时讲的话：不论生死，也不管幸存或毁灭，我都支持这个宣言。上帝保佑,这是我生时的夙愿,死时的希望,现在独立,永远独立。

杰出的预言家和忠诚的爱国者亚当斯先生,您所说的一天是光荣的一天,它将一年一度降临人间。您的声明将和它连在一起,您一生的光荣也将同您逝世这一天一样,永远不会被人们忘记。

丹尼尔·韦伯斯特(1782—1852年),19世纪美国著名政治家、律师、演说家。

1826年7月4日——《独立宣言》签订50周年纪念日,美国发生了一个"奇怪而非常惊人的巧合",后来人们把它看作为"神明钟爱的具体表现"。这天,《独立宣言》的两位起草人,约翰·亚当斯和托马斯·杰斐逊在相隔600英里的地方同时逝世。两位人物在独立战争中作出了伟大贡献,深受美国人民的爱戴,各地纷纷举行各种仪式对他们的去世表示哀悼。本篇演讲就是韦伯斯特在被称为"自由的摇篮"的范尼厄尔大厅举行的隆重纪念仪式上发表的。

通常,在这种场合下,表示对敬慕者的崇敬心情,演讲者要么会滔滔不绝地讲述他们的伟大功绩,要么对他们一生轰轰烈烈的壮举进行评价,给以赞美。但是,亚当斯和杰斐逊不仅在独立战争中声震天下,而且二人先后当过美国第二任和第三任总统,他们不仅受到了美国人民的钟爱,而且其音容笑貌,老少皆知。如果依旧对其生平业绩进行罗列,就会令演讲平淡乏味,缺少新意,且有落入俗套之嫌。韦伯斯特的这篇演讲,在选择角度上可谓用心良苦,它避开了种种常见的做法,巧妙而又充分利用了亚当斯和杰斐逊的基本特点——他们二人在独立战争期间非常活跃,特别是亚当斯,

《独立宣言》的四个起草人之一:
约翰·亚当斯总统

政治演说

发表过一系列震撼人心、妙绝时人的演说。韦伯斯特在自己的演说中大段地借用了这些脍炙人口的演说,他运用娴熟的技巧,将亚当斯当年的风貌活灵活现地展现在听众面前,再现了亚当斯为支持独立而慷慨激昂,大声疾呼的情景。听众看到的是韦伯斯特的身影,但领略的好像是亚当斯当年的风采,留下的印象至为深刻。演说选择的这一表现角度,别具匠心,独出心裁,它为演说者施展其炉火纯青的技巧提供了充分机会,并且再现革命者当年的风姿,再造独立战争期间群情激昂的热烈气氛,造成如睹其人、见景思人的效果,亦是对去世者的最好纪念。

从语言上看,这篇演说比较多地连续使用了设问句,烘托的气势极为强烈,使回答斩钉截铁,极其有力。如"我们是要把战争坚持下去,还是放弃呢?我们要服从包括波士顿港法案在内的国会议案吗?我们还要毁灭我们自己吗?我们能愿意国家受蹂躏、权利遭践踏吗?不!我们不想屈服,也将永不屈服。"其次,演讲恰到好处地使用了排比句式,如演讲中间以复句形式"你要是……那么……"出现的三个排比,节奏铿锵,感情激越,号召力极强。第三,演讲注意把鼓励性和描述性的语言结合起来,在坚定有力的号召中间穿插着景象的描绘,使文字色彩多变,更加瑰丽,令感情的表现波澜起伏,张弛有致。

□李克

[委内瑞拉] 布朗基

为红旗而斗争

1848年2月26日

我们现在不是生活在93年①了！而是生活在1848年！

三色旗不是共和国的旗帜；它是路易·菲力浦和君主国的旗帜。

正是这面三色旗指挥了特朗斯诺南大街②、韦斯郊区和圣埃蒂安的大屠杀。它曾多次沉浸在工人的血泪中。

人民在1848年的街垒上高高地举起了红旗，正像他们曾在1832年6月、1834年4月、1839年5月在街垒上举起过红旗一样。这面旗帜经历过胜利的失败的斗争，今后它就成了人民的旗帜。

昨天，红旗还光荣地在我们的大厦前面飘扬。

今天，反动派无耻地把它扔到污泥中，并且胆敢诽谤诬蔑它。

有人说，这是一面血的旗帜。它是用先烈的鲜血染红的，先烈的鲜血使它成了共和国的旗帜。

红旗倒下对人民是一个侮辱，对先烈是一种亵渎。市卫队③的旗帜将会盖上先烈的坟墓。

反动派赤膊上阵了。人们再一次认清了它的凶恶面目。保卫党分子跑遍了大街小巷，进行破口辱骂和恫吓，撕掉公民身上佩带的红色领章。

工人们！你们的旗帜倒下去了，你们听着！共和国不久将随着红旗倒下去。

---

① 93年指1793年。1793年6月以罗伯斯庇尔为首的雅各宾党推翻了代表工商业资产阶级的吉伦特派政权，建立了体现农民、城市小资产阶级和城市平民利益的革命的资产阶级政权。

② 1834年4月13日和14日，人民群众起义反对国王政府。起义遭到了血腥镇压，尤其在特朗斯诺南大街，许多公民遭到了毕若（Bugeaud）士兵的屠杀。

③ 市卫队为巴黎共和国仪仗队的前身。

政治演说

鉴赏 jianshang

路易·奥古斯特·布朗基（1805—1881年），19世纪法国著名革命家。法国近代无产阶级革命运动的著名政治活动家、空想社会主义者，许多秘密团体和秘密活动的组织者。巴黎公社起义的领导人之一。马克思和恩格斯赞扬布朗基是大无畏的革命家和社会主义的热烈拥护者，同时又尖锐批评他的宗派主义和冒险主义策略。

布朗基曾多次率领秘密团体成员，举行武装起义，向资产阶级国家政府发起猛烈攻击。虽屡遭失败，但意志弥坚，信心更足。他一生数次被资产阶级反动政府判处终生监禁，在牢狱中度过了近30年时光。1871年巴黎爆发起义，工人们向梯也尔政府提出，以巴黎大主教作为人质换取布朗基出狱，梯也尔回答说："放走一个布朗基，等于派一个军团的兵力去援助公社。"作为革命领袖，布朗基在群众中享有崇高威望。

布朗基的一生为之奋斗的就是红旗，红旗是他信念的象征，正如他在晚年的一次演讲中所说："红旗是我为之奋斗的终身旗帜，你们不会同意我在我的晚年抛弃这面旗帜。"

1848年2月，法国工人阶级在巴黎举行武装起义，路易·菲力浦仓皇逃往国外，资产阶级成立了临时政府，宣布建立共和国。但临时政府却拒绝在市政大厅上悬挂红旗，布朗基得知后极为愤慨。他立即和革命者在普拉杜大厅组成"中央共和社"俱乐部，组织革命力量，保卫起义果实，并在贝热街音乐学院礼堂发表了这篇演讲。

这是一篇简短的即兴演讲，演讲表明，布朗基不单是一个精明的革命实践家，也不愧是一个富有感召力的鼓动能手。

演讲围绕着是举红旗还是举三色旗，形成了一系列对比：如"93年"和"48年"：三色旗指挥了对工人的大屠杀，工人阶级在战斗中高高举起的是红旗，"昨天，红旗还光荣地在我们大厦前面飘扬，今天，反动派无耻地把它扔到污泥中，并且胆敢诽谤诬蔑它。"演讲的这种结构方式，在内容上形成了强烈对比，既鲜明地表现了演讲者的立场，又便于抒发感情，加强效果，使演说非常简洁，道劲有力。同时，演讲的结构在对比中又层层递进，将思想逐步深化，红旗的深刻含义在一系列对比语句的层层推进中，逐渐得到昭示，演讲者的语气也在这一系列对比中越来越刚劲，牢牢地抓住了听众，产生了震撼人心的鼓动力量。

☒李克

[德国] 马克思

无产阶级就是执刑者

——在伦敦举行的《人民报》创刊纪念会上的演说

1856年

那些所谓的1848年革命，只不过是些微不足道的事件，是欧洲社会干硬外壳上的一些细小的裂口和缝隙。但是它们却暴露出了外壳下面的一个无底深渊。在看来似乎坚硬的外表下面，现出了一片汪洋大海，只要它动荡起来，就能把由坚硬岩石构成的大陆撞得粉碎。它们吵吵嚷嚷、模模糊糊地宣布了无产阶级解放这个19世纪的秘密，19世纪革命的秘密。

的确，这个社会革命并不是1848年发明出来的新东西。蒸汽、电力和自动纺机甚至是比巴尔贝斯、拉斯拜尔和布朗基诸位公民更危险万分的革命家。但是，尽管我们生活在其中的大气把2万磅重的压力加在每一个人身上，你们可感觉得到吗？同样，欧洲社会在1848年以前也没有感觉到从四面八方包围着它、压抑着它的革命气氛。

马克思

这里有一件可以作为我们19世纪特征的伟大事实，一件任何政党都不能否认的事实。一方面产生了以往人类历史上任何一个时代都不能想象的工业和科学的力量。而另一方面却显露出衰颓的征象，这种衰颓远远超过罗马帝国末期那一切载诸史册的可怕情景。

在我们这个时代，每一种事物好像都包含有自己的反面，我们看到，机器具有减少人类劳动和使劳动更有成效的神奇力量，然而却引起了饥饿和过度的疲劳。新发现的财富的源泉，由于某种奇怪的、不可思议的魔力而变成贫困的根源。技术的胜利，

政治演说

似乎是以道德的败坏为代价换来的。随着人类愈益控制自然，个人却似乎愈益成为别人的奴隶或自身的卑劣行为的奴隶。甚至科学的纯洁光辉仿佛也只能在愚昧无知的黑暗背景上闪耀。我们的一切发现和进步，似乎结果是使物质力量具有理智生命，而人的生命则化为愚钝的物质力量。现代工业、科学与现代贫困、衰颓之间的这种对抗，我们时代的生产力与社会关系之间的这种对抗，是显而易见的、不可避免和无庸争辩的事实。有些党派可能为此痛哭流涕；另一些党派可能为了要摆脱现代冲突而希望抛开现代技术；还有一些党派可能以为工业上如此巨大的进步要以政治上同样巨大的倒退来补充。可是我们不会认错那个经常在这一切矛盾中出现的狡猾的精灵。我们知道，要使社会的新生力量很好地发挥作用，就只能由新生的人来掌握它们，而这些新生的人就是工人。工人也同机器本身一样，是现代的产物。在那些使资产阶级、贵族和可怜的倒退预言家惊慌失措的现象当中，我们认出了我们的好朋友、好人儿罗宾，这个会迅速刨土的老田鼠、光荣的工兵——革命。英国工人是现代工业的头一个产儿。当然，他们在支援这种工业所引起的社会革命方面是不会落在最后的，这种革命意味着它们的本阶级在全世界的解放，这种革命同资本的统治和雇佣奴役制具有同样的普遍性质。我知道英国工人阶级从上一世纪中叶以来进行了多么英勇的斗争，这些斗争只是因为资产阶级历史家把它们掩盖起来和隐瞒不说才不为世人所熟悉。为了报复统治阶级的罪行，在中世纪的德国曾有过一种叫做"Vehmgericht"（菲默法庭）的秘密法庭。如果某一所房子画上了一个红十字，大家就知道，这所屋子的主人受到了"Vehm"的判决。现在，欧洲所有的房子都画上了神秘的红十字。历史本身就是审判官，而无产阶级就是执刑者。

鉴赏 jianshang　这篇演说发表于1856年4月14日在英国伦敦举行的《人民报》创刊纪念会上。当时，近代欧洲历史上规模最大范围最广的资产阶级民主革命——1848年革命已经过去，新的革命高潮尚未到来。马克思和恩格斯科学地总结了这场革命的经验，提出了"阶级斗争必然要导致无产阶级专政"的光辉思想。本篇重申了马克思的关于无产阶级革命的思想。论证了无产阶级革命的必然性，指出无产阶级就是统治阶级的执刑者，无产阶级革命将创造一个全新的社会。

马克思旨在阐述无产阶级革命的原理，但他却首先从1848革命谈起。他称这场革命"只不过是些微不足道的事件"，是欧洲社会庞大外壳上的一些细小的裂口和缝隙。当时，1848年革命的壮烈场面、浩大声势还深深印在听众的心中，因此，从听众的接受心理来看，马克思对1848年革命的这种评价就与听众的接受期待产生了巨大的落差，从而一开始就紧紧地抓住了听众。那么，马克思对这场革命是不是有点评价不足呢？不是！在前面例举的一系列著作中，马克思对它作出了很高的评价。在这里，马克思意欲以它来对照反衬由它"宣布"预示的无产阶级解放运动。他把无产阶级解放运动喻为"一片汪洋大海"，一旦它汹涌动荡起来，就能把"由坚硬岩石构成的大陆撞得粉碎。"马克思把1848年资产阶级民主革命与将来的无产阶级革命以比喻性的评价对照起来，这就把后者的宏伟气势、重大意义艺术地展示在听众的面前，震撼着人们的心灵。

接着，马克思重点论述了无产阶级解放运动这场社会革命的必然性。虽然这场社会革命是由1848年革命模模糊糊宣布的，但是却不是由它发明的，因为这场革命有着自身的经济基础和社会原因。这种基础和原因集中表现在可以作为19世纪特征的伟大事实中，即"一方面产生了以往人类历史上任何一个时代都不能想象的工业和科学的力量"（马克思把蒸汽、电力和自动纺机比之为"危险万分"的革命家），"而另一方面却显露出衰颓的征象。"其中，前者构成了爆发无产阶级解放运动的经济基础，而后者则说明了这场革命的时机已经成熟。马克思在这里例举了大量的无可辩驳的事实，说明了现代工业、科学与现代贫困、衰颓之间、生产力与生产关系之间的尖锐对抗。对抗的尖锐性决定了社会革命的不可避免性，这是不以任何人的意志为转移的客观规律。

马克思故居：千年古城特里尔

最后，马克思从历史唯物主义的

政治演说

思想高度阐述了这场社会革命的阶级力量，指出无产阶级是旧社会的掘墓人、资产阶级的执刑者。因为工人阶级如同机器本身一样，是现代的产物，是"新生的人"，而要使机器这个新生的社会力量很好地发挥作用，就必须由新生的人来掌握它们，因此，工人阶级应该成为社会的主人，他们应该是革命的阶级力量。

本篇演说理论色彩很强，但是却了无空洞枯燥之弊，这与本篇大量运用比喻有关，各种各样的比喻（包括明喻、暗喻和隐喻）运用了十多处。对比喻的巧用使演说者深邃的思想由抽象变为具体、由枯燥变为生动、由空洞变为实在；它既能便于听众理解内容，同时又能发听众之想象、予听众以美感。

☒ 林雨

外国著名演说鉴赏

[美国] 林肯

裂开 的 房子

1858年7月10日

大会主席和各位先生：如果我们能首先了解我们的处境和趋向，那么我们就能更好地判断我们应该做些什么和怎样去做。我们执行一项政策已快五个年头了，这项政策公开宣布了目标，并充满信心地作出诺言，要结束奴隶制问题引起的动荡不安。但是在执行过程中，动荡的局面非但没有平息下来，反而不断加剧。依我看来，要到一场危机终于降临并过去之后，动荡才会停止。"裂开的房子是站不住的"。我相信这个政府不能永远保持半奴隶半自由的状态。我不期望联邦解散——我不期望这座房子倒塌——但我确实期望它结束分裂的状态。它要末全部变成这一种东西，要末全部变成另一种东西，要末反对奴隶制的人将制止奴隶制的进一步扩展，并使公众相信它正处于最终消灭的过程中，要末拥护奴隶制的人将把它向前推进，一直到它在各个州里，不论是老州还是新州，北部还是南部，都同样变得合法。

鉴赏 jianshang

林肯（1809—1865年），生于肯塔基州一个农民家庭，从小失去母亲，生活艰难，只上过12个月小学，当过店员、邮务员等。1836年成为津师，开始跻身于政界，后因公开反对奴隶制而成为州议会辉格党领袖。1861年当选为美国第16届总统，领导美国人民进行南北战争，取得了伟大胜利。林肯在任期间，颁布了著名《放黑奴宣告》，宣布美国南方黑人为自由人。他以其卓越的政治才能和顽强的毅力在美国人民心目中占有崇高地位。马克思对林肯有很高的评价，称他"是一位达到了伟大境界而仍然保持自己优良品质的罕有人物。"

出身贫困的林肯尊重劳动人民，

年轻时期的林肯

政治演说

憎恨奴隶制度。但当时，正如有的历史学家所说，他在政治上还不是一位废奴主义者。他只是认为奴隶制是一桩邪恶勾当，必须遏制。1858年，林肯和道格拉斯竞选参议员，就人们最关心的奴隶制问题进行了七次辩论，均未涉及奴隶制应否废除这个根本问题。同年7月9日，道格拉斯在芝加哥攻击林肯在接受共和党候选人提名时发表的演说，第二天，林肯在共和党州代表大会上进行答辩，发表了这篇演说。

林肯

演说文字不长，但林肯起草它时"花的功夫之大和修改时用心之细超过了他一生中任何其他演说稿。"演说发表的头一天晚上，林肯将它读给共和党内一些领导人听，他们劝他不要发表它，可林肯并未听从劝告，他相信自己，对这篇演说所产生的效果抱着充分的肯定。这种胸有成竹的态度，不仅表明了林肯多么重视这篇演说，而且他真诚地相信，人们会赞成他的观点，会因为这些观点而拥护它。

在这篇简短的演说中，林肯表明了对奴隶制问题的几点重要认识：第一，奴隶制和自由制度已经尖锐对立，二者不能共存；其次，这二者的对立，最终的结局只能是一方战胜另一方；第三，两种制度的冲突已经开始，并在加剧；最后，林肯指出，奴隶制和自由制度的对立，关系到联邦的前途。他诚恳地希望，联邦不应分裂，但联邦的巩固在于它运行的是一种制度，这正如一座房子要坚固，地基就必须结实；一个国家要真正统一，社会制度就应一致。如果一个国家奉行两种互为对立、冲突的制度，结局就像裂开的房子一样，终将倒塌。林肯坚定而果敢地告诉人们，"这个政府不能永远保持半自由状态"，"裂开的房子是站不住脚的。"这一形象的比喻将林肯力主统一的决心表达得如此通俗易懂，它立即传遍四方，使林肯名声大振。

这篇演说表露的观点为后来林肯各项政策的制订定下了基调，在当时的美国社会产生了巨大影响。

☒ 李克

[美国] 西雅图酋长

给美国政府的答复

数不尽的世代以来，渺渺苍天曾为我族洒下多少同情之泪；这在我们看来像是永恒不变的苍天还是会变的。今天天色晴朗，明天又密布阴云。我的说话却像天空的星辰，永远不变。西雅图说的话，正如日出东方，季节更迭，华盛顿的大酋长可以确信无疑。白人酋长说，华盛顿的大酋长向我们友好致意。我们感谢他的好意，因为我们知道他无所求于我们，不用我们以友情回报。他的人民众多，犹如覆盖着广阔原野的青草。我的人民稀少，像风摧雨袭过后平原上稀疏的树木。那伟大的——我还假定他是善良的——白人酋长派遣人告诉我们，愿意买下我们的土地，但同时也愿意留下适量的土地让我们舒适生活。这看来确实很公道，甚至很慷慨，因为红种人已经再也没有什么他要尊重的权利了，他出的买价可能也是周到合宜的，因为我们现在已经不再需要辽阔的地域。……我不再详述我们民族过早的衰微，也不再为此哀叹，不责备白种兄弟加速了我们的衰败，因为我们或许多少也要责怪一下自己。

……

白昼与黑夜不能同时在一起。红种人对白种人从来就是敬而远之的，就像朝雾在旭日升起前就要消散一样。然而，你们的建议看来是公道的，我想我的人民曾接受建议，退居到你给他们的保留地。这样我们就能分处两地、和平共存，因为白人大酋长对我人民所说的话，有如大自然从沉沉黑暗中发出来的声音。

我们在什么地方度过我们的余年已经无关重要。我们的来日不多了。再过几月，再过几冬，这个民族再也没有一个后裔留下来在墓前致哀。这原来是一个比你们更强大、更有希望的民族，曾经人数众多，受大神的庇护，在这广阔的土地上幸福地安居乐业。但我又何必为我的民族夭折的命运哀叹呢？一个部落没落，另一个部落就会振兴，一个民族衰亡，另一个民族便会崛起，像海水一样，后浪逐前浪。这是自然的法则，悲叹惋惜是无用的。你们衰落的时间可能还很遥远，却必定到来，因为即使是能够同上帝像朋友一样亲密无间的白人，也不能免于同样的命运。我们终究会成为兄弟的，等着瞧吧。

政治演说

我们会考虑你们的建议,等到我们作出决定就会通知你们。但是如果我们接受这建议,我现在在这里就要提出一个保留条件:我们随时有权不受干扰地扫谒我们祖先、朋友和儿女的坟墓。这里每一寸土地对于我的人民都是神圣的。每一片山坡、每一个河谷、每一块平原、每一丛小树都由于往日的哀愁与欢乐而变得无比圣洁。……地上的尘土在他们

印第安酋长准备出席听证会

脚下比在你们脚下更柔软舒适,因为那上面浸满了我们祖先的鲜血,我们赤裸的脚板能够触之生情。……甚至只是短期在这里居住、嬉戏过的幼童也会热爱这阴沉沉的荒地。在暮色降临之时,他们会迎接那些幽暗朦胧的阴魂归来。当最后一个红种人死去,白人对这个部落的回忆已经成为神话之时,我部落的那些看不见的亡灵仍将密密地聚集在这片土地上。当你们的子孙以为他们独自在田野、仓库、商店、公路或寂静的无路可通的森林中时,他们也不是孑然一身。……夜深人静,你以为城镇村落阒无一人时,街上将是满坑满谷归来的故主。他们过去曾住在这里,他们仍然热爱这块美丽的土地。白人永远不会单独在这里。

愿他公平、正直、善意地对待我的人民,因为死者并没有失去力量。不,我说的死者并没有死,只不过到了另一个世界罢了。

鉴赏 jianshang 西雅图(1786—1866年),是美国德沃米希和苏国米希等土著部落的酋长。美国政府要将当地土人赶出世代生存的家园,驱逐到所谓"保留地"定居。本文是西雅图在美国政府压力下的答复。

本文流露出浓重的亡族灭种的悲凉,漫润着民族衰微所遭受的无穷屈辱。开篇第一句"数不尽的世代以来,渺渺苍天曾为我族洒下多少同情之泪"即定下了全篇哀伤凄婉的情感基调,而后,西雅图用忧伤的语言,倾诉民族的灾难,使悲凉的旋律一次次回荡,动人心魄。他描述了印第安人悲惨的处境:"人民稀少,像风摧雨袭过后平原上稀疏的树木。"红种人已再也没有什么白人需要尊重的权利,只能任凭宰割。他们来日不多,在不长的时间里,"这个

民族再也没有一个后裔留下来在墓前致哀。"一个民族陷入这样的绝境,令人叹惋。在这种情况下,面对美国政府的压力,印第安人又能有什么选择的余地呢?所谓的答复,只不过是重温一遍民族的屈辱。西雅图在答复中仅提出了一个保留条件"我们随时有权不受干扰地扫谒我们祖先、朋友和儿女的坟墓。"这是一个摧人泪下的条件,西雅图在答复中,把这作为唯一的条件向美国政府提出,既深刻地揭露了在白人残害下,印第安人所面临的悲惨到极点的处境,又把西雅图心中因民族衰亡所引起的悲凉绝望的情感强化到极致。

这篇答复是印第安民族的悲歌,也是对白人统治者的血泪控诉。西雅图在哀叹民族衰亡时,也流露出了不可抑制的愤懑。西雅图指出:印第安民族原来是一个比白人"更强大、更有希望的民族,曾经人数众多,受大神的庇护,在这广阔的土地上幸福地安居乐业。"这幅印第安人恬美的生活画面与目前的境况是多么鲜明的对比!这种不幸变化的出现不言自明,正是白人的残酷侵害。印第安人萧尼族酋长特姆库塞在《与哈里逊州长会谈时的发言》中即直截了当地控诉"自从白种人来了以后,我们就过着悲惨的生活。他们侵占掠夺、永无餍足之时。"西雅图虽未明白道出,但他通过今昔的对比,亦隐含着同样的意旨。可以想象,当西雅图不得不向美国政府作出屈辱的亡族灭种的答复,而脑海中又浮现出印第安人在历史上和平安乐的生活画面时,他的心中该充满了怎样的愤恨!尽管他宣称"不责备白种兄弟加速了我们的衰败。"

西雅图的答复,还流露出浓重的世事沧桑的命运感。他不像特姆库塞那样把民族衰亡的责任完全归为白人的侵害,而认为这是命运的安排:"一个部落没落,另一个部落就会振兴,一个民族衰亡,另一个民族就会崛起,像海水一样,后浪逐前浪。这是自然的法则,悲叹惋惜是无用的。"这种思想有两方面的原因,一是西雅图有一种强烈的自省精神,认为印第安族的衰败自身也有责任;二是他对印第安民族的前途完全绝望,他不像特姆库塞,认为团结起来可以制止白人的野蛮侵害,并为之战斗献身。只能把一切归为命运。也唯其如此,西雅图在作答复时,心情便格外复杂、沉郁。同时,他的思考,对立于人类之林希望生存发展的民族,有着意味深长的启迪意义。

本文风格沉郁,感情的潜流回环曲折,如一首凄婉的长歌,读来回肠荡气,感人至深。语言优雅,大量运用形象生动的比喻,使文章文采焕发,引人入胜。表达含蓄深沉,耐人寻味。

☒ 方 梅

[德国] 恩格斯

在马克思墓前的讲话

1883年3月17日

3月14日下午两点三刻，当代最伟大的思想家停止思想了。让他一个人留在房里总共不过两分钟，等我们再进去的时候，便发现他在安乐椅上安静地睡着了——但已经是永远地睡着了。

这个人的逝世，对于欧美战斗着的无产阶级，对于历史科学，都是不可估量的损失。这位巨人逝世以后所形成的空白，在不久将来就会使人感觉到。

正像达尔文发现有机界的发展规律一样，马克思发现了人类历史的发展规律，即历来为繁茂芜杂的意识形态所掩盖着的一个简单事实：人们首先必须吃、喝、住、穿，然后才能从事政治、科学、艺术、宗教等等；所以，直接的物质的生活资料的生产，因而一个民族或一个时代的一定的经济发展阶段，便构成为基础，人们的国家制度、法的观念、艺术以致宗教观念，就是从这个基础上发展起来的，因而，也必须由这个基础来解释，而不是像过去那样做得相反。

不仅如此。马克思还发现了现代资本主义生产方式和它所产生的资产阶级社会的特殊的运动规律。由于剩余价值的发现，这里就豁然开朗了，而先前无论资产阶级经济学家或者社会主义批评家所做的一切研究都只是在黑暗中摸索。

一生中能有这样两个发现，该是很够了。甚至只要能作出一个这样的发现，这已经是幸福的了。但是马克思在他所研究的每一个领域（甚至在数学领域）都有独到的发现，这样的领域是很多的，而且其中任何一个领域他都不是肤浅地研究的。

这位科学巨匠就是这样。但是这在他身上远不是主要的。在马克思看来，科学是一

伦敦郊区海格公园的马克思墓

种在历史上起推动作用的、革命的力量。任何一门理论科学中的每一个新发现，即使它的实际应用甚至还无法预见，都使马克思感到衷心喜悦，但是当有了立即会对工业、对一般历史发展产生革命影响的发现的时候，他的喜悦就完全不同了。例如，他曾密切注意电学方面各种发现的发展情况，不久以前，他还注意了马赛尔·德普勒的发现。

因为马克思首先是一个革命家。以某种方式参加推翻资本主义社会及其所建立的国家制度的事业，参加赖有他才第一次意识到本身地位和要求，意识到本身解放条件的现代无产阶级的解放事业，——这实际上就是他毕生的使命。斗争是他得心应手的事情。而他进行斗争的热烈、顽强和卓有成效，是很少见的。最早的《莱茵报》（1842年），巴黎的《前进报》（1844年），《德意志—布鲁塞尔报》（1847年），《新莱茵报》（1848—1849年），《纽约每日论坛报》（1852—1861年），以及许多富有战斗性的小册子，在巴黎、布鲁塞尔和伦敦各组织中的工作，最后是创立伟大的国际工人协会，作为这一切工作的完成——老实说，协会的这位创始人即使别的什么也没有做，也可以拿这一成果引以自豪。

正因为这样，所以马克思是当代最遭嫉恨和最受诬蔑的人。各国政府——无论专制政府或共和政府——都驱逐他；资产者——无论保守派或极端民主派——都纷纷争先恐后地诽谤他，诅咒他。他对这一切毫不在意，把它们当做蛛丝一样轻轻抹去，只是在万分必要时才给予答复。现在他逝世了，在整个欧洲和美洲，从西伯利亚矿井到加利福尼亚，千百万革命战友无不对他表示尊敬、爱戴和悼念，而我敢大胆地说：他可能有过许多敌人，但未必有一个私敌。

他的英名和事业将永垂不朽！

鉴赏 jianshang　　恩格斯（1820—1895年），马克思主义的创始人之一，全世界无产阶级的伟大导师和领袖，马克思的亲密战友。

反动政府的迫害，过度繁重的劳动，极为艰苦的生活条件，亲人去世的悲伤，这一切给予人间的普罗米修斯——卡尔·马克思——以沉重打击。1883年3月14日下午，当恩格斯走进他的房间时，马克思坐在安乐椅上，已经安祥地、毫无痛苦地与世长辞了。噩耗传来，世人为之悲痛，3月17日，马克思生前的亲密战友、学生及亲属来到伦敦郊区的海格特公墓，把他和夫人燕妮合葬在一起，为他举行了简朴而庄严的葬礼。在葬礼上，恩格斯以极其悲痛和崇敬的心情发表了这篇讲话。

运用形象化的手法是这篇演讲的突出特点。

讲话开始，恩格斯不是直接而简单地报告马克思的去世，而是使用了一段描述性的语言，将马克思逝世的时间、场所、神态、情境概括地描绘出来，形成了非常鲜明的视觉印象。在这一段中，恩格斯没有用一个字诉说内心的沉痛与悲哀，但悲哀和崇敬之情已借助于形象化的手法淋漓尽致地表现出来了，给人以强烈的感染。

在说明马克思发现剩余价值的伟大意义时，演讲采用了形象化的对比方法。剩余价值的发现使人对资本主义的认识"豁然开朗"，而先前人们为此所做的一切研究都只是在"暗中摸索"。通过两个形象的有力对比，鲜明反衬，剩余价值发现的伟大意义，不言自明。在讲到马克思遭到来自各方面的嫉恨和诬蔑，而马克思对此"毫不在意"时，恩格斯用了一个比喻，"把它们像蛛丝一样轻轻抹去"，寥寥几语，就将马克思的博大胸怀、无所畏惧的战斗者形象活灵活现地刻画出来。

一般来说，在葬礼场合发表的演讲不可能过长，对一个人的评价和赞美也不可能像写回忆文章那样具体详尽。但是对像马克思这样的一位巨人，仅用三言两语对其伟大风范和无私品德作概括性极强的评述，又难以表达人们的真情实感。在这种时候，采用形象化的手法当有事半功倍之效。借用形象的描绘，既可避免文字的冗长，又能恰切地传达出人们的内心感受，而且又富有感染力。特别是在举行葬礼之际，形象而富有感情的语言比那些干巴巴的讲述、评价更易打动听众。

在论述马克思两个最伟大发现时，使用了比较多的文字，而对马克思的其他发现仅是顺带一提，或者干脆就用概括性极强的语言加以指代，并未具体点出。这样就突出了重点，避免了因平均用力而出现的零落分散之感。但在具体论述时，恩格斯的语言是层层递进式的，如"一生中能有这样两个发现，该是很够了，甚至只要能作出这样一个发现，这已经是幸福的了。但是马克思在他研究的每一个领域（甚至在数学领域）都有独到的发现，这样的领域是很多的，而且其中任何一个领域他都不是浮浅地研究的。"这种递进式的语言，在突出重点时，又并未忽略一般，而是以"点"带"面"，用"面"烘托"点"，具有绿叶扶红花、相互反衬的效果。再比如，演说论述马克思在理论上卓越贡献后并未止步，又进一步指出，"马克思首先是一个革命家"，是一个关注现实、并以实际行动推翻资本主义制度的革命家，在指出马克思有过许多敌人后，又接着指出"但未必有一个私敌"。随着演讲的层层推进，马克思功盖天下的地位和作用得到了有力揭示和表现。

☒李克

[墨西哥] 胡亚雷斯

祝酒词

1865年3月21日

公民们,我要为国家的独立而干杯,但愿在这个神圣的原则面前,在祖国的崇高感情面前,其他一切东西都能退居第二位;但愿独立能取得胜利,否则就让我们为它而死;但愿要求独立的感情能把所有的墨西哥人都联系在一起,而只把祖国的敌人排斥在外。

先生们,为独立而捐躯就是得到极大的幸福。既然所有正直的墨西哥人都在这样做,那么我们在他们的榜样的激励下为独立去献身,就不过是尽了我们应尽的责任罢了。我不是有意谦虚,在我的酒杯中更没有丝毫虚假的感情,我只想重复一遍:人是渺小的,而原则是伟大的。我们的祖国当然更加伟大,她一定会打败一切暴君,取得胜利;墨西哥将重新获得它在1810年9月16日所获得的辉煌胜利,从而向全世界表明它无愧于它那神圣的独立事业所取得的胜利。我还要为国家的自由而干杯,我衷心感激奇瓦瓦人民给了我极大的荣誉,我愿以对自由的誓愿作为我应当作出的唯一回答。

胡亚雷斯(1806—1872年),墨西哥民族英雄、总统。

本篇是胡亚雷斯1865年3月21日在奇瓦瓦州群众庆祝总统寿辰活动上发表的答谢祝酒词。

这篇祝酒词虽然篇幅短小,全文只有短短的400字,但它却情真意切,表现了胡亚雷斯这位民族英雄炽热的爱国情怀。1858年胡亚雷斯接任总统以后,实行了一系列具有资产阶级民主革命性质的改革措施,包括打击教会势力、没收教会财产等。这种民生改革触犯了欧洲列强在墨西哥的利益。1861年,法国拿破仑

墨西哥国父胡亚雷斯总统

政治演说

三世联合英国、西班牙，以墨西哥政府宣布延期两年偿还外债为借口，发动武装侵略，把奥国大公麦克西米连扶上墨西哥皇位，企图再次把墨西哥变为殖民地。胡亚雷斯领导墨西哥人民进行了英勇不屈的抵抗。在这样的情况下，胡亚雷斯在祝酒词中首先以饱满的爱国热情表示"我要为国家的独立而干杯"。他指出，祖国的独立高于一切，"在祖国的崇高感情面前，其他一切东西都能退居第二位"；并且表示愿意为祖国的独立而血洒疆场、为国献身。这是这位著名的民族英雄发自内心的肺腑之言，非常真诚，"没有丝毫虚假的感情"。读着它，我们仿佛感觉到了一腔爱国热血在他的血管中正

胡亚雷斯像

在奔涌不息、哗哗流淌。真诚的情感、真诚的品格使这篇祝酒词产生了一种打动人心的力量。

　　这篇祝酒词不但情感真诚，而且情调崇高，具有很强的感染力和鼓动性，这种崇高的情调一方面表现在胡亚雷斯对祖国光辉前途的确信上。他坚信伟大的祖国"一定会打败一切暴君，取得胜利"，会重新获得它在1810年摆脱西班牙殖民统治所获得的辉煌胜利。这种对祖国独立前景的确信，对于当时正在浴血抵抗外国侵略者的墨西哥人民来说是一种莫大的鼓舞、莫大的激励。另一方面，这种崇高的情感还表现为为国捐躯的悲壮上。悲壮是一种崇高，在美学中、戏剧中它是这样，在现实生活中它也是这样，只要坚信自我目标的正确性、合理性，并且为了实现这一正确合理的目标而舍生忘死地去追求、去斗争，这就是悲壮。自从有了国家之后，任何国家、任何人民为了其自身的独立自由而进行的奋斗都是合理的。因此，胡亚雷斯对祖国高于一切信念的高扬、对"为独立而捐躯"、"为独立而献身"行为的号召，无疑具有一种崇高悲壮的情调。他的"为独立而捐躯就是得到极大的幸福"的名言高张了民族英雄主义旗帜，它对于振奋墨西哥人民抵抗侵略实现独立的信心和力量，无疑有着极大的号召力和鼓动性。时隔两年，在胡亚雷斯的领导和鼓舞下，墨西哥人民终于打败了侵略者，赢得了国家、民族的独立和自由。

☒ 林甫

[德国] 李卜克内西

在马克思墓前发表的悼词

1883年3月17日

为了表达对难忘的导师和忠实的朋友的爱戴和感激,我从德国来到这里。他是一位忠实的朋友!他的最老的朋友和战友刚才说,卡尔·马克思是本世纪最遭嫉恨的人。不错,他是最遭嫉恨的人,但他也是最受爱戴的人。最嫉恨他的是人民的压迫者和剥削者;最爱戴他的是被压迫者和被剥削者,因为他们已经觉悟到本身的地位了。被压迫被剥削的群众爱戴他,因为他热爱他们。我们对马克思的逝世感到不胜悲痛。他的爱同他的恨是一样伟大。他的恨是由爱产生的。他不仅具有伟大的智慧,而且还有伟大的心灵。所有认识他的人都知道这一点。

然而在这里,我不仅是他的学生和朋友,而且是德国社会民主党的代表,党委托我表达它对自己的导师和缔造者(因为在这方面可以说是缔造)的感情。

说漂亮话在这里是不适宜的。卡尔·马克思最讨厌空话。他的不朽的功绩就在于,他把无产阶级、劳动人民的党从空话下面解放出来,并给了党一个坚实的牢固的科学基础。他是科学上的革命家,是运用科学的革命家,他登上了科学的最高峰,是为了从那里走向人民,使科学成为人民的共同财富。

科学是人类的解放者。

自然科学把我们从神那里解放出来。天上的神尽管被科学消灭了,但它仍然存在着。

马克思向人民揭示的社会科学能够消灭资本主义,同时也能消灭人间的偶像和权贵,只要这些人活着,他们就不会让神死去。

科学不仅属于德国。科学没有任何界限,尤其没有民族界限。因此,《资本论》的作者自然应当成为国际工人协会的缔造者。

我们把科学基础的奠定归功于马克思,这种科学基础使我们能反抗敌

政治演说

人的任何进攻，使我们能以日益壮大的力量不断地进行我们已经开始的斗争。

马克思使社会民主主义从宗派、从流派变成政党，即变成正在胜利地进行斗争并将取得胜利的政党。

而且，不仅对我们德国人是如此，马克思是属于无产阶级的。他的一生都献给了全世界无产者。全世界能够思考的、有思想的无产阶级都将对他表示感激和尊敬。

我们蒙受了沉重的打击，但是我们决不会耽于悲痛。他并没有死。他活在无产阶级的心里，他活在无产阶级的思想里。他的英名将永垂不朽，他的学说将日益发扬光大！

我们不会耽于悲痛，而会照着已故的伟大战士那样去行动；我们要尽全力来早日实现他的教导和他的志向，这就是我们对他的最好的纪念。

敬爱的永生的朋友！我们一定沿着你所指出的道路前进，不达目的决不罢休。这就是我们在你灵前的誓言！

鉴赏 jianshang

李卜克内西（1826—1900年），德国工人运动活动家，德国社会民主党创始人和领导人之一。1875年爱森纳赫派与拉萨尔派合并组成德国社会主义工党（后改名为德国社会民主党）时，在许多原则问题上接受了拉萨尔派的机会主义观点，受到马克思和恩格斯的批评。

1883年3月14日，无产阶级革命的伟大导师马克思与世长辞。作为马克思的学生和战友，作为德国社会民主党的代表，李卜克内西专程从德国赶来参加马克思的安葬仪式，并于3月17日在马克思墓前发表了这篇追悼演说。

演说高度评价了马克思所建立的不朽的功绩。作为马克思主义的

青年时代的李卜克内西

创始人,马克思的最伟大的功绩首先是创建了无产阶级革命的科学理论,他为"无产阶级、劳动人民的党"提供了一个坚实的牢固的科学基础。马克思的科学理论揭示了资本主义必然灭亡,共产主义终将胜利的历史规律,因而它对于指导国际共产主义运动具有重大的理论意义和实践意义。它"使我们能反抗敌人的任何进攻,使我们能以日益壮大的力量不断地进行我们已经开始的斗争。"马克思不但是一位伟大的理论家,而且是一位伟大的革命家。他先后参加并领导了共产主义者同盟和第一国际,指导了各国的共产主义运动,他"使社会民主主义从宗派、从流派变成政党,即变成正在胜利地进行斗争并将取得胜利的政党"。因此,马克思是全世界无产阶级革命的领袖和导师,他的一生都献给了全世界无产者,他"是属于无产阶级的"。

演说对马克思的逝世表示了沉痛的哀悼,并且表达了继承马克思的遗志、早日实现他的志向的誓言。马克思的逝世,对全世界无产阶级来说是一个不可估量的损失。因此,李卜克内西称"我们蒙受了沉重的打击"。但是,他又表示"我们决不会耽于悲痛",而决心"沿着你所指出的道路前进,不达目的决不罢休",以自己的实际行动作为对马克思的最好纪念。

这篇追悼演说言词恳切,感情真诚。李卜克内西既是马克思的学生和朋友,又是马克思缔造的德国社会民主党的领导人之一。在马克思生前,他多次聆听过马克思的教诲,受到了马克思的指导、批评和帮助。这种特殊的关系、亲密的情谊使他在演说时自有一股真诚炽烈的情感之泉流淌在心头。从而无论是对马克思的追悼、评价,还是墓前发出的誓言,都带上了一种浓厚的情感色彩。所以,演说中的议论、叙述实际上都有了抒情的特质。比如演说中起始第一句"为了表达对难忘的导师和忠实的朋友的爱戴和感激,我从德国来到这里",这

李卜克内西

政治演说

是在叙述自己的行程和此行的目的，但同时又抒发了对马克思的崇敬和哀悼之情。因为演说者对马克思的感情是如此之真诚、如此之深厚，所以他无暇雕琢自己的语言，从而使语言显得非常地质朴、平实。正如他所说："说漂亮话在这里是不适宜的。"话虽然说得不漂亮，但说得却非常实在、非常真挚。如"马克思是属于无产阶级的。他的一生都献给了全世界无产者。全世界能够思考的、有思想的无产阶级都将对他表示感激和尊敬。"这里没有运用一个形容词，也没有运用任何修辞手段，但是却对马克思的光辉一生作出了高度评价，而在这一评价中又寄寓了自己对马克思的无限崇敬的感情。"腴厚从平淡中来"，诚哉斯言！

☒ 林甫

[德国] 卢森堡

"勇敢、勇敢、再勇敢！"

——在莱比锡社会民主党集会上的演讲

1913年5月

疯狂的扩军奋战的结果是议会主义的可耻破产。德意志议会内各色各样的资产阶级反对派都销声匿迹了，没有任何一个扩军的法案不是被政府的忠实走卒（MaMeJFOK）① 顺利通过的。只要政府吹一吹口哨，议会就像一只鬈毛狗那样跳起来。当出兵中国（1900年）已经准备好了的时候，帝国议会的议员们躲在家里不出面，然后这些资产阶级的代表们像狗一样恭顺地替政府为此耗费的钱财开脱一切责任……我们社会民主党人，如果还对议会主义抱什么期望，那还配称为社会民主党人么？社会民主党政策的重心应该转移到群众中去；议会仅仅是一个讲坛，议会活动的意义确实是有的，就是从这个讲坛可以对群众进行社会主义的宣传鼓动，以此影响群众，为的是在必要的场合使群众能够行动起来，这点近来已有充分的证明。有人常常手里拿着现金出纳簿和党员名册对我们肯定地说，我们党员的数量还不够多，我们的基金非常有限，不足以进行大规模的发动。啊，这些打小算盘的会计能手！……

不应该犯低估我们的力量、低估广大群众的自发力量的错误，因为对我们自己力量估计不足所造成的危害性，远远超出于过高估计我们力量的危害性。我们应该对无产阶级群众说，如果经过50年的发展以后，今天我们的队伍已经拥有百万之众，那么，这不仅说明我们足以自豪，而且说明我们必须行动起来……我们应该在实现我们的任务时表现出像某些资产阶级革命家所表现的那种勇敢、果断和坚毅不拔的精神，丹东②在他有名的演讲中只用三个词表达出这种精神的实质："勇敢、勇敢、再勇敢！"

---

① MaMeFOK，译音：马子路克。原意是中世纪埃及从奴隶中间招募来的近卫军士兵，后来引申为泛指对主子绝对驯服的走卒。这里借指顺从政府的议员。

② 丹东（1759—1794），18世纪法国资产阶级革命时期的著名活动家。

政治演说

罗莎·卢森堡（1871—1919年）德国社会民主党和第二国际左派领袖，德国共产党创始人之一。

20世纪初，德国军国主义加紧扩军备战，准备与老殖民主义者重新瓜分世界，为此，他们打出"爱国主义"的招牌，大肆叫嚣，制造舆论，扩充兵源，欺骗人民，煽动民族主义情绪，为战争寻找借口。当时德国社会民主党一些领导人热衷于议会斗争，不敢发动群众起来反对帝国主义与军国主义。在这种情形下，为了捍卫马克思主义原则，批判党内机会主义路线，1913年5月，卢森堡在莱比锡社会民主党人一次集会上即兴发表了这篇演说。

卢森堡身材瘦小，给人弱不禁风之感，可从她嘴里讲出的话，就像由大炮打出的炮弹，威力极强。1898年，年仅28岁的卢森堡第一次参加党的代表大会，她毫无畏惧地登上讲台，慷慨陈词，对党内老资格的"权威"伯恩斯坦"运动就是一切，最终的目的是微不足道的"的观点进行了尖锐批判。她的发言一结束，马上有人用尖刻的语调控告她，讥讽她为"黄口小儿"。卢森堡毫不示弱，再次登上讲坛，义正辞严地说："如果有人用这样的论据反驳我的公正论述，说什么你还是个黄口小儿，我可以做你的祖父呢，我认为那就证明她快要理屈词穷了。"无论是卢森堡的文章，还是她的讲话，贯穿着一个突出特点：她从不遮掩、回避矛盾，注注从正面对问题的症结与要害单刀直入，给予犀利和猛烈的一击，旗帜鲜明地表达自己的立场，这使她的文章和演说立论醒目、风格泼辣，具有震聋发聩、省人耳目的效果。

在这篇演说中，卢森堡开门见山，对那些对议会斗争抱有幻想的论调进行了尖锐嘲讽和批判。资产阶级政府的议会允许社会民主党参加，于是有人天真地以为，可以用议会斗争的方式和平过渡到社会主义，用争取选民选票的方法来改变资本主义制度。卢森堡用无情的事实反驳了这一自欺欺人的幻想：疯狂的扩军备战已使议

大学时代的罗莎·卢森堡

会主义彻底破产,在一片军阀主义的喧嚣中,议会中的反对派销声匿迹了。紧接着,卢森堡用了一个非常形象的描绘,维妙维肖地指示了资产阶级议会的地位和作用:"只要政府吹一吹口哨,议会就像一只鬈毛狗那样跳起来"。语言生动有趣,讥讽辛辣有力。

政治演说注注有强烈的情感鼓动性,但演说者不能盲目地任随情感的支配,而是要调动情感为宣传自己的政治主张服务。因此,政治演说在热烈中潜藏着冷静,演说者在使用夸张、比喻等修辞手法时,浪注重立论的恰切,言词的分寸。在这篇演讲中,虽然卢森堡号召人们不要对议会主义抱有期望,但她又浪策略地承认,议会还是有它的作用,在它的讲坛上可以进行社会主义的宣传。这一观点既与社会主义明确划清了界限,又为下面提出的发动群众的主张埋下了伏笔。更为重要的是,这一观点所具有的策略意义符合当时的政治环境,能够以理服人,争取更多人的响应。

在结尾处,卢森堡引用了法国革命家丹东的名句:"勇敢、勇敢、再勇敢些!"充分表现了一个革命党人的无畏和自信,使演说充满了气势,昂扬有力。

☒ 李克

政治演说

[前苏联] 列宁

社会主义一定会取得最后胜利

——在马克思、恩格斯纪念碑揭幕典礼上的讲话

1918年11月7日

今天,我们举行全世界工人革命的领袖马克思恩格斯纪念碑的揭幕典礼。

千百年来,人类在一小撮蹂躏千百万劳动人民的剥削者的压迫下受尽了苦难。旧时代的剥削者地主所压榨和掠夺的是分散的愚昧的农奴,而新时代的剥削者资本家所碰到的却是被压迫群众的先进部队,即城市工厂的产业工人。工厂联合了他们,城市生活教育了他们,共同的罢工斗争和革命行动锻炼了他们。

马克思和恩格斯的具有世界历史意义的伟大功绩,在于他们用科学的分析证明了资本主义必然崩溃,必然过渡到不再有人剥削人现象的共产主义。

马克思和恩格斯的具有世界历史意义的伟大功绩,在于他们向各国无产者指出了无产者的作用、任务和使命就是首先起来同资本进行革命斗争,并在这个斗争中把一切被剥削的劳动者团结在自己的周围。

我们处在一个幸福的时代,处在伟大的社会主义者的这个预言已开始实现的时代。我们大家看到,在许多国家里已经显露出国际无产阶级社会主义革命的曙光。帝国主义对各国人民的大屠杀的不堪言状的惨祸,到处激起被压迫群众的英勇精神的高涨,百倍增强他们为解放而斗争的力量。

让马克思恩格斯纪念碑再三提醒千百万工人和农民:我们在斗争中不是孤立的。较先进的国家的工人在同我们并肩奋斗。在我们和他们的面前还有艰苦的战斗。在共同的斗争中,

列宁

资本的枷锁一定会被打得粉碎，社会主义一定会取得最后胜利！

鉴赏 jianshang　1918年11月7日，是伟大的十月社会主义革命胜利一周年的纪念日。这一天，俄国苏维埃共和国举行了庄严的马克思恩格斯纪念碑的揭幕典礼。伟大的无产阶级革命的领袖和导师、马克思恩格斯事业和学说的继承者列宁在这个典礼上发表了这篇演说。

我们知道，列宁演说的一个重要特色是贴近现实、为现实斗争服务。这一点在这篇纪念演说中也有鲜明的体现。1918年，苏维埃刚刚在帝国主义战争的缝隙中夺得了政权。国内外反动派不甘心于他们的失败，对新生的苏维埃政权进行了疯狂的反扑。在国际上，英、美、法、德等帝国主义列强不断地派遣间谍特务搞破坏，并在经济上实行封锁，企图将年轻的社会主义政权扼杀于摇篮之中；在国内，反动的地主资产阶级也蠢蠢欲动，妄图发动叛乱，与帝国主义国家的颠覆活动相策应，所以当时的阶级斗争十分复杂、尖锐。这种严峻的阶级斗争形势决定了这篇纪念演说不可能仅仅是纪念和缅怀，而是要通过对革命导师的追念给今天的革命人民增添战斗的信心和力量。换言之，本篇演说纪念的对象虽然是已经逝世的伟大人物，而落脚点却在现实斗争方面。演说首先用十分概括的语言指出马克思恩格斯所建立的具有世界历史意义的伟大功绩在于科学地揭示了共产主义必然取代资本主义的历史规律、在于指出了无产者在这一过程中的作用、任务和使命。紧接着，演说从历史的回顾中转到对现实的分析，指出马克思恩格斯的科学预言已开始实现，在世界许多国家中已经显露出国际无产阶级社会主义革命的曙光，因此，苏维埃在斗争中并不是孤立的，虽然在无产阶级面前还有艰苦的奋斗，但是，社会主义一定会取得最后的胜利！可见，演说对马克思恩格斯伟大功绩的强调，其意义不仅

讲坛上的列宁

政治演说

在于纪念这两位伟人本身,更在于以他们所作出的科学预言和科学理论来鼓舞革命的工人、农民为巩固苏维埃政权、实现社会主义的胜利而努力奋斗;纪念伟人,是为现实革命斗争服务的。

  在表达上,这篇演说语言简练,情绪饱满,富有鼓动性。全篇只有短短的600字,却包含了丰富的内容:这里有对革命导师伟大功绩的缅怀、有对现实形势的分析、有对革命前途的展望……这么丰富深刻地内容只用了这么短小的篇幅就表现出来了,可见这篇演说的语言是如何地简练精粹。这种语言风格的形成,既得力于列宁对语言的熟练掌握和驾驭,更来自于他对事物本质的深刻入微的把握。例如,对于马克思恩格斯伟大历史功绩的评价,即使写成长篇大论也不为过,但是,列宁却能准确地把握住他们功绩中之最伟大者,因而只用两句话就概括出来了。在这篇精练深刻的演说中,还洋溢着列宁的饱满的情感,从而使整篇演说的情调显得乐观、自信、坚定。尽管当时年轻的苏维埃政权尚处在内外敌人的夹攻中,但是,列宁却能在困难中看到希望,在逆境中看到未来,并由此而升腾起了必胜的信心,坚信"资本的枷锁一定会被打得粉碎,社会主义一定会取得最后胜利。"它对于增添千百万工人和农民战胜暂时的困难、取得最后的胜利的信心无疑具有巨大的鼓动作用。

☒ 林甫

[前苏联] 斯大林

悼列宁

——在全苏苏维埃第二次代表大会上的演说

1924年1月26日

同志们！我们共产党人是具有特种性格的人，我们是由特殊材料制成的。伟大的无产阶级战略家的军队，列宁同志的军队，就是由我们这些人组成的。在这个军队里做一个战士，是再光荣不过的了。以列宁同志为创始人和领导者的这个党的党员称号，是再高尚不过的了。并不是任何人都能做这个党的党员。并不是任何人都能经得住这个党的党员所必须经历的种种苦难和风暴。工人阶级的儿女，在贫困和斗争中成长起来的儿女，在千辛万苦和英勇奋斗中成长起来的儿女——首先就是这些人应当成为这个党的党员。正因为如此，列宁主义者的党，共产主义者的党，同时也叫做工人阶级的党。

列宁同志和我们永别时嘱咐我们要珍重党员这个伟大称号，并保持这个伟大称号的纯洁性。列宁同志，我们谨向你宣誓：我们一定要光荣地执行你的这个遗嘱！

25年来列宁同志培养了我们党，把我们党培养成为世界上最坚固最有锻

斯大林

炼的工人党。沙皇政府及其走狗的打击，资产阶级和地主的疯狂暴行，高尔察克和邓尼金的武装袭击，英国和法国的武装干涉，一切资产阶级报刊异口同声的造谣污蔑，25年来所有这一切恶毒的攻击都落在我们党的头上。可是，我们党像一座石山一样屹立着，打退了敌人无数次的攻击，引导工人阶级向胜利前进。我们党在残酷的战斗中锻炼了自己队伍的统一和团结。它依靠统一和团结战胜了工人阶级的敌人。

列宁同志和我们永别时嘱咐我们要保护我们党的统一，如同保护眼珠一样。列宁同志，我们谨向你宣誓：我们也一定要光荣地执行你

的这个遗嘱！

　　工人阶级的命运痛苦不堪。劳动者备受折磨和苦难。奴隶和奴隶主，农奴和农奴主，农民和地主，工人和资本家，被压迫者和压迫者，——自古以来世界就是这样构成的，而且现在绝大多数国家都还是这样的。千百年来，劳动者数十次数百次地企图推翻压迫者，使自己成为自己生活的主宰。但是他们每一次都遭到失败。受到侮辱，不得不退却，不得不把委屈和耻辱、愤怒和绝望埋在心里，仰望茫茫的苍天，希望在那里找到救星。奴隶制的枷锁依然如故，或者旧枷锁只是被一些同样沉重同样侮辱人的新枷锁所代替。只有在我们国家里，被压迫被践踏的劳动群众才推翻了地主和资本家的统治，建立了工人和农民的统治。同志们，你们知道，而且现在今世界都承认，这个伟大的斗争是由列宁同志和他的党领导的。列宁的伟大首先就在于他创立了苏维埃共和国，从而在事实上向全世界压迫群众表明了：得救的希望并没有丧失；地主和资本家的统治是不会长久的；劳动王国是可以靠劳动者自身的努力来建立的；劳动王国是应该建立在地上。而不应该建立在天上的。这样，他就激发了全世界工农争取解放的热望。这也就说明为什么列宁的名字成了被剥削的劳动群众最爱慕的名字。

　　列宁同志和我们永别时嘱咐我们要保护并巩固无产阶级专政。列宁同志，我们谨向你宣誓：我们也一定不遗余力来光荣地执行你的这个遗嘱！

　　……

　　列宁从来没有把苏维埃共和国看做最终目的。他始终把它看做加强西方和东方各国革命运动的必要环节，看做促进全世界劳动者战胜资本的必要环节。列宁知道，不仅从国际的观点来看，而且从保全苏维埃共和国本身的观点来看，只有这样的见解才是正确的。列宁知

离不开的烟斗

道，只有用这样的方法，才能鼓舞全世界劳动者去进行争取解放的坚决战斗。正因为如此，列宁这位无产阶级英明的领袖中最英明的领袖，还在无产阶级专政成立的第二天，就奠定了工人国际的基础。正因为如此，列宁始终不倦地扩大并巩固全世界劳动者的联盟——共产国际。

这几天你们已经看见有几万几十万劳动者来拜谒列宁同志的灵柩。过一些时候你们会看见有几百万劳动者的代表们来拜谒列宁同志的陵墓。用不着怀疑，在几百万劳动者的代表们后面，一定会有全世界各地几千万、几万万劳动者的代表们接踵而至，以证实列宁不仅是俄国无产阶级的领袖，不仅是欧洲工人的领袖，不仅是殖民地东方的领袖，而且是全球整个劳动世界的领袖。

列宁同志和我们永别时嘱咐我们要忠实于共产国际的原则。列宁同志，我们谨向你宣誓：我们一定奋不顾身地来巩固并扩大全世界劳动者的联盟——共产国际！

斯大林（1879—1953年），伟大的马克思列宁主义者、杰出的无产阶级革命家。

1924年1月21日，伟大的无产阶级革命领袖和导师列宁逝世，全党全国人民沉浸在巨大的悲痛之中。1月26日，斯大林代表全党在全苏苏维埃第二次代表大会举行的追悼会上宣读了这篇坚决贯彻列宁遗训的伟大誓词。

本篇从题材类型上来看应属追悼演说。但是与一般的追悼演说相比，它却没有那种哀婉低沉、悲痛欲绝的情调，而表现出了一种崇高壮美的风格。这种风格的形成，主要就在于它着力歌颂了列宁的伟大功绩，表明了坚决执行列宁遗嘱的坚定决心，并且使这二者有机地结合了起来。这样，在结构上就形成了"歌颂"与"宣誓"密切结合的布局。这种内容布局是形成本篇崇高壮美风格的最重要的原因。

演说第一部分首先歌颂了列宁创建苏联共产党的伟大功绩。这里斯大林没有介绍列宁建党的经过，而是从列宁所创建的这个党的性质和党员的构成上突出了这个党的伟大和光荣，他指出："列宁同志的军队，是由我们这些"具有特种性格、由特殊材料制成的共产党人组成的，因此，"在这个军队里做一个战士，是再光荣不过的了"、"再高尚不过的了"。斯大林正是从党的伟大

政治演说

斯大林

和光荣的性质，歌颂了她的创始人列宁同志的伟大功绩。接着，他结合上文的论述引出了列宁的遗嘱："要珍重党员这个伟大称号，并保持这个伟大称号的纯洁性"，并且向列宁坚定地宣誓："我们一定要光荣地执行你的这个遗嘱！"

演说第二部分歌颂了列宁培养党的伟大贡献，宣布了光荣地执行列宁"要保护我们党的统一，如同保护眼珠一样"遗嘱的誓言。这里颂词与誓言的结合点就在于维护党的统一。列宁同志之所以能够领导共产党打退国内外敌人无数次的攻击、引导工人阶级走向胜利，是因为他培养了这个党的统一和团结。而要引导苏联的革命和建设走向新的胜利，就必须贯彻列宁的遗训，保护党的统一和团结。

在第三四部分中，演说的视野从国内转向了国际，在更为开阔的背景中，歌颂了列宁对于全世界被压迫人民和国际共产主义运动的伟大贡献。在全世界绝大多数国家还存在着枷锁的压迫、劳动者在推翻压迫者的斗争中"每一次都遭到失败"的情况下，列宁创立苏维埃共和国的意义就不仅仅是解放了俄国的工人和农民,而且"在事实上向全世界压迫群众表明了:得救的希望并没有丧失",从而激发了全世界工农争取解放的热望。列宁的伟大不仅在于以俄国革命的实践本身为全世界被压迫的劳动者指明了求解放的方向,而且以实际行动致力于促进全世界劳动者去战胜资本,这就是他"始终不倦地扩大并巩固全世界劳动者的联盟——共产国际"的实践。因此,列宁"不仅是俄国无产阶级的领袖……而且是全球整个劳动世界的领袖"。

总之,本篇演说热情歌颂了列宁的伟大功绩,坚定地表示了贯彻列宁遗嘱的决心,因而在内容上兼有了颂词和誓词的双重品格。这两种内容在演说中是并行不悖的,但不是相互游离的,它们之间有着极为密切的内在联系。这种联系就在于:列宁嘱咐人们要做的,而且斯大林代表全党宣誓坚决执行的,恰恰是列宁已经做了的(这正是列宁的伟大功绩之所在)。演说正是从这个联系点上去构思立意、谋篇布局的,这就造成了结构的严整性和颂词与誓词的统一性。而颂词的热烈,誓词的坚定,又从根本上形成了本篇崇高壮美的风格。

☒ 秦林芳

政治演说

[印度] 甘地

对美国人民的声明

1931年9月

依我看,印度人民为争取自由而进行的斗争,不仅必将影响印度和英国,而且还将影响整个世界。印度拥有世界五分之一的人口,曾有过惊人的成就,有延续了数千年的传统,一些至今还完整地保留着。无疑,随着时间的流逝,这个国家纯洁的文明受到了沾染,其中已经渗入了许多其它民族的文化和风俗。

印度要想恢复她过去古老的荣誉,就必须得到自由。我知道,这场争取自由的斗争引起世界关注的原因,不是在于我们印度人民正在为争取自由而战斗,而是在于我们的斗争方式是独特的;就我们所知,历史上还没有过哪个国家曾采用过这种方式。

我们的斗争是非暴力的、不流血的;但也不是大家熟知的外交手段,纯粹是一种简单的理智和信任。难怪全世界人民的注意力都集中在这个要导致一场成功的不流血革命的尝试上。迄今有很多国家都在进行着残酷的流血斗争,他们惩罚着自己所认为的敌人。

在许多大国国歌的歌词里,都有祈求降祸于所谓的敌人的词句。他们发誓要以上帝的名义毫不犹豫地惩罚敌人,请求神明的支持把敌人消灭尽。在印度,我们努力扭转这种思想。我们认为支配残酷的动物界的规律不应用来指导人类。这种规律不符合人类的尊严。

就我个人而言,如果必要的话,我情愿等若干年,而不想以流血的方式为国家争得自由。在将近35年的政治生涯中,我从内心深处愈来愈感到世界正处于生命垂危的时刻。世界人民为之正在寻求一种和平的方式来挽救这个世界,我深信这种方式将会在古老的印度大地上诞生,为这个饥饿的世界寻到生路。

鉴赏

莫汉达斯·阿拉姆昌德·甘地（1869—1948年）印度民族独立运动的著名领袖，他不仅是一位出色的政治家，也是一位杰出的思想家。他的政治、哲学、经济和宗教思想，对整个印度半岛产生了巨大而深远的影响。

甘地倡导的非暴力不合作运动曾经赢得印度几万人民的拥护和支持，他的独特斗争方式——用精神感化取代武装暴动，祈祷取代枪炮，沉默代替血与火的反抗——支配印度民族解放运动整整三个年代，甘地本人被印度人民尊为圣雄，即伟大的灵魂。

这位具有卓越智慧的圣者，没有君主通常所具有的那种非凡派头，他头戴白色小帽，消瘦的脸上长着两个大而突出的黑眼珠，扁平的鼻子上架着一副擦拭得锃亮的钢边眼镜，穿一身白色的粗布衣服，有时半裸着身子，只有一根腰带缠身，出门旅行时随身带一只山羊，喝一杯羊奶。就是去伦敦和英皇谈判时，他的衣着也是前不遮胸、后不遮背，英国举国为之哗然。但就是这个身披腰布、手持竹杖、体重只有52公斤，丘吉尔讥讽为"半裸体的游方僧"，却蕴藏着无穷精力。他37岁时抛弃一切财产，结束与年轻妻子的性生活，决心为实现仁爱、非暴力和信仰普天之神而献身。他为消除种族歧视和殖民主义、为实现教派和妇女平等整整奋斗了半个世纪，在世界现代史上，他是一个独特的、风格迥异的革命家。

甘地知道，他倡导的非暴力的不合作主义，是一项长期而艰苦的斗争。这项斗争不仅需要印度人民的支持，也需要世界各国人民的同情和理解。1931年，为了推进为之奋斗的事业，甘地前注英国，向英国人民解释自己的主张。同年9月，他应邀通过无线电向美国人民发表了下面这篇演讲。

这是一篇简短的广播演讲，要在如此短的时间中，阐释自己的原则，打动听众，不是一件容易的事，然而甘地却成功地做到了。原因在于，甘地仅用三言两语，就非常简明扼要地解释清楚了他所倡导的非暴力抵抗原则的性质。这种斗争是不流血的，但又不是人们通常所理解的"外交手段"，它是一种道义感极强的、需要更大的韧性、敢于接受苦难洗礼的斗争方式，给了听众一个清晰而深刻的印象。其次，更主要的，是甘地阐述自己的原则时，把它置于广阔的历史背景中，从而有力地突出了这一原则的独特性。开天辟地

政治演说

以来，人类的冲突往往采取流血和暴力的形式，对此人们司空见惯，习以为常。许多历史学家、哲学家为这种暴力革命进行辩护。然而，这种以暴易暴的方式，导致血流成河，白骨成堆，可社会状况改进了多少呢？一次大战的惨况人们记忆犹新，英国殖民下的印度现实是如此黑暗，革命的出路究竟在哪里？非暴力的抵抗原则，乍听之下令人惊讶，甚至显得有些荒谬，它带着无奈者的沉重叹息，散发着无望者悲叹的哀吟，可是，它用最悲观的方式显示出最坚定的决心，它以深沉的苦难突出了道德上的崇高，人格的伟大，斗争的壮观。这一原则与西方基督教传播的普天之下皆兄弟的思想不谋而合，更与人们心灵中神往的美好境界息息相关。甘地的这篇演说，打动人们的，可能正基于人类历史漫长而惨痛的教训，正基于每个人的心灵深处都向往着道德的纯洁、人格的升华。

☒李克

[英国] 丘吉尔

出任首相后的首次演说

1940年5月13日

上星期五晚上，我接受了英王陛下的委托，组织新政府。这次组阁，应包括所有的政党，既有支持上届政府的政党，也有上届政府的反对党。显而易见，这是议会和国家的希望与意愿。我已完成了此项任务中最重要的部分，战时内阁业已成立。五位阁员中包括反对党的自由主义者，代表了举国一致的团结。三党领袖已经同意加入战时内阁，或者担任国家高级行政职务。三军指挥机构已加以充实。由于事态发展的严重性及予人的紧迫感，仅仅用一天时间完成此项任务，是完全必要的。其他许多重要职位已在昨天任命。我将在今天晚上向英王陛下呈递补充名单，并希望于明日一天完成对政府主要大臣的任命。其他一些大臣的任命，虽然通常需要更多一点的时间，但是，我相信议会再次开会时，我的这项任务将告完成，而且本届政府在各方面都将是完整无缺的。

我认为，向下院建议今天开会是符合公众利益的。议长先生同意这个建议，并根据下院决议所授予他的权力，采取了必要的步骤。今天议程结束时，下院休会到5月21日、星期二。当然，还要附加规定，如果需要的话，可以提前复会。下周会议所要考虑的议题，将尽早通知全体议员。现在，我请求下院，根据以我的名义提出的决议案，批准已采取的各项步骤，将它记录在案，并宣布对新政府的信任。

组成一届具有这种规模和复杂性的

丘吉尔

政治演说

政府,本身就是一项严肃的任务。但是大家一定要记住,我们正处在历史上一次最伟大的战争的初期阶段,我们正在挪威和荷兰的许多地方进行战斗,我们必须在地中海地区做好准备,空战仍在继续,众多的战备工作必须在国内完成。在这危急存亡之际,如果我今天没能向下院做长篇演说,我希望能够得到你们的宽恕。我还希望,因为这次政府改组而受到影响的任何朋友和同事,或者以前的同事。能对礼节上的不周之处予以充分谅解,这种礼节上的欠缺,到目前为止是在所难免的。正如我曾对参加现届政府的成员所说的那样,我要向下院说:"我没什么可以奉献,有的只是热血、辛劳、眼泪和汗水。"

摆在我们面前的,是一场极为痛苦的严峻的考验。在我们面前,是漫长的战争和苦难的岁月。你们问:我们的政策是什么?我要说,我们的政策就是用我们全部能力,用上帝所给予我们的全部力量,在海上、陆地和空中进行战斗,同一个在人类黑暗悲惨的罪恶史上所从未有过的穷凶极恶的暴政进行战争。这就是我们的政策。你们问:我们的目标是什么?我可以用一个词来回答:胜利——不惜一切代价,去赢得胜利。无论多么可怕,也要赢得胜

丘吉尔在诺曼底视察(1944)

利，不论道路多么遥远和艰难，也要赢得胜利。因为没有胜利，就不能生存。大家必须认识到这一点：没有胜利，就没有英帝国的存在，就没有英帝国所代表的一切，就没有促使人类朝着自己目标奋勇前进这一世代相因的强烈欲望和动力。但是当我挑起这个担子的时候，我是心情愉快、满怀希望的。我深信，人们不会听任我们的事业遭受失败。此时此刻，我觉得我有权利要求大家的支持，我要说："来吧，让我们同心协力一道前进。"

温斯顿·丘吉尔（1874—1965年），英国保守党领袖，曾于1940年和1951年两度出任英国首相。

二次大战爆发前，张伯伦积极推行绥靖政策，希特勒看透了张伯伦的胆怯和懦弱，一面用外交上的甜言蜜语迷惑张伯伦，一面四处出击，大举进攻，占领了欧洲大面领土，致使英国孤军作战，军事形势十分严峻。

在盟军节节败退的情形下，张伯伦被迫宣布辞职，解散政府。当天下午，丘吉尔受到国王紧急召见，命令他立即组成新政府。对于国王的这一任命，丘吉尔顿感责任重大，他回到海军部后，立即邀见工党和自由党领袖，建议组成战时内阁，并希望在午夜之前，将内阁名单呈报国王。

三天后，即5月13日，英国下院召开特别会议，对新政府举行信任投票。在会议上，丘吉尔发表了这篇演说。

丘吉尔首次出任首相的这篇演说，摒弃了大段的描述自己感激心情的谦词，一扫传统这类演讲所通常具有的那种客套。演说开始，丘吉尔直截了当地声明自己接受英王陛下的委托，组成新政府，然后简明扼要地说明了战时内阁的组成，三军机构的充实以及立即要完成的对各项职务的任命。这种别具一格的开头，给人一种鲜明的印象，即新政府对未来信心十足，行动果敢有力，办事富有效率，务实精神极强。对于听惯了张伯伦和平许诺和外交空谈的英国议员，对于一次次地怀抱希望而

丘吉尔

政治演说

最后又落入严重失望境地的英国广大听众,演说开头的这一番话,确实显得气势非凡,它既与战时的那种紧张气氛相协调,又给人们一个强有力的讯号:新政府不像前任政府那样软弱无能,崇尚空谈,满足于花言巧语的外交辞令,新政府是一个敢于行动的负责任的政府。演说的语言看似平铺直叙,只是如实而简单地交待日常工作,但明白无误地令人感到,张伯伦的绥靖政策彻底结束了,使人精神为之一振,感到鼓舞。

接下来,丘吉尔坦率地告诉听众,未来面对的是一场极为痛苦的严峻考验。那么,新政府奉行的政策和追求的目标是什么呢?就职演说应该对此有明确交待。丘吉尔以自问自答的方式作了十分简明的回答。这一回答并未有什么豪言壮语,也未借用名言警句,但由于在修辞上采用了反复排比、层层递进的句式,因而造成了节奏上的鲜明有力,表达上的慷慨激昂,使演说的感召力极强,充分表现了新政府临危不惧的严正立场和赢得胜利的英雄气概。丘吉尔回忆这篇演讲时也自豪地说:"在我们英国的历史上,没有一位首相能够向议会和人民提出这样一个简明而又深得人心的纲领。"

☒李克

[美国] 罗斯福

论四大自由

1941年1月6日

……

我们努力保证未来的岁月能够安定，我们期待将来有一个建立在四项人类基本自由基础上的世界。

第一是在世界的一切地方，一切人都有自由与表达意见的自由。

第二是在世界的一切地方，一切人都有自由以自己的方式崇拜上帝。

第三是免于匮乏的自由。从世界范围的意义上说就是在经济上达到谅解，保证世界一切地方，每一个国家的居民都能过一种健康的和平生活。

第四是免于恐惧的自由。从世界范围的意义上说就是进行世界性的彻底裁军，使世界上一切地方，没有一个国家有能力向任何邻国发起侵略行动。

这不是对遥远未来的黄金时代的幻想。这是我们所追求的世界必须具有的基础，这世界可以在这个时代，由我们这一代人赢得。我们追求的世界，跟独裁者企图用炸弹炸出来的所谓"新秩序"的暴政正好相对立。

罗斯福

我们以道德秩序这伟大的观念来反对那种新秩序。一个好的社会，能够毫无恐惧地面对企图主宰世界以及在别国发动革命的各种计划。

自有美国历史以来，我们就从事于改革——从事不间断的和平革命。我们持久地进行革命，沉静地使革命不断适应外间变化的情况。我们的革命没有集中营，也没有万人冢第二次世界大战，法西斯国家军队屠杀后将尸体抛入沟内，洒上生石灰水。我们要建立的世界秩序是自由国家之间的合作，是在一个友好文明的社会中共同工作。

我们的国家已经将她的命运交托给千百万自己的男女公民，由他们的双手、头脑和心灵来决定；我们的国家已经将她对自由的信念置

政治演说 zhengzhi yanshuo

于上帝的指引之下。自由就是人权在所有地方高于一切。我们支持一切为了得到并保持这些权利而奋斗的人们。我们目标一致,使我们得到力量。

这种崇高的观念除胜利而外无其他结局。

富兰克林·狄朗旁·罗斯福(1882—1945年),美国现代史上享有崇高声誉、影响极大的政治家,是唯一的连续四次当选的美国总统。

罗斯福1933年开始执掌政权,他实施了一系列社会经济措施,即所谓"新政",克服了美国自1929年以来的经济危机,缓解了阶级矛盾。在他执政的后六年,即从1939年第二次世界大战爆发到1945年,他领导美国人民对彻底战胜德意日法西斯的斗争作出了巨大贡献。

1940年底,罗斯福收到丘吉尔一封信,信中称英国财政资源即将枯竭,手头现款不足20亿美元,而在美国的订货就要付出50亿美元。罗斯福实行

自右至左:斯大林、罗斯福、丘吉尔在雅尔塔会议上(1945年2月)

的政策是允许英国无限制地利用美国的工业资源。在他看来,美国置身于战争之外的最好途径就是帮助英国,而不是默许它的失败。如果美国袖手旁观,对英国的要求无动于衷,那么德国的胜利将使美国在另一场战争中成为被进攻的目标。因此,罗斯福急于要把美国变成英国的巨大军火库,他决定对英国所急需的补给品和装备实行出租或出借。

然而,租借行为实际上意味着美国已从一个慎重的中立国变成了一个活跃的非交战国,对于这种转变,美国国内有一部分人持坚决的反对态度。他们认为,英国已毫无希望,美国应用武器保卫自己。还有人用煽动性的语言说,罗斯福实行的租借政策破坏了中立,将"毁灭四分之一的美国青年"。种种反对意见呼声强烈,围绕着租借法案进行的辩论异常激烈。

1941年1月6日,罗斯福出席了国会两院联席会议,发表了一年一度的国情咨文,为其租借法案进行辩护。这是一篇经过仔细润色的演说,罗斯福首先声明,提供援助并不是战争行为,"即使独裁者单方面宣称它是战争行为也没有用"。紧接着,罗斯福说,如果战胜独裁者,那就会出现一个建立在四项人类基本自由基础之上的新世界。

作为政治的宣传和鼓动,罗斯福在这篇演讲中非常出色地把向英国提供战争援助这一具体的政治行动和建立一个自由世界这一美好憧憬紧密地联系起来了。实际上,他提出的"四大自由"都包含着十分具体的现实内容,有着明确的政治含义,它为美国政策服务的意图是清楚的,但在表述时,罗斯福给它披上了一件令人炫目的外衣,尽量将其崇高化、神圣化,以此来激发听众的庄严感,唤起他们的责任感,将他们提升到一个见危授命、毁家纾难、义不容辞的境界中去,进而打动和感化他们。因而罗斯福在阐述"四大自由"时,语调是那样庄重,心胸显得那样博大,神情是这般肃穆,而效果是如此地激动人心。它切实使人认识到,援助英国并不是美国人单纯地保护自己,而是为了建立一个新的自由的世界,这是历史赋予的伟大使命。接下来,罗斯福从美国革命的历史,美国人对自由的信念以及自由与暴政对立的角度,进一步论证实施租借政策的必要,用历史的光荣传统和信念道义的力量激励人心,鼓舞士气,使得这篇演讲具有强烈的鼓动力。

演说发表两个月后,即1941年3月,美国国会以压倒的多数批准了租借法案。丘吉尔闻讯欣喜若狂,说"这是任何国家历史上最好的行为。"这之后,美国向盟国拨款70亿美元,到二次大战结束时,美国提供了价值约500亿元的贷款和劳务,它对战争最终取得胜利起到了巨大作用。

☒ 李克

政治演说

[印度尼西亚] 苏加诺

忠于你的泉源

——在民族复兴节上的演说

1952年

弟兄们！

我向你们致独立敬礼！

今天是1952年5月20日。我们纪念1908年5月20日。是因为从那时起我民族第一次开始认识到团结的意义，尽管当时的认识还是模糊的。1908年5月20日发生了什么事情呢？在那一天，我们开始采取一种新的方式来实现我们的理想，来体现印度尼西亚民族的本性，即要求独立自由的本性，要求过具有人类和民族尊严的生活的本性，要求摆脱穷困、贫乏和痛苦的本性。这种新方式是怎样的呢？这种新方式是以政治团体为工具来实现其目的的方式，是以政治团体来进行斗争的方式，即以团结的力量来进行斗争的方式。显然，这种方式的改变是一种进步。因此5月20日是一个令人兴奋的日子，是一个纪念进步的日子。

……

1908年5月20日和1945年8月17日是互相联系的。如果没有先前的1908年5月20日，就不可能有8月17日。如果没有先确立把力量团结起来的原则，就不可能有民族独立。如果没有当初的第一步，就不可能到达千里之远。如果没有泉源在先，河川就不可能流入大海。

法国著名作家雨果赞美法国革命各阶段的衔接时说道："在不为我们所知的心灵深处，米拉保感到罗伯斯庇尔将要来临，罗伯斯庇尔感到马拉将要来临，马拉感到埃伯将要来临，埃伯感到巴布夫将要来临。"让我们也来赞美我们的各个觉醒阶段。我们不要仅仅赞美江河流入大海，让我们赞美整条河流吧。

在这里我要向青年男女建议，更多地了解已经去世的领导者的历史和功绩。许多青年男女茫然不知卓格罗阿米诺多是谁，集托曼昆古苏莫是谁，基艾·达兰是谁，斯蒂阿菩蒂是谁，苏达摩·苏尔约固苏摩是谁。这种情况必须尽速予以改变。

……

"我们忘我地努力工作吧。"这是一位已经去世的领导者的遗训。让我们向那些已经去世的领导者和战士们的真诚致敬吧。他们的真诚是那样的纯洁,照耀着今晚我们一道纪念的民族复兴节。啊,弟兄们,当卓格罗阿米诺多住在吉冬查蒂的简陋茅屋里的时候,我曾去拜望他;当斯蒂阿菩蒂还在万隆南部贩卖鸡蛋的时候,我曾拜他为师;当他们在监狱生病的时候,我曾去看望过他们;当集托曼昆古苏莫被放逐于班达岛的时候,我曾多年和他通信;当玛斯·马科还住在梭罗格布罗榜乡一间小屋子里的时候,我曾和他来往过;我曾接到两位被处死刑的领导者的书信;我曾亲眼看到其他数十位大大小小领导者所遭遇的痛苦,这些领导者除了一些遮蔽身体的衣服以外,有的时候什么也没有。啊,弟兄们,现在我们有谁能像他们那样真诚?可是,弟兄们,有些贫困的、受苦受难的领导者就是过去的民族复兴的缔造者,也就是现在的独立的缔造者。他们渺小的躯体是真诚的化身,所以他们才变成伟大的创造者。让我们向他们的真诚致敬吧,让我们向在战场上牺牲的所有战士们致敬吧。向他们致敬就是说要认识我们自己的缺点,要学习他们的好榜样。

是的,弟兄们,他们是伟大人物,正如伟大民族的历史中经常有伟大人物一样。他们是伟大人物,但还有比他们更伟大的,那就是理想,藏在他们心中的理想。正是那理想给了他们斗争的力量,正是那理想给了他们力量,使他们不怕牺牲,使他们虽然遭受贫困但仍含着微笑,虽然被关在牢狱里或被放逐但仍含着微笑,虽然面对着绞架但仍含着微笑。那理想是不会死亡的,那理想是永远活着的,那理想甚至在这个时代还代表着我们。那理想是现在我们尊敬的民族复兴之河的泉源。

因此,让那河流一直流吧!毫无阻碍地流吧!一切都在流动!流到理想实现的

印尼第一任总统苏加诺

政治演说 zhengzhi yanshuo

大海！

它一直向前流，里面有我们，也有未来的一代，它一直向前流，流到广阔的海洋——民族尊严的大洋，国家安全的大洋，社会福利的大洋，人类幸福的大洋。

它一直向前流，一直向前流，因为它忠于它的泉源，好像我不久前在泗水讲过的：

"百川归海，不背其源！"

愿真主保佑它！

鉴赏 jianshang

苏加诺（1901—1970年），印度尼西亚第一任总统，领导印尼人民推翻了达300年之久的荷兰殖民主义者的统治。在印尼人民心目中，他是争取和维护民族独立的救星，享有"印度尼西亚之父"的美名。

苏加诺仪表堂堂，有一副雄辩的口才，他是一个以善于演说而著称的政治家。

每当苏加诺站在讲台上演讲时，就具有一种吸引人追随他的力量。他早年在万隆工学院读书期间，有一次在政治集会上发表了一篇激进的演说。演说产生的巨大反响引起了荷兰警察总长的注意，他命令停止演讲，并强行解散集会。从那时起，苏加诺便以"讲台雄狮"的称号闻名各地。印尼独立后，苏加诺每年去各地旅行，他能根据听众的不同情况，使用不同的语言，在所在地举行的群众大会上发表演讲，有时一周要演讲60多次，无论是在灼热的阳光还是倾盆大雨下，他的演讲照样能够吸引听众。演讲已成为苏加诺从事政治斗争的有力武器。

1908年5月20日，印度尼西亚诞生了第一个民族主义团体"至善社"，该组织主张爪哇民族和睦团结、宣传教育救国，标志着印度尼西亚民族主义运动的开端。后来，这个组织的成立日期就被定为印度尼西亚"民族复兴节"。"忠于你的泉源"这篇演讲就是苏加诺于1952年在民族复兴节上发表的。

苏加诺的这篇演讲，有人评论它是"汪洋恣肆，气势磅礴"，这在很大程度上得力于它的语言非常形象化，饱含着浓烈的感情，很符合鼓动型演讲的要求。

这篇演讲最突出的特点是它把形象的比喻，即"源泉、河流、大海"，像一根红线那样贯穿全篇，演讲中涉及的许多问题，苏加诺都很巧妙地把它编织到这个形象网络中去，从而使"源泉、河流、大海"的形象在演讲的各个部分闪闪点点地不时出现。在结尾部分，苏加诺用饱含深情的语言对这一比喻作了浓墨重彩的描绘，使这一形象极为突出、醒目。这种结构手法不仅使演讲有鲜明的形象感，而且前后照应，上下联贯，使所讲的道理深入浅出，给听众留下深刻印象。

　　我们知道，概念的特性是让人思索，它是"可思而不可感"的，因此概念总是抽象的。形象则相反，它是"可感而不可思"的。形象摆在我们眼前，如果我们去"思索"它，它就"索然无味"。但如果我们去想象它，体验它，它就会唤起我们的感情，同时又令我们"若有所思"。艺术的语言总是形象性的语言，也是情感性的语言，这告诉我们，要激发听众的情感，一个方便之门，就是要造成鲜明的形象。苏加诺的这篇演讲之所以气势磅礴，能够抒发强烈情感，就是因为演说尽量避免了抽象的说教，枯燥的议论，而把要讲述的道理寓于形象中。通过形象的描绘，感情的渲染，来达到劝谕和说服的目的。

　　当然，在这篇演讲中，抒发感情还采用了其它修辞手法，如演讲在好几处地方使用了排比句式，通过语句之间的排比关系，造成顿挫铿锵的节奏，这也是在演讲中抒发情感的一个常用手段。

冈 李克

[法国] 戴高乐

不容许任何国家垄断核力量

——在里昂的演说

1963年9月28日

……

我们不愿意任何人成为我国命运的主宰者，正是由于同一种意愿。我们正在建立自己的原子武装。因为，一个前所未有的、重大的事实是，现在，每一个国家的生存本身都实实在在地、每时每刻地受到任何一个拥有这类武装力量的国家的支配，除非这一国家也拥有一些同一类型的手段，使坏蛋肯定地知道，如果它冒险进行侵略，就会遭到这种手段的打击。

此外，你们都知道，除了煤和石油以外，原子能日益成为大量动力的来源，原子能的发展以及与此相关的各种工业的发展，同核力量的发展是联在一起的。因此，过去曾经摆在我们面前的问题是要知道，究竟是由我们自己掌握这种威慑手段和这种促进经济活动的新因素呢，还是把我们生死存亡的整个命运和我们今后经济发展的某些潜力交给盎格鲁—撒克逊人去掌握。这个问题已经解决了。我们已经决定，要像大西洋彼岸的盟国那样，拥有保卫我们自己的手段，并掌握无疑对未来有决定性作用的知识和实践，而丝毫不放弃同大西洋彼岸盟国的密切联系。

诚然，目前，苏联人和盎格鲁—撒克逊人在进行了几百次空中试验，并充分利用这些试验取得了能够毁灭整个世界的武器之后，达成了禁止这类试验的协议。我们当然对此表示庆幸。之后，他们邀请全世界所有自由的国家和不自由的国家都来承担同样的义务。所以有许多国家就在这一著名的协定上签了字，因为它们并没有能力去进行这种试验。这就好像可能发现有许多人准备承担义务不设法到月球上去一样。但是，法国，它却正在进行它的试验，它不容许两个特权国家一劳永逸地垄断核力量和这种支配地位，它将继续它为了本身的安全也为了其盟国人民的安全已经开始的努力。但是，如果有这样一天，能做到使得拥有这类武器的国家解除这些武器，而不是禁止没有这类武器的国家拥有这些武器，法国也将真心诚意地立即放弃这些武器。

戴高乐

法国这种要求独立的意志丝毫不妨碍——情形恰恰相反——我们在国内实现政治稳定,这种稳定是我们现在最年老的人们记忆中所从未会有过的;这也不妨碍我们在经济方面、社会方面、人口方面实现空前的发展;不妨碍我们同盟国一起对维护和平起清醒而积极的作用;不妨碍我们同世界上所有正在发展道路上的国家进行合作,同我们的力量相对比,我们进行这种合作的广泛程度超过任何其他国家。我们从来没有像今天这样需要自行处理自己的事务。这是我国人民在他们进行的努力中所不可缺少的根本动力。

而且,法国就这样对所有各类的国家提供了榜样,并且使它们得到鼓舞。在欧洲,多少现在处于苏联外来的枷锁下的国家因此燃起了隐藏在内心的希望!在拉丁美洲,多少现在正努力发展本身个性的民族能够从中得到多大的启发!在亚洲和非洲,多少新成立的国家或恢复起来的国家都在这个主宰自己命运的法国身上找到力量来支持它们的勇气和理智,尤其是这样一些国家,它们现在首先需要巩固和组织起来,而不是去进行那些统治势力为要吞并它

政治演说

们而驱使它们进行的冒险。而且，甚至于那些由于相敌对的外来干涉而分割为两部分或三部分的可怜的国家，也不会不感到，法国的自由仲裁可能是它们得到统一而且从而得到和平的机会。

要成为法兰西的决心，这不过是表达了我国要成为法兰西的一贯的使命和特征，这当然是为了法国本身，但同时也是为了其他国家的利益，这就像伟大的里昂市今天比任何时候更加现代化，也更具有里昂的特色一样。因此，对于我们全体法国人来说，我们时代的法则就是要忠于法兰西。

鉴赏 jianshang　　戴高乐（1890—1970年）自1958年12月当选为法兰西第五共和国总统后，一直奉行了独立自主的外交政策。他反对超级大国的控制，拒绝在"部分禁止核试验"条约上签字，并且退出了北大西洋军事"一体化"机构。

本篇是戴高乐1963年9月28日在里昂发表的演说。它旗帜鲜明地反对美苏两个超级大国的核垄断，坚决表示要建立法国自己的原子力量，以此来维护世界和平，体现了独立自主的外交原则，具有强烈的爱国主义精神。

在表达上，本篇说理深刻，逻辑严密。它首先说明了经济发展对于外交独立的重要意义。为了制止在信贷、消费等方面超过限度的现象，政府采取了必要的措施。对此，戴高乐认为是完全必要的。因为在他看来，只有采取这样的措施，才能促进法国在稳定的基础上发展经济、"供应法国人生活的需要"；而只有做到这一点，才能保证"我国在今天的世界上能自行处理自己的事务"。这里，戴高乐虽然谈的是经济问题，但却直接指向了外交独立的问题，并且揭示了这二者之间的联系。我们知道，一个国家只有保证经济上的独立，才能实现政治上和外交上的独立。因此，戴高乐对这二者关系的揭示是深刻的、有力的，确实抓住了问题的关键。

在论述外交独立的前提后，戴高乐鲜明地表明了法国政府的外交政策："同过去任何时期一样，我们坚持独立"、"不容许任何人有权代替我们行动和发言，不承认任何我们所不要的法律"。态度坚决、语气强硬，没有丝毫妥协的余地，饱蕴着强烈的民族自尊感和自信心。从这种外交政策出发，他进而阐明了法国对于联合国组织、大西洋联盟等国际组织和联盟的原则立场，特别是说明了原子武装对于法国的重大意义，表明了法国政府绝不容许任何国家垄断核力量的强硬态度。

最后,他论述了法国掌握核武器对于本国和世界其他各国的意义。演说中一连用了四个"不妨碍……"的句式,组成了一组较有气势的排比句,说明了法国掌握核武器对于本国独立富强的作用,接着,又用"在欧洲"、"在拉丁美洲"、"在亚洲和非洲"等四个相同的句式富有激情地说明了法国对于世界上所有各类国家的榜样意义和鼓舞作用。因此,"忠于法兰西"的法则"当然是为了法国本身,但同时也是为了其他国家的利益"。

总之,本篇演说从独立的前提到独立的原则,从独立的手段(掌握原子能)到独立的意义,层层深入,结构严密,很有逻辑性。在具体的论述中,演说抓住要害,单刀直入,作了鞭辟入里的分析,很有说服力。在说明过程中,演说始终笼罩着浓郁的感情氛围,洋溢着对法兰西民族的挚爱之情,很有感召力。在表述上,演说的语言刚劲有力,一针见血,极其鲜明地表达了法国的原则立场,具有犀利简劲的文体风格。

林甫

政治演说

[美国] 马丁·路德·金

我的一个梦想

——在华盛顿林肯纪念堂举行的"为工作和自由进军"大会上的演讲

1963年3月28日

一百年前，一位伟大的美国人签署了解放黑奴宣言，今天我们就是在他的雕像前集会。这一庄严宣言犹如灯塔的光芒，给千百万在那摧残生命的不义之火中受煎熬的黑奴带来了希望。它之到来犹如欢乐的黎明。结束了束缚黑人的漫漫长夜。

然而一百年后的今天，我们必须正视黑人还没有得到自由这一悲惨的事实。一百年后的今天，在种族隔离的镣铐和种族歧视的枷锁下，黑人的生活备受压榨。一百年后的今天，黑人仍生活在物质充裕的海洋中一个穷困的孤岛上。一百年后的今天，黑人仍然萎缩在美国社会的角落里，并且意识到自己是故土家园中的流亡者。今天我们在这里集会，就是要把这种骇人听闻的情况公诸于众。

就某种意义而言，今天我们是为了要求兑现诺言而汇集到我们国家的首都来的。我们共和国的缔造者草拟宪法和独立宣言的气壮山河的词句时，曾向每一个美国人许下了诺言。他们承诺给予所有的人以生存、自由和追求幸福的不可剥夺的权利。

……

现在黑人社会充满着了不起的新的战斗精神，但是我们却不能因此而不信任所有的白人。因为我们的许多白人兄弟已经认识到，他们的命运与我们的命运是紧密相连的，他们今天参加游行集会就是明证。他们的自由与我们的自由是息息相关的。我们不能单独行动。

马丁·路德·金

当我们行动时,我们必须保证向前进。我们不能倒退。现在有人问热心民权运动的人,"你们什么时候才能满足?"

只要黑人仍然遭受警察难以形容的野蛮迫害,我们就绝不会满足。

只要我们在外奔波而疲乏的身躯不能在公路旁的汽车旅馆和城里的旅馆找到住宿之所,我们就绝不会满足。

只要黑人的基本活动范围只是从少数民族聚居的小贫民区转移到大贫民区,我们就绝不会满足。

只要密西西比仍然有一个黑人不能参加选举,只要纽约有一个黑人认为他投票无济于事,我们就绝不会满足。

不!我们现在并不满足,我们将来也不满足,除非正义和公正犹如江海之波涛,汹涌澎湃,滚滚而来。

朋友们,今天我对你们说,在此时此刻,我们虽然遭受种种困难和挫折,我仍然有一个梦想。这个梦想是深深扎根于美国的梦想中的。

我梦想有一天,这个国家会站立起来,真正实现其信条的真谛:"我们认为这些真理是不言而喻的:人人生而平等。"

我梦想有一天,在佐治亚的红山上,昔日奴隶的儿子将能够和昔日奴隶主的儿子坐在一起,共叙兄弟情谊。

我梦想有一天,甚至连密西西比州这个正义匿迹,压迫成风,如同沙漠

1963年3月28日马丁·路德·金发表演说"我的一个梦想"

般的地方，也将变成自由和正义的绿洲。

我梦想有一天，我的四个孩子将在一个不是以他们的肤色，而是以他们的品格优劣来评价他们的国度里生活。

我今天有一个梦想。

我梦想有一天，亚拉巴马州能够有所转变，尽管该州州长现在仍然满口异议，反对联邦法令，但有朝一日，那里的黑人男孩和女孩将能与白人男孩和女孩情同骨肉，携手并进。

我今天有一个梦想。

我梦想有一天，幽谷上升，高山下降，坎坷曲折之路成坦途，圣光披露，满照人间。

美国黑人领袖马丁·路德·金

如果美国要成为一个伟大的国家，这个梦想必须实现。让自由之声从新罕布什尔州的巍峨峰巅响起来！让自由之声从纽约州的崇山峻岭响起来！让自由之声从宾夕法尼亚州阿勒格尼山的顶峰响起来！

让自由之声从科罗拉多州冰雪覆盖的洛基山响起来！让自由之声从加利福尼亚州蜿蜒的群峰响起来！不仅如此，还要让自由之声从佐治亚州的石岭响起来！让自由之声从田纳西州的望山响起来！

让自由之声从密西西比的每一座丘陵响起来！让自由之声从每一片山坡响起来。

当我们让自由之声响起来，让自由之声从每一个大小村庄、每一个州和每一个城市响起来时，我们将能够加速这一天的到来，那时，上帝的所有儿女，黑人和白人，犹太教徒和非犹太教徒，耶稣教徒和天主教徒，都将手携手，合唱一首古老的黑人灵歌："终于自由啦！终于自由啦！感谢全能的上帝，我们终于自由啦！"

马丁·路德·金（1929—1968年），享誉世界的美国黑人民权运动领袖。

1954年，金参加美国有色人种协会，在斗争中崭露头角，显示出他的领导才能。他在亚拉巴马州蒙哥利城成功地抵制了公共汽车的种族隔离制度，组织了伯明翰黑人要求平等权利的大规模示威游行。1964年他迫使约翰逊总统签署民权法案，同年获得诺贝尔和平奖。1968年3月他组织"贫民进军"，途经田纳西州孟菲斯市时，被种族主义分子枪杀。

本篇演讲是金于1963年3月28日在华盛顿林肯纪念堂前举行的声势浩大的示威集会上发表的。

金的这篇演讲十分感人，鼓动性极强。演说文字绮丽优美，语调高亢激昂，感情热烈奔放，气势浑雄有力。它是金所作的许多演讲中最出色的一篇，金的雄辩才华在这篇演讲中得到了淋漓尽致的发挥，它给金带来了巨大声望。美国各大报刊纷纷引用、转载这篇演讲，人们公认它是"经典之作"。20年后，美国数十万人再次来到华盛顿，聚集在林肯纪念堂前，播放了金牧师的这篇演讲，重温了金演讲时的那种热烈激动的情景。美国《展望》杂志曾列举近百年来世界几位最有影响力的演说家，金名列榜首。有的报刊评论说，正是金的高谈雄辩的说服力量"使美国人民相信种族隔离的不公平和不道德"。

从技巧上看，这篇演说非常突出地大量使用了排比。

排比的使用在这篇演说中是随处可见，占据了演说的大半篇幅。有的是在段内连续使用排比，有的则是在段与段之间构成排比。如演说的结尾部分，连续四个小段组成排比结构，每段皆以"我梦想有一天……"开始，层层推进，将作者理想步步深化，造成的气势如大河奔流，一泻千里，痛快淋漓地表现了金对平等的渴望、对自由的憧憬。

这篇演说是面对着25万人发表的，金声音宏亮，态度坚定，动作有力，表情时而严肃，时而愤然。他那富有感召力的声音，一会儿赢得听众阵阵热烈掌声，一会儿激起雷鸣般兴奋的喝彩欢呼。当时坐在白宫内的肯尼迪总统，在电视机中看到金的表现，也不得不钦佩地说他是好样的。

☒ 李克

政治演说

[德国] 阿登纳

在德法条约签订周年时的电视讲话

1964年1月14日

1963年1月22日双方签订了德法条约。六个月后,1963年7月2日生效。

即使对一项内容远远不比德法条约广泛的国际公法条约来说,也难以在如此短暂的时间内对其作出满意与否的判断。如果你们要问,我是否对德法条约缔结以来两国之间关系的发展感到满意,那我仍然愿意来尝试回答这个问题。

我愿向你们朗读一些与条约同时签署的《共同声明》中最主要的部分,以让你们了解,条约内容包罗万象,因而任重而道远,就不会对其短期内还未能体现一切感到惊讶,既然条约攸关消弭数百年敌对状态,所以这也就不足引起惊讶。

按照我的看法,障碍主要来自两国的官僚政治。是谁对此犯下疏忽的罪过,或是更明确点说,是谁在这几个月的政治活动中贯彻条约精神的行动较为迟缓,这是很难确定的。我认为,两国都应该从这样一段回顾中得出结论,以使今后的工作做得更好。

在德法两国签订条约同时签署的《共同声明》中,突出地阐述了有关条约的一些重大事件。

请允许我读一下这项声明中的一部分:

领导联邦德国摆脱战败国地位的阿登纳

1946年西德战后第一位总理阿登纳

"德意志联邦共和国联邦总理康拉德，阿登纳博士和法兰西共和国总统戴高乐将军：

深信德国和法国人民之间的和解能结束数百年来的敌对状态，这项历史性事件将从根本上改善两国人民的相互关系；

鉴于下列事实，即特别是两国青年已经意识到这种团结的必要，以及他们对巩固德法友谊应起的决定性作用；……

确认加强两国之间的合作，是通向欧洲统一的道路上必不可少的步骤，这是两国人民的目标；

对在今天签署的条约中确定的两国合作的原则和组织一致表示同意。"

请注意，这将要从根本上改建两国人民的关系，这不是朝夕之间就能完成的事情，这需要时间。

1963年10月底。法国社会党人领袖居伊·摩勒先生由法国社会党的其他人士陪同在莫斯科拜会赫鲁晓夫，从赫鲁晓夫面对摩勒发表的一些声明中还可以进一步得到证实，这项条约对于两国人民、整个欧洲、甚至全世界的自由的利益都是绝对必要的。1964年1月9日，星期四，摩勒就他和他的随行人员与赫鲁晓夫先生会谈的内容，在波恩向德意志外交政策协会作了报告。

他详尽地谈到，他和他的朋友们在那几天与赫鲁晓夫总共进行了大约13小时会谈，其中费三小时讨论德国问题。赫鲁晓夫先生首先向法国的先生们十分明确地声明，在柏林问题上和苏占区问题上决不可能有任何改变。他进一步表示，他坚信，事态的发展将导致联邦共和国同苏联结盟。

他进一步询问摩勒，法国是否愿意回到早先的立场——法国同俄国结盟反对德国的政策——，而打算建立一项新的苏法同盟。

我不愿在这儿使人对法国先生们的立场产生错误的印象，他们对赫鲁晓夫的言论大为震动。摩勒先生在波恩所作的报告中声明，任何一届法国政府，不论其是如何组成的,都将坚定不渝地站在德法条约的立场上。

一项有效的外交政策必须建立在事实的基础上,而不只是建立在感情的考虑上。缔结德法条约是以事实作为基础的,这是十分清楚的。德国和法国永远是近邻,苏俄共产主义这个庞然大物向西欧深入扩张,已经直接进逼到西欧,尤其是德国的面前。德国的命运就是法国的命运,法国的命运也就是德国的命运。所以由于面临苏联强权的威胁所产生的德法条约,是攸关德国和法国的存亡问题的。

如果德国和法国切实履行条约并不断使其充实和贯彻,那么两国就对欧洲和世界的自由与和平作出了贡献。

请允许我再补充一句,没有法国和德国之间的和解,就既不可能有欧洲经济共同体的建立、也不可能诞生欧洲政治联盟和像北大西洋公约组织这样的大西洋联盟。

我请求你们,不要把这一系列复杂问题,看作是日常的问题,而应该看作是有关我们人民整个未来的问题,看作是具有重大意义的问题。

阿登纳(1876—1967年),德意志联邦共和国总理,德国基督教民主联盟创建人和领袖。

60年代,苏联实行强权政策,向西欧各国进行渗透扩张。为了对付苏联的扩张,德意志联邦共和国与法国于1963年1月22日签订了德法条约,并于六个月后生效。1964年1月14日,在德法条约签订一周年之际,阿登纳总理发表了这篇电视讲话。

这篇讲话旨在阐述建立德法联盟的战略意义,但它并没有单刀直入、开门见山。而是侧重通过大量的引用来呈现它的意义。因此,峰回路转、曲径通幽便成了这篇外交演说表达上的一大特色。

首先,它引用了与条约同时签署的《共同声明》中的一些主要内容,以其本身从理论上说明了德法联盟建立的重要意义,这种意义表现在两个方面:从两国关系本身来看,两国人民之间的和解、德法友谊的建立"能结束数百年来的敌对状态"、"将从根本上改善两国人民的相互关系";从对整个欧洲的影响来看,两国之间的合作,是"通向欧洲统一的道路上必不可少的步骤",对整个欧洲的和平具有重大的作用。因为《丝同声明》本身就"突出地阐述了有关条约

康拉德·阿登纳

的一些查大事件",所以,对它主要内容的引进就简洁明了地显示出了德法条约签订的意义。可见,这种手法是很巧妙的。

其次,它引用了赫鲁晓夫对摩勒发表的一些声明,从而从实践上显示出"这项条约对于两国人民、整个欧洲、甚至全世界的自由的利益都是绝对必要的"。德法同盟本来就是针对苏联的扩张企图而建立的,因此,从苏联的反应中,是更能看出它的意义的。赫鲁晓夫对待德意志联邦共和国和法国的态度是:在柏林问题上和苏占区问题上决不可能有任何改变,并欲压迫德国与苏联结盟;同时又想建立一项新的苏法同盟来共同反对德国。赫鲁晓夫的目的就是要破坏业已建立的德法同盟,以达到其渗透扩张的目的。这就从反面客观地显示出了德法同盟在对抗苏联扩张政策中的作用和意义。这里虽然没有明确的阐述,而只是对事实本身的陈述和引用,但是,它却具有无可辩驳的说服力。

在从理论和实践、主观和客观两个方面作了较多的引用之后,演说以极其简练的语言直接点出了德法同盟的意义:"由于面临苏联强权的威胁所产生的德法条约,是攸关德国和法国的存亡问题的",只要切实履行条约,就是"对欧洲和世界的自由与和平作出了贡献"。这种极其简明扼要的揭示由于有上文的广泛引证的铺垫,所以显得既毫不突兀,又能画龙点睛,给人以水到渠成之感。总之,演说的这种峰回路转、曲径通幽的表现手法,既从各个方面显示了同盟的意义和作用,又造成了行文的曲折和跌宕,使之兼有了含蓄而明朗的品格,从而造成了演说的内在的节奏感。

另外,这篇外交演说还非常注意措词,感情色彩非常鲜明。对于自己的盟友,演说者选用了许多褒扬色彩很强的词句(如"坚定不渝"、"他们对赫鲁晓夫的言论大为震动"),表示了自己的友好态度。而对于自己的对手,则运用了许多贬抑色彩很浓的语句,如"苏联强权的威胁"、"苏俄共产主义这个庞然大物向西欧深入扩张,已经直接进逼到西欧",表现了自己的鲜明态度。

☒林雨

政治演说

[美国] 尼克松

建立一种新的世界秩序

——在答谢宴会上的祝酒词

1972年2月25日

总理先生，中华人民共和国和美利坚合众国的我们十分尊贵的客人们：

我们能有机会在贵国作客期间欢迎你和今晚在座的诸位中国客人，感到十分荣幸。

我要代表尼克松夫人和同行的全体正式成员，对你们给予我们的无限盛情的款待，表示深切的感谢。

大家知道，按照我国的习惯，我们的新闻界人士有权代表他们自己讲话，而政府中的人谁也不能代表他们讲话。但是我相信，今晚在座的全体美国新闻界人士都会授予我这一少有的特权来代表他们感谢你和贵国政府给予他们的种种礼遇。

你们已使全世界空前之多的人们得以读到、看到、听到这一历史性访问的情景。

昨天，我们同几亿电视观众一起，看到了名副其实的世界奇迹之一——中国的长城。当我在城墙上漫步时，我想到为了建筑这座城墙而付出的牺牲；我想到它所显示的在悠久的历史上始终保持独立的中国人民的决心，我想到这样一个事实，就是，长城告诉我们，中国有伟大的历史，建造这个世界奇迹的人民也有伟大的未来。

长城已不再是一道把中国和世界其他地区隔开的城墙。但是，它使人们想起，世界上仍然存在着许多把各个国家和人民隔开的城墙。

长城还使人们想起，在几乎一代的岁月里，中华人民共和国和美国之间存在着一道城墙。

四天以来，我们已经开始了拆除我们之间这座城墙的长期过程。我们开始会谈时就承认我们之间有巨大的分歧，但是我们决心不让这些分歧阻碍我们和平相处。

你们深信你们的制度，我们同样深信我们的制度。我们在这里聚会，并不是由于我们有共同的信仰，而是由于我们有共同的利益和共同的希望，我们每一方都有这样的利益，就是维护我们的独立和我们人民的安全，我们每一方都有这样的希望，就是建立一种新的世界秩序，具有不同制度和不同价值标准的国家和人民可以在其中和平相处，互有分歧但互相尊重，让历史而不是让战场对他们的不同思想作出判断。

总理先生，你已注意到送我们到这里来的飞机名为"七六年精神号"。就在这个星期，我们美国庆祝了我们的国父乔治·华盛顿的生日，是他领导美国在我们的革命中取得了独立，并担任了我们的第一届总统。

在他任期届满时，他用下面的话向他的同胞告别："对一切国家恪守信用和正义。同所有的人和平与和睦相处。"

就是本着这种精神——1976年精神，我请大家站起来和我一起举杯，为毛主席，为周总理，为我们两国人民，为我们的孩子们的希望，即我们这一代能给他们留下和平与和睦的遗产，干杯！

尼克松（1913—1994），美国第三十七位总统。1947 年当选为国会议员，1953 年因其演说才能加强了共和党的统一与巩固而获得副总统的提名。1961 年当选为副总统，在八年的副总统期间曾经十分有效地将副总统这个在传统上无关紧要的职务变成一个相当重要的职务，并三次在艾森豪威尔总统生病期间填补了总统的空缺。1969 年当选总统之后，他作出了两件震撼世界、永垂千古的事情，其一是结束了越南战争，其二便是出访中国，并与周恩来总理签署了中美上海公报，从而开创了中美关系的新纪元。这篇

1969 年尼克松竞选获胜，成为美国第 37 任总统

政治演说

演说便是他在访问北京时答谢宴会上的祝酒词。

　　本篇演说一反许多国家领导人的那种例行公事式的照本宣科，也没有唠唠叨叨地念一些枯燥无味的教条，而是热情洋溢，文采飞扬地表达了美国政府与人民对中国政府与人民的友谊与希望建立良好的互助合作关系的愿望，体现了演说者的真情实意。

　　演说一开始便选取了具有象征意义的长城做比喻。他从参观游览名副其实的世界奇迹之一的中国长城而联想到中国伟大的过去，从中国伟大的过去谈到中国伟大的未来。长城的过去显示了伟大的中国人民捍卫民族独立的决心，而建造这伟大奇迹的人民也有伟大的未来。演说的立足点却是在"现在"，长城的现在已不再是一道将中国和世界其他国家隔开的城墙。但在几乎一代人的岁月里，中国与美国之间都存在着一道城墙。紧接着演说谈到这次访问中国的成果，即美中两国政府已开始了拆除这一道看不见的城墙的长期工作。这种从自然界的有形的城墙到美中两国的关系的无形的城墙的联系是十分生动形象的，充分显示了演说者的高超的演说技巧与才能。

　　紧接着演说阐述了美中两国政府与人民具有着不同的信仰与社会制度，

尼克松故居一景：位于加利福尼亚州橙县的约巴林达

并且存在明显的分歧,但这种分歧与不同的制度与信仰不会也不应阻碍两国人民的和平共处,为了共同的利益与共同的愿望,而相互合作的愿望。并提出信守着不同的社会制度,不同的信仰和不同的价值标准的国家与人民可以在这个世界上和平共处,互有分歧但互相尊重,让历史而不是让战场对他们的不同思想作出判断的进步观念。这与中国历来奉行的对外政策是一致的。这标明演说者是一位富有远见卓识的政治家与国家元首。

演说最后以乔治·华盛顿"对一切国家恪守信用与正义。同所有的人和平与和睦相处。"的著名告别词作结,也充分显示了演说者希望与中国人民及世界各国人民和睦相处的真诚愿望。

这篇演说虽然短小,但蕴含十分丰富,其思想与艺术价值完全可以与林肯的"哥特斯堡演说"相媲美。

钦林

[英国] 撒切尔夫人

当选为英国保守党领袖后的演讲

1975年

我知道你们会理解，从我第一次出席党的大会那一年起就循着像我们的领袖温斯顿·丘吉尔那样伟大的人——一个命中注定会把英国的名字在自由世界的历史上提高到至高无上的地位的人——的足迹前进，我所感到的那种谦卑。……还有安东尼·艾登]他为我们树立了拥有财产自由的目标。……还有哈罗德·麦克米伦，在他领导期间提出了许许多多每个公民都能实现的理想。……还有亚历克·道格拉斯—霍姆，他获得了我们所有人对他的爱慕和崇敬。……还有爱德华·希思，他成功地领导党取得了1970年大选的胜利并英明地引导我们国家在1973年加入了欧洲共同体。

……他们都有一个共同点：即每个人都遇到了他那个时代的挑战。然而，我们这个时代的挑战是什么呢？我认为我们面临着两个挑战：克服我们国家的经济和财政问题；恢复英国和我们自己的自信心。

我批评的不是英国，而是社会主义；并且我将继续这样做……因为它对英国是有害的。英国和社会主义是不能等同起来的，只要我还健在，只要我一息尚存，就决不会使它们等同起来。

一个国家，如果它的经济和社会生活被国有化和政府控制、统治着的话，是不可能繁荣兴旺的……，还有其他一些事正在这个国家发生。我们正目睹一些人对我们的价值观念，对那些想获得荣誉和发挥所长的人，对我们的传统和伟大的过去进行蓄意攻击。还有那些腐蚀着我们民族自尊心的人把英国近几个世纪的历史歪曲成没有变化的、黑暗的、压抑和失败的历史，歪曲成为一个绝望

撒切尔夫人

的时代而不是充满希望的时代。

请让我向你们陈述我的观点：即一个人有按他的意愿工作的权利；有花他所挣来的钱的权利；有拥有财产的权利；有把这个政府当作公仆而不是太上皇的权利。所有这些都是英国的传统，它们是一个自由国家的实质，所有其他的自由都有赖于这一点。

鉴赏 jianshang 玛格丽特·撒切尔（1925）英国历史上第一位女首相，80年代国际政治中举足轻重的头面人物。她在担任两届首相期间，执行的内政和外交政策，素以"强硬"闻名，撒切尔遂被冠以"铁娘子"的称号。

在资本主义社会中，从事政治，演讲是一个非常重要的条件。通过演讲，可以阐发自己的政治主张，显示自己的政治才华，争取听众的支持。因而当代政治家，大都有即兴演讲的本领，不仅男性政治家如此，女性亦然。

撒切尔年轻时，就很注重培养演讲的能力。她18岁进入牛津大学，参加了学校保守党俱乐部，第三年，一跃成为牛津大学保守党协会主席。这个协会频繁举行活动，每星期五晚邀请内阁大臣来演讲。在协会中，撒切尔异常活跃，经常抛头露面，她的组织能力和演讲口才都得到了锻炼。尽管她所学的专业是化学，但从此撒切尔对政治的兴趣越来越浓。

无论英国还是美国，议员中有相当部分是律师出身。巧于辞令，擅长辩驳是律师的专长，这也为他们从事政治带来了方便。因此，各政党选举委员会在物色人选时对律师都很重视，一般选民也看重律师。也许正是由于这个缘故，撒切尔下定决心，刻苦学习法律。1951年她与丹尼丝·撒切尔结婚，产后四个月，撒切尔便通过了律师业的最后考试，被录取为律师。

走上政治舞台的撒切尔，利用演讲作为武器，为自己挣得了大量的政治资本。她非常注重自己在人们心目中的形象，对穿什么衣服、打什么领结、头发的式样、颜色等都很讲究。她出现在集会上，总是气度非凡，光彩照人。在演讲和辩论中，娴熟地引经据典，精确地掌握数字，是她的拿手好戏。她口齿伶俐，思维敏捷，常常不用讲稿，侃侃而谈数十分钟，令在座的议员目瞪口呆，不得不钦佩她的口才。

这里节选的是1975年撒切尔当选为保守党领袖的演讲。她对这次演讲极

政治演说

为重视，认为只能成功，不许失败。讲稿多次修改，直到最后时刻，撒切尔已经穿戴装扮好，助手们还在为这篇演说进行润色。

从这篇演讲可以看出，撒切尔比较少用虚言巧语兜圈子，敷衍听众，也少用客套话]应酬语，大段的景色描绘，感情抒发。她的演说善于直截了当地提出问题，而且爱把论点置于尖锐对立的条件下，在一种论战的气氛中表明态度。有时，她大刀阔斧地斩除了过于繁琐的论证，直接用斩钉截铁的语气，旗帜鲜明的亮出自己的立场。如"英国和社会主义是不能等同起来的，只要我还健在，只要我一息尚存，就决不会使它们等同起来。"这些语言虽质朴无华，便掷地有声，令听众抖擞精神。据目击者说，当撒切尔演说完毕，全体代表欢呼起来，"直到把嗓子都喊哑了"。听其声，观其文，可以想见"铁娘子"果敢有力的风姿。

☒ 李克

[法国] 密特朗

希望

1981年5月21日

在我就任我国最高职务的今天，我想到了作为我国人民精英的千千万万法国男女。他们在漫长的两个世纪中，在和平和战争的环境中，用劳动和鲜血创造了法国的历史，他们只是在我们社会出现短暂而光辉的突变时才偶然登上历史舞台。

忠于若雷斯的教导，我现在首先以这些千千万万法国男女的名义讲话。继人民阵线和解放战争之后，现在开始了漫长历程的第三阶段，通过民主方式表明的法国人中的政治上的多数派刚刚与社会上的多数派成为同一体。一个伟大民族当然应该有宏伟计划。对于我国来说，还有什么比建立社会主义和自由的新联盟更崇高的要求呢？还有什么比把这一新联盟贡献给未来的世界更宏大的抱负呢？总之，这正是我的主张和决心，它使我确信，在不公正和不宽容现象占统治地位的地方，是不可能有秩序和安全的。我要以理服人，而不是以力服人。

1981年5月10日的胜利者只有一个，那就是希望。但愿这种希望能成为每个法国人的希望。为此，我将不懈地沿着多元化的道路前进，尊重别人，让不同意见互相争论。作为全体法国人的总统，我要使举国上下团结起来去从事我们面临的伟大事业，无论如何，我要为建立一个名副其实的民族大家庭创造条件。

密特朗

我再次向瓦莱利·吉斯卡尔·德斯坦先生表示我个人的祝愿。然而，这不仅仅是一个人向另一个人移交权力，而是全体人民将要行使实际上是属于他们自己的权力。

此外，如果我们放眼国际局势，怎么能不考虑各种利害冲突的影响以及层出不穷的对抗对和平造成的威胁呢？法国要强有力地指出，只要世界上三分之二的人继续付出人力和财力，而换来的仅是饥饿和蔑视，那就不可能建立真正的国际大家庭。

公正而团结的法国希望同所有人和平相处，能够照亮人类前进的道路。为此，法国首先应当自力更生。

在此，我要向所有决心为国家服务的人发出呼吁。我期待着他们的智慧、经验和忠诚的帮助。

我要向在这个大厅和这座大厦外面的所有法国男女说：要充满信心。相信未来。

共和国万岁！法国万岁！

jianshang

弗朗索瓦·密特朗（1916—1996）法国社会党第一书记，法国总统。

密特朗年轻时曾入法国巴黎大学法律系和政治学院学习，二次大战爆发，他应证入，在战争中受伤被俘。一年后，从德国战俘营逃回法国，在维希政府任职。积极参加抵抗运动。战后，密特朗成为法国政界的一位活跃人物，他多次担任政府部长和国会议员。1965年，他代表"社会民主左翼联盟"参加总统竞选，1974年他再次参加竞选，以1.3%的选票之差输给对手。1981年，密特朗第三次参加竞选，终于如愿以偿，当选为法国第20任总统。

1981年总统竞选，对于密特朗的政治前途至关重要。按照法律规定，法国总统选举每七年进行一次，如果这次退出，七年之后密特朗已年逾古稀，失去竞选资格，而证社会党内，少数派将会从他手中夺走权利，他只能当有名无实的名誉主席。经过一番冷静慎重的分析，密特朗决定参加竞选，他认为自己还是具有不少有利条件：有两次竞选的经验和失利的教训；在社会党内威望独步

密特朗

密特朗

一时,无人可比;更为重要的是,法国经济形势持续恶化,人们普遍不满,强烈要求改变现状。

为了赢得胜利,密特朗作了充分而周密的准备,拟定了详细的竞选计划。他的竞选对手、在任总统德斯坦把"安定、团结、未来"作为竞选口号,不难看出,这一口号具有鲜明的保守性;密特朗则利用选民对德斯坦执政七年所产生的厌倦心理和思变情绪,针锋相对地提出了"就业、和平与自由"的竞选纲领,这一纲领的实质就是要给法国带来革新的希望。希望,这是密特朗的竞选主题,也是他入主爱丽舍宫在总统就职典礼上发表演讲的主题。

密特朗说,"1981年5月10日的胜利者只有一个,那就是希望"。围绕着希望,密特朗巧妙地展开了他的演说。针对德斯坦政府大权独揽,作风专断,密特朗把自己的当选称为还政于民,强调政治的民主化和多元化。德斯坦自由经济的政策造成了大量失业,物价上涨,密特朗则把建立社会主义和自由的新联盟作为法国的"更崇高要求",暗示法国将加强政府对经济的干预,把计划作为经济的"总的调节因素"。德斯坦的外交政策软弱无力,密特朗则在演说中声言愿同所有人和平相处,但法国"首先应当自力更生"。就人们普遍关心的内政外交问题,密特朗作了或直接、或含蓄的回答,表露了新政府带给人们的希望。

从论述上看,以希望为题,避开了对前任政府的批评和党派之间的攻讦,显示了法国的"公正与团结",又委婉地表明了新政府的立场,为新政府的上台执政罩上了一层"光圈",同时,它对选民的期诗心理也是一种满足。由此可见,一篇演说的成功,不单表现在词句的漂亮悦耳,感情的充沛,论证的有力,也表现在论题选择的恰当,论述角度的合理。

☐ 李克

军事演说
junshiyanshuo

千壺集說

军事演说

[古希腊]伯里克利

还有谁比我们更能立于不败之地呢？

公元前432

雅典同胞们！我们绝不应该对斯巴达人再作任何让步了，这是我们要坚持的立场。

现在的斯巴达人，显然和以往一样想对我们图谋不轨，他们已经跃跃欲试。虽则条款中已言明，我们应提议和接受就彼此的争端做一公平的解决，并且双方（在和平之时）都应拥有各自的财产。但迄今为止，他们从不要求做这种解决，我们提出时，他们也拒不接受，他们只希望用战争，而不是用条款来镇压我们的不服。他们现在一味横行霸道，不再婉言相告了。他们居然命令我们为波提底亚城解围，并训示我们要让爱琴纳独立，还要我们将有关麦加拉的条款宣告无效。他们最后的使节们也来命令我们让希腊独立，他们提议的问题焦点是有关麦加拉的条款，他们说我们若宣布条款无效，战争就不会爆发了。我希望诸位之中切莫有人以为我们是为了不废除有关麦加拉的条款这种鸡毛蒜皮的小事，才准备打仗的。即使我们是为了这一件鸡毛蒜皮之事开始，诸位以后也不要在内心里自怨自艾。因为，就是这一件芝麻小事，诸位的大小目标，都包含在里头了。诸位若屈服于这些要求，更大的要求将接踵而来，因为此例一开，就得永远俯首听命了；相反的，诸位若能坚持不从，也就是等于明显地告诉他们：他们必须以更平等的地位对待您。

伯里克利胸像(作于公元前430年)

因此，诸位就下定决心吧，或是在你们受伤害前先奴颜卑膝，或是照我所想的进行备战，事无巨细靡遗，绝不让步，也不惧怕保有我们目前所已获得的东西。因为基于平等地位而来的最大和最细微的需求，在达成公正的解决前，皆可对他们的邻居构成同样程度的压力。

现在，有关这次的战争和双方所拥有的工具，我们在听到详情后，就会坚信我们并不比他们逊色。伯罗奔尼撒人是自己耕种自己的田地，他们没有私人或公共基金。他们缺乏持久和海外作战的经验，他们也缺乏长期作战的资金。像这类的人既不能组成步兵队，也不能派出登陆兵力。再者，他们也没有私人企业，只能就自己本身的资源来花费，而且他们又不濒海，不习海战。能支撑他们作战的，是其岁收的剩余，而不是强迫性的捐献。而且，耕种斯土的人们并不在意他们缺乏金钱，他们随时准备开战，他们坚信他们能克服任何危险。而且，据说他们在战争未打完前，绝不浪费金钱，尤其是当战争出乎意外地长久时。如果是一战决胜负，伯罗奔尼撒人和他们的同盟可以应付得了全希腊的联军，但是他们无法对与他们所知大相迥异的资源进行

雅典城

军事演说

作战，就是因为他们没有顾问团，可供他们有力地执行决策。他们种族各异，却都有各自相等的一票，每个种族都可提出自己本身的利益，因为这一原因，常使他们在某件事上不能达成一致意见。

伯罗奔尼撒人的敌情，我想就是这么一回事：他们的缺点，我们似乎都没有，而我们还拥有其他方面的最大优点。假如你们在作战期间，不去扩张领土，不去改变原有的立场，我还可以举出我们能够获胜的理由。我对于我们内部所出的差错比对敌人的狡诈计谋更为惊惶。

但是，诸位仍需知道我们必须开战，假使我们心甘情愿地供人役使，敌人将肆无忌惮地压迫我们。最大的荣誉来自最大的危险，这句话对国家和私人都适用。我们的祖先曾不顾一切地抵抗米底亚人，他们没有我们今天所拥有的资源，甚至他们还是放弃已有的一切，他们用商议而不是运气，用勇气而不是武力，打败了野蛮人，他们开发了这些资源，才奠定了我们今天的地位。因此，我们消耗了资源，也必然可维持不败，我们必然尽可能驱逐我们的敌人，并尽力将我们承继的祖先的力量，毫不逊色地传于后代。

鉴赏 jianshang　伯里克利，约生于公元前495年，卒于公元前429年，雅典最伟大的政治家和军事家。伯里克利本人出身贵族，却成为民主派的领袖，倡行奴隶主民主政治，从公元前443年到公元前429年，他连续15年担任十将军委员会的首席将军，成为雅典的最高领导者。在他的领导下，雅典的文化和国势的发展都达到巅峰状态，史称"伯里克利时期"。

公元前431至公元前404年，希腊半岛爆发了一场长达27年之久的争夺希腊霸权的大战。战争的一方是以斯巴达为首的伯罗奔尼撒同盟，另一方是以雅典为首的提洛同盟。由于伯罗奔尼撒同盟首先向雅典开战，所以历史上称之为伯罗奔尼撒战争。公元前429年，在战争期间，伯里克利身染瘟疫而病逝。

公元前432年，伯罗奔尼撒同盟召集大会，决定向雅典提出通牒：解散提洛同盟，放逐雅典当时的统治者伯里克利。这些当然遭到雅典的拒绝。于是公元前431年，伯罗奔尼撒同盟首先向雅典开战，波及全希腊的伯罗奔尼撒大战终于爆发了。本篇演说就是伯罗奔尼撒战争前，伯里克利向他的雅典

同胞们发表的战前演讲。

大敌当前，他开门见山地指出："雅典同胞们！我们绝不应该对斯巴达人再作任何让步了"，接着列举了斯巴达人的一系列横行霸道的行径，并对双方的力量对比作了透彻的分析，指出："伯罗奔尼撒人的敌情，我想就是这么一回事：他们的缺点，我们似乎都没有，而我们还拥有其他方面的最大优点。"最后，他豪迈地说："我们的祖先曾不顾一切地抵抗米底亚人，……打败了野蛮人，""今天，""我们欣然尽可能驱逐我们的敌人，并尽力将我们承继的祖先的力量，毫不逊色地传于后代。"有鉴于此，"还有谁比我们更能立于不败之地呢？"

德国哲学大师黑格尔在《历史哲学》中有一段评论："那位最有修养、最纯正、最高尚的政治家伯里克利的演说，……宣布了他们的民族所奉行的格言，也就是形成他们自己的人格的格言，他们不但发表了他们的政治关系的见解，以及关于他们的道德和精神的见解，而且发表了他们的目的和行为的各种原则。"这段话可以说是对伯里克利演讲的较好的概括总结。

☒ 申晓若

对马其顿士兵的演说

[马其顿] 亚历山大

公元前4世纪

马其顿同胞们：现在我想对你们说的，并不是要阻挡你们回家的愿望。就我个人说，你们愿意上哪儿去都可以。但是，你们应当想想，假如你们就这样走掉，那你们究竟算是怎样对待寡人的呢？而寡人又是怎样对待你们的呢？因此，我打算先从我父亲腓力说起，这是应该的，也是适当的。腓力起初看到你们的时候，你们不过是些走投无路的流浪汉，大多数人只穿着一张老羊皮，在小山坡上放几只羊。为了这几只羊，还常常和边界上的伊利瑞亚人、特利巴利人和色雷斯人打个不休，而且往往吃败仗。后来，是腓力叫你们脱下老羊皮，给你们穿上大衣，把你们从山里带到平原上，把你们训练成能够对付边界敌寇的勇猛的战士。因此，你们才不再相信你们那些小山村的天然防卫能力，而相信了你们自己的勇气。不仅如此，他还把你们变成城市的居民，用好的法律和风俗把你们变成文明的人。腓力使你们当上了原先那些欺压你们、抢劫你们财物和亲人的部落的主子，再也不当他们的奴隶和顺民。他把色雷斯大部并入了马其顿版图，夺取了交通便利的沿海城镇，给你们的家乡带来了商业，使你们能安全地开发自己的宝藏。然后，他又叫你们当上了多年来叫你们怕得要死的色雷斯人的老太爷。他还制服了福西亚人。由你们家乡通过希腊的道路原来既窄又难

亚历山大

走,后来他把它开成又宽又好走的大路。过去,雅典和底比斯一直在伺机毁灭马其顿,但他后来降服了他们。我们马其顿不再向雅典和底比斯交纳贡赋,相反,他们现在必须争取到我们的允许才能生存。现在,我们大家正在分享我父亲胼力这些功业的成果,后来他又进入伯罗奔尼撒,把那个地方也搞得服服贴贴。然后,他被宣布为全希腊的最高统帅远征波斯。他赢得这么高的威望,并不只是为了他自己,主要地还是为了马其顿。

　　我父亲为你们大家完成的这些崇高的事业。就其本身而言,确实是很伟大的,但跟寡人的成就相比,不免显得渺小。我从我父亲手里继承下来的,只有几只金杯银碗,还有不到60塔仑的财宝。可是他欠的债务却多达500塔仑。在这个数字之外,后来我自己又借了800塔仑。当时我们的国家不可能叫大家过舒适的生活。就是从这样一个国家里,我带领你们出发,开始远征。虽然当时波斯人是海上霸主,但寡人还是一举打通了赫勒斯滂海峡。然后,又用我的骑兵打垮了大流士的许多督办,于是就在你们的帝国的版图上加上了爱奥尼亚和伊欧利亚全部,上下福瑞吉亚和利地亚;米莱塔斯是在寡人围攻之下夺到手的;其余各地都是投降的。这些胜利果实我都交给你们分享。

亚历山大的城堡

埃及和西瑞尼，我不费一枪一箭就拿到手，那里的东西都归了你们。叙利亚盆地、巴勒斯坦和美索不达米亚现在也为你们所有。巴比伦、巴克特利亚和苏萨也属于你们。利地亚的财富、波斯的珍宝、印度的好东西、还有外边的大洋，通通归你们所有。你们有的当了督办，有的当了近卫军官，有的当了队长。在经历这么多的艰难困苦之后，留给我自己的，除了王位和这顶王冠之外，还有什么呢？除了你们已经占有的和我为你们保存的以外，谁也指不出我还有什么财产。我并未为我个人需要保留什么东西，因为我跟你们吃一样的饭，睡一样的觉——不，在你们当中有些人，我很难说我跟他们吃的一样，他们吃的可讲究呢。我还知道，我每天比你们早起，为的是让你们安安静静地在床上多睡一会。

亚历山大头像

可是，你们也许认为当你们忍受劳累和痛苦的时候，我自己则是轻闲自在地坐享其成。但我要问，你们当中有谁真正感觉到他为我受的苦和累比我为他受的还多呢？或者，你们当中那些负了伤的，不论是谁，谁把衣服脱下来叫大家看看，我也脱下来叫大家看看。我的全身，至少是前面，没有一个地方没有伤疤。没有一种武器，不管是近距离的还是远距离的，没有在我身上留下伤痕。这是事实。在肉搏中我挨过敌人的刀；还不知道挨过敌人多少箭；还受过弹弓子弹的打击；棒打石击则更是不可胜数。这一切都是为了你们，为了你们的荣誉，为了你们的财富。我带着你们以胜利者的姿态走遍陆地、海洋、河流、山脉和平原。我结婚，你们也结婚。你们许多人的孩子将和我的孩子结为血肉相连的亲戚。还有，对你们当中欠了债的人，我不是好管闲事的人，都未加追究，而你们的薪饷确也够高，每当攻下一个城镇时，你们还都分了那么多战利品。我实在不明白你们怎么会欠下公家的债。但我不管这些，把你们欠下的债务通通一笔勾销。而且，你们大多数都得到了金冠。这是你们英勇功勋的纪念，也是我对你们关怀爱护的象征，是永远磨灭不了的纪念品。不论谁牺牲了，他的死都是光荣的，葬礼也都是隆重的。多数还在家乡立了铜像。父母受到尊敬，还豁免一切捐税和劳役。因为自从我率领你们遍征以来,还没有一个人是在溃逃中死掉的。

现在,我本来打算把你们当中那些不能再参加战斗的人送回家乡,成为乡亲们羡慕的人,但是既然你们都想回家,那你们通通都走吧。到家之后,告诉乡亲们,就说你们的国王亚历山大打败了波斯、米地亚、巴克特利亚、萨卡亚,征服了攸克西亚、阿拉科提亚和德兰吉亚,当了帕西亚、科拉斯米亚以及直至里海的赫卡尼亚的主人;他曾越过了里海关口以远的高加索山,渡过了奥克苏斯河和塔内河,对了,还有除了狄俄尼索斯之外谁都未曾渡过的印度河,还有希达斯皮斯河、阿塞西尼斯河、布德拉欧提斯河,如果不是因为你们退缩的话,他还会渡过希发西斯河;他还曾由印度河的两个河口闯入印度洋,还越过了前人从未带着部队越过的伽德罗西亚大沙漠;在行军中,还占领了卡曼尼亚和欧瑞坦地区;当他的舰队由印度驶回波斯海时,他又把你们带回苏萨。我再说一遍,你们回家之后,告诉乡亲们,就说你们自己总算回了家,但把国王扔下了,把他扔给你们曾经征服过的那些野蛮部族去照顾。当你们当众宣布这件事的时候,毫无疑问,这在人世间一定算得上是无上的光荣;在老天看来,也一定够得上是虔诚无比。你们走吧!

鉴赏 亚历山大(公元前356—前323年)即亚历山大大帝,马其顿国王,杰出的军事家和政治家,腓力二世的儿子。少时就学于著名哲学家亚里士多德,醉心于荷马史诗中的英雄人物。公元前336年,其父腓力二世遇刺身亡,时年20岁的亚历山大继承了王位。他在稳定国内局势之后,于公元前334年,以马其顿、希腊联军最高统帅的身份,组织了对东方的大规模远征,历时10年,即闻名世界的亚历山大远征。经过军事远征,亚历山大在辽阔的地域上建立了一个空前庞大的帝国。首都设在巴比伦。正当亚历山大野心勃勃地准备进行新的远征的时候,然而,他突然患上恶性疟疾,于公元前323年6月13日病逝,终年仅33岁。

亚历山大

军事演说

亚历山大具有狂暴的热情、坚强的意志和出众的智力，又有敏锐的判断力和随机应变的才能，还具有很强的宣传鼓动能力。据记载，他在远征途中，曾多次对士兵发表鼓动性演说，极大地鼓舞了士兵们的士气，使他们舍生忘死地投入战斗，去夺取胜利。"对马其顿士兵的演说"就是其中的一篇。

那是在远征途中，亚历山大宣布凡是超过年龄或因残废不能继续服役的马其顿人均就地解除军职遣送回家，并答应在出发前发给每个人许多钱。他原认为这样做可以鼓励其他马其顿人踊跃参军。然而，马其顿人当时并不理解，他们感到亚历山大现在已经瞧不起他们了。因此，在听了亚历山大的这些话后怨声载道，议论纷纷。亚历山大看到这种情景，立即命令处死13名扰乱军心的士兵，全场顿时鸦雀无声，亚历山大借机发表了这篇著名演说。演说开诚布公，入情入理，感人肺腑，深深地打动了马其顿士兵的心。当亚历山大演讲结束后，士兵们还呆在那里，既不言语，又不动作，也不想走开。第2天，约1万名不宜继续服役的马其顿士兵愉快地踏上了回家的路程。

☒申晓若

[北非迦太基] 汉尼拔

致众士兵

公元前218年

……

士兵们,这里是你们与敌人初遇的地方,在这里,你们若不能取胜,便只能就义成仁。命运之神使你们不得不战,但现在你们倘若得胜,她对你们的犒劳要比人们希望从永生之神那里得到的还要多。哪怕我们凭着勇气,只收复在祖先手里失去的西西里省和萨丁省,这报酬也够丰厚的了,但是,罗马人在多次胜利中向我们索取积聚的一切,连同他们自己,都将归你们所有。为了得到这份丰厚的报酬,快快拿起武器吧!神将赐福给你们。

你们在卢西塔尼亚和切尔蒂伯利亚荒凉的群山中放牧牛群已经很久了,你们备尝辛苦,历尽艰险,但毫无收益。现在是发财致富、打胜仗、取俘获的时候了,因为你们跋山涉水,长途劳顿,攻城围国。命运之神决定在这里结束你们的劳顿,论功行赏。这场战争虽是赫赫有名,但你们不应为取胜感到困难。被人藐视的军队往往具有强大的战斗力,声威远震的国家与帝王却常常毁败于一旦。

……

士兵们,你们没有一人不亲眼看到我的一些战绩,同样,我也目睹过你们每人勇敢杀敌的英雄气概,我能一一细述你们在何时何地的战功。我不认为这是一件小事。我会千百次赞扬和奖赏你们。我现在是你们的统帅,但以前曾是你们的学生。有这样的兵士和我在一起,那支官兵互不相识了解的军队是不堪一击的。

我举目四顾,看到的都是勇气百倍、精力充沛的人:身经百战的步兵和各英雄民族

迦太基统帅汉尼拔

组成的马上马下的骑兵。你们，我们最忠诚果敢的同盟伙伴，还有你们，迦太基人啊，你们将要怀着义愤为自己国家而战。我们在战争中是进攻者，将高举军旗向意大利冲杀过去。我们比敌人更大胆无畏，因为进攻者总是比防御者更有信心和勇气。此外，我们所受的苦难、损害和侮辱激起我们胸中的怒火，促使我，你们的主帅，痛惩敌人，也要求曾包围猛攻萨贡塔姆的你们一起这样做。如果我们不这样做，我们的内心痛楚早就会把我们折磨得苦不堪言。

　　那最残忍和傲慢的民族把一切视作己有，认为一切都听任他们主宰。他们认为我们同谁作战，同谁和好都理应由他们来作安排。他们以山脉与河流为边界将我们囚禁封锁起来，但他们却可以随意越出划定的边界。他们说不许越过伊比利亚；不许碰一碰萨贡廷。萨贡塔姆位于伊比利亚境内，无论是东南西北哪个方向，你们都不能越雷池一步！难道夺去我们历史悠久的省份西西里和撒丁是一件小事吗？你们还要把西班牙取去吧？假如我从那里撤退，

汉尼拔翻越阿尔卑斯山

你们是否要横渡重洋,入侵非洲呢?

我刚才说他们要横渡重洋,是吗?他们今年已向非洲和西班牙各派了一位执政官。除却靠军队维护的属于我们自己的地方,再无其他土地留给我们了。还有后路的人可能成为懦夫或胆小鬼,他们可以从未被围困的安全途径脱逃,回到接纳他们的家乡与国土。可是,你们必须勇敢作战,因为胜利与死亡之间的一切中间道路已经不可避免地完全堵死,要么夺取胜利,要么不幸战死沙场,也不能在逃跑中被歼杀。假如你们下定决心做到上述所说,我重复一遍,你们已取得胜利了。永生之神从未如此有力地激励人争取胜利。

鉴赏 jianshang

汉尼拔(公元前247—公元前183年),北非迦太基统帅和国务活动家,不亚于亚历山大的杰出军事家。少年时代便长于骑剑,多次随父远征,战斗中非常勇敢,身先士卒,富有军人英勇精神。汉尼拔在22岁时已显示出军事才能,他的特点是聪明、机智、富有创造性,经常以奇特的和出敌不意的作战方案达到既定目的。公元前218年,汉尼拔率领军队(约6万人)从西班牙远征意大利,越过阿尔卑斯山脉,这在古代是没有先例的壮举。汉尼拔的军队突然出现在意大利北部,在提契诺河与特雷比亚河战役中一举粉碎罗马军队。第二年春(公元前217)迦太基军队侵入意大利中部,在狭窄的隘路设伏,于特拉西梅诺湖畔消灭罗马军队3万人。后来汉尼拔学习罗马军队的长处,改造了自己的步兵,增加了战斗能力,公元前216年卡内交战中大败罗马人。但是,由于国内统治者怕他胜利后回国夺权而断绝了后援,使他没有能够摧毁罗马。公元前212年,罗马人夺得了主动权,扎马战役(公元前202)后,罗马迫使他签订和约。回国后于公元前183年服毒自杀,终年64岁。

这篇《致众士兵》是汉尼拔率军横越阿尔卑斯山后,准备向意大利进攻时的战前鼓动演说。演说一开始,汉尼拔就明确指出这是"背水一战。"你们若不能取胜,便只能

汉尼拔和他的士兵

就义成仁。"清楚地告诉士兵这是拼死一搏的时刻，要想活命就得拼命，如果胜利了所得到利益是非常可观的。然而，真正获得巨大财富是封建贵族统治阶级，广大的士兵能得多少呢。关于这一点汉尼拔是不能说的，他只能采用欺骗的手段。"现在你们倘若得胜，她对你们的犒劳要比人们希望从永生之神那里得到还要多。""现在是在发财致富，打胜仗、取俘获的时候了。"汉尼拔利用人们想发财的欲望，以强盗的逻辑，推论出他们入侵的合理性，进而蛊惑士兵。"你们将要怀着义愤为自己国家而战"，罗马人"靠军队维护属于我们自己的地方，再无其它土地留给我们了。"汉尼拔打着收复失地的旗号，给自己的侵略行径，套上了一个美丽的花环，演说充满了欺骗性。战场的危险形势，不战则亡，胜则发财，并且是爱国行动，该说的都说了，只剩对士兵勇气的赞美了。"我举目四顾，看到的都是勇气百倍、精力充沛的人"，"我们比敌人更大胆无畏，因为进攻者总是比防御者更有信心和勇气。"他一面肯定，一面又用推论证明他的肯定是真实的，使士兵对自己具有的士气深信不疑。最后汉尼拔搞了一个假言判断："假如你们下定决心作到上述所说，我重复一遍，你们已取得胜利了"，这样的重复的作用是相当大的，因为一开始说的是不胜则死，现在看来死不了，那还有什么犹豫的呢，这就起到了坚定必胜信心的作用。

汉尼拔这个演说虽然通篇都是欺骗、蛊惑的言词，但欺骗的手段还是比较高明的，语言的逻辑性也较强。演说中有一个特点就是，首尾相应，始终贯穿着：不胜则死，胜则富贵，一战准胜的主题，暂时有着激励人、迷惑人的作用。

☒ 黄实

[古罗马]恺撒

非战胜,决不离开战场

公元前1世纪

我的朋友们,我们已经克服了我们更可怕的敌人,现在我们所要对抗的不是饥饿和贫乏,而是人。一切决定于今日。记着你们在提累基阿姆时所给我的诺言。记着你们是怎样当着我的面前,彼此宣誓:非战胜,决不离开战场。同伴士兵们啊,这些人就是我们过去在赫丘利的石柱所遇着的那些人,就是在意大利从我们面前溜跑了的那些人。他们就是在我们十分艰苦奋斗之后,在我们完成那些伟大战争之后,在我们取得无数胜利之后,在我们为祖国在西班牙、高卢和不列颠增加了400个属国之后,不予我们以荣誉,不予我们以凯旋,不予我们以报酬,而要解散我们的那些人。我向他们提出公平的条件,不能说服他们;我给他们以利益,也不能争取他们。你们知道,他们中间有些人是我释放的,不加伤害,希望我们可以使他们有一点正义感。今天你们要回忆所有这些事实:如果你们对于我有些体会的话,你们也要回忆我对你们的照顾、我的忠实和我所慷慨地给予你们的馈赠。

吃苦耐劳的老练士兵战胜新兵也是不难的,因为新兵没有战斗经验,并且他们像儿童一样,不守纪律,不服从他们的指挥官。我听说,他害怕,不愿作战。他的时运已经过去了;他在一切行动中,变为迟钝而犹疑;他已经不是自己发号施令,而是服从别人的命令了。我说这些事情,只是对他的意大利军队而言。至于他的同盟军,不要去考虑他

恺撒雕像

军事演说

们，不要注意他们，根本不要和他们战斗，他们是叙利亚的、福里基亚和吕底亚的奴隶，总是准备逃亡或作奴役的。我知道得很清楚，你们马上就会看见的，庞培自己不会在战斗行列中给他们以地位的。纵或这些同盟军像狗一样向你们周围跑来威胁你们的时候，你们也只要注意意大利人的士兵。当你们已经击溃敌人的时候，让我们饶恕意大利士兵，因为他们是我们的同族人，而只屠杀同盟军，使其他的人感到恐怖。为了使我知道你们没有忘记你们不胜即死的诺言起见，当你们跑去作战的时候，首先摧毁你们军营的壁垒，填起壕沟；这样，如果我们不战胜的话，我们没有逃避的地方，使敌人看见我们没有军营，知道我们不得不在他们的军营里驻扎。

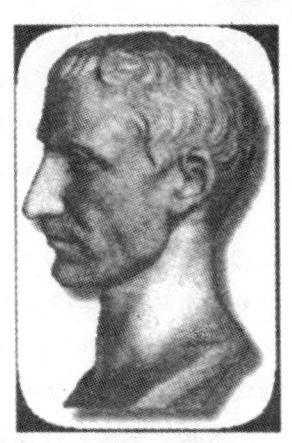

恺撒头像

鉴赏 jianshang

公元前53年，古罗马的执政官克拉苏在对帕提亚作战中战亡后，恺撒与庞培开始了争夺权势和地位的战争，罗马内战开始了。公元前49年，恺撒首先发动了争夺东方各省的战争，公元前48年6月，在希腊境内，与庞培进行了决战，即法萨卢战役，并彻底击败庞培，前三头结盟宣告解体，恺撒成为终身独裁官。这篇演说便是在法萨卢战役前，恺撒对自己将士发表的鼓动演讲。

恺撒以"我的朋友们"作为开篇，一下子就缩短了他和将士之间的距离，并开门见山地指出了这次战役的重要性——"一切决定于今日"，所以势必要："非战胜，决不离开战场"，接着恺撒用了一系列排比句式，说明了我们将要面临的是怎样的敌人。在这一系列长句中，既总结了以往的数次战役，又指出了这些敌人是如何的顽固。如果不打败他们，我们就不会得到荣誉、凯旋、报酬，从而强调了这次战役的必要性。通过这组排比句式恰到好处的运用，一下子抓住了士兵的心理，鼓起了士气，士兵自然要为自己的前途命运去战斗，自然要为这样一位贤明大义的将帅去战斗。

随后，恺撒又以实事求是的态度，朴实无华的言辞分析了这场战役的形势，尤其侧重了对敌方士兵素质、兵源的分析。当时的情况对恺撒是比较有利的。自公元前58年，恺撒出任高卢总督后，经过几年的掠夺战争，不但占领了高卢全部领土，虏获大量财富，而且拥有了一支训练有素的强大军队。相比之下，庞培的军队可谓是一支匆忙组成的杂牌军。由于庞培忌恨恺撒的强大，便与元老院贵族妥协，其组成队伍的兵源极为复杂，这对作战是相当不利的。恺撒详细地分析了敌方的情况，以便让士兵心中有数。正如他所言，庞培对意大利军队根本指挥不动，而其同盟军，则是由奴隶组成的临时部队，这如同军队内部的"炸弹"，奴隶们随时可以逃亡或反戈，这样一支杂乱无章的队伍，有什么可惧怕的呢？经过恺撒这一知己知彼的分析，士兵们自然会奠定必胜的信心，勇气大增，士气高涨。

最后，恺撒又以提醒的语气向士兵们提出要求，那就是破釜沉舟，背水一战。除了勇敢的进攻，别无选择，这就再一次强调了这篇鼓动演讲的中心内容：非战胜，决不离开战场。

这篇短小精悍的演讲，如同一支强心剂，给人以振奋，给从以鼓舞，最后，凯撒彻底战胜了庞培，如愿地登上了终身独裁官的宝座。成为名噪史册的恺撒大帝。出身贵族的恺撒，自幼受过良好教育，专门学习过修辞和演说术，在当时的罗马，每一个想登上政治舞台的人，过硬的演说功夫是必不可少的武器，恺撒就是在同元老贵族派的论辩中，名声大震，开始登上罗马政治舞台的。这篇"非战胜，决不离开战场"的演讲，便充分显示了恺撒作为一代帝王的雄风英略，势必将名流千古，永载史册。

☒ 刘波

军事演说

[英国] 威廉大公

黑斯廷斯之战

1066年10月14日

诺曼底人！一切民族中最勇敢的人！我从不怀疑你们的勇气，深信你们将取得胜利。直至现在，还未有任何意外或障碍阻止你们努力赢得胜利。如果你们确曾有一次失败了，或许现在就需要我来激励你们，但是，你们本来就士气高昂，不必靠人鼓动。最勇敢的人啊！法兰克王动员了他从劳伦到西班牙的所有人力，可曾抵挡住我先王黑斯廷的进攻？当年在法国，生杀予夺，一由于他，法王只能靠他的赏赐度日。凡他占有的，只要适合他的需要，他就一直占有。只有为了换取更好的东西时，他才愿意放弃原有之物。我们国家的创立者，我的祖先罗伦王，不曾率领我们的先父在法国心脏巴黎战胜了当时的法兰克王吗？法王不是卑顺地献出了女儿和国家，才保住性命吗？这国家后来就以你们民族命名，称为诺曼底公国。

再后，你们的先父又在鲁昂俘获法兰克王，把他囚禁，直至他将诺曼底公国归还当时年幼的理查大公。双方并定下以后法国国王和诺曼底公爵举行会议时，公爵可以佩剑，法王却连一把匕首也不得携带。那高贵的法王不得不让步，同意这具有永久约束力的盟约。这位公爵后来不是领军到阿尔卑斯山下的莫门第，迫使统治该城的公爵子婿听命于他的妻子，亦即公爵的女儿吗？你们只是征服凡人，罗伦公爵却能战胜魔鬼。他同魔鬼搏斗，把魔鬼打翻在地，双手反剪，让魔鬼受辱于众天使之前。可是，我何必追溯往事呢？在我们的时

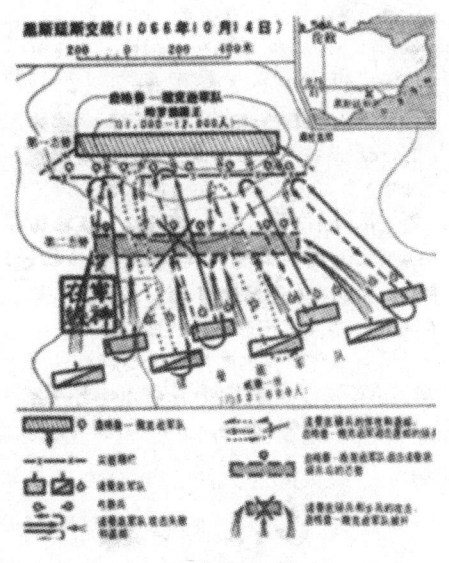

黑斯廷斯交战图

诺曼底公爵威廉一世

代,你们不曾在摩梯梅大败法兰克人吗?他们不是仓皇溃逃,怯于交战吗?你们不是杀死了法兰克人的主帅拉尔夫,然后如常地满载荣誉和战利品凯旋而归吗?啊,英国人曾上百次败于我们的祖先丹麦人和诺曼底人。任何一位英国人能站出来证明罗伦的民族自立国以来曾尝一败,我就马上认输撤退。我的勇士们啊!一个屡战屡败、对军事一无所知、连弓箭都没有的民族竟能陈兵列阵挡住你们,这岂不是奇耻大辱吗?背信弃义的哈罗王竟敢露面和你们作战,岂不叫人羞耻?令我十分惊异的是,将你们的亲属和我的族人艾尔弗雷德斩首,犯下滔天大罪的凶犯仍未授首。勇士们,高举战旗,奋勇前进吧!你们叱咤之声将震动山河,东西回荡,你们刀剑之光将上冲斗牛!为我高贵的死伤战士复仇吧!

鉴赏 jianshang

威廉大公(1027—1087年),他巩固了诺曼底公爵权力后,建立了一支由重甲骑兵和步兵组成的强大的训练有素的军队(约1万多人),1066年9月28日威廉大公率领这些军队在英格兰南岸登陆,10月14日在黑斯廷斯交战中击溃哈罗德国王的盎格鲁撒克逊军队,国王本人在战斗中被打死。他成为英国国王后,独揽政治大权,加强了对英国农民的奴役。在他统治的年代,发生过多次农民起义,但都被残酷地镇压下去。

这里收录的是威廉大公在黑斯廷斯战役前对士兵的演说。当时,哈罗德的军队(国王侍卫队和步兵十字义勇军)数量上和威廉大公的军队相近,但装备较差。很多盎格鲁撒克逊士兵使用的是石斧和近程弓箭,而且没有骑兵,训练也较差,10月14日哈罗德率军队在黑斯廷斯附近的先拉克丘岗上占领了阵地,军队摆成方阵,正面埋设了尖桩栅栏,丘岗后面斜坡陡峭,威廉的军队难以进攻。古代战争,有利地形是取得战役胜利的重要条件。在这种地形不利的状况下,威廉大公在战前的演说中抓住我强敌弱这点进行大肆渲染,而只字不提地形不利的问题。他大谈民族的勇敢精神"诺曼底人!一切民族

军事演说

中最勇敢的人！""你们本来就士气高昂，不必靠人鼓动"。大谈父辈的英雄业绩，"我先王黑斯廷当年在法国，生杀予夺。"大谈敌人的软弱和无能，"啊，英国人曾上百次败于我们的祖先丹麦人和诺曼底人""一个屡战屡败。对军事一无所知，连弓箭都没有"的军队要战胜他们极其容易。这种避重就轻的演说方法，起到了战略上藐视敌人的作用，非常容易鼓起兵士的斗志，但也容易使士兵滋生盲目乐观的情绪，而轻敌。在威廉军队第一次进攻时，虽然勇猛，但还是被盎格鲁撒克逊士兵利用有利地形打退了下去。后来，采用了骑兵仰攻、诈败的计策，诱骗敌军下岗后围歼消灭才取得胜利。作为战役准备的一部分——战前鼓动演说，威廉大公只注意了达到鼓舞士气的目的，而忽视了敌我双方的形势介绍，这是违背常规的。这也正是这篇演说的弱点。但士兵仍发起了勇猛的攻击，说明演说本身是成功的。

应该指出的是威廉大公代表的是封建地主阶级的利益，他们只要士兵为他们拼命，而不顾士兵的死活。因此，他在演说时只要能鼓起士兵的勇气就可以了。

演说中提到的法兰克王国，是日耳曼人在西罗马灭亡后建立的许多封建王国中最大的一个。劳伦在今日法国和东北部。黑斯廷，9世纪末北欧威金斯海盗的领袖，纵横于法国、西班牙与意大利海岸。

☒ 黄实

[法国]圣伯纳德

第二次十字军东征

1147年

你们必然认识到我们生活在一个灾难深重、面临毁灭的时代。人类之敌使得世界所有地区散发着腐朽的气息。我们面前，满目都是未受惩戒的邪恶。人类的法律和宗教的规条已无力阻止道德沦落、邪恶得逞。异教的魔鬼占据了真理的宝座，上帝已将咒诅降到他的圣殿。

听我说话的人们啊，你们快快使上天息怒吧，但不要只靠几句空洞的诉怨来求得他的慈悲。披上丧服于事无补，穿上你们那刺不透的盔甲吧。白刃相交、行军劳顿、危难困苦就是上帝要求你们的赎罪苦行。快快战胜异教徒，以洗清你们的罪孽。夺回圣地将是你们忏悔的奖赏。

如果有人向你们宣告敌人已经侵占了你们的城池与土地，凌辱了你们的妻女，亵渎了你们的神庙，有谁会不飞奔前去拿起武器？现在，所有这些灾难，甚至更大的灾难已经降临你们兄弟身上，降临到耶稣基督的家庭——也就是你们自己的家庭。你们为什么还在犹豫，不去消除罪恶，惩处暴行？难道你们能容许异教徒蹂躏了基督子民后依旧心安理得，逍遥法外吗？请记住，他们的得胜将使我们的子孙长恨无穷。我们这一代若容许他们得胜，便将成为千古罪人。是的，耶稣基督命我向你们宣布，他要惩罚那些不抗敌保护他的人。

快快拿起武器吧。愿神圣的怒火使你们在战斗中勇武有力，愿基督徒的世界回响起先知的预言："刀剑不染血的人要受诅咒"。如果我主召唤你们起来保卫他的财产，你们切勿以为他已失去手中力量。9他岂不能派遣无数天使或一声令下就使

圣伯纳德

军事演说

敌人顷刻之间化为齑粉？可是上帝顾惜他的子民，给他们仁慈的出路。他召你们为恢复他的荣耀和圣名而战，使你们有一天得到平安。

基督的勇士们，为你们献出生命的基督今天要求你们以生命回报。你们值得进行这场战斗，因为战胜则无比光荣，死亦受福无穷。显赫的骑士，十字架的英勇捍卫者啊，紧记你们先辈征服耶路撒冷的榜样，他们的名字已经铭刻在天堂。抛弃尘世终将消灭的一切吧，你们该夺取的是常青之树，要征服的是永恒的王国。

鉴赏 jianshang

圣伯纳德，一译圣伯尔纳（1091？—1153年），法国出色的修道院长，罗马教皇的顾问。在准备第二次十字军东侵时他表现特别积极，亲自为十字军募集做宣传，是一个十字军东侵的鼓吹者。

从11世纪开始，罗马基督教为了调解内部矛盾，打着收复圣地耶路撒冷的旗号，先后进行了10次十字军东征，本文是第二次出征前圣伯纳德向军队的布道。十字军代表着中世纪以虔诚、好战及贪婪三种动力为特征的融合，三者都异常重要，没有基督教的理想，十字军是不可思议的。何况从异教徒手中解放耶路撒冷与圣地，使之重新向朝圣的基督徒开放的愿望，更因新疆界和巨额财富的吸引而大为增加。十字军不仅获得一个为上帝效劳而发挥他们骑士才能的绝好良机，而且还得到广开财源的良机，更有第一次东侵取得的巨大胜利为鼓舞。圣伯纳德布道的对象是一帮狂热之徒。布道一开始圣伯纳德就紧紧抓住教徒对基督教的虔诚，和对异教的仇视，这是十字军东征的灵魂。"我们面前，满目都是未受惩戒的邪恶。""异教的魔鬼占据了真理的宝座，上帝已将咒诅降到他的圣殿"。在第一次东征获胜后的90年中，穆斯林开始收复他们的失地，十字军教国的一些领袖开始屈服于伊斯兰压力之下，这些是第二次东征的起因。圣伯纳德把这个起

教皇为组织圣军参加十字军东征而发表演讲

因变成了基督教的耻辱。面对耻辱应怎么办?只有"穿上你们那刺不透的盔甲吧,白刃相交……"将异教徒消灭。表面上看是指出问题,并提出解决方法,但实际上他是抓住了十字军东侵的原动力。抓住被号召者自身动力,是演讲奏效的关键。圣伯纳德在演讲一开始表现出不凡的水平。在这之后他围绕着这个原动力展开:煽动复仇,"难道你们能容许异教徒蹂躏了基督子民后依旧心安理得,逍遥法外吗?"鼓吹圣战。"愿基督徒的世界回响起先知的预言:刀剑不染血的人要受诅咒。"最后又用荣誉引诱,"战胜则无比光荣,死亦受福无穷。"展开的部分,完善了演说的主题,使教徒更加感到十字军东征是神圣和光荣的,增加了演说的鼓动作用。

然而第二次东侵,虽有德法两国亲王亲自领导,结局却是彻底破产。一年前还慷慨陈词的圣伯纳德只能叹息道:"深不可测的深渊,凡参加战争而未受指责的人,我必须说他福分不浅。"无论你是鼓舞人心的演说,还是紧紧扣住听众心弦的布道,真正成功的言辞,衡量标准只有历史。为反动势力服务的演讲,无论当时获得多么热烈的掌声,最后得到的只是嘲笑。

冈 黄实

军事演说

[普鲁士] 腓特烈

时机现在已经迫近了

——在柳坦之役前向将军们的讲话

1757年12月3日

先生们：

你们都知道洛林的查理亲王已经胜利地取得了锡瓦尼茨，打败了伯弗恩公爵而做了布列斯劳的主人。这事是正当我忙于阻止法国与帝国军队前进的时候完成的。施勒斯维希的一部分、我的首都，以及其中贮存的军事设备都失去了。实在的，如果不是由于我无限信任你们的胆略、毅力，与你们对祖国的热爱（这一切曾由你们过去多次向我证明）的话，我会感到自己是处于一个最困难的地位的。你们为我、为祖国所做的，感动了我的心灵深处。你们之中几乎没有一个人没有表现过突出的勇敢事迹，因此，我很自傲地相信：在即将到来的时机中，你们不会不应祖国的要求，而不付出任何牺牲。

时机现在已经迫近了。我觉得如果让奥国占有施勒斯维希的话，我便是一事无成。我现在告诉你们：不管一切战争艺术的清规戒律，我在哪里发现三倍于我们的查理亲王的军队，我就叫你们向那里进攻。毫无问题，敌人在数量上超过我们，他们所占地势也比我们优越。我希望以我的部队的忠勇和对我的计划的缜密执行来克服这些。我必须走这一步，否则一切都要完了。我们必须打败敌人，否则，我们即将全部埋骨于敌人的炮火之下。我相信这一点。我就要这样行动了。

与朋友进餐的腓特烈大帝（绘画）

将我的决定传达给我军全体军官,让部队准备接受即将到来的考验。告诉他们:我希望他们的盲目服从。时刻记着你们是普鲁士人,因此你们必须表现出你们是不辜负这个称号的。如果你们当中有谁怕与我分担任何危险的话,他可以立即退伍,并不会受到我的任何斥责。……

鉴赏

腓特烈(1712—1786年)一译腓特烈二世,在1740—1786年曾两任普鲁士国王,统帅。他代表普鲁士容克地主阶级利益,推行旨在加强国内专制制度和对邻国实行侵略的反动军国主义政策。在位期间,扩大军队使国家军事化,他曾数次发动侵略战争。其严酷的纪律和机械的训练方法对以后的普军有很大影响。

这里收录的是腓特烈在柳坦之役胜利前向他的将军们的演说。当时奥地利军队在查理亲王的领导下节节胜利,占领了锡瓦尼茨,布列斯劳等地,普鲁士王国岌岌可危。能否扼制住奥军的进攻气势,柳坦一战非常关键。由于接连失利普军的气势受到严重影响,而且奥军在数量和地势上都占优势。一切情况对普军都不利。中国古代有一句军事术语叫"天时、地利不如人和"军队的气势在局部战役中可起到决定性的作用。腓特烈只剩下鼓起军队气势这一张王牌了。这次战前演说成功与否直接关系到这场战役胜利和失败。为此腓特烈把取得这次战役胜利作为演说的直接目的。并采用了信任与关怀相配合的手法来鼓动普军斗志。

开始腓特烈用了三句话讲出当时面临的危险状态,然后话锋一转,马上谈到他对下属的极大信任,"我无限信任你们的胆略、毅力,与你们对祖国的热爱"。正是因为这个信任他才感觉到自己并不是"处于一个最困难的地位"。这里他用了一个暗示的方法,告诉他的将军们困

腓特烈二世

军事演说

难是很容易克服的，胜利的希望就在你们身上。紧接着他抓住"士为知己者死"的心理，步步紧逼，"我很自傲地相信：在即将到来时机中，你们不会不应祖国的要求，而不付出任何牺牲"，促使将军们下定拼死的决心。

随后，他把正在被鼓动中的普军的战斗气势作为取得胜利的重要条件肯定下来，以假充真，在逻辑上获得取胜的可能，使听者充满胜利的希望。接着腓特烈又巧妙地述说了他本人的必胜决心。然而这还没完，为了增加军官对他的信任和忠诚，他又说："如果你们当中有谁怕与我分担任何危险的话，他可以立即退后，并不会受到我的任何斥责。"这种貌似充满义气和关怀的话，表面上有同舟共济之感实际上是绝了将军们的退却之路，他们只有拼死前进了。腓特烈的鼓动演说抓住了将军们的心理，以信任对方为出发点，最后将对方和自己绑在一起，在风雨同舟的感召下，听众为了自己的利益而尽力，这样就达到腓特烈本人的目的。

☒ 黄实

在尼斯检阅意大利方面军的演讲

[法国]拿破仑

1796年3月27日

士兵们!

你们没有衣穿,吃的也不好,政府欠下你们许多东西,可是它什么也不能发给你们。你们在这些悬岩峭壁中间显示出来的勇气和坚忍力量是令人惊叹的,可是这并没有给你们带来任何荣誉,它们的光辉并没有照到你们身上。我想带你们到世界上最富饶的国家里去。富饶的地区和繁华的大都市将受你们支配。你们在那儿将会得到尊敬、荣誉和财富。意大利方面军的士兵们!难道你们的勇敢精神和坚忍力量不够吗?

鉴赏 jianshang

拿破仑

拿破仑·波拿巴(1769—1821年),法国资产阶级政治家和军事家,法兰西第一帝国和百日王朝皇帝(1804—1814,1815)。生于科西嘉岛破落贵族家庭。巴黎军事学校结业后,任炮兵少尉。法国大革命时期,参加革命军。1799年发动雾月政变,组成执政府,自任第一执政。1804年称帝,建立法兰西第一帝国。1812年对俄战争失败,加速了帝国崩溃。1814年欧洲反法联军攻陷巴黎,被放逐于厄尔巴岛。1815年再返巴黎,建立百日王朝。滑铁卢战役失败后,被流放于圣赫勒拿岛。1821年病逝。

拿破仑不仅是一位叱咤风云的军事家和政治家,也是一位颇具才华的演讲家。一生中曾发表了许多流芳百世的演讲词。这篇演讲是1796年著名的蒙特诺特战役前,拿破仑抵达意大利方面军大本营——法国港口城市尼斯时,向驻守在这里的士兵们发表的。当时,法国国库空虚,意大利方面军物资供应贫乏,又不能从政府那里获得任何东西,唯一的出路只能靠在

军事演说

意大利平原上打胜仗来保证后勤的供应。为了出其不意地出现在敌人面前,并以辉煌的和具有决定性的胜利使敌人震惊,拿破仑下令前进。然而,大本营从战争开始以来就从未离开过尼斯,管理机关的工作人员总是把自己的单位看作不可移动的地盘。他们关心自己生活上的舒适甚于关心军队的需要。因此,拿破仑叫他们一起远征。把大本营迁移到阿耳班加。3月27日,拿破仑在检阅部队时作了这篇战前演讲。

骑在马上的拿破仑

一般说来,战争开始前的动员演讲,由于所处的时间、地点和环境的特殊性,所以都是十分简短和极富有鼓动力的。成功的战前演讲,能够一字千钧,震撼人心,把士气充分调动起来,把官兵们的精神全部武装起来,使他们舍生忘死地投入战斗,去夺取胜利。

拿破仑这篇战前演讲,就是一个成功的范例。在不过180余字的演讲词中,可以看出拿破仑十分注意激发士兵们的自尊心和荣誉感。当然,他也没有忘记士兵们所面临的实际困难。作为资产阶级的军事家和政治家,他所设想的解决这些困难的方法,就是鼓励士兵出国作战去掠夺,去对别的民族和人民进行抢劫。例如:"士兵们!……想带你们到世界上最富饶的国家里去。富饶的地区和繁华的大都市将受你们支配。你们在那儿将会得到尊敬、荣誉和财富。意大利方面军的士兵们!难道你们的勇敢精神和坚忍力量不够吗?"这种露骨的言词,对于政治上无知的军队,必然有一种蛊惑作用。当时,拿破仑这种激昂的演说,也确实赢得了士兵们的热烈欢呼。激发了士兵们的战斗力。拿破仑曾说过:"军队的战斗力的四分之三是由士气组成的。"演讲是激励士气的重要手段,我们从拿破仑身上可以看到,演讲又赐给了他一柄锋利的宝剑。

☒ 申晓若

[俄国]库图佐夫

追击拿破仑军队时的战斗号令

1812年冬

勇敢的战士们：

我们在这些天里，在到处都取得辉煌胜利之后，剩下的任务就是迅速地追击敌人。只有这样，才能使敌人梦寐以求的俄国土地成为埋葬他们尸骨的巨大坟场。因此，我们要穷追不舍，毫不懈怠。冬天，暴风雪和严寒就要来临。但是你们，北方之子，难道还怕这些吗？我们的钢铁胸膛无所畏惧，无论是严酷的天气，还是凶残的敌人，都吓不倒它；它是祖国的铜墙铁壁，它将使一切敢于来犯之敌碰得粉身碎骨。你们要经受住暂时的困难，如果困难还有的话。真正的士兵应该具有坚韧不拔的气质。老军人要成为年轻军人的榜样。让我们记住苏沃洛夫的话，他教导说，为了胜利和俄国人民的荣誉，要能忍受严寒与饥饿。

鉴赏 jianshang

库图佐夫（1745－1813），俄国陆军司令官。曾在苏沃洛夫将军麾下服役6年。1784年晋升少将。1805年参加反拿破仑的奥斯特利茨战役，因惨败而被免去统帅职务。1812年6月拿破仑部队进攻俄国，8月9日库图佐夫被任命为俄所有军队的总司令。9月7日与法军在波罗底诺打了一场大仗，两军虽未分胜负，但库图佐夫部队撤走让法军进入了莫斯科。10月，拿破仑不愿在莫斯科过冬又撤离了该城。10月24日库图佐夫发动战役迫使法军撤出俄国。当拿破仑渡过别列齐纳河以后，他挥师追击，结果直达波兰和普鲁士。他在普鲁士逝世。这篇战斗号令就是1812年冬季，库图佐夫在追击拿破仑的撤退部队时，向冒着严寒追击法军的士兵发

库图佐夫像

军事演说

出的。

这是一篇不同于一般刻板、生硬的军事命令的战斗号令,因而作为特殊意义上的演讲,它比一般的战斗命令要充满浓烈的号召和鼓舞士气的特点,而也正是成功地鼓舞士气这一点使他这篇演讲成为杰作。

中国有古语:"一鼓作气",是说作战开始时要鼓足勇气,勇注直前;同时也具有及时抓住战机的含义。库图佐夫作为军事指挥官是精通这一道理的。在拿破仑因寒冷被迫撤离莫斯科时,库图佐夫不失时机地向士兵发出了这一鼓舞士气的追击穷寇的号令。因而库图佐夫的演讲首先在背景上或时机上取得了决定性的成功。

这一号令短小精悍、紧扣追击敌人这一主题,使全篇气势通畅,像一通嘭嘭擂响的战鼓摧人振奋。库图佐夫首先向士兵发出"剩下的任务就是迅速追击敌人"的命令,然后指出军队在追击敌人中面临着暴风雪和严寒的威胁。非常善于鼓舞士气的库图佐夫没有用强硬的口吻命令士兵克服困难,而是以"激将法"反问士兵:"但是你们,北方之子,难道还怕这些吗?"然后用赞扬而自豪的话语鼓舞他的钢铁之师:"我们的钢铁胸膛无所畏惧","它是祖国的铜墙铁壁"。接着以一个老军人的身份指出"真正的士兵应该具有坚韧不拔的气质,号召"老军人要成为年轻军人的榜样"。最后又非常恰当地引用了曾经击败过拿破仑的俄军元帅苏沃洛夫的话,并把它作为气势沛然的结尾。这既增强了演说的鼓动性,又激发了士兵战胜拿破仑的信心。

有意思的是,拿破仑和他137年后希特勒这两个旷世枭雄都因严寒而兵败莫斯科城下,而库图佐夫和也是他137年后的斯大林都在这最困难的时刻引用了苏沃洛夫的同一句话以鼓舞士气:"为了胜利和俄国人民的荣誉,要能忍受严寒与饥饿。"

☒ 李素琴

〔德国〕马克思

只有民主的波兰才能获得独立

——在克拉柯夫起义两周年纪念大会上的演说

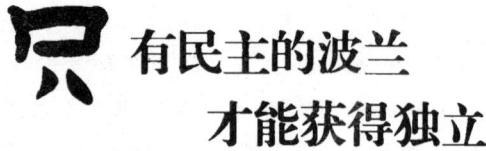
1848年2月22日

先生们!

历史上常常有惊人的相似之处。1793年的雅各宾党人成了今天的共产主义者。1793年俄罗斯、奥地利、普鲁士瓜分波兰的时候,这三个强国就以1791年的宪法为借口,据说这个宪法具有雅各宾党的原则因而遭到一致的反对。

1791年的波兰宪法到底宣布了什么呢?充其量也不过是君主立宪罢了,例如宣布立法权归人民代表掌握,宣布出版自由、信仰自由、公开审判、废除农奴制等等。所有这些当时竟被称为彻头彻尾的雅各宾原则!因之,先生们,你们看到了吧,历史已经前进了。当年的雅各宾原则,在现在看来,即使说它是自由主义的话,也变成非常温和的了。

三个强国的时代并驾齐驱。1846年,因为把克拉柯夫归并给奥地利而剥夺了波兰仅存的民族独立,它们把过去曾称为雅各宾原则的一切东西都说成是共产主义。

克拉柯夫革命的共产主义到底是什么呢?是不是由于这革命的目的是光复波兰民族,因而就是共产主义的革命呢?要是这么说,欧洲同盟为拯救民族而反对拿破仑的战争何尝不可以说成共产主义的战争,而维也纳会议又何尝不可以说成是由加冕的共产主义者所组成的呢?也许由于克拉柯夫革命力图建立民主政府,因而就是共产主义的革命

1848年2月23日巴黎街头的人民起义队伍

军事演说

克拉柯夫

吧?可是,谁也不会把共产主义意图妄加到伯尔尼和纽约的百万豪富身上去。

共产主义否认阶级存在的必要性;它要消灭任何阶级,消除任何阶级的差别。而克拉柯夫革命家只希望消除阶级间的政治差别;他们要给不同的阶级以同等的权利。

到底在哪一点上说克拉柯夫的革命是共产主义的革命呢?

也许是由于这一革命要粉碎封建的锁链,解放封建劳役的所有制,使它变成自由的所有制,现代的所有制吧?

要是对法国的私有主说:"你们可知道波兰的民主主义者要求的什么?波兰民主主义者企图采用你们目前的所有制形式。"那么,法国的私有主会回答说:"你们干得很好。"但是,要是和基佐先生一同再去向法国私有主说:"波兰人要消灭的是你们1789年革命所建立的、而且如今依然在你们那里存在的所有制。"他们定会叫喊起来:"原来他们是革命家,是共产主义者!必须镇压这些坏蛋!"在瑞典,废除行会和同业公会,实行自由竞争现在都被称为共产主义。"辩论日报"还更进一步,它说:"剥夺20万选民出卖选票的收益,这就意味着消灭收入的来源,消灭正当获得的财产,这就意味着是一个共产主义者。"毋庸置疑,克拉柯夫革命也希望消灭一种所有制。但这究竟是怎么样的所有制呢？这就是在欧洲其它地方不可能消灭的东西，正如在瑞士不可能消灭分离派同盟一样，因为两者都已不再存在了。

谁也不会否认，在波兰，政治问题是和社会问题联系着的。它们永远是彼此不可分离的。

但是，最好你们还是去请教一下反动派吧！难道在复辟时期，他们只和政治自由主义及作为自由主义的必然产物的伏尔泰主义这一沉重的压力战斗吗？

一个非常有名的反动作家坦白承认，不论德·梅斯特尔或是博纳德的最高的形而上学，最终都可以归结为金钱问题，而任何金钱问题难道不就是社会问题吗？复辟时期的活动家们并不讳言，如要回到美好的旧时代的政治，就应当恢复美好的旧的所有制，封建的所有制，道德的所有制。大家知道，不纳什一税，不服劳役，也就说不上对君主政体的忠诚。

让我们再回顾一下更早的时期。在1789年，人权这一政治问题本身就包含着自由竞争这一社会问题。

在英国又发生了什么呢？从改革法案开始到废除谷物法为止的一切问题上，各政党不是为改变财产关系而斗争又是为什么呢？他们不正是为所有制问题、社会问题而斗争吗？

就在这里，在比利时，自由主义和天主教的斗争不就是工业资本和大土地所有制的斗争吗？

难道这些讨论了17年之久的政治问题，实质上不正是社会问题吗？

因而不论你们抱什么观点（自由主义的观点也好，激进主义的观点也好，甚至贵族的观点也好），你们怎么能责难克拉柯夫革命把政治问题和社会问题联系在一起呢？

领导克拉柯夫革命运动的人深信，只有民主的波兰才能获得独立，而如果不消灭封建权利，如果没有土地运动来把农奴变成自由的私有者，即现代的私有者，波

马克思在伦敦纪念波兰起义四周年大会上(石版画，文国璋作)

军事演说

兰的民主是不可能实现的。要是你们使波兰贵族去代替俄罗斯专制君主，那只不过是使专制主义改变一下国籍而已。德国人就是在对外的战争中也只是把一个拿破仑换成了 36 个梅特涅的。

即使俄罗斯的地主不再压迫波兰的地主，骑在波兰农民脖子上的依旧是地主，诚然，这是自由的地主而不是被奴役的地主。这种政治上的变化丝毫也不会改变波兰农民的社会地位。

克拉柯夫革命把民族问题和民主问题以及被压迫阶级的解放看作一回事，这就给整个欧洲作出了光辉的榜样。

虽然这次革命暂时被雇佣凶手的血手所镇压，但是现在它在瑞士及意大利又以极大的声势风起云涌。在爱尔兰，证实了这一革命原则是正确的，那里狭隘的民族主义政党已经和奥康奈尔一起死亡，而新的民族政党首先就要算是改革派和民主派的政党了。

波兰又重新表现了主动精神，但这已经不是封建的波兰，而是民主的波兰，从此波兰的解放将成为欧洲所有民主主义者的光荣事业。

鉴赏 jianshang

马克思研究理论，不是为理论而研究，而是将理论与德国社会及整个欧洲世界乃至人类命运前途连结在一起，试图为人类寻找出一条光辉的道路。因此，马克思非常注重了解世界各国人民的斗争实践，支持他们的革命斗争。1846 年 2 月，波兰南部城市克拉柯夫人民为争取独立自由，举行反抗沙皇俄国统治的武装起义，在内外反动势力的联合镇压下，起义遭到失败。1848 年 2 月在纪念这次起义两周年的集会上，马克思发表了这篇著名的演讲。

马克思思想犀利深刻，博学多才。这篇演讲充分显示了这一特征。他在演讲一开始就提出了一个发人深省、富有哲理和有深深感慨的警句："历史上常常有惊人的相似之处。"这样，他从一开始就把听众带入历史的情境之中。

克拉柯夫革命距此时方两周年，因此无须详加介绍，只要稍加提示，那些具体场景，听众们是可以记忆犹新的，而那些图景背后的东西却注注是需要杰出的思想家引导人们去思考的。所以，马克思在把听众带入历史情境之中后，便开始了犀利的剖析。他把历史的、现实的、正面的、反面的种种事实巧妙地联系在一起，通过反复对比，让事实自己说话，有力地反驳了当时种种对克拉柯夫起义的诬蔑歪曲之词，同时也对起义的性质作了精彩的分析。演讲中，马克思极善于用一些形象的比喻，寓庄于谐，使语言风趣幽默，又不乏深刻的思想。

马克思的这篇讲演还有三大特点：第一，他把克拉柯夫起义放在广阔的空间加以考察、比较。他不仅谈到，是俄、普、奥三强的瓜分压迫波兰造成了这次起义，而且考察了当时法国、英国、瑞士、意大利、爱尔兰的情况，揭示了它们之间的内在联系。第二，他把这次起义放在历史发展的时间里来考察。比如把克拉柯夫革命与共产主义相比较。第三是尖锐的提问、反诘促人思索。这篇演说在每段的首尾频繁地采用了设问句和反问句，这样就使每个问题都能醒人耳目，提高了听众的注意力。正如日本学者池田德真认为的那样，宣传的决窍在于提问，在于让大众去想。马克思在这种场合的设问是深得此中三味的。

申晓若

军事演说

〔德国〕恩格斯

失败本身就包含着胜利

1848年2月22日

先生们！

今天我们纪念的这次起义并没有获得成功。在几天的英勇抵抗以后，克拉柯夫陷落，波兰的血淋淋的幽灵一度在它的凶手的眼前出现，现在又进入了坟墓。

克拉柯夫革命结果是失败了，这次失败是非常惨痛的。让我们对牺牲的英雄们致以崇高的敬意，并对他们的失败深表惋惜，对因这次失败而遭受更大奴役的 2000 万波兰人民，表示我们深切的同情。

但是，先生们，难道我们应该做的就只有这些吗？在不幸的国家的墓地上痛哭一场，并发誓永远痛恨奴役波兰的人，同时却毫无作为，难道这就算完事了吗？

不，先生们！克拉柯夫起义的纪念日不仅是悲痛的日子，对我们民主主义者来说，这也是一个庆祝的日子，因为失败本身中就包含着胜利，而且这一胜利的果实我们已经巩固地取得，失败只是暂时的。

同时，这个胜利也是年轻的民主的波兰对老朽的贵族的波兰的胜利。

是的，在波兰为反对外国奴役者进行最后的斗争以前，波兰内部就已进行着隐蔽的、秘密的，但又坚决的斗争，这是被压迫的波兰人反对压迫的波兰人的斗争，波兰的民主政治反对波兰的贵族政治的斗争。

比较一下 1830 年和 1846 年，比较一下华沙和克拉柯夫吧。1830 年波兰的统治阶级在立法会议上表现得那样自私、狭隘和懦怯，但在战场上却又表现得那样富有自我牺牲的精神，满怀坚毅和勇气。

1830 年的波兰贵族所希望的是什么呢？就是保卫已得的权利不受帝王方面的侵犯。贵族把起义局限于维也纳会议乐于称为波兰王国的一块不大的地区；不让波兰其他地方也爆发起义；农民的农奴身份原封未动，依旧过着非人的牛马生活；犹太人依旧处于屈辱的地位。如果在起义过程中，贵族不得不向人民让步，那也只是在最后，当起义已经注定要失败了的时候。

直截了当地说，1830年的起义既不是民族革命（波兰的3/4没有卷入起义），也不是社会的或政治的革命；这次起义一点也没有改变人民的内部状况；这是一次保守的革命。

可是在这次保守的革命的内部，就在国家的政府中，有人尖锐地批判了统治阶级目光短浅。他提出一些确实是革命的措施，这些大胆的措施使议会里的贵族感到惶恐。他号召整个旧波兰拿起武器，把波兰独立战争变成欧洲战争，赋予犹太人及农民以公民权利，把土地分给农民，在民主与平等的基础上改变波兰，——他通过这些号召摸索着变民族斗争为争取自由斗争的道路；他力图使一切民族的利益和波兰人民的利益等同起来。他个人的天才订出了如此广泛而又简单的计划，要不要提一下他的名字呢？这人就是列列韦尔。

1830年，多数派贵族利令智昏，总是拒绝这些建议。但这些思想在15年之久的奴隶生活考验下成熟起来，而且得到了进一步的发展，我们看到克拉柯夫起义的旗帜上就写着这些原则。在克拉柯夫，显然已经没有什么可能经受巨大损失的人了，那里已经完全没有贵族了。每一个既定步骤都具有民主勇气，这种勇气，我可以说，很像无产阶级的勇敢。无产阶级除了贫困以外，什么也不会失去，而得到的则是整个祖国，整个世界。这里没有任何犹豫和怀疑的余地。三个强国立刻发起进攻，宣布农民的自由、土地改革、犹太人的公民平等，绝不因为这会触犯一些贵族利益而踌躇不前。……

1830年和1846年之间存在着差别：遍地血腥，任人宰割的极端不幸的波兰有了巨大的进展；投入祖国压迫者怀抱的波兰贵族完全和波兰人民分离；波兰人民坚定不移地转到民主方面；在波兰，正如在我们这里一样，出现了阶级斗争这一整个社会进步的原动力，——克拉柯夫革命的民主胜利就在于此，起义的结局就在于此，而当起义

恩格斯

军事演说

者为失败而雪耻时,目前的结局还会带来更多的果实。是的,先生们,由于克拉柯夫起义,波兰问题已由过去的民族问题变成各国人民的问题,已由过去的同情对象变成与一切民主主义者有切身关系的问题。1846年以前,我们应该对罪行报仇;而现在,我们应该拥护同盟者,而且我们一定会这样做。……

因而,我们两个民族的同盟既不是什么美梦,也不是什么幻想;不,先生们,这个同盟是我们两个民族的共同利益所绝对必要的,而且由于克拉柯夫革命,它已成了一种必然的东西了。迄今为止,德国人民对自己事业的热心几乎只表现在口头上。为了我们波兰兄弟的利益,现在应该见诸行动了;并且像我们在座的德国民主主义者向波兰民主主义者伸出手来一样,所有德国人民将庆祝在第一次战斗的战场上同波兰人民结成的同盟,因为在这次战斗中,我们共同的力量将战胜我们共同的压迫者。

鉴赏 jianshang

在1814—1815年的维也纳会议上,欧洲各国封建君主重新瓜分波兰。作为欧洲霸主的沙俄,霸占了大约十分之九的波兰国土,只有波兰南部和西部一小部分地区归奥地利和普鲁士占有。沙皇派重兵进驻波兰,建立黑暗的殖民统治,残酷镇压波兰民族独立运动。为了掩饰沙俄的侵略本质,沙皇亚历山大一世耍了个花招,建立了一个名义上的"波兰王国",自己兼任国王。具有光荣斗争传统的波兰人民不堪民族奴没,不屈不挠地反抗以沙俄为首的外国侵略者,写下了可歌可泣的战斗诗篇。其中1830—1831年波兰人民起义、1846年克拉柯夫起义和1848年波兰革命,是最惊心动魄的篇章。虽然这些起义均失败了,但给予沙皇俄国为首的封建势力以沉重打击,并得到了世界人民的广泛同情和有力支持。

这篇演说就是恩格斯于1848年2月22日在纪念波兰克拉柯夫起义两周年大会上发表的。由于起义发生在两年前,人们对它的经过及结果均已了如指掌,所以演讲者省略了有关这部分的长篇

恩格斯(1891年摄于伦敦)

叙述。他站在一个新的角度，依据辩证逻辑法则，对这次起义进行了新的评价："克拉柯夫起义的纪念日不仅是悲痛的日子；对我们民主主义者来说，这也是一个庆祝的日子，因为失败本身中就包含着胜利，而且这一胜利的果实我们已经巩固地取得，失败只是暂时的。"接着恩格斯以波兰1830年起义和这次起义作比较，从起义的性质、纲领等方面阐述了两次起义的重大差别，指出这种差别体现了"波兰人民坚定不移地转到民主方面"，而此转变正是民主胜利的标志。观点新颖，立论不凡，充分显示出辩证逻辑的力量，令人叹服。最后，恩格斯指出："由于克拉柯夫起义，波兰问题已由过去的民族问题变成各国人民的问题，已由过去的同情对象变成与一切民主主义者有切身关系的问题。"号召德国人民和波兰人民团结起来，"推翻普鲁士和奥地利，把俄罗斯逐出德涅斯特尔河和德维纳河之外。""在这次战斗中。我们共同的力量将战胜我们共同的压迫者。"

☒ 申晓若

军事演说

〔美国〕林肯

勇士们把这块土地圣化了

——在葛底斯堡国家烈士公墓落成典礼上的演说

1863年11月19日

87年前,我们的先辈们在这个大陆上创立了一个新国家,它孕育于自由之中,奉行一切人生来平等的原则。

现在我们正从事一场伟大的内战,以考验这个国家,或者任何一个孕育于自由和奉行上述原则的国家是否能够长久存在下去。我们在这场战争中的一个伟大战场上集会。烈士们为使这个国家能够生存下去而献出了自己的生命,我们来到这里,是要把这个战场的一部分奉献给他们作为最后安息之所。我们这样做是完全应该而且非常恰当的。

但是,从更广泛的意义上来说,这块土地我们不能够奉献,不能够圣化,不能够神化。那些曾在这里战斗过的勇士们,活着的和去世的,已经把这块土地圣化了,这远不是我们微薄的力量所能增减的。我们今天在这里所说的话,全世界不大会注意,也不会长久地记住,但勇士们在这里所做过的事,全世界却永远不会忘记。毋宁说,倒是我们这些还活着的人,应该在这里把自己奉献于勇士们已经如此崇高地向前推进但尚未完成的事业。倒是我们应该在这里把自己奉献于仍然留在我们面前的伟大任务——我们要从这些光荣的死者身上吸取更多的献身精神,来完成他们已经完全彻底为之献身的事业;我们要在这里下定最大的决心,不让这些死者白白牺牲;我们要使国家在上帝福佑下得到自由的新生,要使这个民有、民治、民享的政府永世长存。

葛底斯堡战役

外国著名演说鉴赏

鉴赏 jianshang

1863年7月初,北部军队在乔治·G·米德的率领下,与南部军队在葛底斯堡展开了三天大战,北部军队打败了南部同盟总司令罗伯特·李将军率领的南部的将士,国家决定在这里建立烈士公墓。11月19日举行了公墓落成典礼。《勇士们把这块土地圣化了》是林肯在这个典礼上所发表的演说。

此演说仅用两分十五秒钟,期间五次被热烈的掌声打断。演说结束,全场爆发出经久不息的掌声。第二天《斯普森菲尔德共和党人报》立即发表了评论说:"这篇短小精悍的演说是无价之宝,感情深厚,思想集中,措辞精练,字字句句都朴实优雅。"著名演说家爱德华·埃弗雷特写信给林肯说:"如果我的两小时内所讲的东西能稍激触及你在两分钟内所讲的中心思想的话,那么我就感到十分欣慰了。"上述评论一点也不过分,讲话虽短,只有10个句子,500多字,但却蕴含着丰富深刻的思想,深厚的感情和深广的意义,像诗一样意蕴无穷。这是林肯总统思想的结晶,感情的流露,品格的体现。林肯总统同情奴隶,反对奴隶制。并为消灭反动的残酷的奴隶制度,创造一个自由、平等的国家而努力奋斗,他的演说唯一的宗旨是让那些活着的勇士们为了维护新生的美国政府,铲除奴隶制度,保卫自己已得的自由、平等奉献自己的一切。演说没有一句官话、套话和美丽动听的词藻,非常朴素、简洁,以真挚的感情讲出适合特定环境的心里话。

演说一开头就提出了自由平等的原则,并说明这是"我们的先辈们"创

林肯纪念堂

军事演说

立的，现在这个孕育和奉行自由平等原则的国家正面临生死存亡的考验，扣住听众的心弦。下面紧接这一思想讲述新政权举行这一仪式的意义，一是让大家记住烈士们为自由平等所做的贡献。"烈士们为这个国家能够生存下去而献出了自己的生命，我们在此集会是为了把这个战场的一部分奉献给他们作为最后安息之所。……但勇士们在这里所做过的事，全世界却永远不会忘记。"这话语虽不多，却蕴含着丰富的内容：勇士们是为自由平等的新国家的长久存在下去而战，又用自己的精神、鲜血和生命保卫了这块土地。这块土地本来就应该是他们的。他们圣化了这块土地。二是让活着的人用实际行动纪念死难的烈士——不让这些死者白白牺牲，要使国家得到自由的新生，要使这个民有、民治、民享的政府永世长存。这是这次演说的宗旨。通篇都体现出林肯的为民、爱民的高尚思想品格和深厚感情。要想让民众响应国家的号召，必须让他们在思想感情上产生共鸣。白居易所说："感人者莫先乎情"。林肯演说将情和理融为一体，很容易被听众接受。所以这篇演说得到人们的普遍赞赏，美国人把这篇演说词作为中学生的必读课文，牛津大学把这篇演说用金字铸在校园里，不是没有道理的。

☒ 申晓若

〔美国〕威尔逊

提请美国国会对德宣战的演说

1917年4月2日

红军同志们！英国、美国和法国的资本家正在进行反对俄国的战争。他们要向苏维埃工农共和国复仇，因为它推翻了地主和资本家的政权，给世界各国人民作出了榜样。英国、法国和美国的资本家用金钱和军火来援助从西伯利亚、顿河、北高加索进攻苏维埃政权的俄国地主军队，期望恢复沙皇政权，地主政权，资本家政权。不，这是不可能的。红军已经团结起来，振奋起来，把地主军队和白卫军官赶出了伏尔加河流域，夺回了里加和几乎整个乌克兰，现在正迫近敖德萨和罗斯托夫。只要再加一把力，只要再同敌人打几个月，胜利就会是我们的。红军所以有力量，因为它是自觉地、同心协力地为农民的土地而战，为工农政权而战，为苏维埃政权而战。

红军是不可战胜的，因为它把千百万劳动农民同工人联合了起来，他们现在学会了斗争，建立了同志纪律，受到小的挫折决不气馁，反而更加坚定，愈来愈勇敢地向敌人进攻，因为他们知道，敌人的彻底失败就在眼前了。

红军同志们！红军里的工农联盟是巩固的、紧密的和牢不可破的。富农和富裕农民企图组织反对苏维埃政权的暴动，但他们的人数是檄乎其微的。他们不能长期地经常地欺骗农民。现在农民知道，他们只有同工人结成联盟才能战胜地主。在农村中，有时一些人自称为共产主义者，其实他们是工人群众的死敌和暴徒，他们怀着个人目的

十月革命胜利后的列宁（宣传画）

军事演说 junshi yanshuo

依附我们的政权，招摇撞骗，为非作歹，欺负中农。工农政府要坚决同这些人作斗争，把他们从农村中清洗出去。中农不是敌人，而是工人的朋友，是苏维埃政权的朋友。觉悟的工人和真正的苏维埃人，都应该把中农当做同志看待。中农不像富农那样掠夺别人的劳动，靠别人发财；中农亲自从事劳动，靠自己劳动过活。苏维埃政权一定要镇压富农，把不公正地对待中农的人从农村中清洗出去，无论如何要实行工人同全体劳动农民（贫农和中农）的联盟。

这一联盟在全世界日益发展。在各个地方，革命都在迫近，都在增长。最后，革命在匈牙利获得了胜利。那里建立了苏维埃政权——工人政府。各国人民都一定会建立起这样的政府。

红军同志们！你们要坚强不屈，紧密团结！奋勇前进，打击敌人！胜利是属于我们的。地主资本家的政权在俄国已被摧毁，在全世界也将遭到失败。

鉴赏 jianshang

俄国十月革命胜利以后，新生的苏维埃共和国面临着英、美、法帝国主义政府及国内仇视苏维埃政权的地主军队和白匪的联合围攻。1919年春，前线战争又紧。帝国主义政府拟定了一个向苏维埃国家猛烈进犯的计划。在东线，高尔察克三个军正在进攻，邓尼金从南方来犯，尤登尼奇则威胁波得格勒。3月底，列宁应全俄中央执委会中央出版物供应社组织，为灌制留声机发表了8篇录音演说，此文是其中的第4篇。苏联在1919—1921年间共录下了列宁的录音演讲13篇，以其简短和具有说服力而著称于世，被世人称为"三分钟演讲"。

列宁这篇不足千字的演说最鲜明的特色是具有铁一样的逻辑性。

列宁以"红军是不可战胜的"观点为主线，把整篇演讲建构得完美无缺。列宁首先指出红军面临着英、法、美资本家及国内的俄国地主军队要战胜红军、恢复沙皇政权的反苏战争。接着话锋一转，点出主题——"不，这是不可能的"，即红军是不可战胜的。接下来便是解决"红军为什么是不可战胜的"问题。列宁深刻指出，"红军所以有力量，因为它是自觉地，同心协力地为农民土地而战，为工农政权而战，为苏维埃政权而战"，也就是红军"把千百万劳动农民同工人联合起来"，即在红军中结成了坚实的工农联盟。而这个"红军里的工农联盟是巩固的、紧密的和牢不可破的"，因而才是不可战胜的。

为了增强说服力,列宁进一步指出:"这一联盟在全世界日益发展",而且匈牙利也因为建立这一联盟取得了胜利,进而列宁顺理成章地在结尾得出结论:"地主资本家的政权在俄国已被摧毁,在全世界也将遭到失败"——红军是不可战胜的。

当时,就苏维埃政权而言,摆在它面前的最重大任务与其说是加强红军、战胜国内外敌人,不如说是如何把中农争取到苏维埃政权方面,即巩固工农联盟的问题。所以在这期间的列宁的一系列演说中,都体现了这一宗旨。所以,在逻辑性的另一个层面上,列宁在演说中是体现出了加强工农联盟这一逻辑重心的。

当然,光有理论还不足以令人信服,列宁深知实例的魔力。在适当运用实例方面,列宁是个行家里手。由于他在这篇演说中适当地运用了实例使其具有了非凡的说服力。如在开头部分,在讲完"不,这是不可能的"之后,本该接着说明理由,可是列宁出人意料地例举了红军的战绩与力量,从而使"红军为什么有力量"的问题显得极其自然到位。

《告红军书》由于是"告",所以也是号召,所以它通篇都具有鼓动性。几乎每自然段前面都有"红军同志们"的亲切称谓,这也无疑加强了这篇演讲的语言强度,于是外在的语言强度与内在的思想逻辑统一起来,珠联璧合。从中我们能够看到列宁一贯的演讲风格之一斑,难怪列宁被列为近百年来世界最具有说服力的演讲家。

☒ 李素琴

提请美国国会对德宣战的演说

〔美国〕威尔逊

1917年4月2日

……

这是一场对抗全世界各国的战争。美国的船只被击沉,美国人的生命被杀戮,所采用的方式骇人听闻,但其他中立友好国家的船只和人民在各个公海上也被同样的方式击沉、杀戮。不分皂白,一律对待。这是对全人类的挑战。每个国家必须自行决定如何应付此种情况。我们的决策必须经过深思熟虑,我们的判断必须稳重适宜,符合我国民族的品格与宗旨。我们必须心平气和。我们不应以复仇或胜利地显示我国的实力为目的,我们的目的只能是维护权利,维护人的权利,我们不过是为此而奋斗的一名纯真战士。

今年2月26日我在国会演说时,本以为我们只要以武力保证我们的中立、保证我们在公海航行不受非法干扰、保证我们有权维护我国人民、使之不受非法的暴力攻击就够了。然而在目前看来,武力保卫中立是行不通的。虽然国际法规定商船出于自卫可还击在公海上追击自己的武装民船、巡洋舰及其他可见船只,但是现在德国使用潜艇袭击商船,因此这些潜艇事实上已经是海盗船。在这样的情况下,不等到这些潜艇显示出攻击意向,就努力击沉他们,不仅是慎重的,事实上已成为必须的了。你如果打算同它们交手,就必须在它们一出现之时就立刻予以攻击。德国根本否定中立国有权在德国所划定的海域内使用武器,即使是为了捍卫被现代国际法专家们一直认为是毫无疑义地应该捍卫的权利也不允许。他们宣称将把我们在商船上设置的武装卫队视为非法,并按海盗对待。武装中立本

威尔逊

来就缺乏效力。在德国上述主张面前，武装中立比缺乏效力更糟。它很可能只能产生原来想避免的结果；实际上肯定会把我们卷入战争，却又得不到交战国的权力与实效。有一条道路是我们不应选择也不能选择的：我们不能走屈服的道路，不能走上把国家和人民最神圣的权利置之不顾、受到破坏的道路。我们一致起来反抗的邪恶并非一般的邪恶。而是损害到人类生活根基的邪恶。

　　我深深感到我现在要采取的步骤十分严重，甚至会带来悲痛后果。采取这一步骤责任十分重大，但是我认为这是宪法赋予我的责任，我应该毫不犹豫地执行。我建议国会宣布德帝国政府近来对美国政府和人民的行为事实上就是发动了战争；建议国会宣布正式接受强加于我国的交战国地位，建立国会立即采取步骤，以使国家更全面地处于防御状态，并且动员我国的一切财力物力，迫使德帝国政府府屈并结束战争。

　　各位议员先生，向你们提出这样的建议，对我来说，是一个痛苦而沉重的任务。我们的面前可能是严重的考验和牺牲的艰苦岁月。把这个伟大的和平民族引入一场空前可怕的战争中去，是一件思之令人恐惧的事情。全人类文明处于岌岌可危的关头。但是正义比和平更珍贵，我们将为心中最珍贵的事物奋勇作战——为民主，为那些争取在自己政府中有发言地位的人的权利，为各自由民族一致赞同的自由正义统治而战。为了实现这一任务，我们可以骄傲地献出我们的生命财产，献出我们一切所有，连同我们自己在内，因为我们认识到美国人用自己的热血和力量去捍卫自己原则的时刻已经来临，正是这些原则赋予我国生命、幸福与她所珍惜的和平。愿上帝降福美国。这是美国的唯一出路。

鉴赏 jianshang

　　威尔逊（1856—1924年），美国第28任总统。在第一次世界大战中为维护和平作出了杰出的贡献。

　　第一次世界大战爆发后，威尔逊原想维护中立国的权利，并致力于调停战争，但德国潜艇横行海上，美国人生命财产屡遭损失，两国关系日趋紧张。1916年他向德国提出最后通牒式的照会，以最强硬态度迫使德国放弃了潜艇战略。可是1917年1月德国突然恢复无限制的潜艇战略，和平希望成为泡影，迫使威尔逊于4月2日对国会发表这篇演说，要求国会对德宣战。

　　这是一篇非常特殊的演讲。从听众来说，不是军人，也不是全体民众，而是把持国会权利有较高政治、文化素养的国会议员；从目的来说，演讲不是为

军事演说

了传达信息、鼓舞斗志和一般地说道论理,而是为了使国会议员接受他所提出的对德宣战的要求。由此决定了这篇演讲必然围绕宣战的"根据"而展开。

威尔逊首先指出对德宣战是因为德国制造了惨痛的事实:美国和其它中立友好国家的船只和人民在各公海上被击沉,人民惨遭杀戮;德国已向全人类发出了挑战;美国为了维护人的权利,迎接这种挑战已责无旁贷。

威尔逊

所有美国国会议员都不会忘记威尔逊在这之前的一贯的以武力中立保持和平的主张,而今同一个威尔逊却一反常态主张对德宣战,因而他必须当众阐明自己态度何以转变,即为什么要放弃原来的"武力保卫中立"的立场。威尔逊深知其中利害,因此他在这篇演讲中对此大用笔墨。他明确指出,如果说武力保卫中立以前还可以行得通的话,那么在当今德国肆意攻击美国船只的情况下就不再行得通了。因为,第一,德国使用隐蔽的潜艇袭击商船,故而这些潜艇事实上已是海盗船,在这种情况下,武力中立是不可能的;第二,虽然国际法规定商船可以自卫还击,但德国方面根本否定中立国有权在德国所划定的海域内使用武器;第三,在德国的主张面前,武装中立的结果只能是我们卷入战争,但糟糕的是又得不到交战国的权力和实效。于是,除了这条中立路线外,还有屈服和宣战,而美国是不应也不能选择屈服的,剩下的只有宣战了。在以上分析的基础上,威尔逊提出了激动人心的对德宣战的建议。

这篇演说之所以有很强的说服力,不仅精辟地分析了对德宣战有利于美国利益,而且还指出美国对德宣战符合人类道义。这使威尔逊的演讲体现了美国人宜于接受的美国精神——人类意识。即使美国为了拯救人类岌岌可危的文明也应当对德宣战,"正义比和平更珍贵"。

这篇演讲从形式上看没有什么特别的技巧,但由于清晰而深刻地阐明了对德宣战的根据,同时又代表了当时美国人以及全世界爱好和平人类的利益和愿望,反映了美国人的人类意识,从而赢得了美国国会的认可和赞赏,顺利地采纳了他的建议,从而完成了这次演讲的功能使命。

☒李素琴

〔法国〕福煦

拿破仑墓前的演说

1921年5月5日

只要想一想，1796年，拿破仑年仅27岁已经崭露头角，就不难知道他天赋资质非凡。他把自己的天才不断地用于一生的丰功伟业之中。

由于秉赋这种天才，他在人类军事史上走出了一条光辉的道路。他高举战无不胜的鹰旗从阿尔卑斯山进军到埃及的金字塔，从塔古斯河之滨到莫斯科河两岸。在习舞的军旗下，他建立的赫赫武功超越亚历山大大帝、汉尼拔大将和恺撒大帝。这样，他以惊人的天才，不甘守成和好大喜功的本性成为胜过一切其他人的最伟大的领袖人物。这种本性，有利战争，但对维持和平的局势却很危险。

他把战争艺术提高到从未有过的高度，而这就把他推到了岌岌可危的巅峰。他把国家的荣耀和他个人的荣耀视为一体，他要以武力控制各国的命运。他以为一个人能够以惨痛的牺牲为代价得到一系列的胜利，换来本民族的繁荣，以为这个民族可以靠光荣而不是靠劳动获得生存；以为那些被征服而失去独立的国家不会一朝奋起，列出阵容强大、士气高昂、战无不胜的义师，推翻武力统治，重新赢得独立；以为在文明世界里，道德公理不应比完全靠武力形成的力量更强大，不管这支武力有多大。正是由于这样，拿破仑走了下坡路。他不是缺乏天才，而是由于他想做那些不可能的事。他想以当时财枯力竭的法国使整个欧洲屈膝，岂知当时欧洲已经总结了失败的教训，很快就全面武装起来。

当然，每个人都有自己的责任。但是，比指挥军队克敌制胜更重要的是，按照祖国的需要为祖国服务，使正义在一切地方受到尊重。和平

巴黎塞纳河畔的拿破仑墓

军事演说

高于战争。

的确，在处理人的问题时，如果将依赖个人的见识与才智歪曲为只尊重个人制定的社会道德法律，歪曲作为我们文明基础和基督教本质的自由、平等、博爱的原则，那么，即使是最有天才的人，也肯定会犯错误。

陛下，请安息吧。你英灵未泯，你的精神仍然在为法兰西服务。每次国家危难的时刻，我们的鹰旗依然迎风招展。如果我们的军队能在你建造的凯旋门下胜利归来，那是因为奥斯特列茨的宝剑为他们指引了方向，教导他们如何团结起来带领军队取得胜利。你高深的教诲，你坚毅的努力，永远是我们不可磨灭的榜样。我们研究思索你的言行，战争的技艺便日益发展。只有恭谨地、认真地学习你不朽的光辉思想，我们的后代子孙才能成功地掌握作战的知识和统军的策略，以完成保卫我们祖国的神圣事业。

福煦元帅

鉴赏 jianshang

福煦·费迪南（1851—1929年），法国元帅，其父拿破仑·福煦是拿破仑一世的旁系。1887年，福煦毕业于高等军事学院。1891年晋升少校，在参谋部三局供职。1900年晋升中校，1908年至1911年任高等军事学院院长，1912年任军长、第九集团军司令，曾率集团军参加了马恩河战役。1915年至1916年任"北方"集团军群司令。1918年起任盟军最高统帅，1919年起任协约国最高军事委员会主席。本篇演说词为第一次世界大战结束后不久，福煦于拿破仑逝世100周年时在拿破仑墓前发表的演说。

整篇演说词虽然不长，但却从一个军人的特定视角对拿破仑的军事天才和得失作了精辟的阐述，读来不但令人荡气回肠、豪情激发，而且把人带进历史的沉思之中。具体说来，本篇演说词有以下三个特色。

1. 富有特色、简明扼要的开场白

瑞士作家温克勒说过："开场白有两项任务：一是建立说者与听者的同感；二是如字面所示，打开场面，引入正题。"这是说的开场白的基本要领。

而本篇演说词仅用一个充足条件句和一个正面陈述句就完满地达到了以下两种效果。第一个充足条件句将听众置身于"拿破仑年仅27岁就已经崭露头角"的追忆氛围之中。而接下来的正面陈述句"他把自己的天才不断地用于一生的丰功伟业之中"则正是本篇演说词的"正题"。这么简明扼要的开场白，既在语言的调遣上匠心独运，又恰到好处地反映了本篇演说词作者作为一个军人的英武果敢的特定气质。

2. 辩证、精辟的演说内容

拿破仑作为一个杰出的新兴资产阶级政治家、军事家，有非凡的天赋资质和辉煌的业绩，也有滑铁卢战役的最终失败。那么，怎么认识这看似矛盾的现象就成为演说者不能回避的问题。从演讲学原理看，演讲的魅力在于内在力与外在力的统一。外在力指演讲者的技巧与风度等，内在力则指演讲内容所体现的逻辑力量。外在力固然是不可缺少的，但内在力才是演讲的生命力所在。本篇演说词从第二自然段到第五自然段以辩证的方法和富有哲理的语言阐发了和平高于战争的思想以及个人见识与才智和自由、平等、博爱原则的相互关系，从而使拿破仑"不是缺乏天才，而是由于他想做那些不可能的事"因而导致最终失败的结论具有内在的逻辑说服力。

3. 颇具军事气氛的修辞手法的运用

演说词恰到好处地运用了"借代"的修辞手法。如以"鹰旗"代法国军队，以"奥斯特列茨的宝剑"代拿破仑高超的战争指挥艺术，这就使得语言简洁而又形象。而又由于"鹰旗"等借体均具有鲜明的军事特征，因而使整篇演说词具有一种符合特定情境（一个元帅为另一个元帅演说）的氛围，给演说的成功提供了语言运用上的保证。

伟大导师马克思曾称颂拿破仑是一个"伟大军事家"，本篇演说词集中突出了这一主题。同时，通过演讲，把听众带入对战争与和平、个人才智与社会文明准则关系的更高层次的思索之中，可谓主题鲜明、韵味悠远，具有独特的魅力。

匡国凡

军事演说

〔前苏联〕朱可夫

授勋仪式后的祝酒词和答词

1945年6月10日

我要向艾森豪威尔五星上将祝一杯酒,由于他的卓越才能,盟军取得了辉煌伟大的胜利。

我们苏联军官和将军们注视并研究了艾森豪威尔将军指挥的所有战役。我个人和我所指挥的部队,对艾森豪威尔将军怀着深深的敬意。我表示希望我们盟国的四位司令官在管制委员会今后的工作中能够协调一致。如果说我们在战时进行了很好的合作,我相信,在和平时期将能合作得像过去一样好。我为艾森豪威尔举杯——为他的健康,为他的成功和今后工作顺利干杯!

附:艾森豪威尔的答词(摘录)

没有哪一个人对联合国的贡献能够超过朱可夫元帅的了。他今天作为我们的贵宾光临,并且热情友好地向我们盟军成员颁发了苏联勋章。可是,朱可夫元帅——一位谦虚的人,大概低估了他在我们心目中所占的地位。有一天,当所有在座的都去见老祖宗的时候,苏联肯定将设置另一种勋章。那将是朱可夫勋章,而这种勋章将为所有钦佩军人的勇敢、远见、坚韧和决心的人们所珍视。先生们,我非常荣幸地请你们为朱可夫元帅干杯!

朱可夫(1896—1974年),苏联元帅。1918年加入红军,参加国内战争。1939年任远东第一集团军司令。第二次世界大战期间,历任苏军总参谋长、西线总司令、元帅。1945年4月,亲自指挥攻克柏林战役,后任德国

还是军士的朱可夫

1940年，苏联元帅铁木辛哥和
朱可夫将军在基辅特别军区的军事学习中

苏联占领区长官。1946年返回苏联任职。50年代曾任国防部长、党中央主席团委员。60年代获得列宁勋章，出版自传。1945年5月2日，苏军攻克柏林，德国法西斯宣布无条件投降。6月5日，在柏林举行的盟国接管德国最高权力宣言的签字仪式和盟国对德管制委员会成立会议上，与会的朱可夫元帅接到斯大林的电报，指示他把苏联的胜利勋章授给美国的艾森豪威尔和英国的蒙哥马利元帅。6月10日，朱可夫到达艾森豪威尔的总部法兰克福举行授勋仪式，并在授勋仪式后举行了午宴。朱可夫的这篇演说就是他在午宴上的祝酒词，对此，艾森豪威尔作了答词。

这是一篇即兴演讲。兴者，兴致、兴趣也。所谓即兴演讲，就是指演讲者在事先无准备的情况下就眼前的场面、情境、事物、人物有感而发，临时因兴起而发表的演讲。

即兴演讲区别于命题演讲的一个重要特征就是有感而发，它充分体现了演讲真实性的特点，是演讲者真实情感的流露。就这两篇演讲而言，在祝词中我们不难看出朱可夫对艾森豪威尔真诚的敬意，在答词中我们不难看出艾森豪威尔对朱可夫由衷的赞赏。

即兴演讲的另一个显著特征是它篇幅短小。即兴演讲的场合一般多是生活中的一个场面，或喜庆、或哀伤，因此，只要表达了心意即可，不能过长。朱可夫的祝词全文只有200字，但已把自己的思想和情感表达得淋漓尽致，正可为言简意赅。

时境感强是即兴演讲的又一个特点。它要求演讲者"到什么山，唱什么

军事演说

歌；见什么人，说什么话。"离开了对时境的考虑，哀悼的场面说助兴的话，或喜悦的场面说悲伤的词，即兴演讲是一定要失败的。这里，无论是朱可夫的祝词的每个字，还是艾森豪威尔的答词的每句话，都与宴会上的喜庆气氛那样和谐，让听众如饮佳酿，未喝先醉！

朱可夫的祝词环环相扣，紧密围绕着主题。他首先提出"我要向艾森豪威尔五星上将祝一杯酒"，接着阐明向他祝酒是因为：（一）"由于他的卓越才能，盟军取得了辉煌伟大的胜利"；（二）"我个人和我所指挥的部队，对艾森豪威尔将军怀着深深的敬意"；（三）"我……希望我们盟军的四位司令官在管制委员会今后的工作中能协调一致"；最后首尾相接，回到祝酒的内容上："为他的健康、为他的成功和今后工作顺利干杯！"

艾森豪威尔的答词也捕捉住了由头，"缘事而发"。

朱可夫的祝词和艾森豪威尔的答词，珠联璧合，浑然一体，相互辉映，成为即兴演讲的两篇杰作。

朱可夫将军在斯大林格勒战役中

☒ 李素琴

〔朝鲜〕金日成

为光复祖国而顽强战斗

1937年6月4日

同胞兄弟姊妹们！

我们是为祖国的光复和民族的解放同日本帝国主义作战的朝鲜人民革命军。

我们能够这样有意义地在消灭了日本帝国主义侵略者的胜利的战场上同怀念已久的祖国同胞见面，感到非常高兴。

我代表朝鲜人民革命军向从物质和精神两方面积极支持和声援我们革命军的诸位以及国内爱国人士，表示深切的感谢。

诸位！

今天，日本帝国主义强盗在整个三千里疆土上布满了军队、宪兵和警察网，炮制出各种反动法令，对无数的爱国者野蛮地加以逮捕、监禁和屠杀，把耻辱的、奴隶式的屈从强加在我国人民身上。

狡猾的日本帝国主义为了阉割我国人民高尚的民族精神，叫嚷什么"日鲜一体"、"同祖同根"，企图对我们民族强行灌输"皇道精神"，甚至企图践踏和扼杀夸耀五千年悠久历史的我们的民族文化和我们优美的语言。

日本帝国主义强盗变本加厉地加强对我国人民的剥削和掠夺，尽量抢劫我国的宝贵财富。日本帝国主义者甚至把掠夺的魔爪伸到这个偏僻的山村里来，尽量抢走我们宝贵的山林资源。日本帝国主义者驱使你们像牛马一样从事种种苦役，拼命榨取你们的血汗，害得你们连水田也种不好。因此，你们被迫用草根树皮勉强延命，连土布衣服都穿不上，不得不在快要

1950年朝鲜战争爆发时的金日成

倒塌的破草房里过着充满血泪的生活。

最近，日本帝国主义强盗正在进一步加强侵略中国大陆的活动，同时疯狂地对我国人民进行法西斯镇压和强盗式的掠夺。

的确，今天我们民族正面临着生死存亡的严重关头，整个国土荒芜不堪，变成了黑暗世界、人间地狱。

诸位！

有压迫者的地方必然有斗争。我国的热血青年和爱国人士已经毅然奋起投入了粉碎日本帝国主义高压政策的反日圣战。

朝鲜人民革命军为了开拓我们民族的出路，为了光复祖国，六、七年来，手持武器在朝鲜和满洲的旷野上同日本帝国主义侵略者进行了英勇无比的战斗。我们革命军到处消灭敌人，从政治和军事上给了日本帝国主义殖民统治体系以沉重的打击，给怀着亡国奴的悲愤受凌辱的我们民族带来了希望的曙光。

我们的力量加强了，世界革命力量强大起来了，全世界进步人民对我们的斗争的支持也越来越大了。我们必将完成光复祖国的历史事业，取得最后胜利。

在杀出血路前进的我们革命军勇士们英勇无比的活动和辉煌的战果面前惊惶失措的日本帝国主义侵略者，为"讨伐"朝鲜人民革命军进行着种种疯狂活动，最近，愚蠢地妄图阻止我们革命军向国内进军，红着眼睛拼命加强国境警备线。敌人甚至玩弄荒唐的虚假的宣传把戏，说什么"完全消灭"了朝鲜人民革命军。

诸位！尽管日本鬼子如此疯狂活动，但是朝鲜人民革命军依然存在，向全世界显示着它的声威。

这次我们朝鲜人民革命军突破日本帝国主义者吹嘘为"铜墙铁壁"的国境警备线进军到国内，几天前在茂山方面展开纵横驰骋的活动，把复仇的火焰倾泻到敌人身上，今天，又在普天堡这个地方充分显示了我们民族的不屈斗志和崇高气概。

刚才，我们革命军摧毁了警察官驻在所、事务所等日本帝国主义的暴力镇压机构和统治机关，消灭了盘踞在那里把种种不幸和苦役强加在你们身上的同我们民族有着血海深仇的敌人——日本帝国主义侵略者。

诸位！请看那火焰——那熊熊燃烧着的火焰揭示了敌人的下场；那火焰向全世界显示：我们民族并没有死，还活着，只要同日本帝国主义强盗进行斗争，就一定能获得胜利；那火焰将作为希望的曙光，在被虐待和饥饿中呻吟的我们民族的心里大放光芒,并将成为斗争的火种燃遍整个三千里疆土。

朝鲜民族和日本帝国主义者不是"同祖同根",我们不承认敌人叫嚷的"日鲜一体"。

我们朝鲜人民革命军将更加紧握复仇的枪,一定要解放在饥饿和贫穷、无知和愚昧中挣扎的二千三百万同胞,光复祖国,并在独立了的祖国疆土上建立起没有剥削、没有压迫的人民的国家。

诸位!今天,光复祖国的朝鲜民族的生死攸关的要求。

我们大家不要光是坐在那里为在日本帝国主义殖民统治下受屈辱的悲惨处境而叹息,而要在反日民族统一战线的旗帜下更紧密地团结起来,像一个人一样奋起投入打倒日本帝国主义侵略者、实现光复祖国大业的圣战。只有斗争才是活路,才是民族复兴的唯一道路。

你们要克服万难,竭尽一切诚意和热情,同心协力,有力出力,有知识出知识,有钱出钱,一致动员起来投入争取朝鲜独立的反日圣战。

你们要开展各种斗争,彻底粉碎吮吸我们民族的鲜血来喂肥自己的吸血鬼——朝鲜总督府的种种反人民的阴谋活动。

你们要彻底粉碎日本帝国主义侵略者的虚假宣传,始终保卫我国的语言文字和我们的民族精神,而显示出朝鲜民族的不屈的气概。

你们要抱着只要有百战百胜的朝鲜人民革命军在,我国就一定能获得独立这样的坚定信心和民族自豪感,从物质和精神两方面支援朝鲜人民革命军,并顽强地战斗下去。从而让那火焰在整个三千里疆土上熊熊燃烧起来。

同胞兄弟姊妹们!

最后胜利是属于为光复祖国而战的我们的。

让我们大家都为在光复的祖国土地上重逢,呼独立万岁,过幸福生活的那一天而奋勇前进吧。

朝鲜独立万岁!

朝鲜革命万岁!

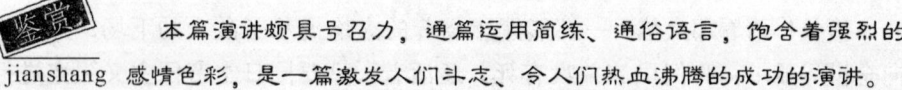

本篇演讲颇具号召力,通篇运用简练、通俗语言,饱含着强烈的感情色彩,是一篇激发人们斗志、令人们热血沸腾的成功的演讲。

首先,用三句话表达对抗日军民的感谢。随后,用"诸位"!这个称谓

军事演说

词,提示听众注意。开始另一个主题:控诉日帝国主义者的倒行逆施。以下用五个段落,从各个方面描述了日帝国主义的罪行:军事上,在三千里疆土上布满了军队、宪兵和警察网;文化上,阉割高尚的民族精神;经济上,变本加厉地加强对人民的剥削与掠夺;在程度上,侵略正在加强。第五小段告诫人们,现在我们民族正面临着生死存亡的关头。

金日成主席

侵略到如此地步,不反抗,"整个国土荒芜不堪,变成了黑暗世界,人间地狱",由此,自然地转入下一个话题:英勇的朝鲜军民正在奋斗抗争,正在顽强努力。金日成用充满感情的话语表达了对日本帝国主义的强烈愤恨,对朝鲜军民的深切感激,从他的话语里我们感受到一种大无畏精神,面对强敌的弱小民族的不屈不挠的无畏;我们感受到一种富有远见的乐观精神,无论形势怎样险恶,未来必定是掌握在正义者手里,正义的事业必胜。而这无畏与乐观正是身处水深火热的朝鲜人民所最需要的,可以说,金日成成功地运用了演讲这一手段,激发了朝鲜军民的士气与斗志。

随后,金日成再次强调:光复祖国是朝鲜民族的生死攸关的要求。号召人们行动起来,用各自的方式反击敌人,恢复家园。号召人们认清朝鲜傀政府的反动阴谋,认清日本帝国主义的虚假宣传本质。号召人们全力保持自己的民族语言与文化,怀着坚定的信心、无畏的勇气顽强地将抗战进行到底。

演讲以两句口号结束。整篇演讲充满强烈的感情,感染力、号召力极强,不愧为一篇战斗的檄文。

这篇演讲虽较长,但毫无拖沓之感。原因在于层次分明,逐层递进,一步步地调动听众的情绪。而且这篇主题明确,毫无游离于主题之外的枝节。事实上,在民族危亡之时,在革命者的手里,不光枪炮是武器,语言也同样是武器。朝鲜人民正是在金日成的领导下,经过浴血奋战,赶走了日本帝国主义者,在神圣的国土上重建家园。

☒张亚红

[美国] 罗斯福

一个永志难忘的国耻之日

——在美国参众两院呼吁对日宣战的演说

1941年12月8日

副总统先生、斯比格先生、参议院和众议院的各位先生们：

昨天，1941年的12月7日，是个永志难忘的国耻之日——美国突然遭受日本帝国海空武装的蓄意侵袭。

美日两国一直和平相处，并因日方的要求，美国同日本政府和天皇正进行谈判，以维持太平洋地区的和平。

就在日本空军开始轰炸美国奥阿胡岛后的一小时，日本驻美大使及其同僚就一份美国最近的咨文向我国务卿递交了正式复函。复函中虽声明，目前的外交谈判似乎无甚意义。但却未丝毫显露开战的兆头或武装进攻的迹象。

夏威夷与日本国遥遥相隔，显而易见。这场袭击是日方数日乃至数周前就预谋策划的，人们将记住这一史实。谈判期间，日本政府一再假惺惺地声明，表示要维持和平的愿望，以蒙骗美国政府。

昨日夏威夷群岛的受袭使美国的海陆军遭受严重损失。我沉痛地告诉大家，在这场袭击中，许许多多的美国同胞已丧生，不仅如此，据报道，很多美国船只被击中，深深地沉没于旧金山与檀香山之间的水域。

昨天，日本政府还向马来亚发动进攻。

昨夜，军又进犯香港。

昨夜，日军袭击关岛。

昨夜，日军向菲律宾群岛开火。

昨夜，日本入侵威克岛。

今晨，日军又突然袭击中途岛。

由此可见，日本已在整个太平洋地区出其不意地摆开全面攻势，昨天与今日的事实已经说明了一切。美国人民主意已定，并深知这将给我们国家的安全、人民的生命带来什么影响。

军事演说

junshi yanshuo

我以美国海陆军总司令的身份发出动员令：全力以赴，保卫国防。

我们将永远记住这次进犯的性质。

不管这场反击阴谋侵略的战争要持续多久，美国人民正气昂然，必将赢得彻底胜利。

我相信，当我宣称，我们不仅要最大限度地保卫自己，而且要以事实证明日本这种背信弃义的行为决不可能再危及我们时，我是表达了国会和人民的心声的。

珍珠港事件

敌对已客观存在，不能无视我们的人民，我们的疆土、我们的利益正受到严重威胁。

然而，我们的军队信心百倍，我们的人民众志成城，胜利必然属于我们，上帝保佑！

由于1941年12月7日的那个周日，日本国无端挑衅，卑劣地向我们进攻，我恳请国会发布声明：美国与日本帝国宣战！

鉴赏 *jianshang*

1941年12月7日，日本帝国主义海空部队突然一齐出动进攻美国夏威夷群岛上的军事基地。美国参谋部和太平洋舰队司令部来不及实施有效的抵抗，致使美国太平洋舰队遭到惨重的损失。这就是世界震惊的"珍珠港事件"。罗斯福闻讯后，不到24小时，便赶赴国会，美国参众两院联席会议上发表了这篇著名的讲话。

这篇演讲词短小精悍，仅一千多字，既叙述了事实的真相，又对战争性质、胜负进行了透辟的分析，同时又是一次激动人心的战斗动员。他的演说风格独特，在令人激愤的事实面前，没有激昂慷慨的言词，而是把愤怒的情绪渗透到沉稳的叙事和冷静地分析判断之中，很有说服力，语言看似平常无奇，但却包含着非凡的意义。演说者采用层层深入，逐步加温的方法，使听众容易接受，并很快与讲演者产生共鸣。

演说一开头就不同凡响。第一句话连用了三个同位语，一个破折号。三个同位语虽然都是表达时间的语词，但都有不同的内涵。它们的关系是递进关系。"昨天"告诉了人们这就是眼前发生的事情，抗击日本侵略军已迫在眉睫。"1941年12月7日"是告诉人们要永远记住这个日子，后面的"是个永志难忘的国耻之日"为第二个同位语做了注释，说明了要记住这个日子的原因，指出了日军破坏和平的卑劣行径将遗臭万年，同时也含蓄地告诉美国人民，这是个耻辱的日子。这三个同位语不仅强调了事件发生的时间，而且表示出对日军不宣而战，坏和平的罪行极其愤慨。三个同位语后面又加个破折号，破折号后面一句话"美国突然遭受日本帝国海空武装的蓄意侵袭。"又为第三个同位语"永志难忘的国耻之日"做了论释，揭露了日本帝国发动战的狼子野心。以此激起听众们坚决积极制止日寇侵略战争的情绪。

下面紧紧扣住"突然"和"蓄谋"两点，用铁的事实揭露日本帝国一面用虚伪欺骗手段进行和谈，一面进行战争准备，乘人不备搞突然袭击的卑劣行径，使听众们感情上升到对日本帝国侵略行径的强烈义愤。

演说者没有就此止步，而是进一步加温，向人们揭示出美国的安全和生存出现了危机状态。先是从美国自身受到危害开始，然后再由远及近地用一组排比句子阐明日军已开始对整个太平洋地区进行了疯狂的侵略。连用了五个"昨天"一个"今晨"共六种侵略行径的罗列使语势增强，给演说增添了气势，一下子把听众带入合众国和日本帝国已经处于的战争状态之中。给人以一种浓烈的火药味，立刻就要威胁到人们的安全和国家的生存之感，点燃了听众们复仇的怒火，这时感情已升腾到再也不能坐而待毙必须立即行动起来与敌人进行武装斗争的程度。

演说者见火候已到，便接着表明自己的态度和主张。从履行自己的职责"以美国海陆军总司令的身份发出动员令：全力以赴，保卫国防"开始，紧接着表明了必胜的信心，他斩钉截铁地说："这场反击阴谋侵略的战争要持续多久，美国人民正气昂然，必将赢得彻底胜利。"语气坚定，决心不移使听众热血沸腾，最后向国会请求对日宣战。全篇没有一句呼唤人们起来战斗的言词，却是一篇很好的战斗动员令。罗斯福的演讲仅用六分半钟，演讲期间却不断为爆发出的阵阵掌声所打断。

李凤琴

依我看

〔英国〕萧伯纳

1937年11月

这场战争究竟会带来多么大的灾祸，竟使我们现在就怕得浑身发抖呢？我和你们一样：不容忍飞机狂轰乱炸我的家园，不愿遭受到可怕的原子气而痛苦地离开人间。在我的眼前仿佛看到了街道上躺着横七竖八的尸体，还有那痛哭着寻找爸爸妈妈的孩子，和双手紧紧地抱着婴儿而已经死去的母亲，就是现代战争的情景。这正是在我讲话时发生在西班牙和中国的事实；将是明天发生在我们中间的事实。更坏的是，不管我们这样如此制造了怎样的恐惧，也不管我们怎么痛苦地在挣扎中死去，我们人类的母亲，大自然，却是无动于衷，毫不吝啬。大自然能生出儿女们，他们足以能够医治我们在残杀中所造成的创伤。伦敦可能被毁灭；巴黎、罗马、柏林、维也纳和君士坦丁可能会躺在烟雾弥漫的废墟里，妇女们和孩子们在发出最后一声惨叫后便静静地死去。不要紧，自然母亲每年都在把新的一代人唤到人间。这就是说我们要结束战争，就不能相信上帝的远见："相互残杀吧，我的孩子们：尽情地残杀吧。更多的新生人儿会来到人间。"

既然如此，我们要想结束战争，就必须拒服兵役，我不喜欢战争，不仅是因为战争是残酷的和无情的，而且是因为战争夺去了许许多多的年轻人的生命，这些年轻人中任何一个都可能是牛顿、爱因斯坦、贝多芬、米开朗基罗、莎士比亚或萧伯纳。或许，他们可能对社会有着直接的重要作用，成为优秀的面包师、熟练的纺织工或者著名的建筑师。假如你想象有两名格斗者，他们是英国的英雄麦克兰要执行天意讨伐德国的魔鬼，如果麦克兰杀死了魔鬼，你将为他的胜利而欢呼；如果在麦克兰杀死魔鬼之前，卑怯的敌手就已经用机枪把他扫倒了，那么你将燃烧起仇恨的怒火。用这种方式，你能得到强烈的情绪上的战争阅历。但是，假如你想象的这两个人是两个技艺高超的木匠，他们放下了手里的活在撕杀着。这会使我怎么想了；无论他们中哪一个被杀死，对于欧洲，对于我，都是重大的损失。1914年，我在野地里看到几名死去的德国青年，有的没了手，有的少了腿，在他们身边倒着几名英国青年，对于他们，我感到同样地伤心，因此我从心底里感到厌恶那场战争。依我看，战争完全是在摧残着人类的生存。

反对战争的和平运动以古时的"训诫"的契据，像亚伯拉罕·林肯在葛底斯堡的演说一样经常引用。它是非常感人的规劝，会给你明智的告诫：即擅自对待那些有恶意使用和劝说你的人们。我是一个非常令人憎恨的人，却一直妥善处理自己的一切事务；我敢说：复仇和怨恨会使生活残酷，使复仇者令人憎恨，从中根本不会得到什么乐趣。但是，像"博爱"这样的词句，依我看，是忘记了人类的天性。请问我们是可爱的动物吗？你喜欢税收员吗？你喜欢劳埃·乔治先生吗？如果你喜欢他们，那么你喜欢丘吉尔吗？你接受墨索里尼、希特勒、佛朗哥、阿特特克和日本天皇的思想吗？

我们必须懂得，于某些人甚至整个某个种族，们不喜欢他们，但也没有任何权利伤害他们，不论你怎样讨厌他们。依我看，社会的法规必须是"生活与准许生活"的法规。谁若硬要违背了这个法规，谁就必然走向灭亡，即使和平主义者和非抵抗主义者也是如此。……

我们现在行事的方式有什么过错呢？我们不是不能生产出来足够的商品。在一个小时里我们的机器的工作量相当于一万名手工劳动者的工作量。但是这些产品不足以满足一个国家：必须合理地分配这些产品；为此就要摧毁我们的制度。每个人都应该过上舒适安逸的生活，每周有两个星期天。每天工作4至5个小时；然而，供养几个孩子每年就要用几万磅，为此，成千上万的人死在车间里，成千上万的人在60年的辛勤劳动后又在申请着失业救济。

依我看，不是要争论或要涉及到的事。乍看起来，这事是愚蠢和邪恶的；我们如果再不进行合理的改革，就会毁掉我们自己和我们的文明。然而，我们不过是在一直大吹大擂什么布什维尔主义、法西斯主义、共产主义、自由、独裁、民主等等，在我们的时代，弗林德斯·皮特教授为我们发现了新的历史条件下最重要的一课，无论多么光辉灿烂的文明，像我们自己一样，都不能抵制伴随着财富、劳动和舒适不合理分配而带来的社会怨恨和阶级矛盾。这是我们在学校里从来不能学到的历史课，这就符合了德国哲学家黑格尔所说的"我们学习人们从中没有得到任何东西的历史。"

鉴赏 乔治·萧伯纳（1856—1950年）著名作家，生于爱尔兰首都都jianshang 柏林一个公务员家庭。他14岁失学，在都柏林一家地产公司当小职员；1876年去伦敦，在电话公司任职，并开始写作音乐评论和小说。1884年，萧伯纳参加改良主义组织"费边社"，主张用改良主义的渐进办法实现社

军事演说

会主义。萧伯纳发表几部小说后转而从事戏剧创作，1925年获诺贝尔文学奖；1931年访问苏联；1933年访问中国；曾与宋庆龄、蔡元培、鲁迅等人会晤，鲁迅称赞他为"现在的世界的文豪"。

《你我看》是萧伯纳于1937年11月发表的一次广播演说，当时正值日本帝国主义大举入侵中国，西班牙处于全面内战，德国和意大利的纳粹主义已严重威胁着欧洲。萧伯纳在这篇慷慨激昂的演说中，揭露了法西斯侵略战争的残酷性，并试图指出战争产生的根源及消除的途径。整篇演说充满着正义感，充满着对人民的热爱和对战争的憎恨，呼吁人们为制止战争、恢复和平而努力奋斗。

戏剧家萧伯纳

演说一开始，萧伯纳就描述了处于战争中的中国和西班牙的悲惨情景。作家无比痛惜地说，战争夺去了许许多多青年人的生命，而这些青年人中的任何一个，都可能成为对社会有重要作用的杰出人才。

随后，萧伯纳阐述了自己对战争的看法，他认为，不应空洞地谈论"博爱"，人们不可能爱所有的人，但有一条法规应予遵循，这就是"生活与准许生活"，人们对某些人或某个种族可能不喜欢或讨厌，但都没有权利去伤害他们。这是对法西斯主义暴行的批判，是为消除战争提出的社会规则。这里，萧伯纳未能区分战争的正义性和非正义性，而且他在痛斥现行社会制度的弊端的同时，幻想用改良主义办法解决社会矛盾，以消除战争的根源——社会产品分配不合理所造成的社会怨恨和阶级矛盾。虽然萧伯纳看到这是整个社会制度的问题，但他认为任何时候都不能以战争的形式解决问题，而只需要进行合理的改革。这些观点反映了作家在政治上的局限性。

然而，萧伯纳毕竟是文豪，他的整篇演说把描述、举例、引证、分析、推理融为一体，其中有对战争灾难的深刻控诉，有生动的比喻和贴切的引证，有易于为人们接受的说理，有令人奋起行动的呼吁和鼓动。由于是广播演说，萧伯纳充分地利用了情景描述、比喻、引证以及由浅入深的说理，给人以深刻的印象，反映出作家高超的演讲技巧。

☒张荐华

〔加拿大〕白求恩

牢记死者作出的牺牲

1939年

同志们，感谢你们送给我这美丽的旗帜，以及对我所说的友好的话。

千百万爱好自由的加拿大人、美国人和英国人都眼望东方，怀着钦佩的心情注视着正在与日本帝国主义进行着光荣的斗争的中国。这个医院的设备是你们的外国同志提供的。我很荣幸被派来作他们的代表。和你们一样的人，在三万里之外，隔着半个地球，正在帮助你们，你们不要认为这是不可思议的。你们和我们都是国际主义者：我们清楚地认识到，无论种族、肤色、语言和国界都不能把我们分隔开。

我来到晋察冀边区，在这个医院里和你们一起工作才不过几个月的时间。我起初总觉得这是"你们的"医院，现在我觉得这是"我们的"医院了。我从你们那里得到了许多宝贵的教益。你们教给了我忘我的精神、合作的精神和克服困难的精神，我感谢你们给了我这些教益。作为报答，我也许教给了你们一点技术。

日本用不到50年的工夫，从一个极其落后的国家变成了一个强国，其中部分原因就是采用了西方技术。技术掌握在日本金融资本的独裁者手里，结果使日本成为全世界的公敌。技术掌握在中国劳动人民的手里，一定会使中国成为一个促进世界和平的强国。我们必须运用技术去增进亿万人民的幸福，而不是用技术去增加少数人的财富。

我们为什么必须学习好技术呢？因为好的内外科技术能使伤病员好得快，减少他们的痛苦和不适，减少死亡、疾病和残废。一个医生，一个护士，一个护理员的责任是什么？我们的责任就是使我们的病人快乐，帮助他们恢复健康，恢复力量。

在结束我的讲话以前，我还要对八路军和游击队的伤员们的勇敢和毫无怨言的精神表示钦佩。对于这些人，我们只有给以最入微的体贴和最精心的护理，并运用最好的技术，才能报答他们为我们而受的痛苦和牺牲。他们打仗不仅是为了今日的中国，而且是为了明天新兴的伟大、自由、民主的中国。

军事演说

白求恩在前线

那是新中国，他们和我们也许不一定能活着看到了。重要的是，他们和我们都在用自由今天的行动使那个新共和国能够兴起，帮助它诞生。但是它能否诞生，取决于我们今天和明天的行动。它是不会自己产生出来的。它必须用我们这些对于未来，对于人类以及人类自己创造的伟大命运具有信心的人的鲜血和工作去创造。唯有这样，它才会必然诞生。

在那些阵亡的、我们未能救活的战士的墓前，让我们说，我们一定牢记死者所作出的牺牲。我们的目标就是他们为之牺牲的新中国。为了纪念死者，为了忠诚于我们的伟大事业，让活着的人和行将死去的人对我们的同志情谊作出庄严的保证吧。在斗争和牺牲中，我们只有一个共同的目的，一个共同的思想。这样我们就成为不可战胜的了。那么，我们就会确信。即使我们不能活着看到，总有一天我们的后来人会聚集在这里，像我们今天一样，不只是庆祝一个模范医院的成立，而是庆祝解放了的中国人民的伟大民主共和国的成立。

鉴赏 白求恩（1890—1939年），加拿大共产党党员，著名外科医生。
jianshang 1936年德意志法西斯侵犯西班牙时，他曾亲赴前线为西班牙人民服务。1937年中国抗日战争爆发，他率领一支由加拿大和美国人组成的医疗队来到中国解放区，1938年4月经延安赴晋察冀边区，在那里工作了两年。1939年11月12日，因医治伤员中毒病逝于河北省完县。后毛泽东著文《纪念白求恩》，赞扬他是"毫不利己专门利人"的人，这篇演讲是白求恩于1939年在主持改建的晋察冀军区和八路军模范医院开幕式上的讲话。

这是一篇自然、流畅的散文式演讲。

一篇优秀的散文必然是自然流畅，情景交融的。而这篇功能性演讲也像一篇优秀散文一样达到了自然流畅、情景交融的境界。白求恩首先感谢中国同志赠送给他的一面美丽的旗帜及对他所说的友好的话，然后自然由旗帜和友好的话所象证和表达的内容与外国同志提供的医院设备联系起来，进而又自然而然地引出他所工作晋察冀边区的医院，谈到作为对中国同志教给他忘我精神的回报的医疗技术，由技术又引出技术在中日两国的不同命运以及我们医生必须要学好技术的原因，由此又由运用最好的技术谈到抗日战士为我们而受的痛苦和牺牲，最后又由死者所作的牺牲引出建立新中国。如此使这篇演讲像流水般轻松而清澈透明。在这里有景有情，由景寄情，情景交融。如果说医疗设备、医院场址、伤病员等是当时演讲者视觉所能捕捉到的特殊之"景"的话，那么白求恩由此引出和联想到的痛苦、牺牲与未来的对于新中国的信念便是特殊之"情"。

散文形散神则不散。这篇演说在形散的背后始终是贯穿着一个灵魂的，即牢记死者作出的牺牲。

在结构上，这篇演讲除了特殊的散文式外，还大量采用了对比手法，这使得全篇既生动、活泼，又规整、严谨。如用中国和外国（加、美、英）、东方和西方之对比来强化国际主义者的统一性；用"你们的"医院和"我们的"医院的对比来表达他与中国同志的深厚情谊；用中国和日本掌握西方技术的对比来说明对于人类和平的渴望；用生者和死者的对比来衬托新中国的必将诞生。

这篇演讲语言朴实无华，与演讲内容和医疗职业以及医院的肃穆气氛十分协调，同时也与演讲中所闪烁出来白求恩本人的伟大的救死扶伤的人道精神浑为一体，因而这篇演讲让人们永远都不会忘怀。

☒李占刚

军事演说

〔法国〕戴高乐

反法西斯广播演说

1940年6月18日

事情已经定局了吗？希望已经没有了吗？失败已经确定了吗？没有！

请你们相信我，我是根据对事实的充分了解说话的，我告诉你们，法国并没有完，使我们失败的那些因素总有一天会使我们转败为胜。

因为法国并非孤军作战！它不是单枪匹马！它不是四处无援！它有一个庞大的帝国作后盾。它可以与控制着海洋并在继续作战的不列颠帝国结成同盟，它也可以像英国一样充分利用美国巨大的工业资源。……

我是戴高乐将军，我现在在伦敦。我向目前正在英国领土上和将来可能来到英国领土上的持有武器或没有武器的法国官兵发出号召，向目前正在英国领土上和将来可能来到英国领土上的一切军火工厂的工程师和技术工人发出号召，请你们和我取得联系。

无论发生什么情况，法兰西抵抗的火焰决不应该熄灭，也决不会熄灭。

鉴赏 jianshang 第二次世界大战爆发后，戴高乐在第5军任坦克旅旅长，1940年5月任第4装甲师准将，6月6日出任雷诺政府陆军部副部长。当贝当组阁取代雷诺政府，准备与德国媾和时，他毅然离开法国流亡英国。6月18日下午6时。戴高乐由若·法库塞尔陪同，来到了伦敦布什大厦的B₂播音室，第一次向法国广播。他带着微颤的嗓音通过无线电波呼吁同胞在他的领导下继续抗战。从这一历史时刻起，法国抵抗法西斯的运动拉开了序幕。这篇演讲就是著名的"六·一八演说"。

戴高乐

这是戴高乐同时实现了多重功能的演讲。

所谓演讲功能即指演讲在听众中所产生的作用和效能。其效能与作用或使人知，或使人信，或使人激和使人动。一次演讲能够实现其一就算成功了，因而一次演讲若同时实现几种功能无异是非常非常成功了，这样的例子在世界演讲史上是不多见的。戴高乐的这篇演讲幸运地成为人类演讲史上的不朽杰作。

"使人知"目的是传达信息，阐明事理，使人知道、明白。这篇演讲显然不是以"使人知"为目的的，但为了树立法国人的必胜信心，进而激励他们行动起来，拿起枪杆子开展抵抗运动，又必须以"使人知"为基础，即使法国人知道法国到底怎么了，让法国人知道法国的军事失利并不是终极性全局性的失败，而是由于敌人的飞机、坦克和战略使法国将领们惊惶失措而出现的军事技术的失误造成的。在这样基础上，戴高乐自然而然地将话锋一转，断然否认了败局已定、胜利无望的悲观论调。然后令人信服地指出了法兰西最终能胜利的原因。法兰西并非孤军作战，它有幅员辽阔的帝国，有结盟的英国，有工业实力雄厚的盟军美国的支援，而且这是一次世界大战，世界命运维系于此，因而世界正义的力量最终能够战胜敌人。戴高乐这合理严密的论证和翔实有力的论据使听众心悦诚服，使法国人相信法兰西没有败，胜利将属于法兰西。

当然，戴高乐演讲的更进一层目的在于使法国人在思想情感上与他产生共鸣，从而为他的观点而欢呼而激动。基于以上铺垫，这种"使人激"的功能只因他一句话"我，戴高乐将军，现在在伦敦"而核裂变般突然释放出来。他的这句具有巨大魔力的演说词一瞬间打破了巨大的时空界限，使听众感觉到一个活脱脱的戴高乐将军正高擎着抵抗运动的旗帜，威武自信地站在街垒之上，正诗着英武豪迈的将士们聚集到他的旗下向敌人发起排山倒海的反攻。于是戴高乐不失时机地向法国人发出呼吁："请目前或将来来到英国国土的法国官军，不论是否还持有武器，都和我联系；我吁请具有制造武器技术的技师与技术工人，不论是目前或将来来到英国国土，都和我联系。"戴高乐号召法国人拿起武器同敌人战斗。

也正是在这种激发人斗志的基础上的热情呼吁，使听众产生了一种强烈的参与抵抗运动的愿望和通过参与而用自己的力量来挽救法兰西的民族热忱，从而使法国人行动起来纷纷聚到了戴高乐的旗帜之下，拉开了抵抗运动的伟大序幕。

☐ 李占刚

军事演说

〔前苏联〕斯大林

奋起反抗法西斯的广播演说

1947年7月3日

同志们！公民们！
兄弟姊妹们！
我们的陆海军战士们！
我的朋友们，我现在向你们讲话！

　　希特勒德国从6月22日向我们祖国发动的引起一幕不为人知的惊天阴谋的军事进攻，正在继续着。虽然红军进行了英勇的抵抗，虽然敌人的精锐师团和他们的精锐空军部队已被击溃，被埋葬在战场上，但是敌人又往前线调来了生力军，继续向前闯进。希特勒军队侵占了立陶宛、拉脱维亚的大部分地区、白俄罗斯西部地区、乌克兰西部一部分地区。法西斯空军正在扩大其轰炸区域，对牟尔曼斯克、奥尔沙、莫吉廖夫、斯摩棱斯克、基辅、敖德萨、寒瓦斯托波尔等城市大肆轰炸。我们的祖国面临着严重的危险。

　　我们光荣的红军怎么会让法西斯军队占领了我们的一些城市和地区呢？难道德国法西斯军队真的像法西斯的吹牛宣传家所不断吹嘘的那样，是无敌的军队吗？

　　当然不是！历史表明，无敌的军队现在没有，过去也没有过。拿破仑的军队曾被认为是无敌的，可是这支军队却先后被俄国的、英国的和德国的军队击溃了。在第一次帝国主义大战时期，威廉的德国军队也曾被认为是无敌的军队，可是这支军队曾经数次败在俄国军队和英法军队的手中，终于被英法军队击溃了。对于现在希特勒的德国法西斯军队也应当这样说。这支军队在欧洲大陆上还没有遇到过重大的抵抗，只是在我国领土上，它才遇到了重大的抵抗。既然由于这种抵抗，德国法西斯军队的精锐师团已被我们红军击溃了，这就是说，正像拿破仑和威廉的军队曾经被击溃一样，希特勒的法西斯军队也是能够被击溃的，而且一定会被击溃。

　　至于说我们的一部分领土毕竟被德国法西斯军队占领了。这主要是由于法西斯德国的反苏战争是在有利于德国军队而不利于苏联军队的情况下发动的。问题就在于，德国军队是作战国的军队，它已经完全被全动员起来了，德国用来反对苏联并且集结到苏联边境的170个师团，已经处于完全备战的状态，只等待进攻的信号了；而当时苏联的军队还需要进行动员，还需要向边境集结。这里还有一个情况起了不小的作用，就是法西斯德国不顾它会被全世界认为是进攻一方，而突然背信弃义地撕毁了它同苏联在1939年缔结的互不侵犯条约。显然，我们爱好和平的国家是不愿意首先破坏条约的，因此也就不能走上背信弃义的道路。

　　由于强加于我们的战争，我国已经同最凶恶而阴险的敌人——德国法西斯主义展开了殊死的决战。我国军队正在同以坦克和飞机武装到牙齿的敌人英勇作战。红军和红海军正在克服重重困难，为保卫每一寸苏联国土而奋不顾身地战斗。拥有数千辆坦克和数千架飞机的红军主力正在投入战斗。红军战士的英勇精神是举世无双的。我们给敌人的反击日益加强。全苏联人民都同红军一道奋起保卫祖国。

　　为了消除我们祖国面临的危险，需要做些什么呢？为了粉碎敌人，应该采取哪些措施呢？

　　首先必须使我们苏联人民了解到威胁我国的危险的严重程度，坚持放弃泰然自若、漠不关心的心理，放弃和平建设的情绪，……这是苏维埃国家生死存亡的问题，是苏联各族人民生死存亡的问题，是苏联各族人民享受自由还是沦为奴隶的问题。必须使苏联人了解这一点，不要再对此漠不关心，使他们动员起来，按新的、对敌人毫不留情的战时轨道来改造自己的全部工作。

　　其次，必须使垂头丧气分子和胆小鬼、惊惶失措分子和逃兵在我们的队伍中毫无容身之地，使我们的人在斗争中无所畏惧，并且奋不顾身地投入我们反法西斯奴役者的卫国解放战争。

　　……

　　我们应当立即按战时轨道来改造我们的全部工作，使一切都服从于前线的利益，都服从于粉碎敌人的组织任务……

　　红军，红海军和苏联全体公民都应当捍卫每一寸苏联国土，应当为保卫我国的城市和乡村战斗到最后一滴血，应当表现出我国人民所固有的勇敢、主动和机智精神。

　　我们应当组织对红军的全面支援，保证大力补充红军队伍，保证供应红军一切必需品，组织军队和军用物资的迅速运输，以及广泛救护伤员。

军事演说

……

在敌占区，必须建立骑兵和步兵游击队，建立破坏小组，以便同敌军斗争，以便遍地燃起游击战争的烽火，以便炸毁桥梁、道路，破坏电话和电报联络，焚毁森林、仓库和辎重。在被占区，要造成使敌人及其走狗无法安身的条件，步步追击他们，消灭他们，破坏他们的一切设施。

……

同志们！我们的力量是无穷无尽的。骄横的敌人很快就一定会相信这一点。同红军一道奋起对进犯我国的敌人作战的，有成千成万的工人、集体农庄庄员和知识分子。我国千百万人民群众都将奋起作战。莫斯科和列宁格勒的劳动者已经开始成立成千上万的民兵，来支援红军。在我们反对德国法西斯主义的卫国战争中，在每一个遭到敌人侵犯危险的城市里，我们都应当成立这样的民兵，发动全体劳动者起来斗争，挺身捍卫自己的自由、自己的荣誉、自己的祖国。

为了迅速动员苏联各族人民的一切力量，反击背信弃义地进犯我们祖国的敌人，国防委员会已经成立了，它现在把国家的全部权力都集中在自己手中。国防委员会已经开始自己的工作，它号召全国人民团结在列宁——斯大林党的周围，团结在苏联政府的周围，以忘我的精神支援红军和红海军，粉碎敌人，争取胜利。

用我们的一切力量来支援我们英勇的红军和我们光荣的红海军！

用人民的一切力量来粉碎敌人！

为争取我们的胜利，前进！

鉴赏 1941年6月22日拂晓，德国法西斯出动了190个师，约550万人，3500多辆坦克和装甲车，5000多架飞机，突然向苏联发动大规模进攻。在第一天，德军轰炸了26个飞机场，炸毁了1200架飞机，不足两周，德军就占领了立陶宛、拉脱维亚的大部分地区，白俄罗斯地区和乌克兰一部分地区。就在这危机时刻，苏联政府成立了以斯大林为首的卫国战争安全委员会，7月3日斯大林向全国发表了这篇广播演说。

这篇演说开头就与众不同，连用四个称呼概括了各阶层听众之后，又用一个"我的朋友们"，在感情上与听众架起一道桥梁。随即转向听众报告战争的情况。第一句话"希特勒德国从6月2日向我们祖国发动的背信弃义的军事进

斯大林

攻。"交代了这次战争的突然性、严峻性。第二句"虽然红军进行了英勇的抵抗,虽然敌人的精锐师团和他们的精锐空军部队已被击溃,被埋葬在战场上,但敌人又往前线调来了生力军,继续向前闯进。"说明了德军发动的侵略战争的疯狂的程度。紧接着向听众们报告祖国面临着的危机状况,苏联西部广大城乡正遭到法西斯的狂轰滥炸,使听众感到形势空前严重,同时激起他们对敌人的无比愤怒。为鼓舞人们的斗志,他采用反问句和设问句连用的办法。前一句反问说明我们的军队决不允许德国法西斯占领我们的国土,后一句设问说明我们的军队一定能粉碎进犯的敌人。紧接着就用被我们称做两支无敌的军队——拿破仑的军队和威廉的军队被击溃的典型事例及眼前德国法西斯军队的精锐师团被苏联红军击溃的事实说明希特勒的军队也不是无敌的。为了使人们信服这一论断,斯大林又分析了苏联军队失利的根本原因在于敌人背信弃义的突然袭击。敌人蓄谋已久早已做好了军事进攻的准备,"德国用来反对苏联并且集结到苏联边境的170个师团,已经处于完全备战的状态,只等待进攻的信号了",而苏联军队没有丝毫准备当时苏联的军队需要进行动员,还需要向边境集结。"言外之意如果苏联军事先做好充分战斗准备就绝对不会出现目前这种局面,就一定能打退他们的进攻。

斯大林为了让公民都积极行动起来,首先指出这场战争是残酷的:"我国已经同最凶恶而阴险的敌人——德国法西斯主义展开了殊死的决战。我国军队正在同以坦克和飞机武装到牙齿的敌人英勇作战。"意在说明军队需要支援,全国各界人民都应积极行动起来,配合军队一道作战。下面又连用两个反问:"为了消除我们祖国面临的危险,需要做些什么呢?为了粉碎敌人应该采取哪些措施呢?"顺理成章地引出他的战略部署。他的部署非常严密,对各种人都进行了分析对,对服务战争的各种事都进行了安排,并采取相应的措施,这是战胜敌人的必要条件和坚实基础。通篇演说一气呵成,逻辑严密,充分显示出斯大林作为一个军事统帅的雄伟气魄和镇定自若指挥若定的大将风度。

☒ 李凤琴

军事演说

〔前苏联〕布琼尼

在斯大林格勒保卫战胜利周年庆祝会上的演说

1944年2月2日

同志们：

人民委员会主席、最高统帅、苏联元帅斯大林同志委托我把这把荣誉剑——英国国王乔治六世为庆祝斯大林格勒保卫战而赠送的礼品转赠给你们。这一礼品标志着大不列颠和苏联两国人民为反对共同敌人而结成的牢不可破的战斗合作。我们大家知道，同盟国军队一起给法西斯野兽以致命的打击，永远埋葬法西斯血腥制度的日子已经为期不远了。

今天，1944年2月2日，是击溃德军斯大林格勒集团的周年纪念日。斯大林格勒的红军和公民们粉碎了敌人五个多月的疯狂围攻。斯大林格勒在德军指挥部战略意图中具有特殊的意义。倘若德军占领了斯大林格勒，德军就可以切断苏军通向南方的交通线，并可从后方打击莫斯科。可是，德国人的如意算盘打错了，最终遭到可耻的失败，几个精锐的德军师在斯大林格勒的城墙旁给自己挖掘了坟墓……

保卫斯大林格勒的英雄——红军指战员、斯大林格勒的工人、集体农庄庄员和知识分子，人民永远不会忘记你们！

附：
斯大林格勒劳动人民代表大会
执行委员会主席皮加列夫的答词

接受这把剑时，我们宣誓，我们收下这把剑，把它看作是苏联和大不列颠两国人民牢不可破的战斗合作的象征。法西斯野兽毁坏了我们的城市，但是，我们一定要重建斯大林格勒。一个美丽

传奇英雄布琼尼

的新型城市将在一片废墟上破土而起。我们伟大的祖国万岁！

鉴赏 jianshang

布琼尼，苏联元帅。1903年应证入伍当骑兵，参加过日俄战争及第一次世界大战。1919年加入布尔什维克党。1924—1937年任苏联红军骑兵总监，1937—1939年任莫斯科军区司令、卫国战争时期，任西南战线总司令、西线后备军司令、北高加索方面军总司令和骑兵司令。

斯大林格勒保卫战是苏联卫国战争中决定性战役。1942年希特勒集中150万人的兵力发动夏季攻势。7月17日德国迫近斯大林格勒，苏军与德军展开激烈鏖战。9月13日德军进入市区，双方展开巷战。斯大林发出"决不后退一步"的号召，全市军民浴血奋战。11月19日苏军从南北两翼转入反攻，至1943年2月2日全歼德军主力，赢得斯大林格勒保卫战的最后胜利。随之苏德战局发生戏剧性转变。1944年1月，苏军向德军发动总反攻。而在此期间，英美两军在北非和意大利南部登陆，驱赶德意军队，迫使意大利投降，并决定在欧洲开辟第二战场。为了表示与盟军共同抗击德国法西斯的战斗友谊，为了表达对斯大林格勒军民由衷的敬意，英国国王乔治六世将一把荣誉剑托苏联政府转赠给斯大林格勒的公民。

2月2日，在克里姆林宫举行了斯大林格勒保卫战胜利周年庆祝会，会上布琼尼元帅在转交荣誉剑时作了热情洋溢的演讲。他首先赞扬了英苏两国为

反对共同敌人德国法西斯而结成的牢不可破的战斗友谊。布琼尼指出同盟国军队一起给德军以致命打击，法西斯末日即将来临。随之，布琼尼高度评价了斯大林格勒战中苏联红军与苏联人民所建立的丰功伟绩，他强调了斯大林格勒战役对整个战局所起的作用，进一步烘托出斯大林格勒军民的功绩。尤其是布琼尼最后代表政府的全国人民深情地向保卫斯大林格勒的红军指战员、工人、集体农庄社员、知识分子说："人民永远不会忘记你们！"将演说气氛推向高潮。

布琼尼的演说时间并不长，但却重新勾起

军事演说

人们对一年前斯大林格勒军民们数月浴血奋战、可歌可泣事迹的追忆。在保卫战中，无数苏联军人与公民献出了宝贵的生命，是的，人们永远不会忘记他们。

布琼尼的演说感动了在场的每一位听众，人们为元帅必胜的信念所感染，为英雄们的爱国主义精神所激励。当布琼尼将一把用英俄两种文字刻着"赠给坚如钢铁的斯大林格勒的公民们——英国国王乔治六世代表不列颠人民钦佩莫铭"的荣誉剑交给斯大林格勒人代会执委会主席皮加列夫的时候，后者激动地代表全市公民宣誓一定要重建斯大林格勒，他保证一座美丽的新型的城市将在一片废墟上拔地而起。"我们伟大的祖国万岁！"他以这句口号结束了自己的答词。

"祖国万岁！"在和平年代人们常常难以体会其真正的含义，喊的人流于形式，听的人也无心去品味，因此往往被滥用。然而，在战争年月，在抗击外来侵略者的斗争中，这一口号则有着特殊的魅力，它能把所有爱国者团结在自己的周围，同仇敌忾，万众一心，为光复国土而战。皮加列夫的答谢词不是一种形式，而是对布琼尼演说的最好应答，它表明斯大林格勒的公民不仅在为祖国而战中是英雄，同样在为祖国复兴中也将是英雄。今天，当我们细细品味这一说一答的演讲时，仍能感受到当年庆祝会上的气氛。仍会情不自禁地为苏联人民在卫国战争时期所表现出来的爱国主义精神、勇往直前的英勇气概所感动。无疑，这是两篇美妙的演说词。

☒ 林 珏

〔美国〕巴顿

开赴欧洲作战前对士兵们的演说

1942年

现在，上级交给了我们一项任务，这是一项艰巨的，只有男子汉才能完成的任务。我们每个人都要跪下来感激上帝赐给我们这次为国尽忠的机会。我不能告诉你们要到什么地方去，但是，我们要去的地方是我们能够干得最漂亮的地方，而我们能干得最漂亮的地方，就是我们能打败那些德国混蛋和意大利孬种的地方。当我们干的时候，靠上帝之力，我们能长驱直入，宰掉那帮肮脏的杂种。我们不仅要枪崩那些婊子养的，还要掏出他们的五脏六腑，用来润滑我们的坦克履带，我们要大量杀死那群卑鄙下流的德国崽子。

【鉴赏 jianshang】

巴顿（1885—1945年），美国四星上将。1909年毕业于西点军校。第一次世界大战时在美国坦克兵团服役。此后的二十八年里任过多职，并先后在几所军校深造。1942年起，任北非战役集群司令、第七和第三集团军司令。因顽强善战被誉为"血胆老将"。也因殴打士兵险些两次被撤职。1945年12月，他驱车外出打猎遭车祸，医治无效病逝于海德堡医院。

1941年12月8日，日本突袭美国在太平洋上的海军基地珍珠港，整个世界战争格局发生重大变化，美英对日宣战。1942年1月，美、英、苏、中等26国签署了《联合国家共同宣言》，国际反法西斯统一战线正式形成。而后，美国派出了在第二次世界大战中进攻德国的首批部队，而这支部队正是由巴顿负责组建的。在奉命率部队开赴欧洲作战前，巴顿对士兵作了这次演说。

这篇演说全文虽只有200余字，但层次分明，条理清晰，结构严谨。巴顿首先直接向士兵们提出问题："上级交给我们一项任务"。这种开门见山的做法，免去了繁文缛节，又为整个演说过程造成一种紧张而严肃的气氛，使听众注意力高度集中。在此基础上，巴顿顺理成章地指出：这个任务是要"我们……打败那些德国混蛋和意大利孬种"。这一过渡衔接自如，恰到好处。

军事演说

能不能完成这个任务呢？巴顿紧接着转到:"我们能……宰掉那帮肮脏的杂种"、"杀死那群卑鄙下流的德国崽子",这样听上去一环扣一环,首尾呼应。

从内容上说,这是一篇军事演讲,它通篇围绕着打败德意法西斯这一主题,语不离宗,富于鼓动性是它的一大特色。为了达到使人激使人动的演说效果,巴顿毫不掩饰自己的爱憎情感。他怀着满腔愤恨和激情说:"我们不仅要枪崩那些婊子养的,还要掏出他们的五脏六腑,用来润滑我们的坦克履带"。这无异激发起了广大士兵心底里对德意法西斯的仇恨,用敌人的五脏六腑"来润滑我们的坦克履带"这一奇妙的联想,不仅表现了

身着军校服装的巴顿将军

对敌人的狠劲,而且也表现了一试身手的快感,使士兵们在思想和情感上与巴顿产生了强烈的共鸣,坚定了他们打败敌人的意志与决心,并成为他们行动中的一种内在动力。

这篇演说的另一个特点是成功地运用了口头语言的表达形式。演讲语言是演讲者同听众交流思想、表达情感、传递信息的工具。从某种意义上说,演讲就是语言的艺术,语言运用的好与坏,直接影响着演讲的社会效果。面对好勇斗狠的士兵,巴顿采用的语言不仅有文雅的词句而且有较多通俗易懂的俚语,如"混蛋"、"孬种"、"杂种"、"婊子养的"、"崽子",这更便于士兵理解与接受,尽快在思想与情感上与演讲者产生共鸣,产生较好的演说效果。

□李素琴

〔英国〕蒙哥马利

在巴黎英国军事展览会揭幕典礼上的演说

1945年5月25日

一、今天能在贵国有名的首都讲话，这是我的荣幸，也感到非常愉快。这座美丽的城市正代表着我们欧洲悠久历史的精华。但说来也很惭愧，我有10年没有访问巴黎了。

二、今天我来此主持英国军事展览会的揭幕典礼，通过这个展览会我们打算向你们表明英帝国三军在这场战争中所起的一些作用，这场战争目前在欧洲已幸运地结束了。

战争初期，英法两国都遭受过一些严重的创伤，在我们的敌人中，有许多人认为这些是致命的创作。然而，大英帝国经受了这些打击，并且在适当的时候还能组织反击。

法国遭到了沉重的打击，在一段时期里，法国本土受到侵略者铁蹄的蹂躏。但是，国家可以被占领，战斗的民族精神却是扑不灭的。斗争在各个地方继续着，随着时光的流逝，它就发展壮大起来。

（用法语讲）法兰西精神是永存的。神圣的火焰永不会熄灭。人们将使这火焰不断熊熊燃烧。当你们和盟国把敌人从洒满鲜血的法国土地上驱逐出去之后，这火焰终于从深渊中喷射出来，这就是你们有权利引以自豪的法国的光辉史篇。

（用法语讲）向法国士兵致敬！向所有并肩战斗的战友们致敬！

三、在法国军人中，我有许多朋友。在战争中我最了解的是勒克莱尔将军。这位勇士带领一支小部队在中非按他自己的方式进行战斗，1943年1月在的黎波里加入了第八集团军。他没有义务要接受我的指挥，他是自愿的。在马雷特、在进军突尼斯这些战斗中，以及在非洲战事结束前的助阵中，他都作出了杰出的贡献。这是一个法国军人的绝好经历，也是一个典范。

四、但今天我要讲的，不仅仅是贵国的军人。法国的解放，使我们重新获得了取之不尽的文学、艺术和科学的源泉。法国的天才人物拉辛、塞尚、柏辽兹和巴斯德,他们的成就是我们的文化遗产的一部分。他们的成就,一如我们英国的莎士比亚和牛顿。

在这个时刻,欧洲需要法国。我们不但需要你们的军人、作家、科学家,同时需要你们法兰西家庭生活简朴而又不朽的美德。

法国在这些方面所发挥的杰出作用决非偶然。伟大的艺术只能在战斗的人民中繁荣昌盛,而法国人民就是一个战斗的民族。

五、(用法语讲)在彻底击败德国之后,你们重新把握了法兰西的历史命运,过去几世纪英法两国一直视彼此为对头。

(用法语讲)今天,我们则并肩前进。

(用法语讲)法兰西万岁!

鉴赏 jianshang

伯纳德·蒙哥马利(1887—1976年)英国陆军元帅。毕业于桑赫斯特皇家军事学院,1908年入伍。参加过第一次世界大战。第二次世界大战其间,曾指挥英军在法国与德军作战。1942—1943年在北非与德意联军作战,在阿拉曼战役中转败为胜,一举成名。1944年升为元帅,任欧洲盟军副司令。

从历史上来说,几个世纪以来英法一直视彼此为对头,但是第二次世界大战反法西斯的共同目标使得两个国家的军人结成了战斗的友谊,两国间的隔阂有所消失。这篇演讲是蒙哥马利为巴黎的英国军事展览会揭幕时所作的。这之前为了欢迎蒙哥马利元帅的到来,巴黎倾城出动,规模巨大,仪式隆重。法国戴高乐将军在巴黎残老军人院内专门为元帅举行了阅兵仪式,并将一枚一级荣誉勋位的勋章授予元帅,以表达法国人民对元帅、对盟军为法国解放事业所作的伟大贡献的感激之情和崇高敬仰。

蒙哥马利晚年的戎装照

蒙哥马利作了演讲。在这篇演讲中他矢口不谈自己在二战中的功绩，不谈英军在法国国土上如何与德军英勇作战，而是只谈一个主题，这就是法兰西民族的伟大。演说中蒙哥马利高度颂扬了当地的悠久历史、文化传统与法兰西的民族精神，他指出国家可以被占领，但是战斗的民族精神却不可扑灭。

演讲中，蒙哥马利元帅谈到了法国军人在战争中的功绩。谈到英法军人在战斗中结下的友谊，谈到法国的文学、艺术与科学对欧洲的贡献。他赞美道，伟大的艺术只能在战斗的民族中繁荣昌盛。

这是一篇情感炽热的演说。它博得听众与演说者心灵的呼应，法国听众对演说报以热烈的掌声。蒙哥马利演说的成功不仅在于他本人在法国人民心目中的崇高威望，而且还在于他的演说词至始至终贯穿着对东道主的赞美。并且这种赞美不是笼统的，而是法国作家雷曼麦曾经说过："说几句，让听众感到舒服的话能收到奇功异效"。人的天性是爱听赞扬的，无论这一赞扬是对自身的，还是对本民族的都是一种肯定自我价值的表现。

演说过后，大批听众围在他下榻的英国使馆门外，高喊着他的名字。蒙哥马利走到阳台上向大家致谢，人群的欢呼声更为响亮。最后，蒙哥马利不得不再次走到阳台上，他用法语对大伙儿说："你们走吧。"群众听到熟悉的母语，高兴地笑了，其后才慢慢地离去。

赞扬性的语言是演说中尤其是开场白中常常使用的技巧，一个演说者要想缩小与听众的感情，要想捕捉听众的心，要想让听众接受他的思想，那就千万不要吝啬，说几句赞美的话吧！

☒ 林珏

军事演说

〔美国〕麦克阿瑟

责任——荣誉——国家

1962年5月2日

……

责任——荣誉——国家,这三个神圣的名词尊严地命令您应该成为怎样的人,可能成为怎样的人,一定要成为怎样的人。它们是您振奋精神的转折点;当您似乎丧失勇气时鼓起勇气;似乎没有理由相信时重建信念;几乎绝望时产生希望。遗憾得很,我既没有雄辩的辞令、诗意的想象,也没有华丽的隐喻向你们说明它们的意义。怀疑者一定要说它们只不过是几个名词,一句口号,一个浮夸的短词。每一个迂腐的学究,每一个蛊惑人心的政客,每一个玩世不恭的人,每一个伪君子,每一个惹是生非者,很遗憾,还有其他个性完全不同的人,一定企图贬低它们,甚至达到愚弄、嘲笑它们的程度。

但这些名词却能完成这些事。它们建立您的基本特性,它们塑造您将来成为国防卫士的角色;它们使您坚强起来,认清自己的懦弱,而且,让您勇敢面对自己的胆怯。它们教导您在真正失败时要自尊,要不屈不挠;胜利时要谦和,不要以言语代替行动,不要贪图舒适;要面对重压以及困难和挑战的刺激;要学会巍然屹立于风浪之中,但是,对遇难者要寄予同情;要律人先律己;要有纯洁的心灵,崇高的目标;要学会笑,不要忘记怎么哭;要长入未来,可不该忽略过去;要为人持重,但不可过于严肃;要谦逊。这样你就会记住真正伟大的纯朴,真正智慧的虚心,真正强大的温顺。它们赋予您意志的韧性,想象的质量,感情的活力,从

坐在吉普车上等候战斗消息的麦克阿瑟将军

生命的深处焕发精神,以勇敢的优势克服胆怯,甘于冒险胜过贪图安逸。它们在你们心中创造奇境,意想不到的无穷无尽的希望,以及生命的灵感与欢乐。它们以这种方式教导你们成为军官或君子。

您所率领的是哪一类的士兵?他们可靠吗?勇敢吗?他们有能力赢得胜利吗?他们的故事您全都熟悉,那是美国士兵的故事。我对他的估价是多年前在战场上形成的,至今并没有改变。那时,我把他看作是世界最高尚的人物;现在,仍然这样看待他,不仅是一个具有最优秀的军事品德,而且也是最纯洁的一个人。他的名字与威望是每一个美国公民的骄傲。在青壮年时期,他献出了一切人类所能给予的爱情与忠贞。他不需要我与其他人的颂扬,他自己用鲜血在敌人的胸前谱写自传。可是,当我想到他在灾难中的坚忍,在战火里的勇气,胜利时的谦虚,我满怀的赞美之情是无法言状的。他在历史上成为一位成功的爱国者的伟大典范;他是后代的,作为对子孙进行解放与自由主义的教导者;现在,他把美德与成就献给我们。在20次战役中,在上百个战场上,围绕着成千堆的营火,我亲眼目睹不朽的坚韧不拔的精神,爱国的自我克制以及不可战胜的决心,这些已把他的形象铭刻在他的人民的心坎上。从世界的这一端到那一端,他已经深深地喝干勇敢的美酒……

通过所有这些巨大的变化与发展,你们的任务就是坚定与不可侵犯的——赢得我们战争的胜利。你们的职业中只有这个生死攸关的献身,此外,什么也没有。其余的一切公共目的、公共计划、公共需求,无论大小,都可以寻找其他的办法去完成;而你们就是训练好参加战斗的,你们的职业就是战斗——决心取胜。在战争中明确的认识就是为了胜利,这是任何都代替不了的。假如您失败了,国家就要遭到破坏,唯一缠住您的公务就是责任——荣誉——国家。其他人将争论着国内外的、分散人们思想的争论的结果,可是,您将安详、宁静地屹立在远处,作为国家的卫士,作为国际矛盾的怒潮中的救生员,作为战斗的竞技场上的格斗士。一个半世纪以来,你们曾经防御、守卫、保护着解放与自由、权利与正义的神圣传统。让老百姓的声音辩论我们政府的功过;我们的力量是否因长期的财政赤字而衰竭;是否因联邦的家长式统治力量过大,权力集团发展过于骄横自大,政治太腐败,罪犯过于猖獗,道德标准降得太低,捐税提得太高,极端分子的偏激而衰竭;我们个人的自由是否像应有的那样完全彻底。这些重大的国家问题毋须你们的职业去分担或军事解决。你们的路标——责任——荣誉——国家抵得上夜里的十倍灯塔。

军事演说

你们是联系我国防御系统全部机构的发酵剂。从你们的队伍中涌现出战争警钟敲响时刻手操国家命运的伟大军官。从来也没有人打败过我们。假如您这样做,100万身穿橄榄色、棕卡其、蓝色和灰色制服的灵魂将从他们的白色十字架下站起来,以雷霆般的声音响起神奇的词儿——责任——荣誉——国家。

这并不意味着你们是战争贩子。相反,高于众人之上的战士祈求和平,因为他必须忍受战争最深刻的伤痛与疮疤。可是,在我们的耳边经常响起大智的哲学之父柏拉图的不祥之话:"只有死者看到战争的终结。"

我的年事渐高,已近黄昏。我的过去已经消失了音调与色彩,它们已经随着往事的梦境模模糊糊地溜走了。这些回忆是非常美好的,是以泪水洗涤,以昨天的微笑抚慰的。我以渴望的耳朵徒然聆听着微弱的起床号声的迷人旋律,远处咚咚作响的鼓声。在我的梦境里,又听到劈啪的枪炮声,咯咯的步枪射击声,战场上古怪而悲伤的低语声。可是,在我记忆的黄昏,我总是来到西点,那里始终在我的耳边回响着:责任——荣誉——国家。

今天标志着我对你们的最后一次点名。但是,我希望你们知道,当我死去时,我最后自觉的思想一定是这个部队的——这个部队的——这个部队的。

我向你们告别了。

鉴赏 jianshang

麦克阿瑟退出军界后,1962年5月2日被授予西尔韦纳斯·塞那荣誉勋章。这是美国军事学院的最高荣誉。授勋仪式是在他的母校——著名的美国西点军校举行的,授勋仪式那天,他检阅了军校的学员。在仪式上,他作了这篇即席答谢演说。这是麦克阿瑟的优秀演说之一。

在这篇演说中,麦克阿瑟首先抓住了由头——奖章和荣誉,顺之提出论点:"责任——荣誉——国家"是美国军人"行为与品质的准则","是美国军人道德标准的一种表现";继而就为什么要把"责任——荣誉——国家"作为美国军人的准则展开全面论证;然后明确指出:不管世界怎样发展与变化,""毋须你们……去分担或……解决","唯一缠住您的公务就是责任——荣誉——国家","你们的路标——责任——荣誉——国家抵得上夜里的十倍灯塔";最后,他以惜别的心情向母校和学员们告别,作为演说的结束。这个演讲结构的安排始终围绕着"责任——荣誉——国家"这一主题,使它层层深入,条理清晰,首尾呼应,浑然一体,演说效果极好。

从功能上说,这是一篇"使人知"的演讲。即是一种以传达信息,阐明事理为主要功能的演讲。这里,麦克阿瑟是要向听众——西点军校的学员阐明什么是美国军人的道德准则、为什么要把"责任——荣誉——国家"作为美国军人的准则以及美国军人现在的职责是什么。麦克阿瑟把重点放在对"责任——荣誉——国家"作为美国军人准则必要性的论证上。他精辟地阐发道:"这三个神圣的名词尊严地命令您应该成为怎样的人,可能成为怎样的人,一定要成为怎样的人,它们是您振奋精神的转折点,当您似乎丧失勇气时鼓起勇气;似乎没有理由相信时重建信念;几乎绝望时产生希望";麦克阿瑟还论述了做为美国军人道德准则的"责任——荣誉——国家"三者之间的关系,即军人"是国家的卫士",保卫国家的安宁既是军人的责任,也是军人的荣誉,而为国捐躯是一个军人的最大光荣。他鞭辟入里、层层深入的论证深深吸引着听众,使他们豁然开朗、心悦诚服。

在这篇演说中,麦克阿瑟的语言不仅准确简洁,而且形象生动。例如:"在记忆的眼光中,我看到第一次世界大战中蹒跚的小分队,在透湿的背包的重负下,从湿淋淋的黄昏到细雨的黎明中,疲惫不堪地在行军,沉重的脚踝深深地踩在炮弹震撞过的泥泞路上"。语言如此生动形象,以致在听众眼前形成一幅动态的画面,让听众产生身临其境之感,并对那些参战的士兵肃然起敬,也为自己跻身于士兵的行列感到骄傲。

麦克阿瑟在这篇演讲中,注入了自己真实的情感。作为将军的麦克阿瑟在人们心目中的形象是刚毅坚强的,但他毫不掩饰自己要离开母校和这支部队时的伤感:"在我记忆的黄昏,我总是来到西点";"当我死去时,我最后自觉的思想一定是这个部队的——这个部队的——这个部队的"。这种真情实感的流露,不但没有损害麦克阿瑟作为一个将军的形象,反而让听众觉得将军是永远和我们在一起的,我们也离不开将军,产生了意想不到的演说效果。

☒ 李素琴

经济演说
jingjiyanshuo

经济演说

[德国]马克思

关于自由贸易的演说

1848年1月9日

先生们！

英国谷物法的废除是19世纪自由贸易所取得的最伟大的胜利。凡是厂主们谈到自由贸易的地方，主要都是指自由买卖谷物和一切原料而言。"对国外谷物的进口实行保护关税，这是卑劣的行为，这是利用人民的饥饿进行投机。"

廉价的粮食，高额的工资，这就是英国的自由贸易派不惜耗资巨万力求达到的唯一目的，他们以自己的热情感染了他们在大陆上的同伙。总的说来，人们要求自由贸易，那只是为了改善劳动阶级的处境而已。

可是，奇怪得很！想尽办法让人民得到廉价的粮食，而人民却毫不领情。现在英国的廉价粮食，如同法国的廉价政府一样，都信誉扫地。人民把那些充满自我牺牲精神的人们，把包令、布莱特一类人及其同伙当做自己最大的敌人和最无耻的伪君子。

谁都知道：在英国，自由派和民主派之间的斗争被称为自由贸易派和宪章派之间的斗争。

……

在政治经济学中，任何时候都绝不能仅仅根据一年的统计材料就得出一般规律。常常需要引证六、七年来的平均数字，也就是说，需要引证在现代工业经过各个阶段（繁荣、生产过剩、停滞、危机）而完成它必然的周期这一段时间内的一些平均数字。

显而易见，当一切商品跌价时（这种跌价是自由贸易的必然结果），我用一个法郎买的东西要比过去多得多。而工人的法郎和其他的任何别的法郎一样，具有同等价值。看来，自由贸易对工人是非常有利的。但是这里只产生了

马克思《资本论》

一个小小的不方便，也就是说，工人在以自己的法郎交换别的商品以前，必须先以自己的劳动去交换资本。要是当他进行这种交换的时候，仍然能以同量的劳动换得上述数量的法郎而其他一切商品又在跌价的话，那么他在这种交换中始终都会是有利的。困难并不在于证明当一切商品跌价的时候，用同样的钱可以买到更多的商品。

经济学家总是在用劳动换成其他商品的时候去观察劳动价格。可是他们对于用劳动换成资本这一环节却完全置之度外。

当开动生产商品的机器需要较少的费用时，则保养被称为工人的这种机器所必需的东西，同样也得跌价。如果一切商品都低廉了，那么，同是商品的这种劳动的价格也同样降低了。而且，正如我们在下面将看到的，劳动这种商品的价格的下跌较其他的商品要大得多。那时候，仍然继续相信那些经济学家的论据的工人将发现自己口袋里的法郎已经融化，剩下的已不到五苏了。

经济学家们会反对我们这一点说：好吧，我们同意说工人之间的竞争（这种竞争在自由贸易的统治下恐怕也不会减少）很快会使工资和更低廉的商品价格互相一致起来。但是，另一方面，商品价格的下跌会导致需求的增加；需求的增加就得加紧生产，而生产又引起了对劳动力需求的增加；劳动力需求增加的结果将是工资的提高。

全部论据可以归结如下：自由贸易扩大了生产力。如果工业发展，如果财富、生产力，总而言之，生产资本增加了对劳动的需求，那么，劳动价格便提高了。因而工资也就提高了。资本的增殖是对工人最有利不过的事。这一点必需同意。要是资本停滞不动，工业却不会停止不动而是会垮台的，在这种情况下作为工作垮台的第一个牺牲品的便是工人。工人将先于资本家而死亡。假使在资本增殖时，也就像上面所说的，在对工人最有利的情况下，工人的命运又将如何呢？他还是一样会死亡的。生产资本的增殖也就意味着资本的积累和积聚。资本集中的结果是分工的扩大和机器的更广泛的使用。分工的进一步发展使工人的手艺化为乌有，从前需要用手艺的地方，现在任何人都能做得到，从而工人之间的竞争也就加剧了。

这种竞争之所以更趋激烈，是因为分工使一个工人可以完成三个人的工作。机器的采用也引起了同样的结果，而且规模还更大得多。生产资本的增殖促使工业资本家不断增加生产资料，从而使一些小企业主破产，把他们抛入无产阶级队伍。其次，因为利息率随着资本的积累而下降，小食利者不能再依靠自己的利息过活,只好到企业中去工作,从而扩大无产者的人数。

最后,生产资本愈增殖,它就必然更加盲目地为市场生产,生产愈益超过了消费,供应愈益力图扩大需求,由于这一切,危机的发生也就愈益频繁而且愈益猛烈。另一方面,每一次危机又加速了资本的集中,扩大了无产阶级的队伍。

这样,随着生产资本的增殖,工人之间的竞争便在更大的程度上加剧起来。大家的劳动报酬都减少了,而一些人的劳动负担也增加了。

……

那么,为什么还要把关于实现自由贸易对工人阶级状况的影响作为未解决的问题来谈呢?从魁奈到李嘉图的经济学家们所表述的一切规律是建立在这样的假定上的:迄今妨碍自由贸易的羁绊已不再存在。这些规律的作用随着自由贸易的实现而加强。其中第一条规律是说,竞争把每一种商品的价格都降低到该商品的最低生产费用。因此,最低工资是劳动的自然价格。什么是最低工资呢?这就是说,要维持工人使他能勉强养活自己并在某种程度上延续自己的子嗣,就需要一些物品,生产这些工人生活必需品时的最低限度的支出恰好就是最低工资。

……

随着自由贸易(经济学家们的基本前提)的逐渐实现和成为生活现实,劳动商品的这一规律,即最低工资的规律也就愈益明显地显现出来。因此,二者必居其一:或者全部否定以自由贸易的假定做基础的政治经济学,或者就同意说在自由贸易的情况下工人一定要经受经济规律的全部灾难。

让我们来做个总结:在现代的社会条件下,到底什么是自由贸易呢?这就是资本的自由。排除一些仍然阻碍着资本前进的民族障碍,只不过是让资本能充分地自由活动罢了。不管一种商品交换另一种商品的条件如何有利,只要雇佣劳动和资本的关系继续存在,就永远会有剥削阶级和被剥削阶级存在。那些自由贸易的信徒认为,只要更有效地运用资本,就可以消除工业资本家和雇佣工人之间的对抗,他们这种自信狂,真是令人莫解。恰恰相反,这只能使这两个阶级的对立更形显著。

假定一旦不再有谷物法,不再有海关,不再有城市进口税,一句话,假使工人迄今认为是使自己处于贫困境遇的那些偶然情况都全部消失,那时,一向掩盖着他的真正敌人的一切帷幕就被揭开了。

他将看到摆脱羁绊的资本对他的奴役并不亚于受关税束缚的资本对他的奴役。

先生们，不要用自由这个抽象字眼来欺骗自己吧！这是谁的自由呢？这不是每个人在对待别人的关系上的自由。这是资本榨取工人最后脂膏的自由。

当这种自由不过是自由竞争基础上的必然产物时，怎么还能把自由竞争奉为自由的观念呢？

……

但是，先生们，不要以为我们所以批判自由贸易是打算维护保护关税制度。

一个人宣称自己是立宪制的敌人，并不见得自己就是旧制度的拥护者。

但是，保护关税制度不过是为了在某个国家建立大工业的手段，也就是使这个国家依赖于世界市场，但自从对世界市场有了依赖性以来，对自由贸易也就有了或多或少的依赖性。此外，保护关税制度也促进了国内自由竞争的发展。因此，我们看到，在资产阶级开始以一个阶级自居的那些国家里（例如在德国），资产阶级便竭力保护关税。保护关税成了它反对封建主义和专制政权的武器，是它聚集自己的力量和实现国内自由贸易的手段。

但总的说来，保护关税制度在现今是保守的，而自由贸易制度却起着破坏的作用。自由贸易引起过去民族的瓦解，使无产阶级和资产阶级间的对立

马克思与恩格斯雕像

达到了顶点。总而言之，自由贸易制度加速了社会革命。先生们，也只有在这种革命意义上我才赞成自由贸易。

鉴赏 jianshang

1846年，英国政府在工业资产阶级和广大人民的强烈反对下，被迫废除了维护土地贵族利益的"谷物法"，自由贸易政策在英国取得了完全胜利。但这一胜利并未给广大工人带来任何实惠，廉价的粮食带给工人的是大幅度下降的工资。正如当时工人所说的：我们要给地主的税，每周约计三便士，可我们的工资却由1815年每周28先令降到现在的5先令。这种痛苦的境地就连当时的资产阶级经济学家包令博士也不得不承认："工人好像处于人生的边缘，再走一步，他们就不能生存下去。"面对这种情况，马克思仔细研究了自由贸易政策的内容及实质，发表了这篇演说。

演说中马克思依据大量的事实，完整地阐述了自由贸易无法使工人摆脱贫困，而只能扩大无产者队伍，最终导致社会革命的观点。马克思态度坚定，旗帜鲜明，矛头直指资产阶级的代表所津津乐道的自由贸易，并给予无情揭露，使人们对这个19世纪"所取得的伟大胜利"有了更清楚的认识。

马克思经典性地指出："在政治经济学中，任何时候都绝不能仅仅根据一年的统计材料就得出一般规律。常常需要引证六、七年来的平均数字，也就是说，需要引证在现代工业经过各个阶段（繁荣、生产过剩、停滞、危机）而完成它必然的周期这一段时间内的一些平均数字。"马克思在演讲过程中旁证博引，深入阐述了各种论述的现实与理论依据，他概述道："全部论据可以归结如下，自由贸易扩大了生产力。如果工业发展，如果财富、生产力，总而言之，生产资本增加了对劳动的需求，那么，劳动价格便提高了。因而工资也就提高了。"马克思以一种极其锐利的眼光，高瞻远瞩地指明："要是资本停滞不动，工业却不会停止不动而是会垮台的。"马克思上述的一系列论述在一百多年之后的今天，仍然是多么富有力量，发人深思！马克思以高度的抽象思维提出："资本集中的结果是分工的扩大和机器的更广泛的使用。"现代社会的发展证实了这一点。

全文洋洋洒洒，纵横捭阖，一气呵成。尤其是对提出的观点论述精辟，见解深刻，充分显示出逻辑思维的力量，值得后人认真研读。

邹冯平

外国著名演说鉴赏

[美国] 图姆斯

反对资本主义经济的演说

1860年11月

在政府刚刚组成的时候,在第一届国会里,北方诸州就一致企图为了他们的利益而利用政府,并滥用它的权力服务于地区利益,而他们坚持这个政策直至今日。他们要垄断造船业,于是就得到一个禁止外国向美国公民出售船只的禁令,这个法令至今仍有效。

他们要求垄断沿海航运业,因为如果与世界商船公开竞争,他们就不会得到如此高的运费。国会满足了他们的要求;他们仍保持着这种垄断。所以现在,在今天,如果在萨凡纳的外国商船肯于免费把他们的大米、棉花、谷物或木材运到纽约或美国的其他港口,你们的法律就会加以禁止,以便北方的船主为你们运输货物时能得到高额运费。就是这个航运势力以饕餮的贪婪持续不断地在你们的立法大厅里钻营,终至使务农阶级负担了航运业的正当开销的大部分。为了使用灯光引导他们出入你们的港口,我们每年付出一百万美元。当他们把海员的身体折磨坏而将其抛弃在岸上时,我们得为他们的病残海员建造和维持医院,这至少每年要再花一百万美元。我们每年要花五十万美元供养被他们抛在国外的人,并将那些人运回家乡。他们要求而且获得了几百万美元公款来加强港口的安全和减少在我们内河航行的危险。这一切开销理应由他们的企业负担,应该由他们自己掏腰包,而不应由国库支付。

甚至马萨诸塞州和新英格兰的渔民都要求,而且每年从国库获得约五十万美元,纯粹作为他们捕鳕鱼的补助金。北方早在第一届国会中即以保护为名,为他们从事的每一种行为、手艺和职业,要求而且获得了奖励金;如今在北部和中部

南北战争 (图1)

经济演说

各州,从1791年直至今天,没有一个铜匠、铁匠、木匠,没有一个羊毛或棉花纺织工,没有一个印花布场主、铁器制造业主或煤矿主不从他的政府获得他那一行业的所谓保护,其金额由15%至200%。他们只要敲打一下,或伸一伸手脚,政府都得付出奖励金。无怪他们要欢呼光荣的联邦了。……他们靠它而致富;他们靠它而向诚实的劳动课捐征税。诚然,……目前的关税率是在南方几乎一致的赞同下通过的;但它是一种税率的削减,是由于岁入过多而作的必要的削减;但是北方的政策很快使现行税率不足以应付公共支出,因为由于浪费,这种支出大大增加了。在国会上届会议中,他们提出、而且在众议院通过了一项迄今为止最凶狠的关税法案,把现行关税提高20%至250%。这个法案现已提交参议院了。它是废奴政策的杰作;它把贪婪和狂热结合起来,并使这种结合遍及全国。在宾夕法尼亚、新泽西、纽约和新英格兰等州,有成千上万的保护关税者不是废奴主义者;也有成千上万的废奴主义者是自由贸易的拥护者。一场交易使他们放弃了各自的原则而融合起来。主张自由贸易的废奴主义者变成了保护关税者;不主张废奴的保护关税者成了废奴主义者。恶名昭彰的莫理尔法案是这种联合的结果,——强盗和纵火者合了伙,他们联合起来劫掠南方。

　　北方和南方之间的账单就是如此。在一般和最有利的情况时,北方的各种事业和职业所得到的保护和奖励金每年至少达到五千万美元,还不算官方开支的每七千万美元中至少有六千万美元是用在他们身上的;因此国库成了不断给他们和他们的工业施肥的川流,同时也是一部抽水机,吸尽了我们的财富,并使我们的土地枯竭。

鉴赏 jianshang　　罗伯特·图姆斯是美国南北战争期间南部大种植园主,民主党人,曾任联邦众议院和参议院议员。

　　1960年,主张逐步废除奴隶制的共和党人林肯当选美国总统后,引起了南方奴隶主的极大恐慌,为了维护日渐衰落的奴

南北战争(图2)

隶制，同年11月，作为奴隶主在国会主要发言人的罗伯特·图姆斯发表了这篇反对资本主义经济的演讲。

罗伯特·图姆斯在演讲中对北方所采取的垄断沿海航运业进行了抨击。他坚守南方种植园主的利益，对北方诸州的种种政策、措施激烈地进行攻击。他对北方诸州奖励部分渔民的做法非常不满，因而极尽渲染地这样夸张道："他们只要敲打一下，或伸一伸手脚，政府都得付出奖励金。无怪他们要欢呼光荣的联邦了。"他愤愤不平地说道："如今在北部和中部各州，从1791年直至今天，没有一个铜匠、铁匠、木匠，没有一个羊毛或棉花纺织工，没有一个印花布场主、铁器制造业主或煤矿主不从他的政府获得他那一行业的所谓保护，……"罗伯特·图姆斯慨叹地说道："无怪他们要欢呼光荣的联邦了。"一句话，无形中把他内心的无奈、不满、嫉妒显现出来了。

罗伯特·图姆斯恶意地攻击现行的关税率，认为，"它是废奴政策的杰作；它把贪婪和狂热结合起来，并使这种结合遍及全国。"他描述现行的状况是："在宾夕法尼亚、新泽西、纽约和新英格兰等州，有成千上万的保护关税者不是废奴主义者；也有成千上万的废奴主义者是自由贸易的拥护者。一场交易使他们放弃了各自的原则而融合起来。"罗伯特·图姆斯终于再也不能保持谦谦君子之态了，于是他恶意中伤道："强盗和纵火者合了伙，他们联合起来劫掠南方。"

在演讲的最后，罗伯特·图姆斯恶语相加："……国库成了不断给他们和他们的工业施肥的川流，同时也是一部抽水机，吸尽了我们的财富，并使我们的土地枯竭。"

罗伯特·图姆斯等人最终挡不住历史发展的洪流，美国南北战争之后，废奴政策获得实施，历史最终肯定了这一切。如今重读罗伯特·图姆斯的演讲，重重云瘴，种种风云，后人将当一笑了之。

☒ 邹冯平

经济演说

[美国] 洛克菲勒

在密谋石油界大联盟会议上的讲话

1870年

3年前我就控制了克利夫兰的石油世界，现在，那里的石油已被南方开发公司垄断。我买我卖，价格也由我定，谁也别想在那儿捞油水！而且，纽约中央铁路及伊利铁路的货物转运权也在我手中，因而纽约也在我控制之下！

仅一家标准石油公司就能获得如此巨额的利润，主要因素是什么呢？就是一个城市只有一家石油公司！诸位明白了吧！概括我得的情报，各铁路公司已经开始共商对策，准备制定一个新的公开运输协定，据说不再给予折扣。他们之所以有这样的打算，是由于我们彼此竞争，给他们有机可乘。如果石油界能团结一致，合并为一，就能压迫铁路界给以折扣。所以说我们石油界要并肩作战，石油业者合并之后，便成为所有运输业的核心，这样不但可以控制全美的石油价格，还可支配铁路界……

鉴赏 jianshang

洛克菲勒被称为"石油大王"，是美国19世纪的富豪，亦是当时控制美国的十大财阀之一。

1870年，洛克菲勒在美国的萨拉托加，把纽约、费城及匹兹堡的主要石油大亨邀至一起，秘密谋划实行石油界大联盟。会谈在洛克菲勒别墅的会议室举行，洛克菲勒那热情而带有强迫性的声音回响在整个厅里：

"3年前我就控制了克利夫兰的石油世界，现在，那里的石油已被南方开发公司垄断。我买我卖，价格也由我定，谁也别想在那儿捞油水！"

洛克菲勒的声音斩截有力，气势不凡，出语惊人："纽约中央铁路及伊利

洛克菲勒

铁路的货物转运权也在我手中,因而纽约也在我控制之下!"在资本主义垄断阶段,洛克菲勒以财势压人的这一套较为见效,他以踌躇满志而又略带威吓的语气说道:"仅一家标准石油公司就能获得如此巨额的利润,主要因素是什么呢?就是一个城市只有一家石油公司!诸位明白了吧!"

最见效的招数之中肯定离不开的是动之以利,洛克菲勒向大家透露:他已得知各铁路公司准备制定一个新的公开运输协定,来共同应付石油公司。他说道:"我们石油界要并肩作战,石油业者合并之后,便成为所有运输业的核心,这样不但可以控制全美的石油价格,还可支配铁路界……"

没多久,其他的主要石油业者也都一个个被说服了。洛克菲勒的标准石油公司虽然没有挂上大联盟的名衔,而实际上它已成为大联盟的基础。这样,洛克菲勒对外界的一切名义都不变,以避开舆论界的批评可能带来的麻烦,而实质上,此时的石油界已完全落入洛克菲勒的手中。

本文语言富有力度,分析问题权威,紧密结合中心意图,丝丝入扣,可谓风格别致,独树一帜。

☒ 邹冯平

经济演说

[美国]哈默

在国家资源与计划委员会的讲话

1942年1月14日

我们的首要目标应是把世界组织起来,在解决国家之间的争端时,以理智和正义代替强权与暴力。与这目标相平行,我们还必须致力于最终使各国都在经济上实行新政,以助于提高全世界人民的生活水平,这样,他们可以取得社会安定,摆脱对贫困的恐惧,取得真正民主国家人民所享有的其他自由。……战争结束之后,我们一定不要回到旧的政治和经济秩序上去。我们一定不要逃避我们作为各民族大家庭一员的责任。世界不能再由60个以自我为中心、互不联系、对世界作为一个整体不负任何责任的政府去进行错误的管理。在建立一个国际组织的过程中,让我们重申美国独立宣言中所包含的基本真理;那就是,正义的权力只能产生于在这一权力之下的人们的赞同之中。

任何国际决定的达成和履行,必须掌握在认识到他们对全体福利的责任,并不仅忠于他们民族自身而且忠于各民族大家庭这样的人手中。

【鉴赏 jianshang】 阿曼德·哈默是美国著名的企业家,一生从事过医药、养牛、威士忌酒、广播、石油等多种事业。是西方石油公司董事长兼总裁。他是第一个同苏联进行贸易的美国商人,有"红色资本家"之称。哈默在我国山西平朔安太堡合作经营露天煤矿,是目前我国同外国合作经营的最大项目。他的西方石油公司同时还同我国合作在南中国海勘探、开发石油。作为一个传奇式的社会活动家,哈默非常关心一些事关人类命运的社会问题,本文是他于1942年1月14日所作演讲的节选。

1942年,这一年离二次世界大战结束已经为期不远了。哈默设想要从战争的废墟中创造一个全新的世界,他提出:"我们的首要目标应是把世界组

阿曼德·哈默

有"红色资本家"之称的哈默

织起来，在解决国家之间的争端时，以理智和正义代替强权与暴力。"哈默尤其注意各国民众的生活状况。他也提出："我们还必须致力于最终使各国都在经济上实行新政，以助于提高全世界人民的生活水平，这样，他们可以取得社会安定，摆脱对贫困的恐惧，取得真正民主国家人民所享有的其他自由。"

哈默呼吁："战争结束之后，我们一定不要回到旧的政治和经济秩序上去。我们一定不要逃避我们作为各民族大家庭一员的责任。"在演讲中，哈默热情地呼唤大家的责任意识，他倡议建立一个协调全体福利的国际组织。

哈默在作上述演讲的时候，还无法看到二战结束后世界出现东西方两大阵营并立的"冷战"局面，出于主观想象的成份多，把许多问题设想的简单化、理想化了，最终，结果未出现他所想象的那么美好的情景。但是，哈默所提的种种设想出于公正、公理的原则，在今天看来仍给人留下了深刻的印象。

细读哈默的演讲，还不难看到：从字里行间，哈默一方面体现了一种善良、正直富有正义感，另一方面地反映了一种要以自己的价值观、行为方式、思想准则加诸其他民族的作风。

整篇演讲激情澎湃，证引精当，想象丰富，立意新，境界高，今天读来，仍令人慨然作叹。

☒ 邹冯平

经济演说

[荷兰] 简·丁伯根

模型的本质及其他

1969年12月12日

在这次讲演中，我提议讨论我们对模型建造方法作为对经济科学的贡献已有的经验，以及进一步应用它的前景。首先，我要提醒你们模型的主要特点。按我的意见，它们是：(1) 编一个要考虑的变量目录；(2) 编一份变量必须服从的方程或关系的清单；(3) 检验方程是否能成立，包括如果有的话，估计它们的系数。由于特别是（3）的结果，我们可能必须修改（1）和（2），使模型体现的理论得到满意的真实程度。然后，模型可以用于各种目的，即解决各种问题。模型的优点是，一方面它们迫使我们提出一个"完全的"理论，我的意思是，这个理论计算了一切有关现象和关系；另一方面，面对观察，也就是真实。当然这些意见远不是新的。

在建造模型时，经济计量学家们常常被迫补充"文字"理论，因为模型常常并未写出他们正在无形中利用的一切关系式。

建造模型为了一些不同目的，首先为了说明实际发展的目的，其次，为了找出影响实际发展按某个所要的方向的方式。另一方面是，说明或政策的目标是短期或长期运动。有许许多多其他可以注意的地方。我们在这次讲演中将讨论它们中的一些。

一般说，我们许多人知道，有一些商业循环模型，只有在转折点已经发生之后来"预测"它们。拉格纳·弗里希在模型建造的早期引入随机振动，作为商业循环的一个主要因素，让转折点之间的累积过程而不是后者本身作为模型真能解释的事情，他是很对的。即使如此，有些转折点可以用经济系统的内在动力学解释。

在一些事例中，为了澄清真实世界的某些特点，并不必需要模型。最近我看到一个模型的一条结论："日本在发展中是一个成功"，使我不能不想到这类事例。不过，让我补充说，同一模型确实解释了更多的一些事。

在我们的学科的若干部分中，而且我认为在其他学科中也是一样，我们必须注意太容易服从时尚。模型建造已变为一种时尚，正好像在那以后，线性规划或矩阵代数变为时尚一样。对时尚的警告,自然首先来自没有掌握所包括的技术的那些人。这是我自己对应用上述后两种方法之一倾向于犹豫不决的原因。但是在我们设法解决问题之前,批判地研究问题的结构仍然是有用的。并且让我立即补充,在许多事例中,线性规划确实是一种很有用的技术。

回到模型,我看了计划人员的一些最近的工作以后,有时想我应否重复歌德的《魔术学徒》中的名言:"现在我不能赶走我唤来的鬼。"我们的后继者有时确实把模型建造做得过分了。

鉴赏 丁伯根·荷兰著名的经济学家,莱顿大学的物理学博士,荷兰经济学院教授。除此之外,他还是荷兰皇家科学院和一些外国科学院的院士,欧洲有15个大学授予他名誉博士学位,丁伯根主要研究经济计量学。主要著作有:《美国商业循环,1919—1932》、《英国商业循环,1870—1914》、《经济政策中的集中和分散》等。

本文是他1969年12月荣获诺贝尔经济学奖时所作演讲《模型的用途:经验和前景》中的一节。

演讲之初,丁伯根阐述了现代经济学常用的设立模型的新方法,认为:"模型的优点是,一方面它们迫使我们提出一个'完全的'理论,……,这个理论计算了一切有关现象和关系;另一方面,面对观察,也就是真实。"然而,由于模型营造所涉及的专业知识太过艰深,所以,"在建筑模型时,经济计量学家们常常被迫补充'文字'理论,因为模型常常并未写出他们正在无形中利用的一切关系式。"丁伯根还阐述了构造模型的种种意义,提出:"建筑模型为了一些不同目的,首先为了说明实际发展的目的,其次,为了找出影响实际发展按某个所要的方向的方式。另一方面是,说明或政策的目标是短期或长期运动。"

丁伯根介绍了模型应用的一些最新成果。以前,有些商业循环只有在转折点发生后才好判断:

简·丁伯根

现在，有些转折点可以用经济系统的内在动力学解释。可以肯定的是，"同一模型确实解释了更多的一些事。"

丁伯根也很坦率地指出：在一些事例中并不必需要模型。丁伯根还指出："在我们的学科的若干部分中，而且我认为在其他学科中也是一样，我们必须注意太容易服从时尚。"事实上，首先对此提出看法的是旁观者。丁氏承认："对时尚的警告，自然首先来自没有掌握所包括的技术的那些人。"他还明确指出："我们的后继者有时确实把模型建造做得过分了。"在此，他引用了一句歌德的名言："现在我不能赶走我唤来的鬼。"

在经济学理论中，经济模型是一个非常复杂、最难理解的部分，甚至是一些学者也注注对此目瞪口呆。丁伯根在演讲中介绍了设置模型的意义，同时也坦陈其中存在的问题。整篇演讲逻辑严密，层次分明，证引精当，不失为一篇专业知识极强的演讲佳品。

☒邹冯平

[瑞典] 奥 林

西蒙·库斯涅茨教授的成就

1971年

陛下，殿下们，女士们和先生们：

经济科学的任务之一，是研究只能直接观察某些事情的世界中实际发生了什么事。让我们考虑最近几个世纪的经济发展。要对数字和其他材料进行批判性的审查和聪明的收集——作出估计和测量——并发现解释推动力量和关系的可能性，这肯定是一项非常困难的任务和范围极广的任务。在这个领域里，成就大于任何别人的学者是俄国出生的美国经济学家西蒙·库斯涅茨，马萨诸塞州，坎布里希，哈佛大学的退休教授。

在他的学术性工作中，库斯涅茨一贯要求他自己对于似乎有助于了解社会变化过程的经济量赋予数量上的精确性。他已收集了极大量的统计材料，他仔细地而且用一种深刻敏锐的智慧加以分析，并且他利用这些材料对经济增长有新的启示。在做这些工作时，除其他事情外，他发展了用于计算国民收入的大小和变化的方法。任务是不仅在有可能的地方达到定量的精确性，而且也要弄清楚不确定性的边界，以及除其他原因外，由于消费和生产的定性变化产生的不确定性。

自然，库斯涅茨利用说明经济系统中战略因素之间关系的模型，但是他对提供经验检验机会很少的抽象的和概括的模型，表示很有限的同情。他选择和定义尽可能密切对应能观察和作统计测量的事情的概念。用这种方式，他间接实现对静态的和概括的理论的宝贵——并且常常是关键的——阐明，因而刺激构思实用性更大的新理论模型。在这些模型的范围内，也注意到了制度的和非经济的因素——例如人口增长、技术、产业结构和市场形式的变化。他用这个方式对增长现象和周期波动达到互相一致的解释。

……

各个家庭储蓄它们的一定比例的收入的总倾向在大多数工业国家中经数十年而惊人地稳定。另一件事，是在短期内储蓄倾向随周期波动变化，这个情况对商业循环的历程非常重要。

经济演说

或许更使人惊讶的是这项发现,生产一定数量商品需要的实物资本量表现明显的下降趋势。因而在工业国家中,物质资本增长的需要少于生产增长的比例。另一方面,技术进步和提高人力质量起很大作用,工商业的结构变化也很关键。

我也可以提一下,按照库斯涅茨的计算。瑞典人均生产量在一百年中提高了,所以在期末它约为期初的13倍——公认瑞典在19世纪中叶初始水平较低。有很长时间内,这个增长率高于其他工业国家,但是这一点不适用于战后时期。日本在20年中,人均生产增加六倍,它和联邦德国及苏联自从二次大战以来显然领先了。

西蒙·库斯涅茨

在他的最新著作《各国的经济增长》中——它于今年春季出版,除其他内容外,分析了收入分布的变化——库斯涅茨提出新的材料和对经济事件历程的创见,以及许多有启发的国际比较。简言之,他的经验基础的学术工作,带来了对经济和社会结构以及变化和发展过程的新的和更深刻的认识。

鉴赏 jianshang

奥林,瑞典著名的经济学家,一译作俄林,在国际贸易理论方面贡献卓著,有"俄林外贸学说"之谓,1977年荣获诺贝尔经济学奖。

这是伯特尔·奥林1971年作的演讲,主要内容是代表瑞典皇家科学院祝贺经济学家库斯涅茨荣获当年的诺贝尔经济学奖。

库斯涅茨是美籍俄裔经济学家,毕业于美国著名的哥伦比亚大学,并分别获得了文学硕士、哲学博士学位。他曾担任过美国经济学会、美国统计学会的会长和英国科学院的通信院士等职。库斯涅茨的主要研究内容是在各国经济增长的比较定量分析方面,其主要著作有:《生产和物价的长期运动》、《现代经济增长》、《各国的经济增长》等。

奥林在演说之始。就提出了全新的观点:"经济科学的任务之一,是研究只能直接观察某些事情的世界中实际发生了什么事。"要考察最近几个世纪的世界经济发展，这是无法想象的一项庞大工程，而库斯涅茨正是从事这一研究并取得巨大成就的一位。西方经济理论研究一个重要特征便是定量分析。奥林称赞库斯涅茨"不仅在有可能的地方达到定量的精确性"，而且也研究、弄清一些不确定因素的变化。奥林提到了库斯涅茨一项重大成就，即经过长期的分析，提出了国际经济存在20年为一期的长期增长遁环，这一遁环与人口增长率的变化密切相关。库斯涅茨还发现：国民储蓄在发达国家几十年一直相对稳定，只是短期储蓄倾向对商业遁环有明显的影响。另一方面，库斯涅茨还发现：技术进步、人力因素、工商结构的变化在工业化国家所起的作用非常关键。

作为一个世界级的经济学家，库斯涅茨的研究成果非常广泛。奥林在简要地例举了库斯涅茨的几个重要方面的成就后，也中肯地指出库斯涅茨的一些结论不适用于战后的情况。

奥林特别列举了库斯涅茨的最新著作，《各国的经济增长》，认为他提出了"新的材料和对经济事件历程的创见。以及许多有启发的国际比较。"奥林概述库斯涅茨的成就，指出："简言之，他的经验基础的学术工作，带来了对经济和社会结构以及变化和发展过程的新的和更深刻的认识。"

作为一个诺贝尔经济学奖获得者，库斯涅茨的成就是多方面的，奥林在寥寥的几百字中即点明库氏的主要成就，并作了一个简短、中肯的评价。

整个演讲短小精悍，知识面宽，阐述问题清晰，层次性强。

邹冯平

经济演说

[瑞典]缪达尔

世界发展中的平等问题

1975年3月17日

30多年以前，我写《美国的两难：黑人问题和现代民主》而现在我正对美国种族关系的广泛社会和经济动力学的研究进行工作，使我惊讶的是，同现在比较。以往罗斯福时代的整个世界观何等不同。那时世界问题在许多方面似乎，并在一种意义上就是，比较简单，远非那么复杂。

暂时抛开一切其他差别，那时以静态语言称为"落后地区"的地方，在殖民势力结构内，被保持休止状态。它们在巨大贫穷中的长期经济停滞被视为当然，没有引起富国公众方面，也没有引起它们的经济科学家多少兴趣。

第二次世界大战的最重要的影响，也许是那个势力结构的迅速解体——虽然不曾是任何交战国的战争目标，并在任何地方都没有预料到。从印度次大陆的英国属国和南亚其余部分开始，它像飓风一样扫过全球，达到基本上没有预示变革和在某种程度上准备变革的本地解放运动的地区。结果是一大批新的、政治独立的国家相继迅速出现。它们都很穷，大多数在经济和社会上停滞，但在那些地方，受教育的少数人替它们思想和行动，现在提出了发展的要求。

再下来，作为那个政治变革的继起的效果，西方的一般公众忽然被迫觉察人类的贫穷多数和富裕少数之间的收入差距，以及一个进一步的事实，这个收入差距正在继续扩大，正如它已有一百多年不断扩大的历史。一个不注意的绝缘墙，和使无知成为可能的那种机会主义的心理倾向，已被突破。

现在被称为"不发达国家"的贫穷，已被承认是个问题，"不发达国家"是个动态名词。这代表公众注意方向的重大改变。在这个运动之内，经济研究也发生同样激烈的方向改变，第一次赋予这些国家的赤贫以重要性，并且也赋予能通过发展计划在那里发动进步的政策方法以重要性。

对不发达国家中，贫穷的这种新的觉察，必然在道德上使西方世界困扰，在那里，特别是启蒙运动以来，更加平等的理想在社会哲学中一直有一个光荣位置。在经济科学中，它甚至已被"证明"并且被当作经济理论的基础。不过那个公认的理想，对实际政策的影响是小的，以迄上世纪末，西方一个接一个国家中的经济条件和权力关系开始有可能把它们渐渐变为"福利国家"。这个过程也包含着更加觉察到现存的不平等。

　　从开始起，我们也发现，经济学家们的目的在于在不发达国家中促进发展的新政策建议，除经济计划的药方外，也包括要求来自发达国经济援助。事实上，经济学家们在那个战后时代初期的许多著作，在许多情况下甚至更晚一些时候，集中力量促使发达国家的政治家们和一般公众准备带来技术援助、资本援助和商业让步。

　　这是西方思想中的一个新因素。那时以前，殖民强国制度在西方发达国家中曾起了良心的保护盾牌作用。对于某些西欧国家的殖民属国中发生的事情，不存在表示任何程度的集体国际责任的政治基础，例如在国际联盟中没有讨论如何帮助它们发展的浪潮。

　　而且第二次世界大战结束前起草的，否则是高度理想主义的联合国宪章，很少谈到"落后地区"人民的政治独立权利。对于如何促进和帮助可以出现的不发达国家的发展，宪章更少公开谈到。

　　但是几乎从一开始，联合国和它的专门机构现在变成不发达国家的代表的共鸣板，提出要求发达国家的援助，以及商业上的考虑。在它存在的30年中，联合国的效率，就其整体而言，趋向下降，特别是在和平和安全方面，以及更一般地，在发达国家感到它们有重大利害关系的所有问题方面。但是这个政府之间组织的整个系统愈来愈变为讨论、分析和促进不发达国家中发展的机关。它们的秘书处产生统计和研究，目的在于确认、分析、论证和宣传它们的贫穷的真实因素和可以拯救它们逃脱贫穷的方法。这是一个过程的一部分，通过这个过程，在战后时期产生对它们的困境的义不容辞地察觉，并且迫使每个机灵的人察觉这个情况。

　　不发达国家的票数一直增加，并且渐渐学会合作和制订一个共同立场，在它们的压力下，发达国家在它们的商业政策中逐渐作出一些、虽然是小的让步，并且甚至捐献资金，使联合国的政府之间组织的家族中老机构和新设机构能提供技术帮助和资本援助。多边援助与需要相比，以及甚至不论如何计算的单边援助比较，仍然很小。

经济演说 jingji yanshuo

经济文献中提倡的，若干发达和不发达国家在国内和在联合国中讨论的援助，那时候任何人没有想到需要超过微小的数额。这一点的部分解释，无疑地是关于不发达国家中发展问题的早期经济理论的乐观倾向，来源于共同忽视"非经济因素"，概括为态度和制度，特别是社会的和经济的等级制度，它们在多少世代一直停滞的这些国家中，对发展竖起了这么大的抑制和障碍。这种乐观主义当然也在于发达国家的自私，因为它意味着援助少些，不发达国家也能发展。

鉴赏 jianshang

本文是根纳·缪达尔于1975年3月17日在荣获诺贝尔经济学奖时所作的演讲的节选。根纳·缪达尔是瑞典著名的经济学家，专门从事经济发展问题的研究。缪达尔曾先后是斯德哥尔摩大学的经济学博士、教授，他是30多个名誉学位的接受者，并且是英国科学院、美国艺术科学院、瑞典皇家科学院院士、经济计量学会会友、美国经济学会名誉会员。缪达尔的成名作是《经济理论发展中的政治因素》，另一重大的学术巨著是《美国的两难：黑人问题和现代民主》。缪达尔的研究视野非常广阔，除了纯经济理论领域，他还对经济、社会和制度现象及相互依赖关系进行了深刻分析。可以这样说，缪达尔的研究工作是最广阔意义上的经济学研究。

缪达尔在演讲中说道：30多年以前，世界发展中的问题同罗斯福时代相比，极其不同。落后地区在巨大贫穷中的长期经济停滞被视为当然，没有引起富国公众方面，也没有引起它们的经济科学家多少兴趣。缪达尔描述二战后的变化是：以往的势力结构迅速解体，"从印度次大陆的英国属国和南亚其余部分开始，它像飓风一样扫过全球"，"结果是一大批新的、政治独立的国家相继迅速出现。它们都很穷。大多数在经济和社会上停滞，但在那些地方，受教育的少数人替它们思想和行动，现在提出了发展的要求。"

缪达尔

诚如缪达尔所述，现在人类的贫穷多数和富裕少数之间的收入差距正在继续扩大，正如它已有一百多年不断扩大的历史。人们已经注意到了这个问题，"一个不注意的绝缘墙，……已被突破。"缪达尔特别提到：自启蒙运动以来，更加平等的理想在社会哲学中一直有突出地位。"在经济科学中，它甚至已被'证明'并且被当作经济理论的基础。"但是，这一点对实际政策的影响十分狭小。缪达尔的眼光犀利如斯，可谓独具慧眼。缪达尔提出："经济学家们的目的在于在不发达国家中促进发展的新政策建议，除经济计划的药方外，也包括要求来自发达国家的经济援助。"在这样一个特定条件下，经济理论界促使发达国家向发展中国家带来了可观的技术援助、资本援助和商业让步。缪达尔高度评价为："这是西方思想中的一个新因素。"

整篇演讲牵涉面广，所涉问题宏大，结构严谨，语言精练，其中介绍的一些背景知识难得一读。

☒ 邹冯平

经济演说

[美国] 弗里德曼

经济学与自然科学

1976年12

在瑞典银行设立纪念阿尔弗雷德·诺贝尔经济科学奖金的时候（1968），在科学家和广大群众中，对于经济学受到物理学、化学和医学同等待遇是否合适，无疑曾有——无疑地现在仍有——广泛的怀疑。物理学等被看成是可能有客观的、积累的、确切的知识的"精确科学"。而经济学及其他社会科学，被看成是近乎哲学的分支，而不是正当定义的科学，一开始就混进了种种价值判断因素，因为它们研究人类行为，在社会科学中，学者们分析他们自己和其他人的行为。他们回过头来，又遵守学者们所说的东西并作出反应，社会科学是否需要与物理和生物科学根本不同的研究方法？是否应用不同的标准来判断它们？

我自己从不接受这个见解。我相信，它对自然科学的性质和可能性的误解有甚于对社会科学的性质和可能性的误解。在这两方面都没有"确定的"实质性知识；只有永不能"证明"的，但可能未被推翻而失败的试探性假设。我们对这些假设可能有或多或少的信任，决定于这样一些特点，例如相对于它们本身的复杂性和相对于可供选择的其他假设而言，它们包含的经验的广度，以及它们曾逃脱可能被推翻的事件的次数。在社会和自然科学中，由于一个试探性假设未能预测该假设声明能解释的现象；由于修补那个假设以讫某人提出一个新假设，更优美或更简单地包括那个产生麻烦的现象。以此类推，至于无穷，都使实证知识的总体增加。在这两个领域中，有时可能实验，有时不能（有气象学为证）。在这两个领域中，没有一次实验曾被完全控制，而经验常常提供证明，那是与受控实验等价的。在这两个领域中，没有办法拥有一个自足的封闭系统或者避免观察者与被观察者之间的相互作用。数学中的高德尔定理，物理学中的海森伯不确定性原理，社会科学中自我实现或自我失败的预言，都是这些局限性的例子。……

甚至价值判断与科学判断分离的困难问题不是社会科学独有的。我记得很清楚，在剑桥大学的一次正餐，我坐在一位同行经济学家和伟大的数理统计学家、遗传学家 R·A·斐休旁边。我的经济学家同行告诉我他曾教劳动经济学的一个学生，在有关分析工会效应的问题上说，"X 先生（另外一位政治见解不同的经济学家）肯定不会同意那一点"。我的同事认为这个经验是对经济学的可怕的谴责，因为它说明了不可能有一个与价值判断无关的实证经济科学。我回过头来问隆纳爵士，这样一种经验是否为社会科学所独有。他的回答是一个不含感情的"不"字，然后他讲一个又一个故事，他从人们的政治见解如何能准确地推断他们在遗传学中的见解。

我的伟大的导师之一，威斯里·C·密契尔告诉我，为什么学者们不论他们的价值观念如何，以及他们如何强烈地愿意宣传和提倡它们，任何时候都愿意探索一种与价值无关的科学（与价值无关的科学就是实证科学，不掺入人的主观价值判断的科学——译者注）。为了达到一个目标而建议一条行动道路，我们首先必须知道那条行动道路事实上是否将促进那个目标。我们的实证科学知识能预测一条可能的行动道路的后果，这显然是那条行动道路好不好的规范性判断的前提。到地狱之路是好心铺成的（这句话的意思是，目标虽然是好的，但由于缺乏科学知识，采取的道路不对头，有时适得其反。——译者注），正是由于忽略了这个比较明显之点。

这一点在经济学中特别重要。全世界许多国家今天正经历着社会上有破坏性的通货膨胀，非常高的失业，经济资源使用不当，并且在有些情况下，人类自由受到压制。这不是因为坏人有意识地寻求达到这些结果，也不是由

密尔顿·弗里德曼

于它们的公民之间价值判断的差异，而是由于对政府措施的后果的判断有误。这些错误至少在原则上能因实证经济科学的进步得到纠正。

为了说明经济学的实证科学性质，与其抽象地探讨这些思想（在参考文献中我已充分地讨论了这些方法论问题），不如讨论整个战后时期成为经济学这一行主要关心的一个具体经济问题，即通货膨胀和失业之间的关系。这个问题是一个好例子，因为它在整个时期中，一直是争辩的政治问题，可是主要依靠经验与暂时被接受的假设矛盾引起的科学反应，在大家接受的专家见解中发生的

经济演说

激烈的变化——这正是修正一个科学假设的经典过程。……

鉴赏 jianshang

在西方经济学中，密尔顿·弗里德曼的名字是与货币主义连在一起的。弗里德曼1912年出生在纽约，后在芝加哥大学读书。他曾师从密切尔、克拉克、库斯涅茨等人从事研究。弗里德曼是芝加哥学派的代表，用他自己的话来说，"芝加哥一直是我的学术之家。"他的主要著作《美国货币史1867—1960》，被公认为是他的代表作，同时也被认为是一部重大科学著作。在50年代初，他就提出布里顿森林体系将被自由汇率制度所代替。弗里德曼充分地肯定货币在通货膨胀方面的作用并倡导货币政策，因此而导致了西方经济流派间十几年的学术争论。瑞典皇家科学院在1976年授予他诺贝尔经济学奖时，曾郑重指出："一位经济学家直接地和间接地，不仅对科学研究的方向而且也对实际政策有如此大的影响，这是很少见的。"

弗里德曼在演讲中首先提出："在科学家和广大群众中，对于经济学受到物理学、化学和医学同等待遇是否合适，无疑曾有——无疑地现在仍有——广泛的怀疑。"弗里德曼深刻地提出：在自然科学和社会科学领域里，都没有"确定的"实质性知识，"只有永不能'证明'的，但可能未被推翻而失败的试探性假设。"

弗里德曼站在学术研究的高度上，提出：在自然科学和社会科学领域中，"有时可能实验，有时不能，""在这两个领域中，没有一次实验曾被完全控制，而经验常常提供证明，那是与受控实验等价的。"弗里德曼指出："数学中的高德尔定理，物理学中的海森伯不确定性原理，社会科学中自我实现或自我失败的预言，都是这些局限性的例子，"在泛泛的理论探讨中，弗里德曼把话题转到了具体现实。他是这样阐述自己的观点的，"为了达到一个目标而建议一条行动道路，我们首先必须知道那条行动道路事实上是否将促进那个目标。"弗里德曼风趣地说道："到地狱之路是好心铺成的。"有时，目标虽好，但由于方法不当，结果误入歧途。

在弗里德曼看来，"全世界许多国家今天正经历着社会上有破坏性的通货膨胀，非常高的失业，经济资源使用不当，并且在有些情况下，人类自由受到压制。"

整篇演讲，形象生动，举例恰当，内容广阔，知识性强，值得认真一读。

☒ 邹冯平

[英国] 撒切尔夫人

关于经济问题答记者问

1981年5月

巴特（英国《星期日泰晤士报》记者）："首相，你的政府的成功与失败，在很大程度上将要由它对经济的管理来判断，你可以对实现了通货膨胀率下降这一点感到谨慎的满意。但是，这成绩是在失业和企业破产方面花了巨大的代价换来的。你如何才能赢得下次大选的胜利和保住你所希望的第二次在议会中取得的多数席位，除非你取得了一种可望比现在更积极一些的经济复苏，即使是这次衰退就要结束了。"

撒切尔夫人："我认为，你恰好是低估了工业界一直在做它应该做到的事情。这不仅是一个使通货膨胀率下降的问题（虽然这很重要）。比它更大的根本性问题是把工业和劳务搞上去，这样它们就可以同世界上其他国家竞争了。现在不可避免的是，这意味着特别是制造业要真正消除严重的人浮于事的现象，要真正提高生产率，并真正使英国工业成为一个多年来未曾有过的高效率与合作的地方。这意味着开始执行工业界年复一年拖着不执行的那些任务。"

"你也许会说，这给我带来了失业问题。的确是这样，但是，如果我们当初不坚持那样做，这些公司就不会在这个激烈竞争的世界上维持下来，我们明年就会遇到更大得多的失业问题。现在，到处都出现了公司情况好转的迹象。所以，不要认为这仅仅是个使通货膨胀率降了下来的问题，尽管这个问题是至关重要的，它还使我们的工业进入了欣欣向荣的高效率状态，以致于可以同全世界任何其他公司竞争。"

以后该怎样做呢？撒切尔夫人回答说：

"在经济方面，我们不得不继续我们已经开始执行的政策，现在这些政策正在发挥作用。前几周有一些迹象表明有些公司正在扩大，一些新的公司正在出现。今后两年中要有许多公司涌现出来，这还会给我带来一个失业问题。我认为扩大不会来得太快。我们所要做的是提供我们力所能及的救济，而且我们的确这样做了。有人对20便士一加仑汽油提出了抗议，这正是使我感到

经济演说

非常非常气愤的。因为,说实在的,如果我们当中有工作的那些人不能照顾那些没有工作的人,那是件大憾事。"

 在任期间,一度政绩斐然,通货膨胀率下降,经济发展速度加快,市场繁荣,她所采取的政策在西方称为货币主义。

1981年5月,撒切尔夫人就经济问题答记者问的时候,提出:有人忽略了工业界自身的能力,我们应该关心的是把工业和劳务搞上去,使之可以同世界上其他国家竞争。撒切尔夫人认为:"……制造业要真正消除严重的人浮于事的现象,要真正提高生产率。并真正使英国工业成为一个多年来未曾有过的高效率与合作的地方。"此话语可谓句句有千钧之力,经得起历史的检验。

在世界现代史上,昔日的"日不落"帝国如今沦落了,在国际经济上,英国反倒滋长了一种经济发展中的"英国病",经济发展不景气,工人生产积极性不高。有"工人贵族化"之称。撒切尔夫人不顾社会上的种种非议,坚定地以抑制通货膨胀来达到增强工业发展和经济竞争能力的目的,以此来彻底改变世人心目中"英国病夫"的形象。

撒切尔夫人针对外来的社会舆论,驳斥说:"如果我们当初不坚持那样做,这些公司就不会在这个激烈竞争的世界上维持下来,我们明年就会遇到更大得多的失业问题。"面对可能出现的失业问题趋于严重化的情况,撒切尔认为,"我们所要做的是提供我们力所能及的救济。"

整篇文字虽然不长,但从中我们隐然可以看到一个个性极强、意志坚定、极有主见的女首相形象。句句斩钉截铁,铿然有声。

邹冯平

[美国]布坎南

经济政策的宪法

1986年12月8日

财政学应始终明白记住政治条件。不要期望从过去年代的租税学说得到指导,而要力图打开进步与发展精神的秘密。(威克塞尔)

假如我不承认那位伟大的瑞典人纳特·威克塞尔对我本人工作的影响,这就未免太怠慢了。没有他的影响,我就不会在这里宣读这篇论文。我的许多著作,尤其是政治经济学和财政理论方面的论文,可以说是威克塞尔论题的种种重述,推敲与引申,这篇论文也不例外。

在我一生经历中最令人激动的显示智力的时机之一,是我在1948年对纳特·威克塞尔的未被人们所知和未经翻译的论文《财政理论研究》(1896年)的发现,这篇论文埋没在芝加哥古老的哈珀图书馆的积满灰尘的书库里。只有一位学术新手,在刚完成学位论文之后,才能有空暇去浏览威克塞尔的这篇文章。这样,我无意中获得珍宝并有幸写出了自己的激动人心的学习心得。威克塞尔在课税方面的新的公平原理大大增强了我的自信心。威克塞尔是经济思想史方面的一位被确认的人物,他向财政学理论的正统观念挑战,所涉及的方面与我本人的批判意识一脉相承。从在芝加哥的那个时刻开始,我决意使威克塞尔的文章有更多的读者知道,我立即从事翻译,花了一定的时间,在最后发表前得到了伊丽莎白·亨德森的鼎力相助。

归根寻底,威克塞尔的要旨是明白的,基本的和不言而喻的。经济学家们应该停止好像他们是被一位仁慈的君主所雇用那样地提供政策建议,他们应该关注在其中进行政治决策的结构。受到威克塞尔的启迪;使我也敢于向财政学和福利经济学方面的仍占优势的正统观念挑战。在一篇绪言性的论文(1949年)中,我请求我的经济学同仁在着手分析备择性的政策措施的效果之前,提出国家的、政治的某种模型假设。我敦促经济学家着眼于"经济政策的宪法",检查约束政治人物行动范围的规章。像威克塞尔那样,我的目的终究是规范性的,而非科学的。我试图在着手提出政治"妙策"之前,先寻

经济演说

找个人与国家之间的关系的经济意义。

威克塞尔应得到现代公共选择理论的最重要的先驱之称号,因为我们在他1896年的论文里发现了提供此理论基础的全部三个构成要素:方法论上的个人主义,经济人,以及看作交换的政治。我将在下面各节里讨论这些分析结构的要素。在第五节里,我把这些要素结合到一种经济政策理论之中。这种理论与西方自由主义社会传统上认可的原则一致;它建立在这些原则上,并且系统地扩展了这些原则。然而,在威克塞尔作出创造性业绩差不多一个世纪以后,这种意味着制度——法规改革的探讨,仍然受到顽固抵制。当然,个人对于国家的关系是政治哲学的中心论题。

詹姆斯·M·布坎南

鉴赏 jianshang

詹姆斯·M·布坎南,1919年10月出生于美国田纳西州。在芝加哥大学获博士学位,后在弗吉尼亚大学、弗吉尼亚工学院、乔治、梅森大学担任教授。布坎南对于财政问题的研究造诣浪深,最看石的作品是《同意的计算》,其他著作还有《民主过程中的财政学》《公共财货的需求与供给》、《自由的限度》、《征税权》以及《规章的理性》等。本篇是他1986年12月8日在斯德哥尔摩经济学院所作的1986年诺贝尔奖经济学讲演的第一部分。

一开始,布坎南引用威克塞尔的话:"财政学应始终明白记住政治条件。不要期望从过去年代的租税学说得到指导,而要力图打开进步与发展精神的秘密,"布坎南重申没有威克塞尔的导引,就没有他自己今天的成就。布坎南介绍了自己是如何发现并迷恋上威克塞尔的作品的。他总结性地提出:"经济学家们应该停止好像他们是被一位仁慈的君主所雇用那样地提供政策建议,他们应该关注在其中进行政治决策的结构。"布坎南在演讲中还向大家介绍了自己创造性进行研究、敢于向传统理论挑战的一些过程。他还从威克塞尔论文里发现了提供现代公共选择理论基础的三个构成要素是：方法论上的个人主义，经济人，以及看作交换的政治。

布坎南以一种知识分子的反思精神指出："经济学家很少检验他们工作模型的先决条件。经济学家一开始就把个人看作评价、选择和行动的单位。不管产生结果的过程或体制结构多么复杂。经济学家总是考虑个人的选择。"布坎南认为：要向政治人物提建议或者要对特定争议的结局施加影响注注是无效的。在给定的规章制度中，在很大程度上结局取决于既定的政治集团。

从整篇文章来看，布坎南的演讲朴素无华，没有故作惊人之论，而且较具体地介绍了自己的一些成长过程。全文层次分明，语言流畅，证引权威，尤其值得一提的是文章感情充沛，给人留下了沉刻的印象。

☒ 邹冯平

法律演说
fa lü yanshuo

法律演说

[美国] 哈 默

出席参议院石油工业小组委员会会议上的讲话

1974年12月3日

我相信这一听证会比我过去所参加的任何一次听证会都有更大的全国性意义。西方石油公司的自由和独立处于生死存亡的关头,对我们30万位股东,对我们2.2万名雇员,对跟我们在自由市场进行交易的许多大大小小的公司来说,这是至关重要的大事。

一旦西方石油公司落入七大石油公司之一的手中,美国人民便会失去最大的独立石油公司,并随之在石油、煤炭、化学、肥料,以及国际贸易界中失去一个强大的竞争拥护者。

美孚开始的是一次征服,这是清清楚楚的。这种征服暗中导致反竞争的不良后果,具有惊人的经济含意。这种征服是对美国反托拉斯政策史无前例的挑战。如果美孚得逞,它将完成美国有史以来最大的一次公司吞并——于是,美国企业界每一个竞争区域都将回荡着一个信息:自由企业和独立已经死去。

美孚若能威风十足地如愿以偿,其他企业家还有什么安全可言?美孚显然相信自己能够达到垄断企图,因为没有任何力量可以阻止他们。我说这一次他们能够被阻止。西方石油公司的管理机构和股东将会阻止他们;我们的政府将会阻止他们,并非政府袒护西方石油公司,而是我相信,我国法律宗旨就是要防止贪婪的吞并。

鉴赏 jianshang　1974年11月。印第安那美孚石油公司建背反托拉斯法条款,企图吞并西方石油公司,西方石油公司董理长总裁哈默博士向联邦贸易委员会提出控告。这是哈默博士在1974年12月3日出席参议院石油工业小组委员会的会议上的讲话。

这次讲话，的确异常精彩，并收效甚大。在不足500字的讲话中，包含的内容却十分丰富，而且意义重大。

哈默首先指出，联邦贸易委员会因印第安那美孚石油公司违背反托拉斯法条款企图吞并西方石油公司而准备召开的听证会，将是十分重要的，具有"更大的全国性意义"，"对我们30万位股东，对我们2.2万名雇员，对跟我们在自由市场进行交易的许多大大小小的公司来说，这是至关重要的大事。"一开言就能吸引住到会的参议员，使他们十分重视这一问题，注意倾听他的演讲。这显然是事先已作了如何做好这一次演讲的周密思考的。

然后哈默指出事件的严重性："一旦西方石油公司落入七大石油公司之一的手中，美国人民便会失去最大的独立石油公司，并随之在石油、煤炭、化学、肥料。以及国际贸易界中失去一个强大的竞争拥护者。"这不是意味着将严重威胁着美国工业和贸易乃至整个国民经济的发展吗？问题是多么严重很有点耸人听闻，如何不引起听众的严重关注！从美国的切身利害关系起见，势必引起政府及企业界的重视，不会等闲视之。

紧接着哈默又指出这件事将产生的严重后果，他说："美孚开始的是一次征服"，"这种征服是对美国反托拉斯政策史无前例的挑战。如果美孚得逞，它将完成美国有史以来最大的一次公司吞并——于是，美国企业界每一个竞争区域都将回荡着一个信息：自由企业和独立已经死去。"如此严重后果，真是骇煞人，急煞人！使听众为之一吃！惊难怪联邦贸易委员会立刻准备召开听证会。

问题的严重性固然令人惊骇，产生的后果将是令人担忧，但哈默博士对于打胜这一次战争却有十二分的把握，他将话锋一转，说："我说这一次他们能够被阻止。西方石油公司的管理机构和股东将会阻止他们；我们的政府将会阻止他们……我国法律的宗旨就是要防止贪婪的吞并！"他这样讲，使人在严峻的问题面前看到光明的前途，看到必胜的希望，给人以鼓舞和感奋。至此。形势似乎起了一百八十度的转弯，于是讲话戛然而止。

这篇演讲，言少意丰，做到了每个字都有意义，每句话掷地有声；无一

法律演说

字多余，无一句废话。真是惜语如金，而且出语惊人，骇人听闻，能使每个关心本国经济利益的人都要关注事态的发展，政府当局也会果断干预这件关系到本国根本利益的大事。因此，他的讲话收到了预期的效果，参议员们听信了他的话，并将美孚石油公司的吞并企图转呈联邦贸易委员会，联邦贸易委员会也立刻准备召开为时甚长的听证会，准备采取反托拉斯行动。这的确是一篇不可多得的演说精湛之作。

☒ 汪德羞

美孚能源加工厂

[以色列] 梅厄夫人

在安理会回答阿根廷政府指控时的讲话

1960年

在纽伦堡审判的记录里,我们读到了艾希曼的副官迪特尔,维施利策有关"最后解决"过程的谈话:

1940年之前,他们部门的总方针是,通过有计划地向外移民。解决德国和德国占领区的犹太人问题。第二阶段,即上述时期之后,是把在波兰和被德国占领的其他东方地区的全部犹太人集中在隔都里。这个阶段大约到1942年初结束。第三阶段是所谓犹太人问题的"最后解决"。即有计划地灭绝和毁灭犹太民族;这个阶段到1944年10月希姆莱下令停止毁灭他们时为止。

接着,在回答他同ⅣA4部的官方接触中,是否听到指示消灭全部犹太人的命令时,他说,"是的,1942年夏我第一次从艾希曼处听到这样的命令。"

希特勒没有根据他的计划解决犹太人问题。但他消灭了六百万犹太人——德国、法国、比利时、荷兰、卢森堡、波兰、苏联、匈牙利、南斯拉夫、希腊、意大利、捷克斯洛伐克、奥地利、罗马尼亚、保加利亚的犹太人。同时,三万多个犹太人社团也遭破坏,这些社团是多少世纪以来犹太人宗教信仰、知识和学识的中心。从这个犹太民族中产生了一些艺术、文学和科学的巨人。被毒气毒死的仅仅是这一代的欧洲犹太人吗?一百万儿童——下一代——也被消灭了。谁能完成这幅包含一切恐怖及其为今后世世代代的犹太人民和以色列带来后果的画卷呢?这里被毁坏的是建设一个新的国家所需要的一切天然储备——学识、技能、忠诚、理想主义和开拓精神。

我深信世界上很多人都渴望审判艾希曼,但事实是15年来没有人找到他。他能践踏谁也不知道多少国家的法律,用假名和假护照进入这些国家,并滥用有些在他的恐怖行为面前表示畏缩的国家对他的款待。但是犹太人,有些本人是他的暴行的受害者,不找到例子并把他带到以色列是不会罢休的——把他带到从艾希曼恐怖行为中幸存的几十万人已踏上海岸回家的那个国家;六百万人心耳中早已存在那个国家,因为在走向焚尸炉的路上他们唱着

法律演说

我们宗教信仰的伟大长文：我笃信救世主的来临。

这难道是要安理会来处理的问题吗？安理会是一个处理对世界和平构成威胁的机构。这难道是对和平的威胁——艾希曼是被他曾用尽全力要从肉体上彻底消灭的人民送上审判台的，即使逮捕他的方式违反了阿根廷的法律？对和平的威胁难道不是来自在逃的艾希曼，不受惩罚的艾希曼，自由地向新的一代散布他的歪曲了灵魂的毒素的艾希曼？

鉴赏 jianshang　　梅厄夫人（1898—1978年），以色列的缔造者之一，以色列第一个女总理，长期担任以色列政府和以色列最大政党以色列工党的领导，对以色列有极大的影响，也是西方著名的女政治家和外交家。

这是梅厄夫人于1960年在安理会上回答阿根廷政府指控以色列的非法行为而作的演讲中的一部分。所谓非法行为，是指以色列人从阿根廷抓走了艾希曼。我们看梅厄夫人是如何回答阿根廷的指控的，又回答得怎么样。

梅厄夫人首先用艾希曼的副官迪特尔·维施利策的谈话为实证，说明阿根廷政府在安理会上对以色列的指控是没有道理的。维施利策说他们部门对犹太人的"总方针"分三个阶段，而"第三个阶段所谓犹太人问题的'最后解决'。即有计划地灭绝和毁灭犹太民族"。维施利策的谈话，就是给艾希曼所犯罪行打证言，而他又是艾希曼的副官，证据确凿可信，无可抵赖。这就说明以色列人从阿根廷抓走艾希曼是有足够理由的，可以说艾希曼罪大恶极，不抓不足以平受害者之愤。因此，阿根廷的指控就是无理的了，用事实驳倒了阿根廷的控告。

紧接着仍用维施利策的话作证，维施利策说他于1942年夏亲自听到艾希曼下的消灭全部犹太人的命令。这说明艾希曼罪责难逃，必须得到应有的惩处。所以以色列人抓得有理，阿根廷的控告是无理的，进一步驳倒了阿根廷的控告。

梅厄夫人

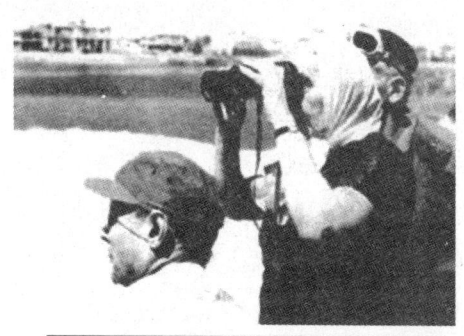

前以色列总理梅厄夫人视察埃以边界

然后梅厄夫人指出,这个"总方针"虽然没有完全实现,没有把犹太人灭绝掉,但后果是"消灭了六百万犹太人"。"三万多个犹太人社团也遭破坏,这些社团是多少世纪以来犹太人宗教信仰、知识和学识的中心。"还有"一百万儿童——下一代——也被消灭了。"梅厄夫人强调指出,这一罪行严重性是"这里被毁坏的是建设一个新的国家所需要的一切天然储备——学识、技能、忠诚、理想主义和开拓精神。"这就不容置辩。以色列人抓艾希曼是有理的,阿根廷的指控是无理的,更有力地驳倒了阿根廷的指控。

艾希曼犯下了滔天罪行,"践踏谁也不知道多少国家的法律",所以"犹太人,有些本人是他的暴行的受害者,不找到他带到以色列是不会罢休的",这难道不是合乎情理、顺乎民心的吗?所以以色列有充足的理由抓走艾希曼,而阿根廷没有丝毫理由指控以色列,把阿根廷驳得体无完肤。

因为阿根廷是在安理会上提出对以色列的指控的,所以梅厄夫人最后指出:"安理会是一个处理对世界和平构成威胁的机构。"而"艾希曼是被他曾用尽全力要从肉体上彻底消灭的人民送上审判台的",这就很清楚,对和平构成威胁的,不是以色列,而是艾希曼。那么,支持以色列惩罚艾希曼正是安理会的职责,发言以反诘句结束,发出席安理会的各国代表深思。这一最后的对阿根廷的指控的回答,十分气势,十分有力,能激起代表们对以色列的同情,对阿根廷指控的否定。

整篇辩护词,层次分明,且一层进一层,先以事实为根据,即人证言证,事实总是胜于雄辩的。然后指出下令的正是以色列所抓的主犯艾希曼,再指出造成严重后果,说明艾希曼确实犯下了不可饶恕的罪行,最后用反诘句提出问题结束发言,使对方无以言对,取得了反驳的胜利。

☒ 汪德羞

法律演说

[美国] 布朗

生命**的**最后一刻

——走上绞刑架前的演说

1959年12月

但愿法庭允许我来说几句话,首先除了我始终承认的——要求解放奴隶的设想外,我要否认一切。的确,我原打算把这件事做得干净利落,就像我去年冬天去密苏里州那样,双方未开一枪就带着奴隶们离开国土,最后到达加拿大。我原计划又这样大规模地干一次,这就是我的打算。我从没有打算要谋杀、要背叛、要破坏财产、要煽动或怂恿奴隶造反、要发动起义。

我有一点异议:我遭到这样的处罚是不公平的,如果以我承认的那种方法干预的话,这种方法已得到公平的证明,(因为我钦佩在此案中作证的大部分证人的诚实和正直),如果我这样的干预是为了富人、有权势者、聪明人、所谓的伟人,或是为了他们的一个朋友、不管是父母、兄弟、姐妹、妻子、还是儿女,还是这个阶层中的任何一个人,那么一切都会顺利,如果我被处以死刑,在这次干预中贡献了我的一切,那么,这个法庭上的每个人都将会认为这种行为应得到报酬而不应得到处罚。

我想,这个法庭会承认上帝的法律是有效的。我发现这里有一本被人吻过的书,我想大概是《圣经》,至少也是《新约全书》。《圣经》教导我,要人怎样待我,我就要怎样待人。它还教导我:"记着缧绁中的人们,就如同和他们被监禁在一起一样。"我过去尽力按这个教导去做,我还太年轻,不知道上帝会以势利眼待人。我相信为了上帝受歧视的穷人,我常常坦率地承认自己所做的那一切和我的这些干预都不会是错误的,而是正确的,现在,为了促进正义事业的发展,认为有必要在丧失我的生命,而且,有必要将我的鲜血、我儿子的鲜血,和这个实行奴隶制国家的成千上万的人的鲜血混合到一起,(因为这个国家的权力被恶意的、不公平的残酷的法律条例所漠视),我甘愿这样做。因此,那就让我这样做吧!

请让我再说上一句。

我对在这次审讯中我享受到的待遇感到完全满意,考虑到各种情况,它比我所料想的要慷慨得多，但是，我并不感到我有什么罪，我开头就已经阐明了什么是我的意图，什么不是我的意图。我从未想过要去破坏别人的生活、要去犯叛国罪、要去煽动奴隶造反、要去发动全面起义。我不仅从未煽动任何人这样做，相反我总是反对这种想法。

请还允许我说一句，那些与我有关的人的话，我听到有人说，是我引诱他们与我为伍的，但事实恰恰相反。我这样说并非要伤害他人，而是对他们的软弱感到遗憾。没有一个人不是自愿与我为伍的。而且他们中间的大部分人是自费与我为伍的。在他们来找我以前，我从未见过他们，也从未和他们交谈过。这就是为了我已阐明的目的。

好了，我说完了。

鉴赏 约翰·布朗（1800—1859年）是美国南北战争前夕废奴运动的著名领袖，1800年5月出生于美国康涅狄州的一个农民家庭，他自幼目睹黑人受压迫凌辱的悲惨情景，反对种族歧视，就立志要把自己的毕生精力献给废奴事业。青年时期积极参加"地下铁道组织"帮助南方奴隶逃到北方，在长期的斗争中，他深刻认识到要彻底废除奴隶制度就必须拿起武器，以后他由非暴力主义而转向武装斗争，他领导白人和黑人一起反对奴隶制度。1859年10月16日他带领21人在弗吉尼亚州哈普斯渡口起义，占领了弗吉尼亚州哈普斯渡口的军火库。奴隶主对起义军实行残酷的镇压，派了一千五百多人围攻起义军。起义军寡不敌众，与敌人交战几个回合之后被联邦军队包围了。布朗因负伤被俘。12月2日弗吉尼亚州法院以"谋叛罪"叛处他绞刑。此演说就是他在法庭上的即兴讲话。

这篇演说就其内容而言与爱尔兰民族英雄伊墨刺多的《辞世演说》相似，都是在法庭上以为自己的革命行动而辩护为名去揭露反动统治者不择手段地残酷杀害革命者的丑恶嘴脸，但其形式却迥然不同。伊墨刺多的《辞世演说》带有浓浓的文学色彩，语言优美，深厚的感情寓含在字里行间，感染力强，而布朗的这篇演说，旗帜鲜明，干净利落直戳敌人的胸膛，说服力强。

这篇讲话最突出的特点是，它打破了一般演说的程式，没有开场白，没有完整而严密的结构。一般演说词都分为引论、正论、结论三个部分。引论部分一般是提出问题，起着沟通与听众的感情，创造演说的气氛的作用。正论部分是演说的主体，一般来说是分析问题，摆事实讲道理，有严密的逻辑性，结构严谨。结论的主要作用是升华主题，使之更加鲜明突出，并将感情推向最后的高潮。然而，布朗这篇演说开头只用了一个短语"但愿法庭允许我来说几句话"，便进入正论部分。这句话既不是提出问题，也不是为了创造气氛，更不是与听众沟通感情，只是为了打开话题。正论部分各段之间也没有必然的逻辑关系，都各自独立，陈述一个问题论证一个问题。第一段陈述自己的思想行为决不是"图谋叛乱"，而是法庭强加给他的罪名。第二

美国南北战争

段揭露法庭对他的判决是不公正的，是一种阶级压迫。第三段说明他自己愿意为真理和正义事业而献身。第四段再次申述自己是无罪的，强调对他的判决纯属是对革命者的无端杀害。第五段揭露谴责叛徒的无耻行径。每段的开头也不是用连接词，而是用随时想起的话语"首先"、"我有一点异议"、"我想"、"请让我再说上一句"、"请允许我还说上一句"等独立语言，表面看似零乱，但它却用一个揭露敌人滥杀无辜的思想贯穿起来，使演说成为一个整体。

演说通篇是揭露，但是全篇没有一个斥责揭露的言词，而是将揭露渗透到沉着的叙事说理当中，语言朴实无华，准确锋利，颇有说服力。

结尾独特，没有慷慨激昂的言词，把感情推向高潮，升华主题，只是说了一句极普通的话"好了，说完了。"但给人留下的却是沉思，积蓄力量。布朗死后，人们谱写了一首《约翰·布朗之歌》，歌中写道："约翰·布朗的尸体在坟墓里躺着朽坏了。但是他的灵魂正在继续前进！"随即在美国展开了声势浩大的反奴隶制运动。

☒ 李凤琴

[古巴] 卡斯特罗

历史将宣判我无罪

1953年10月10日

诸位法官先生：

从来没有过任何一个辩护律师得在这样困难的条件下进行工作；也从来没有过任何一个被告遭到过这么多的严重的非法待遇。在本案中，辩护律师和被告是同一个人。我作为辩护律师，连看一下起诉书也没有可能；作为被告，我被关闭在完全与外界隔绝的单人牢房已经有76天，这是违反一切人道的和法律规定的。

讲话人绝对厌恶幼稚的自负，没有心情、而且生性也不善于夸夸其谈和做什么耸人听闻的事情。我不得不在这个法庭上自己担任自己的辩护人，是由于两个的原因：第一，是因为实际上完全剥夺了我的受辩护权；第二，是因为只有感受至深的人，眼见祖国受到那样深重的灾难、正义遭到那些践踏的人，才能在这样的场合呕心沥血讲出凝结着真理的话来。

并非没有慷慨的朋友愿意为我作辩护。哈瓦那律师公会为我指定了一位有才干有勇气的律师：豪尔赫·帕格列里博士，他是本城律师公会的主席。但是他却不能执行他的使命。他每次想来探望我，都被拒于监狱门外。只是经过一个半月之后，由于法庭的干预，才允许他当着军事情报局的一个军曹的面会见我10分钟。按常理说，一个律师是应该和他的当事人单独交谈的，这是在世界任何地方都受到尊重的权利，只有这里是例外，在这里一个当了战俘的古巴人落到了铁石心肠的专制当局手中，他们是不讲什么法理人情的。帕格列里博士和我都不能容忍对于我们准备在出庭时用的辩护策略进行这种卑污的刺探。难道他们想预先知道我们用什么方法粉碎他们就蒙卡达兵营事件挖空心思地捏造的无稽谎言，用什么方法揭露他们所竭力掩盖的可怕的真相吗？于是，当时我们就决定由我运用我的律师资格，自作辩护。

军事情报局的军曹听到了这个决定，报告了他的上级，这引起了异常的

法律演说

恐惧,就好像是哪个调皮捣蛋的妖怪捉弄他们,使他们感到他们的一切计划都要破产了。诸位法官先生,他们为了把被告自我辩护这样一个在古巴有着悠久传统的神圣权利也给我剥夺掉,而施加了多少压力,你们是最清楚不过了。法庭不能向这种企图让步,因为这等于陷被告于毫无保障的境地。被告现在行使这项权利,该说的就说,绝不因任何理由而有所保留。我认为首先有必要说明对我实行野蛮的隔离的理由是什么,不让我讲话的意图是什么;为什么,如法庭所知,要阴谋杀害我;有哪些严重的事件他们不想让人民知道;在本案中发生的一切奇奇怪怪的事情其奥妙何在。这就是我准备清楚地表白的一切。

……

我认为我已充分地论证了我的观点:我的理由要比检察官先生用来要求判我26年徒刑的理由要多。所有这些理由都有助于为人民的自由和幸福而斗争的人们,没有一个理由是有利于无情地压迫、践踏和掠夺人民的人。因此我不得不讲出许多理由,而他一个也讲不出。

……

但是我们还有一个理由比其他一切理由都更为有力:我们是古巴人,作为古巴人就有一个义务,不履行这个义务就是犯罪,就是背叛。我们为祖国的历史而骄傲;我们的小学校里就学习了祖国历史,在我们成长的过程中,不断听人们谈论着自由、正义和权利。我们的长辈教导我们从小敬仰我们的英雄和烈士的光荣榜样。塞斯佩德斯、阿格拉蒙特、马塞奥、戈麦斯和马蒂都是我们自幼就熟悉的名字。我们敬聆过泰坦的话:自由不能祈求,只能靠利剑来争取。我们知道,我们的先驱者为了教育自由祖国的公民,在他的《黄金书》中说:"凡是甘心服从不正确的法律并允许什么人践踏他的祖国的,凡是这样辜负祖国的,都不是正直的人……在世界上必然有一定数量的荣誉,正像必然有

年轻时的卡斯特罗

卡斯特罗

一定数量的光明一样。只要有小人,就一定有另外一些肩负众人的荣誉的君子。就是这些人奋起用暴力反对那些夺取人民的自由、也就是夺取人们的荣誉的人。这里人代表成千上万的人,代表全民族,代表人类的尊严"。……人们教导我们,10月10日和2月24日是光荣的、举国欢腾的日子,因为这是古巴人奋起打碎臭名昭著的暴政的桎梏的日子;人们教导我们热爱和保护美丽的独星旗并且每天晚上唱国歌,这个曲子告诉我们,生活在枷锁下等于在羞辱中生活,为祖国而死就是永生。我们学会了这一切并且永不会忘记,尽管今天,在我们祖国的人们,由于要实践从摇篮中起就教导给他们的思想而遭到杀戮和监禁。我们出生在我们的先辈传给我们的自由国家。我们不会同意做任何人的奴隶,除非我们的国土沉入海底。在我们的先驱者百年诞辰的今年对他的崇敬好像要消逝了,对他的怀念好像要永远磨灭了,多么可耻!但是他还活着,没有死去,他的人民是富于反抗精神的,他的人民是高尚的,他的人民忠于对他的怀念!有些古巴人为保卫他的主张倒下去了,有些青年为了让他继续活在祖国的心中,甘心情愿地死在他的墓旁,贡献出他们的鲜血和生命。古巴啊!假使你背叛了你的先驱者,你会落得什么样的下场啊!

法律演说

　　我要结束我的辩护词了，但是我不像一般的律师通常所作的那样，要求给被告以自由；当我的同伴们已经在松树岛遭受可恶的监禁时，我不能要求自由。你们让我去和他们一起共命运吧！在一个罪犯和强盗当总统的共和国里，正直的人们被杀害和坐牢是可以理解的。

　　我衷心感谢诸位法官先生允许我自由讲话而不曾卑鄙地打断我。我对你们不怀仇怨，我承认在某些方面你们是人道的，我也知道本法庭庭长这个一生清白的人，他可能迫于现状不能不作出不公正的判决，但他对这种现状的厌恶是不能掩饰的。法庭还有一个更严重的问题有待处理，这就是谋害70个人的案件——我们所知道的最大的屠杀案。凶手到现在还手执武器逍遥法外，这是对公民们的生命的经常威胁。如果由于怯懦，由于受到阻碍而不对他们施以法律制裁，同时法官们也不全体辞职。我对你们的荣誉感到惋惜，也为沾污司法制度的空前的污点感到痛心。

　　至于我自己，我知道我在狱中将同任何人一样备受折磨，狱中的生活充满着卑怯的威胁和残暴的拷打，但是我不怕，就像我不怕夺去了我70个兄弟的生命的可鄙的暴君的狂怒一样。

　　判决我吧！没有关系。历史将宣判我无罪。

鉴赏 jianshang　　菲德尔·卡斯特罗（1926年8月13日—），1950年毕业于哈瓦那大学法学院，1953年开始组织革命团体，同年7月26日领导小股青年武装攻打圣地亚哥的蒙卡达兵营，事败被捕。1955年被释，旋去墨西哥为再次革命作准备，并成立"七·二六运动"组织。1956年12月他率领一批战友在奥连特省登陆，并在马埃斯特腊山建立根据地，展开游击战。1958年巴蒂斯塔政府被推翻，古巴成立新政府。1959年2月卡斯特罗出任总理。1961年卡斯特罗宣布自己是马列主义者。从1976年起担任古巴总书记。同时，在宪法中规定古巴共产党是古巴唯一合法的政党。1953年7月26日，菲德尔·卡斯特罗率领小股青年武装在奥连特省圣地亚哥攻打蒙卡达兵营，遇挫后被捕入狱。这里选录的是卡斯特罗在法庭上的辩护词的开头和结尾部分。

　　卡斯特罗本是因为攻打蒙卡达兵营失败被捕受审的，可是他一上法庭就开始揭露政府当局的政治极端黑暗，打破了作辩护的常规，立即将被动变为主动，使自己从被告变成了堂堂正正的原告，而当局却成了被告，反客为主，这是出乎当庭法官之意料的，使法官不知所措。一开头的两个排比句："从来没有过任何一个辩护律师得在这样困难的条件下进行工作；也从来没有过任何一个被告遭到过这么多的严重的非法待遇。"突出了司法当局的黑暗无比，史无前例。卡斯特罗声明自己担任自己的辩护人的两个原因，也意在揭露司法当局的黑暗，政府的腐败。

然后卡斯特罗揭露律师工会的主席豪尔赫·帕格列里博士都"不能执行他的使命"，那么其他律师就可想而知了，则司法当局的黑暗已到了什么程度更是不言而喻了。

卡斯特罗在法庭上提出了一连串的实质性问题，这些问题，提得十分尖锐，击中了当局的要害，无怪乎当局"引起了异常的恐惧，就好像是哪个调皮捣蛋的妖怪捉弄他们，使他们感到他们的一切计划都要破产了。"

卡斯特罗的辩护的特别处是在辩护结束时，并不要求给自己以自由。因为"在一个罪犯和强盗当总统的共和国里，正直的人们被杀害和坐牢是可以理解的。"

卡斯特罗十分讲究斗争的策略，在辩护将要结束时，他对法官们说："我对你们不怀仇怨，我承认某些地方你们是人道的，我也知道本法庭庭长这个一生清白的人，他可能迫于现状不能不作出不公正的判决，但他对这种现状

位于圣地亚哥的蒙卡达兵营。1953年，卡斯特罗曾在这里打响古巴革命的第一枪

的厌恶是不能掩饰的。"这也许是符合事实的，而一切罪恶归于政府当局是正确的，法官们只是迫于现状来判决。而卡斯特罗在这里奉承法官几句，用意是很清楚的，是为激起他们的正义感与同情心，目的是希望他们追究、制裁谋害70人的屠杀案的凶手。

最后，卡斯特罗在高昂的呼喊声中结束他的辩护："判决我吧！没有关系。历史将宣判我无罪。"是的，历史是公正的，卡斯特罗领导的革命终于1959年1月1日推翻了美国政府支持的独裁统治，以他为首的革命组织成了执政党。

这是一篇独具特色的辩护词，它把法庭作为揭露司法当局的黑暗、控诉阻碍古巴国家政治发展的整个殖民政权的场所，使这个仅仅26岁的年轻的革命家，一下子从被告变成了无可怀疑的原告。他慷慨陈词，观点鲜明，指出"我的理由要比检察官先生用来要求判我26年徒刑的理由要多"，"历史将宣判我无罪"。由于材料充实，所以证据就确凿有力，措词严厉，非常有说服力。语言泼辣犀利，不失为一篇出色的演说词。

☒ 汪德羞 王永侠

[英国] 艾德礼

大西洋宪章

1941年10月29日

除得胜之外，我们看不到这次战争有其他结局。我们不但决心赢得战争，并且决心赢得和平。我们必须预先做好计划，如果战争结束时，我们不至处于毫无准备的状态。目前就须采取行动。但是有关和平的问题不能由一个国家单独解决，英国必须配合战后世界的计划，因为这次战争不仅是国与国之间作战，而且是为未来的文明而战。这次战争的结果不仅仅影响到参加这场斗争的人，而是影响全世界人类的生活。

当然，只有从人民的肩上卸下全世界的军备重担，人民才可能享受到最大限度的社会福利。在持续存在的侵略威胁下，我们不可能建设心中理想的城市。我们必须同时争取免于恐惧和免于贫困的自由。

大西洋宪章表达了美国和英联邦国家的共同目的，其中不仅包括了有关战争的目标，更勾画出长远的目标。

大西洋宪章约束我们，使我们努力根据现有的义务协助一切大小国家，不论其为战胜或战败国，均能更好地享受平等权利进行贸易或取得原料，令该国达至经济繁荣。此外，大西洋宪章还载明了我们愿意令一切国家在经济上得到最充分的合作，我们的目的是要使一切国家的劳动水准、经济进步和社会安全得到保证。但是，仅仅表示赞成这些目标是不够的，还要努力争取达到这些目标。为了避免犯错误，我们需要有最密切的国际合作，联合王国乐于尽力达成国际合作。

我们决心使经济问题、生活水平与营养水平得到普遍改善的问题不被忽略，这些问题在上次世界大战后因注意力集中在政治问题上而被忽视了。事实上战争只会使世界贫穷而不会使之富裕，如果我们要弥补战争的破坏，要保证达到大西洋宪章所要求的最高劳动水准，经济进步和社会安全，我们就需要果断政治家的胆略。

法律演说

鉴赏 jianshang

克利门蒂·理察德·艾德礼（1883—1967年），英国牛津大学法律系毕业。1908年加入独立工党。1919年任斯特普尼市市长。在第一、二届工党政府中任过职。1931年成为工党副领袖，1935年任工党领袖。第二次世界大战期间任副首相。1945年5月率领工党退出联合政府，同年7月丘吉尔的保守党人在大选中遭失败后，他出任首相。他接受美国提出的欧洲复兴方案，使英国加入北大西洋公约组织。他严格执行经济紧缩计划，对英国大工业实行国有化。1951年辞首相职，1955年11月放弃工党领袖职位。著有《工党展望》和回忆录《事出偶然》。

这是艾德礼于1941年10月29日代表英国政府出席国际劳工组织会议发表的一篇演说。这篇演说的最大特点是短小精悍，全文只有700左右字，却包含了许多内容，它谈到了许多方面的问题。当时正处于第二次世界大战最艰苦时期，谁胜谁负，尚难预料，但艾德礼却坚定地说："除得胜外，我们看不到这次战争有其他结局。"对这次战争的胜利坚信不疑，信心十足，表现了一个杰出政治家的远见卓识和独到的预见。他充满信心地说："我们不但决心赢得战争，而且决心赢得和平。"而且"必须预先做好计划。"他还指出"和平的问题不能由一个国家单独解决。"他表示"英国必须配合战后的世界的计划"。

在这篇短短的演说里，艾德礼还谈到要使人民卸下肩上的军备重担，"必

1941年美英签署《大西洋宪章》

克利门蒂·艾德礼

须同时争取免于恐惧和免于贫困的自由"。短短的300左右字,把当前和战后需要做的多方面的事情都谈到了。然后将话题转到正题上,谈大西洋宪章。这里他同样也只用了二、三百字谈及多方面的问题。他首先肯定这个"宪章表达了美国和英联邦国家共同目标"。然后他谈了如下几个问题:一、"努力根据现有的义务协助一切大小国家"。"更好地享受平等权利进行贸易或取得原料,令该国达到经济繁荣。"二、"令一切国家在经济上得到最充分的合作","要使一切国家的劳动水准、经济进步和社会安全得到保证。"三、"要努力争取达到这些目标"。四、"需要有最密切的国际合作"。他最后表示英国"乐于尽力达成国际合作"。

在这样短的一篇演说里,谈到了如此多的问题,确实是言简意赅了。在战争的年代里,时间尤其宝贵,争取时间是赢得战争胜利的保证,不容许拖拖拉拉,废话连篇,谈不到实质问题上,开短会,说短话,写短文,这是时代的要求。这一点。在改革开放的当今,这篇演说词仍然有其现实意义,值得借鉴。

☒ 汪德羞 王永侠

法律演说

[美国] 安东尼

妇女是不是人

1872年

朋友们、同胞们：我今晚站在你们面前，被控在上次总统选举中犯有所谓无投票权而参加投票的罪。今天晚上我想向你们证明，我投票选举，不但无罪，相反，我只是行使了我的公民权。这项权利是国家宪法确保我和一切美国公民所有的，无论哪一州政府都无权剥夺。

联邦宪法的序言有如下词句：

"我们，合众国的人民，为组成一个更完美的联邦，确立公理，保障国内安宁，提供共同防务，促进普遍福利，永保我们及子孙后代得享自由，特制定此美利坚合众国宪法。"

组成这个联邦的，是我们，是人民，不是男性白人公民，也不是男性公民，而是我们全体人民。我们组成这个联邦，不仅为了使人民得享自由，而且要保障自由；不仅为了给我们中的一半及子孙后代的一半人以自由，而是给全体人民，给男子，同时也给妇女以自由。投票权是这个民主共和政府保障公民自由的唯一手段，要是妇女不得运用投票权，那么，向妇女奢谈自由的赐福就是莫大的讽刺。

任何州政府，如果以性别为参加选举的条件，必然会剥夺整整半数人民的选举权。这等于通过一项剥夺公民权的法律或一项事后追认的法律，因此这样做实在是违反了我国的最高法律，令妇女及其后代的所有女性永远被剥夺自由。对于女性来说，这个政府并未具有得自人民赞同的正当权力。对于她们来说，这个政府不是民主政体，也不是共和政体。它是可憎的专制，是可恨的性别独裁，是地球上所有专制中最可恨的专制制度。相形之下，有钱人统治穷人的富人独裁，受教育者统治未受教育者的劳心者独裁，甚至撒克逊人统治非洲人的种族独裁，人们或许还稍能忍受。但是这种性别独裁却使每家人的父亲、兄弟、丈夫、儿子得以统治母亲、姊妹、妻子、女儿，使一切男子成为统治者，一切妇女成为奴婢。这种独裁给全国的每一个家庭带来不和、纷争和反叛。

　　韦伯斯特、伍斯特保维尔都认为，公民的定义是有权投票的和有权在政府供职的美国人。

　　那么，现在要解决的唯一问题是：妇女是不是人？我很难相信，反对我们的人中有谁敢说她们不是。妇女既然是人，也就是公民。无论哪一个州都无权制定新法或重新执行旧法以剥夺妇女的权利或特权。因此，现今，无论哪一州的宪法或法律，一切歧视妇女的法律，正如以往一切歧视黑人的法律，都是无效的、非法的。

鉴赏 jianshang

　　苏珊·宝莱·安东尼（1820—1906年），美国女权运动先驱，全美妇女选举权协会会长。曾担任教师，组织过禁酒团体。1854年后积极从事女权运动和反对奴隶制运动。1856年开始到内战爆发是美国废奴协会的代言人。1872年为要求妇女取得公民权利和政治权利，领导一群妇女到罗切斯特投票站试行投票，因而被捕，受审定罪，但拒付罚金。此后通过全国妇女选举权协会和全美女权运动联合会以及到全国演讲，争取通过一项有关妇女选举权的联邦选法修正案。她与人合著有《妇女参政史》四卷。

　　在当时的美国法律规定，妇女无选举权。安东尼以实际行动抗议美国法津的不人道行为，于1872年毅然参加总统选举的投票。案发被捕，法庭指控她犯了无投票权而参加投票的罪。这是安东尼在法庭上的辩护演说，斥责法庭对她指控的所谓罪状的非法性。

　　安东尼开门见山，单刀直入，一开言就说她"被控在上次总统选举中犯有所谓无投票权而参加投票的罪。"这里用了"所谓"一词就已经否定了她犯的罪。紧接着她指出根据联邦的最高法律，她"不但无罪，相反，我只是行使了我的公民权。"这就是说，她参加投票是合法的。根据是什么？是"国家宪法确保"的，"无论哪一州政府都无权剥夺。"宪法是国家的根本大法，是管其他一切法律的，用大法来抵制违反大法的小

法律演说

法，以大压小，所以最有理，也最有力。

接着安东尼又严正指出："投票权是这个民主共和政府保障公民自由的唯一手段，要是妇女不得运用投票权，那么，向妇女奢谈自由的赐福就是莫大的讽刺。"显然，不许妇女参加投票选举，是对国家根本大法的亵渎。"这等于通过一项剥夺公民权的法律或一项事后追认的法律，因此这样做是违反了我们的最高法律。"所以，剥夺妇女投票权是违法的，因此，法庭的控告，不言而喻是不能成立的，她参加总统选举的投票，无疑是合法的，无罪的。驳得有理、有据，无可置疑，使原告无可争辩。安东尼还指出，这种以性别为参加选举的条件的政府，"是可恨的性别独裁，是地球上即有专制中最可恨的专制制度"，而这种制度，将"使家人的父亲、兄弟、儿子得以统治为母亲、姊妹、妻子、女儿，使一切男子成为统治者，一切妇女成为奴婢。这种独裁给全国的每一个家庭带来不和、纷争和反叛。"显然，这是荒谬绝伦的，极其反动的制度。

最后，安东尼援引了美国权威人士关于公民的定义，论定：公民是有权投票的和有权在政府供职的美国人，妇女是公民，所以妇女有权投票。这一论定，逻辑性极其严密，它的正确性是无可逻辑也无可争辩的，它使一切谬说和诡辩都无地自容，败下阵来。

安东尼的这篇法庭辩护词，无情地揭露了剥夺妇女选举权的非法性和荒谬性，始终以国家的根本大法为准绳来驳斥法庭对她的控告，驳得有理、有据、有力，整篇辩护词一层深似一层，论辩性极强，使原告无法争辩，确实是一篇很有特色的演说词。

☒ 汪德羞 王永侠

[法国] 左 拉

让历史来评判我的行动

1897年

1月20日梅林首相在立法院议事厅对向他欢呼的群众宣布，他对负责军队安危的12个人深具信心。各位来宾，梅林谈到的就是你们。就像毕勒将军经由民众保护人请愿维护选民尊严，向判决艾斯特赫兹少校无罪的军事法庭口授其决断一样，梅林首相希望下道命令，判决我亵渎法军之罪。

我要向有良知的正直人士揭发这权势集团加诸在全国正义公道上的压力，丑陋的政治策略足以使一个自由国家蒙羞。各位想想我们是否愿意屈服在这股压力之下。

如果说现在我站在你们的面前，是由于梅林首相的授意驱使所致是不对的。事实上，只是因为他自己已身陷困境，所以就不得不控告我。因为他害怕日趋明朗的真相将会有不可预料的发展，这点是众人皆知的。我现在站在你们面前是出于我自己的意愿，我决心独自公开这件隐晦的丑闻，供你们各位裁断。同时，我诚心诚意地选择了他们诸位法国最崇高、直接的公理宣判者，为的是要使法国全体民众都知道事实的真相，使他们有发表自己意见的机会。我这么做绝无其他目的，更不是为了我本身的利益。事实上，就因为我将法军的荣誉及全国岌岌可危的信誉揭破给你们各位，我已牺牲了自己的名誉甚至生命。

我对梅林首相最直接的反驳是：我从没有侮辱过法国大军，相反地，我所谈到的都是我对祖国的敬爱及亲密一体感，同时对那些面临威胁立即奋起护卫法国本土的陆军将士表示崇敬。在这种情形之下，说我辱骂领袖及导致胜利的将军，实在是错误的。假如陆军部的某些人危害了我们军队，不就是侮辱了全体法军了吗？为使导致我们亡国的谬误不再发生，法国不再招致新的灾祸，警告禁阻所有危害法军的事物，不也是为了做一个爱国的公民吗？

再者，我现在并不是在为自己辩护。我认为我必须让历史来评判我的行

法律演说

动,我敢断言他们在写完那些丑恶的信件后,即授意宪兵包围艾斯特赫兹少校时,已晦辱了全体法军。我相信我们英勇的法军每天都要受那批土匪的侮辱。那些仍踏在领土上接受法国全民赞美称颂的土匪以保卫法军为借口,夺取那可恶的锦标来玷污法军。只有靠我们那代表真理、正义的奋斗才能洗刷这个可耻的污点。

你们知道一个杜撰得很高明巧妙的故事,我们如果怀疑其中有误就可能侮辱了法军。传说德雷福斯由7位不会出错的官员公正合法地审判,他已遭受应得的苦难来补赎他丑恶的罪行。因为他原是犹太人,他的同党为了要营救这个卖国贼,不惜以最卑劣的阴谋诡计,组织整体抵制的国际犹太企业联盟。从此这个企业联盟倒行逆施,昧着良心出卖法国,使法国陷于一片混乱,甚至还想驱使全欧洲参战。

这个故事简单幼稚得几近于低能。几个月来污秽的出版界不断地以这种有毒的面包来滋养我们的同胞。当四处都散播着愚行和谎言时,看到危机四伏是不足为奇的,你们也只能神智不清了。

所以我不替自己辩护。但是假如你们认为打击我就可使我们不幸的国家重建安宁的话,你们就犯了多么大的错误啊!你们现在还不知道国家正因黑暗污秽日断衰亡,正需要大家决心弃暗投明。那些当政者将过错推诿到别人身上,编造一个又一个谎言来掩饰自己的过失,以致正义公理越来越不明。过去司法上的错误,还需要一个违背良知的新罪行来掩饰它,每天的司法审判都须保持公正。须知判一个无辜者有罪即牵连到姑息一个有罪的人。今天轮到你们来定我的罪,只因为我坦白说出了我看到我们国家在这危机中承受的痛苦,所以我该死!这又造成了导致连环错误的另一个过失,一个你们必须向历史负责任的过失。而定我的罪却不能维护你们所渴望的、我们大家都想要的和平,反而播下了另一粒导致疯狂与混乱的新种子。我告诉你们,不要让已盛满的

左拉

杯子再溢出液体来。

啊！各位来宾，德雷福斯案件一直是件非常小的事情，但它所引起的可怕影响却是深远而蛊惑人心的。以后再不会有任何德雷福斯案件了，现在的问题在于法国是否仍为享有人权、热爱自由及主持正义的国家。我们仍然是最高贵、友爱及慷慨的民族吗？我们仍能在欧洲保持公正及人道的信誉吗？我们所赢得的所有胜利都会变为疑问吗？睁开你的眼睛，了解一下法国现正处于如此的混乱中，法国的灵魂深处必将振奋起来迎接这可怕的危难。一个国家如果没有遭到损及她的精神建设的伤害时，绝不会陷于如此的混乱中。现在正是国家岌岌可危的重要时刻。

各位来宾，当你们明白这点时，就是发觉当前只有一个解救危机的办法，那就是说实话，主持正义公道。任何逃避真理的光源，隐匿于黑暗的行为都只会延长和加重这一危机。

我发誓！德雷福斯是无罪的。我以我的生命及信誉作保证！各位来宾，当此重要时刻，面对代表人类正义和国家具体化身的裁判席，面对整个法国和全世界，我发誓德雷福斯是无辜的，以我40年工作的经验和所换取来的信誉，以我有助于扩展法国文学的作品，我发誓德雷福斯是无辜的。假如德雷福斯不是无辜的。愿世界万物化为乌有，愿我的作品腐朽。他毕竟是无辜的。上下议院、国内当政者、销路最广的报纸，都在发表诬蔑我的言论，我现在仅有的只是崇尚真理和正义的理想。但是我仍然十分镇定，我相信我能克服这个难关，我决心不使我的国家沦为谎言和不义的牺牲品。在这里，我可以被判罪，但是我相信法国感谢我曾帮助她挽救荣誉的一天终会到来。

鉴赏

左拉（1840—1902年），19世纪法国最重要的批判现实主义作家之一，自然主义理论的开创者。他生于巴黎一个工程师家庭。少时贫困，中学毕业就走上社会，干过各种杂务，尝尽失业的辛酸。在困境中他坚持练习写作，后来由于偶然的机缘，他的文才被主人发现，擢升为书局广告部主任，从此走上文学创作道路。

晚年，左拉在轰动法国社会的"阿佛烈·德雷福斯案件"中，为被无辜判罪的犹太血统的法国军官德雷福斯辩护，终于使事件真相大白于天

法律演说

文坛巨匠左拉

下。为此,左拉被判处一年徒刑和三千法郎罚款。1902年9月因煤气中毒去世。

1892年1月,在法国国防部参谋部供职的德雷福斯,因为是犹太人,被诬告为间谍,并被判处终身苦役。五年后,左拉调查了这一案件,发现被告是无辜的,于是积极为德雷福斯辩护。谁知左拉由此而被牵扯进政治斗争的漩涡,被起诉受审。在受审时,左拉发表了为自己辩护的著名演说。

演说开头就交待了他所辩护的问题是"梅林首相希望下道命令,判决我亵渎法军之罪"。开门见山,在法庭上的人一开始就知道左拉是为什么问题而作演说的。

左拉面对的不是单个人,而是能操纵、强奸法律和舆论的权势集团。但左拉不畏强暴,他马上变被动为主动:"我要向有良知的正直人士揭发这权势集团加诸在全国正义公道上的压力,丑陋的政治政策足以使一个自由国家蒙羞。"这就揭露了权势者所采用的卑劣伎俩,表示了左拉的勇敢精神。

"各位想想我们是否愿意屈服在这股压力之下?"这一问很有力量,有良知的裁判者能不想想自己对这一事件应持什么态度吗?接着左拉揭露了梅林控告他,"只是因为他自己已身陷困境",是"因为他害怕日趋明朗的真相将会有不可预料的发展"。这就将原先处在被告席上的自己,转到了严正驳斥和无情揭露的位置上了。

左拉还用铿锵有力的语词声明:"我从没有侮辱过法国大军,相反地,我所谈到的都是我对祖国的敬爱及亲密一体感,同时对……陆军将士表示崇敬。"声明他的行为"是为了做一个爱国的公民"。"让历史来评判我的行动",是左拉在这篇演说中的名言,它包含了十分深刻的人生哲理,对世人颇有启迪性。

最后左拉深信德雷福斯是无罪的,坚信自己的行为是维护法国利益的,虽然"我可能被判罪",但为了"不使我的国家沦为谎言和不义的牺牲品",他还要坚持自己的斗争立场。

整篇演说词充满了自信心、正义感和牺牲精神,表现了左拉不畏强权、敢于斗争的大无畏精神,他让事实击败谎言,以正义压倒邪恶,虽然由于反对势力太强大而失败了,但真理的光辉是永远掩盖不住的。

☒ 汪德羞

法律演说

[美国] 丹诺

为矿工们改善工作生活条件所作的辩护词

1903年2月

"这次听证在经过长久和难堪的强求后产生了。在我要来这里时，我感到自己会尽一切所能，使感觉不像原来那样地难堪。我觉得自己并不想离开这个地区，并且能够感受到我已激起意见的不合，无法使敌对的双方更接近，使他们可能共同生活于一种安宁与和谐中。所有的人应该一起安宁而和谐地生活于地球之上。"

"但我在做结论时，发觉自己必须非常小心，以免我的所有美好决定一无所成。我已经听了经营者法律顾问的论辩，听了很多谩骂、很多辱骂、很多尖酸话语、很多憎意；我听了很多论辩，这些论辩不可能出自一个世面广阔且充分了解人类行动的人口中。"

"我的委托人是14万1千位工人。他们在别人变富有时，却辛苦地工作。他们没有什么希望，除了工作之外，没有什么好想的。我已经听到这些人被描述为暗杀者、残忍的人、罪犯、歹徒，不配受到人们的尊敬，只适合由法庭判刑。我在这儿并不是要说：这些杰出的法律顾问不像其他人一样善良、不像其他人一样仁慈、不像其他人一样公正。我想他们已经被你们的医生——数字医生——所欺骗。他们说：要破坏我们文明的不坚固结构，使它落在我们的头部四周；只需要提高无烟煤地区的工资，然后文明就被定罪，至少被永久定罪。"

"他们说：减少工作小时、提高工资、改变生活状况，那么我们所努力、希望和辛苦的一切就完了。如果这个国家的文明是依赖于，矿主必须付给这些矿工人低到无法生活的工资，或者如果这个国家的文明是依赖于这些小男孩的劳力——他们从12岁到14岁都在无烟煤矿的脏泥、云烟和灰尘中挣扎着。那么我们愈早抛弃这种文明，重新开始，对人类会越好。"

"我们不相信这个国家的文明和东部的工业，端赖于是否让这些人待在矿坑9小时或10小时，或者端赖于是否让这些小孩子待在轧煤场。如果文明不

克莱伦斯·丹诺

是基于除此之外的一个更坚固的基础,那么这些产业的指导者就应该放弃他们的委员会,转交给一些理论家,看看他们是不是会迅速带来毁灭和破坏。要求工作8小时,并不是像在这个案子之中所宣称的那样,是为了逃避工作。它是要求个人有较好的生活、较圆满的生活、较完美的生活。"

"我们是从人的观点来衡量这个要求的:政府所关心的、社会所关心的,法律和一切社会制度所关心的、就是尽可能造就最完美的人。这是每种立法力量的目的、这是每个教会的目的、这是每个工会的目的,这是从世界开始以来,就有权利生存下去的、每个组织的目的。你只有权利从一个观点去解决这个问题,那就是:建议一个我们引以为傲的国家,而借以造就最完美的人、最长久的生命、最强有力的人、最聪明的人、最佳的美国公民。无论何时人们把注意力集中于改善生活状态,他们就能够做到。工人要求较短的工作小时,就是要求生活必需品,要求一个机会来发展他的才华。我们不能回答说:"如果你给他较短的工作小时,他就不会明智地使用它们。"我们的国家、我们的文明、我们的种族是基于一个信仰:尽管人们脆弱,他心中还是有一种神圣的火花,将使他们去争取一种比他们所曾知道的更高尚、更美好的东西。"

鉴赏 jianshang

克莱伦斯·丹诺(1857—1938年),是美国为自由、正义而抗争的杰出斗士,美国有史以来最杰出的律师,一生出庭为死囚及刑事犯辩护近60载,办案无数,被人们称为"舌战大师"。

这是丹诺在一次听证会上为矿工们改善工作生活条件辩护词中的一部分,在听证会上,资方代理人反对矿工的合理要求,说什么"我应该留意到:"在提高工资时,劳工本身不愿受到伤害。如果超过某些限度,那么任何职业中工资的增加,都会伤害到劳工本身。""我们给他们工作,我们告诉他们说我们将给他们什么;而他们也表示愿意接受什么。于是人与人之间才有了协议,

法律演说

因此他们回去工作,根据合同诚实地工作。"丹诺毅然站起来为工人讲话,他大约讲了7小时,这里选的其中的几段。

丹诺在讲话中,列举了资方代理人对矿工的诬蔑和宣扬的种种谬论,他说:"这些论辩不可能出自一个世面广阔且充分了解人类行动的人口中。"一句话就否定了所有的谬论。

资方代理人说"有些行业8小时就足够,但矿坑中的工作应该没有限止。""减少工作小时、提高工资、改善生活状况,那么我们所努力、希望和辛苦的一切就完了。"丹诺回敬说:"如果这个国家的文明是依赖于矿主必须付给这些矿工和工人低到无法生活的工资,或者如果这个国家的文明是依赖于这些小男孩的劳力——他们从12岁到14岁都在无烟煤矿的脏泥、云烟和灰尘中挣扎着,那么我们愈早抛弃这种文明,重新开始,对人类会越好。"他还理直气壮地说:"要求工作8小时,并不是像在这个案子之中所宣称的那样,是为了逃避工作。它是要求个人有较好的生活、较圆满的生活、较完美的生活。""工人要求较短的工作小时,就是要求生活必需品、要求一个机会来发展他的才华。"这就是要求8小时工作制的目的,而这种要求是人类最基本和合理的要求。

丹诺在辩护中还义正辞严地指出:"我们是从人的观点来衡量这个要求的:政府所关心的、社会所关心的、法律和一切社会制度所关心的、就是尽可能造就最完美的人,这是每种立法力量的目的、这是每个教会的目的、这是每个工会的目的,这是从世界开始以来,就有权利生存下去的、每个组织的目的。"这就是说,矿工们要求改善工作生活条件,不论从哪方面来说,都是合理合法的,也是社会的共同要求。

由于丹诺的辩护有理有据,理由充足,没有任何理由可将他的辩护驳倒。所以取得了这次辩护的胜利,赢得了听众的热烈喝彩。1903年3月21日发表的判决书决定,所有包工的矿工工资都提高10%,工程师和帮浦工

世界上最伟大的辩护律师丹诺

人一天工作8小时，星期天休假。这是"联合矿工"的一个实质性胜利，是美国历史上迈出的最伟大的一步，而美国的工业也大生气色。

丹诺的这次辩护受到各方面的高度评价。听证会中的旁观者与参与者坚认：丹诺对这个案子的处理，是他们曾看过的最优异表现。所有涉及这次审判的律师都对他有很高的评价；人们对这位支配着整个过程的人有一种敬慕。芝加哥人还赐给他最大的荣誉，要他成为"丹诺市长！"

焕发着热情的抒情意味，充满着讽刺的机智，以及对于一种美好生活的鼓舞性先见，是这一篇辩护词的特点。

☒汪德羞

[印度] 甘地

在三巴朗法庭审判时的声明

1917年

"经法庭准许,我发表一个简短的声明,说明我为什么采取极为严重的步骤,看起来似乎是违背了根据刑法第144条所发的命令。在我看来,这是地方政府和我的意见有分歧的问题。我到这里来的动机,是要为人道和国家服务。我是应一个紧急的请求到这里来帮助农民的。据他们说,他们受着靛青种植园主不公平的待遇。不研究这个问题,我就不能对他们进行任何帮助。因此我到这里来,如果可能的话,想在政府和种植园主的帮助下来研究这个问题。我没有其他的动机。也不相信我到这里来会扰乱公众治安和造成生命的损失。我自问在这类事情上是有过不少经验的。然而地方政府却有不同的想法。我完全谅解他们的苦衷,也很了解他们只能根据他们所得到的情报来办事。我是一个奉公守法的公民,我的第一本能应该是遵从政府对我发的命令。但是我要是这样做,就不能不违反我对那些请我到这里来的人的责任感。我觉得我现在只有留在他们当中才能帮助他们。因此我不能自动地引退。在这两种责任的冲突之中,我只好把要我离开他们的责任归于政府。我充分意识到这件事实,就是在印度的公众生活中,具有像我这种地位的人,应该小心翼翼地以身作则。我深信在我们现在所处的这样复杂的体制中,犹如我现在所面临的环境一样,一个有自尊心的人的唯一安全而荣誉的做法,就是,做我所决定做的事情,那就是,接受不服从的处分,而不提出抗议。"

"我冒昧作这个声明,并不是希望我应得的处分有所减轻,我只

倡导纺车运动的甘地

是说明我所以违背命令并非不尊重合法的当局,而是要服从我们生活中更高的法则,那就是良心的呼声。"

鉴赏 jianshang

甘地一生反对殖民统治,领导印度民族解放运动,起了一定的积极作用,在印度被尊为"圣雄"、"国父"。

1917年初,甘地到狄哈特专区三巴朗县调查佃农受虐待的情况和对靛青种植园主的不满,受到园主的反对、威吓和控告,他先是接到要他离开三巴朗的通知,当他表示在完成调查以前不打算离开三巴朗以后,又接到要他去受审的传票。这是他在三巴朗法庭审判时的声明。

这篇声明,异乎寻常的是,一般的所谓声明,申明自己是正确的,守法无罪的,而这篇声明却恰恰相反,它以婉转的语言,谦虚的态度,肯定自己违背离开三巴朗的命令是有罪的,首先给人以他能诚恳认罪的良好印象,最后他还说他"冒昧作这个声明"并不希望他"应得的处分有所减轻"。但是,这些并不是他所作这一声明的目的,目的是企图能够实现他与地方政府之间妥协和谅解,以便能在这一地区将调查继续进行下去,以达到他预期的目的,而这一目的,他真地达到了。

其次,这篇声明在用语上也有它的特色,虽然没有艳词藻语、令人倾倒,但实际上是十分讲究的,能很好地为他的目的服务。例如,他并不指责政府下令命他离开三巴朗是不公平,或者错误的云云,而是说,"这是地方政府和我的意见有分歧的问题"。既然是属于"意见有分歧的问题",那他和地方政府之间就没有根本的冲突,是可以通过相互谅解和协调取得一致的。他到三巴朗调查农民"受着靛青种植园主不公平的待遇",自然会使当地政府和种植园主的不满的,可是他说他"想在政府和种植园生的帮助下来研究这个问题"。你看,甘地不但没有对当地政府对他下逐客令表示不满,还要求得到当

甘地

法律演说

地政府的帮助，你还有什么话好说？是坚持撵他出境还是帮助他工作？使当地政府反而处于进退两难之地。所谓声明，但他并不申言自己来到三巴朗作调查是合法行为，并不扰乱公众治安和造成生命的损失，却说"不相信我到这里来会扰乱公众治安和造成生命的损失"。这样说，口气就显得婉转多了，容易使对方接受。

再次是，这篇声明虽然十分简短，全文仅仅600来字，但却包含了多方面的内容，既言明他发表这一声明的目的，又交待了自己来三巴朗的动机和任务无非是为了帮助农民，"要为人道和国家服务"，还说明了自己的苦衷，即应该"遵从政府对我发的命令"和留在农民中间"帮助他们"，这两种都是他的责任，而他现在正处"在这两种责任的冲突之中"。这样就能使当地政府对他有所谅解。

由于甘地采取了正确的形式和态度，再加上巧妙的用语和说理充分，所以收到了令人满意的效果，在他到法庭接受审判以前，就接到了通知，省督已下令撤销了他的案子，并且允许他可以自由进行拟议中的调查，甚至还可以从政府官员那里得到他所需要的帮助。

☒ 汪德羞

[印度尼西亚] 苏加诺

印度尼西亚控诉

1930年8月18日

尽管给他权利或不给他权利；给他根据或不给他根据，每一个动物，每一个人，每一个民族，如果他过分感受到某一种贪得无厌的诡计的迫害的痛苦时，最后必然要挺身而起，必然要觉醒起来，必然要发动他的力量！不要说人类，不要说民族，就是蚯蚓，当它感到疼痛时也必然要挣扎起来！

全部世界的历史，乃是人类的各个集团或民族为了摆脱某种痛苦状况而斗争的历史；全部世界的历史，按照赫伯特·斯宾塞的话，乃是"被压迫者的反抗"的历史！我们记得耶稣基督和基督教为了使犹太人和地中海人民从罗马鹰的统治底下摆脱出来而进行的斗争；我们记得荷兰人民为摆脱西班牙的压迫而进行的斗争；我们记得使欧洲人民在18世纪末和19世纪初从独裁和专制主义压迫下摆脱出来的资产阶级民主运动；我们变成了企图推翻资本主义宝座的如火如荼的社会主义运动的见证人；我们看到了阿拉比和查格卢尔·巴夏领导下的埃及人民和蒂拉克或甘地领导下的印度人民反对外国的贪婪而进行的斗争；我们看到了中国人民推翻清朝专制主义和反对西方帝国主义所进行的斗争；我们许多年来看到了整个亚洲像沸腾的海洋似的汹涌澎湃着反抗外国帝国主义的斗争，难道这本来不是由于情况的实质所带来的吗？难道这本来不是由于每一种生物为了维持和保护自己的本能的欲望或自卫的欲望所带来的吗？难道这不就是"被压迫者的反抗"吗？

今天的印度尼西亚人民自1908年起就已经奋起；今天的自卫的欲望也就是从1908年继承下来的！在印度尼西亚进行搜刮的现代帝国主义，到处散布苦难的现代帝国主义已经触怒并使自己的敌人挺身而起了。原来是昏迷的好像没有生命的印度尼西亚巨人］现在已经屹立起来并准备好力量！他每一次受到打击，倒下去］但每一次又重新屹立起来！他好像具有神秘的力量，好像具有创造生命的力量］好像具有"潘查梭纳"法宝（即起死回生的法宝——编者）和"占德拉比拉哇"法宝（即有杀不死功能的法宝——编者），不会被消灭，相反的，

法律演说

信徒却愈来愈多得不可胜数!

啊哟,——人世间有什么力量能够防止争取生存的人民的奋起,人世间有什么力量能够扑灭一个民族的精神,人世间有什么力量能够防止争取生存的人民的奋起,人世间有什么力量能够拦阻社会力量掀起的洪水!……

全世界凡不是装聋作哑的人都已经认识到,这种神秘力量并不是人为的,而是进行自我治疗的社会本身制造出来的。全世界正直的人都了解到:这种独立运动就是帝国主义本身制造出来的对立体。它不是"煽动者"制造的,不是"鼓动者"制造的,不是"首谋者"制造的]不是"挑拨者"制造的,这种独立运动是人民的苦难和穷困所制造的!阿尔巴达工学士在下院警告说:

苏加诺

"有责任感或有责任在大众面前谈论时代的事件的人们当中,有的人喜欢把原居民的独立运动及其发展描写成是西方革命思想的果实,并认为这种独立运动是可以用政府的严厉措施和发动警察以及法院来反对的它的宣传家的办法镇压得了的。

这种观点和战略是极其肤浅的,并且表明他们是没有历史知识和政治知识的……这种独立运动是从社会的情况和它所经历的变化中产生出来的。即使从来没有一个革命的欧洲人去过东印度,这种独立运动也会产生和成长起来的。即使这种运动的所有领导人和宣传家都被消灭了,这种运动也会继续成长起来的……"。

……

实际上,太阳并不是由于公鸡的啼叫才升起来,而是由于太阳升起来了,公鸡才啼叫!对于那些仍然认为独立运动是由"煽动"者制造出来的人]让我在这里略加改动地把法国著名的、杰出的工人领袖让·若雷士在法国议会对资本家的代表发表的演说的火焰重新点燃起来:"啊,各位先生,非常奇怪,你们竟眼目昏眩起来并说宇宙的进化只是由于若干人的行动造成的!难道你们的心没有为广泛开展的因而遍及世界各地的民族独立运动所影响吗?它在任何地方,在一切没有独立的国家同时出现。最近10年来，要描写埃及、印度、中国、菲律宾和印度尼西亚的历史而不谈它们的独立运动，已经是不可能的了！"

而在吸引着彼此间有很大区别的、生活在各种不同气候下的、不论是属于哪一个种族的亚洲人民的总的运动面前——就是在这样的独立运动面前，你们居然谈论关于若干独自行动的煽动者的问题。但是，由于这种指责，他们过分地给了你们所指责的人们以荣誉了，你们把你们所称为煽动者的人看作是极度的不可抗拒的人了。并不是他们各自的工作使如此猛烈的独立运动爆发起来，若干人嘴里的微弱的呼吸是并不足以使亚洲各民族的风暴爆发起来的！

不是的，各位先生，实际的情况是：这种独立运动是从各种事件本身的深处产生出来的；它是从不可胜数的各种痛苦中产生出来的，这些痛苦迄今彼此互不联系，但在高喊独立的口号中它却找到了自己的口号。实际的情况是，印度尼西亚的民族独立运动也是从你们把它当作偶像来崇拜的帝国主义中产生出来的，而且同样的也是从几世纪以来在该国发展起来的经济上的榨取制度中产生出来的……

帝国主义是一个大煽动者，帝国主义是鼓动暴动的大强盗，因此，把帝国主义押到警察和法官的面前吧！

非常正确！"把帝国主义押到警察和法官的面前吧！"

然而……现在站在法官先生的法院面前的，却不是帝国主义，不是帝国主义分子，不是帝国主义的朋友，不是特勒普，不是特立布，不是哥林，不是布鲁尼曼，不是佛伦，不是阿里·幕沙，不是卧幕司尔，而是我们——加托特·曼库普拉贾、马斯昆、苏普利阿迪纳塔和苏加诺！

这有什么办法呢，让领袖们遭受这样的命运吧！我们并不感到犯法。我们感到的自己是清白的，我们并不感到犯了我们被控告的那些罪行。这些我们在下面将要更详细地加以说明。因此，我们的确是期望着和等待着你们判决我们无罪。希望你们宣判无罪！

但是，法官先生，让我继续我的辩护词吧。

鉴赏 1929年12月苏加诺因从事反殖民统治活动被捕入狱，第二年8月18日在万隆地方法院开庭审判。苏加诺在法庭辩护演说长达两天，在社会上引起强烈反响。这里是节录的一部分。

法律演说

苏加诺是因从事反对荷兰殖民统治、争取印度尼西亚独立自主的斗争而被捕的，所以在辩护词中，他反复强调、多层面阐述独立运动是世界上每个民族受到压迫时必然产生的事，他苏加诺从事的活动是无罪的。他先从历史说起："全部世界的历史，乃是人类的各个集团或民族为了摆脱某种痛苦状况而斗争的历史"。然后他举了一系列欧、亚的史实，雄辩地说明独立运动是殖民压迫的必然产物。其次，他指出"印尼人民自1908年起就已经奋起"，这是殖民主义者激起来的。

然后苏加诺从理论上阐述独立运动出自必然之势，并不是所谓若干"煽动"分子、"首谋"分子或"鼓动"分子等等制造出来的，而是"社会本身制造出来的"，"是人民的苦难和穷困所制造的！""是从各种事件本身的深处产生出来的"。他引用斯诺克·赫尔格伦治教授的话，指出独立运动产生的根源"是由于到处因异族的殖民统治而引起的对抗情绪，是时而显现出来时而隐蔽着的对抗情绪"，因此，他认为"帝国主义是一个大煽动者，帝国主义是鼓动暴动的大强盗"。因此，受审的应该是帝国主义，"把帝国主义押到警察和法官的面前吧！"这是非常正确的。结论是"我们并不感到犯法。我们感到自己是清白的，我们并不感到犯了我们被控告的那些罪行"。因此他完全有理由"期望着和等待着你们判决我们无罪，希望你们宣判无罪。"水到渠成，顺理成章。

这是一篇很有特色的辩护演说词。苏加诺善于运用排比句，句式多种多样，在所选的三千字左右的辩护词中，他用了六、七种排比句式，如"我们……我们……"，"全部世界的历史……全部世界的历史……"，"难道……难道……"，"人世间……人世间……"，"当这里……当这里……"，"不是……不是……"这使他的演说词非常慷慨激烈，感情丰富，气势浩迈，有一种不可争辩无可置疑的力量。同时在排比句中又有变化，有两句排比的、三句排比的，多至七句排比的，排比句与反诘句结合运用，使演说很生动活泼，更有一种无可抗争的力量。另外，苏加诺将史实、现状、名人、名言结合起来说明民族独立运动是出自必然、更有说服力，从而说明他从事民族独立的运动是无罪的。他用太阳升起来鸡才叫比喻有了民族压迫才有民族独立运动，更是新颖生动，喻前人之未喻。这不愧是一篇驰名世界的法庭辩护词，苏加诺被人称为"演讲台上的雄狮"，并不过分。

汪德羞

[英国] 威廉·皮特

反对"印花税法"的演说

1765年

议长先生：

我今天才回到伦敦，直到我在下院听到国王陛下的讲话和早有准备的演说时，我才了解它的大意。既没有人和我联系，又没有人和我商量，我得不到任何消息。我怕犯什么过错，因此，我请求把这个早有准备的演说词再宣读一遍以得到满足，（演说词念完，皮特先生继续说）我称赞国王的讲话，对演说词的内容也感到满意，因为它什么都没有解决，而且每位先生都可以在美国问题上完全自由地扮演一个他事后认为是合适的角色。只有一个词我不能同意。内阁交给议会讨论的关于北美殖民地动乱的文件中不应使用"尽早"二字，对于这样重大的事情，应该立即交换意见。

……

我准备只谈一个问题，——一个似乎还没有被普遍理解的问题，我是说权力，有些先生好像把它看成了荣誉。如果先生们那样看待问题。那就背离了一切是非标准，就会产生一种可能导致灭亡的幻想，我的意见是，这个王国无权征收这些殖民地的赋税。同时，不管在什么样的政府和立法机构的情况下，我又还是维护王国对殖民地的至高无上的权力。他们是王国的国民，同你们一样有权力享受人类的各种天赋人权和英国人特有的特权；同你们一样受法律的限制；同你们一样参与这个自由王国的宪法的制订。美国人是英国的后代，而不是私生子，课税根本不属于行政和立法权的范围，而只是下院的一种自愿的赠予。立法时，上院主教议员、上院贵族议员、和下院议员这三个等级受到同样的关心；但是，需要国王和贵族议员们同意征某项税收，仅仅是为了赋予它一种法律的形式。这种自愿的赠予只给予下院。

在古代，土地归国王、封建主和教会所有。那时，封建主和教会都要向国王赠送，向国王赠送自己的东西！现在，自从发现了美洲以来，如果其他情况允许的话，平民成为国土的拥有者。教会（上帝保佑它）只有一点小额

法律演说

捐赠。和平民相比，君主的财产就是沧海一粟。这个议院代表着那些国土的拥有者——平民。实际上那些拥有代表着其余的居民。因此，当我们在下院赠送时，我们就赠送我们自己的东西。可是，对于美国人的赋税我们怎么办？"我们——大不列颠国王陛下赠送"——赠送什么？赠送我们自己的财产！不！"我们向陛下赠送"陛下在北美平民的财产！这话本身就是荒唐的。

分清立法和税制之间的区别对自由极有必要。国王、贵族议员和平民同样是有立法权的人，如果税制是简单立法的一个组成部分，那么，在税制上不但你们自己，而且国王和贵族议员都有权力。每当这个原则能得到权力的支持时，他们就会要求。社会要求这个权力，就会行使这个权力。

有些先生认为下院实际上有殖民地的代表。我们愿意知道这里有谁代表美国人？王国的哪一个郡的贵族代表着美国人？但愿有身份的代表名额能增加一些！或者你能说明见过自己的代表的市镇——有人代表它？这就是宪法上所谓的失去选区实质但仍选举议员的市镇。这条宪法不能延续一百年。如果它不终止，就必须删除它。下院有美国的真正代表的想法是头脑中最可卑的想法，它不值得严肃认真地驳斥。

在几次议会中所代表的美国平民一直就拥有行使他们赠送自己钱财的公民权利。如果他们没有享有这个权利，那么你们早就变成了奴隶！同时，除了未经同意就从他们的口袋里夺取钱财外，在贸易、航海、制造业等一切方面，作为至高无上的行政和立法权力机构的王国总是用法律、规章、限制来约束殖民地。

（皮特坐了下来，乔治·格雷威尔站起来为政府的政策辩护，他解释说他看不出内税和外税有什么区别，并说，我们保护了殖民地，因此理所当然地要对殖民地征税，他的意思是说皮特在煽动殖民地人叛乱。）

（皮特马上对格雷威尔回答说）我并不认为我在作第二次发言。为了节省下院议员们的时间，我确实特意地保留了我话题的中心论点。但是我被迫继续讲下去，我并不是在发第二次言，我只是要说完我有意没有说完的话。但是如果下院不同意我讲，我绝不违犯议会规程，如果你们乐意，

北美人民的抗税斗争

反印花税法运动

我甘愿保持沉默。（这时，议员们高呼"讲下去，讲下去"）

先生们，有人指控你们要在美国发行叛乱。他们已自由地表达了反对这一不适当行动的意见，他们说自己已变成他们的罪行。但是，他们这样转嫁罪责不会使我泄气，这是我决意要行使的自由权利，任何一位先生都不该害怕行使这一权利。也许这是那位诬蔑他人的先生从中受益的自由权。他本该停止他的计划，这位先生告诉我们，美国是顽固的，几乎公开造反。美国开始反抗了，我感到非常高兴。对自由如此麻木不仁、甘愿做奴隶的三百万人民本来可以把其余的奴隶作为合适工具……我不愿意和这位先生辩论法律的某一点，我非常感激他孜孜不倦的研究工作。但是，为了保卫自由，按照总的原则，按照拥护宪法的原则，我坚定地站在这个阵地上，我敢于对付任何人。这位先生告诉我们有许多被征税而没有代表的人，譬如印度公司、商人、股东和工厂主。事实上，许多这样的人作为土地的拥有者和市镇的自由民，在其他职位上还是有代表的。而那么多人没有代表则是一种不幸。然而，他们都是王国的居民，像这样的人，难道他们不应该有代表吗？实际上许多人完全有自由选择自己代表的能力。他们和那些选举的人有联系，对他们还有一定的影响，这位先生刚才提到了股东，但愿这位先生不至于把国债也看成是国家的财产的一部分。

……

如果这位先生还没有弄懂内税和外税之间的区别，我就无能为力了。为提高岁入所征收的赋税和因管理贸易、调解问题而征收的赋税有明显的区别，尽管结果是有些岁入也偶然来源于后者。

这位先生问道，这些殖民地是什么时候获得解放的？我很想知道他们是什么时候被沦为奴隶的？但是，我不想详细讲述，当我荣幸地为国王陛下效劳时，我利用了从办公室得到的所有情报，因此，我是凭我所掌握的材料说话的，我的那些资料确实很好，我尽力去收集、整理、考虑了这些资料。我大胆地肯定，大不列颠通过各个部门，从殖民地的贸易中获得的利润每年是两百万英磅。这就是那笔使你们胜利地度过了七年英法战争的资金。……

外面，对北美的力量谈论很多。这是一个应谨慎对付的问题。为了正义的事业，有了正当的理由，王国的力量可将美国打得粉碎，我知道你们军队的勇气，我知道你们指挥官的才能，你可以在美国服役过的步兵连中挑选任何一个知识渊博、经验丰富的人做殖民地的统治者。但是，在这里，就许多人认为是臭名昭著，极不公平的"印花税法"而言，我是举双手反对的。

你们想在这样的事业中获胜，可能要靠运气，如果美国倒下，它就会像硬汉一样倒下。它就会削弱英国的基本力量，就会使英国宪法无效。把剑不插入鞘中，而插入你们同胞们的腹中，难道这就是你们自吹自擂的和平么？当法兰西在纽芬兰岛侵犯你们的捕鱼权，妨碍你们去非洲贩卖奴隶，拒绝把他们条约规定的财产给你们在加拿大的国民时；当吕宋烟的赎金被西班牙所拒绝时；当那位勇敢的西班牙征服者卑鄙地把一位具有高尚精神、给西班牙最骄傲的最高贵族带来荣誉的绅士诽谤成一个卑鄙的掠夺者时；整个波旁王朝正团结一致对付你们；难道你们偏要在这个时候自己给自己制造出麻烦来吗？

美国人对一切事情并不总是深谋远虑、忍住性子的，他们被虐待，他们被不公平逼得发疯。难道你们要惩罚他们因你引起的疯狂吗？我宁愿你们的精明和脾气从这方面表现出来。我担保美国也会这样做，蒲莱尔诗人有一首关于一位丈夫对妻子的行为的民谣。里面有两行诗，太适合你们和你们的殖

民地了,我忍不住要重复一遍:

但愿看不见,她的缺点,

但愿喜爱她的美德。

总而言之,请允许我向下院议员们发表我的意见。我的意见是废除的理由必须说明——也就是说,因为这项法令是以错误的原则为根据的。同时,让我们用能想象出的最坚定的话来维护王国对殖民地的至高无上的权力,并使这权力扩大到立法的每一点上去,以便除了未经同意就从他们口袋里掠夺钱财外,我们可以约束他们的贸易,限制他们的产品,行使他们的各种权力。

鉴赏

威廉·皮特(1708—1768年)是英国杰出的政治家。他曾任英国国务大臣、陆军大臣,在英法战争中指挥英军在印度、加拿大和欧洲战场上打败法国军队,对英国在这场战争中取得胜利起了巨大作用。

为补偿在英法战争中所耗去的巨额军费,偿还国债,英国政府采取转嫁危机的手段,向北美殖民地人民课收重税,于1765年颁布"印花税法",规定北美殖民地所有报纸、杂志甚至单据证书等法律文件都须贴上"印花",交纳印花税。这一法令立即遭到殖民地人民的激烈反对。当时英国政府有一些人也看到这一法令可能引起的严重后果,采取反对态度。

威廉·皮特演说的宗旨是废除印花税。为此作者首先论证了"印花税法"是以错误的原则为依据的、在法律程序上也是违法的;接着重点强调和北美征收印花税已经和将会引起的严重后果。讲道理,摆事实,具有很强的说服力。在结构上,这篇演说很有特点,作者首先插入一段国王向殖民地人民征税的演说词;在他陈述其中心论点前,又故意请支持印花税的人起来陈述理由、进行辩护,继而进行逐一反驳,这种先抑后扬的手法,具有很强的影响听众心理认识的效果。

刻有反印花税法标语的茶壶

曾思红

法律演说

[英国] 布莱特

在您的权威下只是一个懦夫

1961年5月

查理二世:"你在克伦威尔手下时诱杀了艾默恩,换来了上校和男爵的头衔?"

布莱特:"陛下容禀,我不是长子,所以没有继承权,除了本人的性命以外别无所有,我得把我的命卖给出价最高的人。"

查理二世问:"你还两次企图刺杀奥蒙德公爵,是吗?"

布莱特:"陛下,我只是想看他是否配得上你赐给他的那个高位。要是他轻而易举地被我打发掉,陛下就能挑选一个更适合的人来接替他。"

查理二世沉吟了一会,又问道:"你越干胆子越大,这回竟然偷起我的皇冠来了!"

布莱特:"我知道这个举动太狂妄了,可是我只能以此来提醒陛下关心一个生活无着的老兵。"

查理二世:"你不是我的部下,要我关心你什么?"

布莱特:"陛下,我从来不曾对抗过您,英国人互相之间兵刃相见已经很不幸了,现在天下太平,所有的人都是您的臣民,我当然是您的部下。"

查理二世尽管觉得他是个十足的无赖,但还是继续问道:"你自己说吧,该怎么处理你呢?"

布莱特:"从法律角度来看,我们应当被处死。但是,我们五个人每一位至少有两个亲属会为此落泪。从陛下您的立场看,多十个人赞美您总比多十个人落泪好得多。"

查理二世绝没有想到他如此回答,他几乎不由自主表示赞许地点了

著名的伦敦塔

点头，然后又问："你觉得自己是个勇士还是懦夫？"

　　布莱特："陛下，自从您的通缉令下达以后，我没有一个地方可以安身，所以去年我在家乡搞了一出假出殡，希望警方相信我已经死亡而不再追捕，这不是一个勇士的行为。因此，尽管我在旁人面前是个勇士，但在您——陛下的权威下只是一个懦夫。"

查理二世对这番讲话非常满意，不但免除了布莱特的死刑，还赏给他一笔不少的年金。

鉴赏 jianshang

　　这是英国历史上一次很有趣的法庭辩论。1761年5月，以布莱特为首的五个犯罪团伙，混入伦敦马丁塔内，偷盗英国国王的皇冠。当罪犯偷到皇冠，冲出伦敦塔时，被卫队围住捕获。伦敦塔总监将此事上报英王查理二世，国王亲自提审了为首分子布莱特。结果布莱特以机智诡辩，赢得国王的欢心，不仅开脱了罪责，而且还得到国王赏赐的年金。

　　布莱特这次辩论中的最大特点是投国王所好，使国王相信他的所作所为都是从国王陛下的立场出发：两次企图刺杀奥蒙德公爵，是为了想看被刺者是否配得上国王赐给他的高位；偷抢皇冠是为了"以此来提醒陛下关心一个生活无无着的老兵"；五个罪犯如果被处死，那到至少有10个罪犯亲属会为此落泪，"从陛下您的立场看，多10个人赞美您总比多10个人落泪好得多"；最后在国王问他"你觉得自己是个勇士还是懦夫"的时候，说出了让国王大喜的话"在旁人面前是勇士，但在您——陛下的权威下只是一个懦夫。"

　　其实，布莱特是诡辩，他编造的种种理由都是荒唐的。如布莱特说自己不是长子，没有继承权，所以为了取得官爵就把命卖给出价最高的人，诱杀艾默恩，这样的推论就好像单身汉因为单身就可以强奸妇女一样荒谬。查理二世被这荒谬的论证迷惑住，只能说明他的糊涂与昏聩。

廖远飞　曾思红

[古罗马] 西塞罗

控告威勒斯

公元前73年

各位元老，长时期以来大家有这样的见解：有钱人犯了罪，不管怎样证据确凿，在公开的审判中总还是安然无事。这种见解对你们的社会秩序非常有害，对国家十分不利。现在，驳斥这种见解的力量正掌握在你们手中。在他们面前受审的是个有钱人，他指望从财富来开脱罪名；可是在一切公正无私的人心中，他本身的生活和行为就给他定罪了。我说的这个人就是凯厄斯·威勒斯。假如今天他并未受到罪有应得的惩处，那不是因为缺乏罪证，也不是因为没有检察官，而是因为司法官失职。威勒斯青年时期放荡无行，后来任财务官时，除为恶之外又岂有其他？他虚耗国库，欺骗并出卖一位执政官，弃职逃离部队使之得不到补给，劫掠某省，践踏罗马民族的公民权和宗教信仰权！威勒斯在西西里任总督时，罪恶满盈，使他的劣迹遗臭万年。他在这期间的种种决策违反了一切法律、一切判决先例和所有公理。他对劳苦人民的横征暴敛无法计算。他把我们最忠诚的盟邦当作仇敌对待。他把罗马的公民像奴隶一样以酷刑处死。许多杰出人物不经审讯就被宣布有罪而遭流放，暴戾的罪犯却用钱行贿得以赦免。

威勒斯，我现在问你对这些控告还有什么辩解的话说？不正是他这暴君。胆敢在意大利海岸目力所及的西西里岛上，将无辜不幸的公民帕华列阿斯·加弗斯·柯申纳斯钉在十字架上，使他受辱而死吗？他犯了什么罪？他曾表示要向法官上诉，控告你残酷迫害！他正要为此乘船归来时，就被捉拿到你面前控以密控之罪，受到严刑拷打。虽是徒然无效，他仍宣称："我是罗马公民，曾在鲁克斯普列蒂阿斯手下工

西塞罗像

元老院废墟

作。他现在在盘诺马斯,他将证明我无罪"!你对这些抗辩充耳不闻,你残忍已极,嗜血成性,竟下令施以酷刑!"我是一个罗马公民"!这句神圣的话,即使在最僻远之地也还是安全的护身凭证。但柯申纳斯语音未绝,你就将他处死,钉在十字架上!

啊!自由,这曾是每个罗马人的悦耳乐音!啊!神圣的罗马公民权,一度是神圣不容侵犯的,而今却横遭践踏!难道事情真已到了如此地步?难道一个低级的地方总督,他的全部权力来自罗马人民,竟可以在意大利所属的一个罗马省份里,任意捆缚、鞭打、刑讯并处死一位罗马公民吗?难道无辜者的痛苦叫喊,旁观者的同情热泪,罗马共和国的威严以致畏惧国家法制的心理都不能制止那残忍的恶人吗?那人恃仗自己的财富,打击自由的根基,公然蔑视人类!难道这恶人可以逃脱惩罚吗?诸位元老,这一定不可以啊!这样做了,你们就会挖去社会安全的基石,扼杀正义,给共和国招来混乱、杀戮和毁灭!

鉴赏 jianshang 威勒斯是公元前73年任古罗马的西西里总督,以贪赃枉法而出名。在西西里人的请求下,西塞罗对威勒斯提起控诉,要求元老院(古罗马的立法和执法机构)严惩威勒斯。由于西塞罗的雄辩,元老院将威勒斯定了死罪。

西塞罗这篇演说对威勒斯的罪行的控诉和对正义的呼吁,音节和谐,形象生动,感人至深。正如休谟对西塞罗的法庭辩论所评价的那样,"它是敏捷麻利的和谐,准确无误的理智;它是热情的论证,显不出任何人工做作的技巧;它是高傲、愤怒、粗犷、自由的感情流露,渗透在一个川流不息的论证之中。"(《论雄辩》)

曾思红

法律演说

[美国] 富兰克林

我对这部宪法很满意

1787年

我得承认我对目前的宪法并不完全赞成；可是，诸位先生，我可不敢说我以后还会不赞成它，因为，我活得这么久，我经历过许多事，这些事都必须在以后借更好的资料或更周密的考虑，来改变甚至是不容易更改的意见，而这些意见我一度认为是对的，现在才发现它的错误。因此，我活得越久，就更易怀疑自己对别人的判断是否正确。说真的，大多数的人和大多数宗教教派一样，都认为自己才拥有全部真理，别人都跟他们大相迥异，这简直是大错特错。斯蒂尔，是位新教徒，他有一次在祝圣礼上对教众说，我们两个教会都各自相信自己的教条是颠扑不破的，还是英格兰的教条绝不会有错。可是，虽则有许多人就跟相信自己的教派一样，认为自己是绝不会有错的，但是却没有人能够像一名法国小姐在与她姐姐有点小争执中，很自然地说出这句话："除了我之外，我所交谈的人都认为他们是对的。"

如同我这样感触，各位先生，我得同意宪法是有其缺点的——假使这句话不错——因为我认为我们必须有个一般的政府，假使宪法能好好执行，它就会为公众带来福祉；而且我更相信，这个宪法可能会认真执行数年，而且当人民只需要专制政府而不需要别的政府时，它最后也会变成专制政府。同样的，我也怀疑我们所举办的任何大会是否能缔造出较好的宪法来；这是因为您得召集一些人，集思广益，可是不可避免的，您也集结了他们所有的成见，他们的私

富兰克林

探索天火之谜的富兰克林

情,他们意见的谬误,他们地方的利益和他们自私的想法。像这样的一个大会,会产生出完美的结果么?

因此,先生们,我如果发现这部宪法接近完美,我将会大感惊异。我也认为这部宪法也会使我们的敌人大吃一惊。因为我们的敌人正乐于听到我们的国策顾问们也像建造巴贝尔城的人一样。因意见不同而内部混乱,他们也乐于见到我国濒于分裂,以便达到他们扼住我们命运的目的。所以,先生们,我对这部宪法很满意,因为我们没有更好的了,同时也因为我确定不了它不是最好的。若有人指责它的错误,我也拿来贡献给国家。我绝不会把这些意见泄漏出去的。它们生于斯,也应死于斯。假使我们每一个人能为关心这个宪法,而说出他们指责的意见,并尽力找出和您有同感的同志,我们可以阻止您的意见被广泛探知,以免在国外和在我们之间,由于我们的意见不一致,而失去它对于国家利益的重大贡献。一个政府在追求和保障人民的幸福上,是否有成绩,是否有效率,大部分要依靠人民是否为政府着想,以及政府人员本身的才智和团结一致。因此,我希望,为了我们自己,作为一个民众的立场,也为了我们的繁荣,我们应该热诚一致。使宪法也能臻于我们影响力所及的地方,并要把握将来的目标,努力去寻求能使宪法贯彻到底的方法。

总而言之,先生们,我总是希望与会的人们当中具有对宪法仍持反对意见的人,在这种情况下,他会跟我一样,怀疑我们的反对意见是否真的可以成立,而且为了表示我们的意见一致,我希望他也签他的大名于这个法定文件上。

鉴赏 富兰克林(1706—1790年),美国资产阶级革命家、科学家。1731年在费城建立美国第一个公共图书馆。独立战争时期参加反英斗争,当选为第二届大陆会议代表,并参加起草独立宣言。1787年为制宪

法律演说

会议代表，参与制定世界上第一部成文宪法，主张废除奴隶制度。富兰克林在自然科学方面也颇有成就，发明了避雷针等。

富兰克林是在1787年起草和讨论美国宪法的独立大会上发表这篇演说的。全文充满哲理、机智和风趣。其最大特点是故作惊人之语。富兰克林在演讲中劈头就说："我得承认我对目前的宪法并不完全赞成"，令座中人为之一惊。紧接着，他以自己思维认识的发展例子和宗教历史上的例证及个人认识的局限，进一步阐述自己的观点："宪法是有其缺点的。"临近结束时，才峰回路转，说出自己的中心意思："先生们，我对这部宪法很满意，因为我们没有更好的了，同时也因为我确定不了它不是最好的。"这样的演说构思，角度新颖绝妙，一波三折，大落大起，肯定会引起听众的极大注意。

廖远飞

[法国] 罗伯斯庇尔

对路易十六判刑的意见

1792年12月3日

……一个在共和国里被废位的国王是危险的泉源：或者扰乱国家的安宁，破坏自由，或者两者同时进行。……

……为了巩固这个年轻的共和国，应该怎样做才是健全的政策呢？我们的目的应该是在人们心中深深铭刻对王室的蔑视，使国王的一切支持者感到恐怖。现在，如果你们把他的罪当作可以讨论的问题向世界提出来，……你们就会发现，这里允许他继续威胁自由的真正的秘密所在。

……路易是不能加以审判的。他已经被判罪，否则我们也会有共和国了。现在再建议我们开始审讯路易十六，那就等于倒退到君主专制或立宪专制去。这是反革命的想法，因为这不折不扣是对革命本身的起诉。……

审讯路易十六是王室向制宪法会议提出的请求。如果为路易十六的律师提供讲坛，你们就为专制反对自由的斗争开辟了道路，使诬蔑和亵渎共和国成为名正言顺的事。……你们在给予一切被打倒的集团以新的生命；你们鼓励它们，你们使被打倒的君主制得到新的力量，你们承认人们有权毫无阻碍地拥护或反对国王。……

所有外国专制主义的嗜血匪帮都准备假路易十六之名对我们作战。路易在监狱的角落里同我们进行斗争，可是我们仍然在考虑他是不是有罪，仍然在考虑是不是可以把他当作敌人看待。我不认为共和国这个词可以等闲对待，我不认为共和国是为了让人对它开玩笑而存在的。现在所做的事是最有利于王朝复辟的事。

……

有人说这次审讯是重大的事件，应该慎重处理。但是，恰恰是你们自己在

路易十六处死图

法律演说

给予这件事以巨大的重要性！这有什么重要性呢？有任何困难吗？没有！是因为所牵涉到的人物吗？在自由的眼中，他比谁都渺小。在人道的眼中，他比谁都有罪。……你们难道是害怕伤害人民的情感吗？要知道，人民所害怕的只是他们的代表的懦怯和野心。……你们害怕国王们联合起来反对你们吗？如果你们愿意他们打败你们，只要让他们得到你们是害怕他们的印象就行了。你们只要稍微表现出对废黜的国王们的帮手和同盟的尊敬，你们就一定会被打败！……也许你们害怕后代的议论吧？没有疑问，后代是会迷惑不解的。但是，他们迷惑不解的是我们的软弱，我们的偏见，我们的动摇……

国家要生存，路易就必须死。在内外都平静无事、我们获得自由和受人尊敬的时候，也许可以考虑宽大的处理办法。但是，在还没有获得自由的今天，在我们作了那样多的牺牲和战斗以后严刑峻法还只适用于不幸者的今天，在暴君的罪行还成为争论题目的今天——在这样的时刻，不能有慈悲的想法；在这样的时刻，人民要求的是报复。

鉴赏

1789年7月，法国爆发了资产阶级革命，但国王路易十六站在封建统治者的立场，极力反对这一革命。他先是拒绝批准《人权宣言》，继而转向支持吉伦特派政策。企图在法国军事失利后恢复王权，此后又与外国人勾结，阴谋进行反革命活动。面对路易十六的复辟行为，1792年12月3日国民公会决定对他以叛国罪进行审判，会上罗伯斯庇尔发表了这篇演说。

路易十六是法国封建制度的象征，审判路易十六是法国资产阶级大革命中最重要的事件之一。演讲中，罗伯斯庇尔站在"巩固这个年轻共和国"的立场，力主判处路易十六死刑，并对那些"现在再建议我们开始审讯路易十六"以及"这次审讯是重要的事件"的论调，从维护共和国安全，巩固发展当时的革命成果的角度，进行了有力驳斥。整个演讲思想深刻，言辞犀利，从中我们可以看到一个资产阶级革命家坚决地毫不妥协地向封建制度战斗到底的精神。

☒ 廖远飞

[法国] 巴贝夫

美德和豪迈气概永远不会死亡

1796年5月—1797年5月

（一）我已经说过，这里不是在对个人进行审讯，是在对共和国进行审讯。不管那些具有不同意见的人是否乐意，我们所关心的是这次审讯必须伟大地、庄严地和奋不顾身地来进行，像我们这样极端重要的大事，就得这样来处理……

当我第一次受审时，我曾隆重地提出保证，我要伟大地、庄严地来维护我们的事业，这样，我才对得起法国的真诚朋友，我才对得起自己。我一定会践守我的诺言……

自由的精神！我是多么地感激你，因为你使我处于比所有其他的人更为自由的地位，我所以是更为自由，正是因为我身上背着铁链！我所要完成的任务是多么美好！我所维护的事业是多么崇高！它只许我说出真理——这也正是我要说的！即使我的内心感觉没有对我指点出真理，这项事业会迫使我说纯粹的真理。正是因为我身上背着铁链，我在无数被压迫者和受难者之前有发表自由意见的优先权。人们并不能像对待我一样，给所有的人都造一座监狱来作为他们的住所。他们正在受苦，的他们遭人折磨，遭人敲榨勒索，他们被生活的极度艰苦压得喘不过气来，他们在极度的屈辱下挺不起腰干，而为了使暴虐残酷的数量完备齐全，他们一点不该为自己所受的苦难叫苦，相反地，人家要使他们屈辱到了尽头，要求他们对自己的锁链、苦难、屈辱叫好！我们虽然关在囚笼里，并受严酷的控诉，但只要我们还能享受那崇高的安慰，我们所维护的事业，使我们有责任公开宣布我们所热爱的真理……

（二）谁在大声叫嚷，要求判处我们有罪呢？人民的朋友们，这是你们可以猜想得到的。他们不是别人，是一帮极不恰当地被称为"上流社会"的人物；这些人同全体人民比较起来，只是极可怜的少数。但他们却是妄自尊大，自以为自己就是一切。他们自己不劳动，只靠大多数别人的血汗和劳动来生活。他们蔑视和奴役唯一能够对社会作出贡献的的人民群众。他们永远要购买群众的体力、智力和劳动,同时又要让群众饿死。

共和主义者,他们是一小撮吸血鬼。我们听说,他们正在采取一切手段来进行这次一拖再拖的审判,要置我们于死地才会罢休。他们是人家急于要博得他们欢心的人。他们这帮"上流社会"的公民们,人家是会让你们称心满意的!你们只要看一看高等法院头几次审讯的报告,你们就会深信无疑,你们已被奉承侍候得多么好!而你们,民众们,

法国空想共产主义者巴贝夫

你们是人民的最基本的和最大多数的部分,你们从人家怎样在对待从来不让你们的事情垮台的人,就可以看到人家是怎样对待你们的。还有,我的朋友们,你们是维护人民的利益的,是享受永恒光荣建立人间乐土的同志。你们已经听到:上层一万人要求把你们钉死在十字架上。在血腥的豺狼的叫嚣狂吠声中,你们听不见你们在维护你们的事业的二千四百万被压迫者的呼声。他们在默默地悲泣,他们背着铁链,被人掠夺剥削,他们筋疲力竭地光着身子在一颠一跛。但是,他们以感激和钦佩的心情,怀念着永垂不朽的死难者。这些死难者在为了建立一个为全人类谋幸福的未来的道路上走在我们的前头,他们的崇高事业,我的朋友们,已经转交给你们,正如你们同样要把这个事业交付给别人,他们也同样会正直地思想和坚决地行动,而且大概他们会比你们和你们的前驱者幸运得多。美德和豪迈气概永远不会死亡。专制暴君已在凶残的迫害狂中耗竭了自己的力量,他们只能毁灭躯体,善良人们的精神改换了自己的外壳;外壳脱去了,豪情壮志攫住了另一些人,鼓舞起他们的勇气和毅力,永不让罪恶的暴君有安宁的日子。

(三)即使我有一副铁石心肠,我看到所有的同胞挨饿受苦无动于衷,那么,我亲身的经历却足以使我从心坎里诅咒共和三年的饥饿和一切苦难。

在共和二年年底到共和三年初,我曾以我所能支配的全部力量写文章,反对那里猖狂已极的反动派的罪行。由于发表这些文章,我在这段特别困难的时期蹲在阿腊斯监狱里;我得丢下我的妻子和三个不幸的孩子,他们没有

一点生活资料，过着凄惨的生活。在我"流放"在外的这段时间里，我得知我极钟爱的孩子受尽痛苦，在那可怕的饥饿的恐怖下，同许多别的人一起，饿得憔悴不堪，这点我们得感谢屠杀人民的刽子手波瓦赛. 唐格拉斯的大德。我有一个7岁的女儿，不久我就得到悲痛的消息，她由于罪恶的削减面包配给量两盎司的结果而死亡了。当我在弗鲁克梯陀尔（Fruktidor）重新看到我的另外两个孩子时，他们已经衰弱到我几乎不认

得他们了。我在周围看到成千上万人家的情况，和我的家庭这幅景象相同。巴黎大部分居民都是衰弱不堪，差不多所有的脸都很瘦削，他们几乎站立不住。这种触目惊心的惨状，我现在还历历在目。我该说些什么呢？这个饥饿的配给制度还远没有尽期，每天配给每人的口粮不过增加了几盎司，纸币的贬值及其他一些把戏是对人民群众最后残存的力量的新的打击。

这一方面是由于我个人的原因，同时也由于对大众利益的考虑，引起我诅咒这几段悲惨的时间和前此几段时间，这必然会使在我的报纸以后几期用鲜明的笔触来报道这些惨象。我曾以全副力量痛恨这些无耻的专制暴君，我也曾坚决反对那些企图用一切方式封住人民的口、蹂躏人民、把人民推向深渊的策划者。

（四）那么，这个证人名单上是怎样一些人的名字呢？不是警探和狗腿子，就是狗腿子和警探。一看这张名单，触目都是社会的渣滓、犯罪的恶棍和形形色色的败类。

公理、法律和我们，都不承认这些证人。至于人们听信或者不听信这些证人的话，我们不去管它。我们只要能使思想纯正的人明白，所谓证据，其来源是肮脏的，从而我们可以防止对我们的无罪和品德发生不利的后果，那就够了。当然，对于所有能够客观地作出判断的人们说，我们经常宣布的那些纯正的仁爱的原则，就足以证明我们是无罪和有品德的。我们虽然面临死亡，我们也决不放弃这些原则。在侵犯我们权利的法官面前，在血腥的不公正的法官面前，我们也决不否认这些原则。至于在一群无耻的检察官面前，他们只知道发出无理的叫嚣，发出羞恶之极的狂怒，进行可鄙的复仇行动，来反对共和主义者，反对那些对共和国是神圣的一切，也就更不必说了。总之，在这样一些人面前，从他们的毒嘴毒舌吐出来的一字一句，都是侵犯神圣的民主原则，侵犯人民的权利，是对公理的歪曲，或者是袭击到人民利益的忠实，维护者身上的短剑，而且他们是赤裸裸的袒护人民的敌人和反革命

法律演说 falü yanshuo

的勇士……

庭长：您对于证人名单只有按照第358条规定提出异议的权利。

巴贝夫：关于这一点，我马上就要说的。

庭长：您就说吧，否则我就不让您继续发言。

巴贝夫：那当然是非常方便。这您已经承认，想要在我们的监狱里把我们判罪，如此而已。您就判吧！您就判吧！您得让我把话讲完。如果您想不让我说话，您就这么办吧！

弗朗斯瓦·诺埃尔·巴贝夫（1760－1797年），是著名的法国革命家、空想共产主义者。他出生于贫苦家庭，很早就参加工作。1795年3月组织革命秘密团体"平等会"，准备举行自由起义，推翻反动的督政府。1796年5月10日，由于叛徒告密，巴贝夫被捕。1797年5月27日被凡多姆高等法院判处死刑。他曾被马克思称许为第一个"真正能动的共产主义政党"的奠基人。他的思想对19世纪法、德等国的空想社会主义者影响极大。

这里所选的是巴贝夫在凡多姆高等法院受审时的辩护词节录。在法庭上，巴贝夫面对督政府雇用的伪证人和累累如山的控诉材料，以被告地位提出反控诉。

巴贝夫首先指出，"这里不是对个人进行审讯，是在对共和国进行审讯"。这是一个十分严重的问题，一下子就把本处于被告地位的自己转到控告的席位上去了。他在法庭上公然宣称，"我们要伟大的、庄严地来维护我们的事业"，所谓事业，是指推翻反动的督政府，建立空想的"共产主义公社"，他冷峻地讽刺督政府："我所以是更为自由，正是因为我身上背着铁链！"这是他对督政府愤怒到极点的表现。在讽刺的同时，他在这里又描述了人民的苦难，也就是在控诉督政府。这样，他把法庭变成了控诉督政府的讲坛。他严正指出，判他们有罪的是人民的对立面，"是极可怜的少数"，"是一小撮吸血鬼"，执政者既然如此暴虐，那么革命是当然的，写文章揭露反动派的罪行，报道事实真相，也是无可非议的。所以，巴贝夫的辩护显得既感情深沉，又理直气壮。

巴贝夫还指出，控告他有罪，作证的人"不是警探和狗腿子，就是狗腿子和警探"，"触目都是社会的渣子、犯罪的恶棍和形形色色的败类。"明理人一听便清楚，这些人的证言自然是些诬陷不实之辞，"所谓证据，其来源是肮脏的"。这就揭露了督政府的肮脏伎俩，谴责了督政府的卑劣行径。

最后，巴贝夫声明："我们是无罪和有品德的。"并表示："我们虽然面临死亡，我们也决不放弃这些原则。在侵犯我们权利的法官面前，在血腥的不公的法官面前，我们也决不否认这些原则。"表现了一个革命家的坚定不移的信念和斗争到底的高贵精神，使他的辩护既声色俱厉，又慷慨激昂。

在这篇演说里，巴贝夫很好地运用了反语，使他的演说更带有讽刺力量，如"他们天天在受苦。他们遭有折磨，遭人敲榨勒索，他们被生活的极度艰苦压得喘不过气来，他们在极度的屈辱下挺不起腰干，而为了使暴虐残酷的数量完备齐全，他们一点不该为自己所受的苦难叫苦"，是控诉，但比正面控诉更有力量。又如"这点我们得感谢屠杀人民的刽子手波瓦赛·唐格拉斯的大德。"比辱骂更入骨三分。他把真理浓缩成为警句："美德和豪迈气概永远不会死亡。"多么铿锵有力的话，有震聋发聩的效果。

☒ 汪德羞

法律演说

[英国] 伊墨刺多

为我的名誉辩护

——辞世演说

1803年

  判官先生：先生今天要宣告我的死刑，这件事，已经法律上正当的审理，我还有什么话说呢？我想变更先生既定的严命，还是甘心受先生的严命？或者用卑劣的手段，请求先生减轻刑罚么？这都不是我愿意的，这我都不愿意辩论，不值得辩论。可是比我生命更加贵重的一点，却不得不辩论一下。现在我要在没有证据的许多虚言中，为救济我的名誉起见，不得不辩论，不得不抗议。名誉重于生命，我不愿意为生命辩论，我不得不为名誉来辩论。

  我知道先生的良心被名利迷惑了，我的言语决不能感动先生的良心。况且在残忍无情的法官所组织的法庭里，要救护我的名誉，更加不容易。但不得不望先生虚心，听一听我的辩论。我快要渡过大风大浪的人海中，宿于清风凉月的坟墓里。如果我愿意受先生死刑的宣告，不注意于名誉，我就可以默默承受，笑着欢迎；但是我将从先生管理的法庭，交付我的身体，给执行死刑的刽子手，用法律的威势，把我的名誉埋没在暧昧之中，使后世的人，不知道那个是，那个不是，这真可痛！为什么呢？因为"是"和"非"是势不两立的；要是先生的宣告不对，那么我的行为便是对的；要是我的行为不对，那么先生的宣告，自然有理。究竟是什么人对，什么人不对，后世的人，也自有公论。

  要是把没有罪的人送到断头台上去，强迫他屈服，造成虚伪的证据，那么我的心痛，比杀头之痛，痛过万倍！先生是堂堂的判官，判我区区的平民有罪，我又哪里敢和先生辩论。可是先生是一个男子汉，我也是一个男子汉，不过因权势的不同，先生的地位才和我不同。我们的地位虽然可以变更，我们的性格，却不能变更。假使立在先生之前，我不能辩护我的名誉，那便没有公理了。如果在这法庭上，不能保护我的名誉，那么先生便是诬告。唉！先生能杀我的躯体，先生又怎么永远杀我的名誉呢？刽子手虽然缩短我的寿命，但是在我的眼睛未闭，呼吸未绝的时候，我万不能不为我的名誉辩护。唉！名誉是极贵重的东西呢！啊！我的名誉，比我的生命更加贵重的啊！我的名誉，决不能和我共死，我的名誉，一定留给我的同志，做极可宝贵的遗产。我们的良心，自然有上帝知道：谁是为正义牺牲的？谁是做情感的奴隶的？先生要虐待我么？我的良心，与先生的良心，上帝看得很清楚的。先生能杀死的我的身体，先生却不能挖去上帝的眼睛啊！先生指我是法国的侦探，那真是荒谬！侦探的目的在哪里呢？无非是我把本国卖给法国。我为什么要卖国呢？先生编造成许多牵强附会的证据，说我卖国。判官先生！我不是丧心病狂的人，我的所作所为，决不是卖国，更不是法国的侦探。我的希望，我的所为，不是为我个人权利，实在是为我的好名誉。我要模仿爱尔兰的义士，所以我替国民出力，替国家出力。不料先生一定要说我是卖国贼！我如果卖爱尔兰的独立于法国，只不过将法国的虐政，来换英国的虐政啊！出死力换到了，仍是没有幸福享。我不是疯子，我肯做这种疯子做的事情么？

啊呀！我本国的爱尔兰诸君，我爱本国自由，我望本国独立，我照着我的门第及教育，承袭祖先的位置，如做高慢专制的魔王，我也可和先生相比。我的本国是我崇拜的偶像呀！我对此偶像，我应当牺牲私利之念，变恋爱之情，再奉以我的生命，来求爱尔兰的独立自由。我既为爱尔兰的男子，不得不希望本国的独立，依此希望，所以要扑灭专制魔王使本国独立于世界之上。上帝原来给了爱尔兰以独立的资格，有此天赋的资格，爱尔兰的独立，所以是我终身的大希望。……

风景如画的爱尔兰

法律演说

我也愿意死，但是我死之后，请勿把不良的名誉来污辱我。我愿意为着本国的独立自由，牺牲我的身体。

……

请先生忍耐一下，让我临死的时候，还能够说几句话。我现在将到荒凉寂寞的坟墓里面去，我生命的灯光，从今以后消灭无存。唉！我的事业已经终了了，无情的黄土，伸手来欢迎我，我将要长眠在黄土之下了。

唉！可爱的国民，切勿替我立墓碑！如果知道我死的原因，死的事实，一行行写到墓碑上去，那么作者也将受暴政的虐待，也要死在无情的刑具之下。况且时势一转，后世人对于我，如果不能下极公允的评论，那么我的事实反不如任他埋没。要是我可爱的爱尔兰，国运勃兴，能够独立，得到自由，和别的国家并立，这时候再来替我做墓碑，那真不嫌迟，那我死在黄泉之下也高兴。否则，千万不要替我立碑啊！这是我的希望，我到了此时也没有话讲了！亲爱的爱尔兰，亲爱的国民，我与你们长别了！请你们努力自爱！

鉴赏

伊墨刺多自小聪慧勇敢、热爱祖国，并受到良好的文化教育。他所生活的时代，正值英帝国向外扩张时期，为了吞并爱尔兰，英帝国自13世纪以来一直采用各种手段压迫爱尔兰人民。而爱尔兰统治者为了个人利益不顾人民的死活和国家的安危，向英帝国妥协。1801年爱尔兰政府与英国正式订立同盟条约，使爱尔兰成为英帝国的附庸。伊墨刺多热爱祖国，主张民族独立，并将毕生精力投入民族独立的斗争之中。他于1798年参加革命，与侵略者英帝国及爱尔兰的统治者们进行斗争，不久逃亡俄国。1803年，伊曼刺多潜返回国，继续斗争。结果在袭击达布林时被捕判处死刑。牺牲时只有23岁。这篇演说是他被宣告死刑之前在法庭上发表的。

这篇演说最突出的特点是有文学色彩。首先是字里行间都饱含着充沛的感情。一篇优秀的演说，除了具备逻辑性强、材料丰富、结构严谨等条件之外，还必须有真挚动人的感情。古希腊人称演说为"诱动术"，我们称有鼓动性就包含着以理服人、以情动人，这两个因素。有没有感情是衡量演说是否具有艺术魅力的重要标准。伊墨刺多这篇演说没有高亢激昂的情调，也没有令人激愤的语言，而是以无可奈何的情调，只为自己的名誉而辩护，用普通的语言平实道来，但其中却蕴含着眷念祖国留恋人生深厚而真挚的感情和愤恨统治者的激情，字字带血，句句带刀，沉痛而犀利的语言揭露了爱尔兰统治者残杀革命者的卑鄙伎俩，使听众泪流泉涌，悲和恨一齐升腾。

伊墨刺多演说开头连用三个反问句和一个否定句，告诉人们自己不愿意苟活于世，愿为社会的独立而献身。但他一定要把事实真相告诉给人们！反动当局判处他死刑的理由完全是编造的谎言。但他没有直接揭露斥责敌人，而是用迫不得已为个人名誉辩护的形式，又多处用"不得不"及"不能不"双重否定形式将他对敌人强烈的仇恨和愤怒的情绪更加委婉充分地表达出来。另外，为表达自己的愤怒情绪还多处采取否定和肯定"能……不能……"、"不是……是……"二者并用的形式，加强了自己是无罪的语气，加深了听众的印象。伊墨刺多通过说"我不是丧心病狂的人"、"我不是疯子"巧妙地斥骂敌人是丧心病狂的出卖祖国和民众利益的疯子，将自己的一腔怒火喷射出来。尤其最后一段通过劝说国民，切勿替我立墓碑！"如果知道我死的原因，死的事实，一行行写到墓碑上去，那么作者也将受暴政的虐待，也要死在无情的刑具之下。"告诉人们千万要警惕，反动政府是杀人不眨眼的刽子手。凡是有正义感的人不能不为之愤怒。结尾时，语重心长地说："……千万不要替我立碑啊！这是我的希望，……亲爱的爱尔兰，亲爱的国民，我与你们长别了！请你们努力自爱！"这是一首没有音乐的壮丽的悲歌，凡是有良心的爱国者能不为之流泪吗？

其次是语言优美和多处用感叹词，增强演说的感染力。例如"我快要渡过大风大浪的人海中，宿于清风凉月的坟墓里。""我现在将到荒凉寂寞的坟墓里面去，我生命的灯光，从今以后消灭无存。唉！我的事业已经终了了，无情的黄土伸手来欢迎我，我将要长眠在黄土之下了。"这段朴实的语言很优美，像戏剧中人物在独白，又像作者在吟诗，在朗诵散文把他眷念人生、眷念祖国、眷念国民的感情充分地表达出来，有力地抨击了爱尔兰政府所实行的暴政。

讲演中多处用感叹词更是其他演说所没有的。"唉！先生能杀我的躯体，先生又怎么永远杀我的名誉呢？"哀叹爱尔兰政府竟然堕落到镇压革命又不敢正视现实却用诬陷的手段。"唉！名誉是极重要的东西呢！啊！我的名誉，比我的生命更贵重的啊！"哀叹屠杀革命者的刽子手们连人生最贵重的东西——名誉都不要了。"唉！我的事业已经终了了。"慨叹自己再也不能为民族的独立、国民的自由而工作了。"唉！可爱的国民，切勿替我立墓碑！"叹息愤慨爱尔兰政府已经反动到不仅对革命者实行暴政、残酷的虐杀，就连纪念革命者的人也不允许存在。这四个"唉"两个"啊"强化了演说的感情。

李凤琴

[英国] 拜伦

死能迫使工人俯首听命么？

——在贵族院讨论通过惩治机器破坏者法案时的演说

1812年2月27日

……你们把这些人叫做贱民，放肆、无知而危险的贱民，你们认为似乎只有砍掉它的几个多余的脑袋才能制服这个"Belluam ultorum capitum"①。……我们是否还记得我们在好多方面都有赖于这种贱民？这些贱民正是在你们田地上耕作、在你们家里伺候、并且组成你们海军和陆军的人……但在这个时候，即成千成百陷入迷途而又惨遭不幸的同胞正在极端困苦与饥饿中挣扎的时候，你们那种远施于国外的仁慈②，看来现在应该推及国内了。……抛开不谈新法案中显而易见的欠缺公道和完全不切实际，难道你们现在的法典中处死刑的条文还不够多么？……你们打算怎样实施这个新法案？你们能够把全郡都关到监狱里去么？你们是否在每块土地上都装上绞刑架，像挂上稻草人③那样绞死活人？既然你们一定要贯彻这项措施，你们是否准备10个人中必杀一个？是否要宣布该郡处于戒严状态，把周围各地都弄得人烟稀少满目荒凉？……这些措施，对饥饿待毙走投无路的人民来说，又算得什么？难道那些快要饿死的、在你们的刺刀面前拚命的困苦到极点的人，会被你们的绞架吓退么？当死成为一种解脱时，而看来这是你们所能给他们的唯一解脱，死能够迫使他俯首听命么？

鉴赏 jianshang

拜伦（1788—1848年），是19世纪英国伟大的积极浪漫主义诗人。他出身于古老的贵族家庭。在哈罗中学和剑桥大学求学时，即开始写爱情诗，而在意大利时期是他诗才最灿烂的时期。他还写过一些戏剧。拜伦游历过欧亚许多国家，回国后积极投入政治斗争。1816年他侨居瑞

---

① 注：拉丁文"多头的妖魔"。
② 此处指英国在拿破仑战争期间对葡萄牙的帮助。
③ 指田里用来吓唬鸟雀的稻草人。

拜伦

士与雪莱结为挚友。他同情劳动人民，曾参加英、意、希腊人民的解放斗争，他生命的最后几个月是在希腊积极从事解放斗争事业的准备工作中度过的。

19世纪初，英国工人在路德的领导下，形成一种全国性的捣毁机器的运动。1812年2月27日，英国国会讨论了惩治机器破坏者法案，会上拜伦为维护工人利益，坚决反对处路德死刑，发表了这篇演说。演说开头"你们把这些人叫做贱民！"这里的"你们"，是指封建贵族和资产阶级的代表，他们是贵族和资产阶级利益的代表。称"你们"，这就把贵族和资产阶级代表人物与广大工人群众区分了开来，界线分明。所以这里的所谓"贱民"，是"你们"那样叫的，实际并不是贱民，称"放肆、无知而危险的贱民"，说明贵族和资产阶级对工人群众既仇恨，又害怕，令人似乎看到他们在这样称工人群众的时候是咬牙切齿的。你们认为，说明贵族和资产阶级想通过惩治破坏机器的工人制服他们是一厢情愿，只是他们这样"认为"，实际上是办不到的。我们是否还记得，是包括贵族、资产阶级和拜伦自己都记得这样的事实，即"我们在好多方面都有赖于这种贱民"。下面又转称"你们"，"这些贱民正是在你们田地上耕作、在你们家里伺候，并组成你们海军和陆军的人……"这是说，正是被你们称之为"贱民"的人养活着你们，而且正是这些"贱民"能使维护你们利益的国家机器得以维持，不受外敌侵害。但在这时候，即成千成百陷入迷途而又惨遭不幸的同胞正在极端困苦与饥饿中挣扎的时候，你们那种远施于国外的仁慈，看来现在应该推及国内了。这一句是对照着说的，一方面你们赖于生存和维持政权的"贱民"在"极端困苦与饥饿中挣扎"，一方面你们却去帮助外国对拿破仑的作战。"看来现在应该推及国内了"，意思是说，理应帮助"惨遭不幸的同胞"摆脱"困苦与饥饿"，但你们没有，而且还要惩治他们。

演说词的后半部一口气用了九个设问句和反诘句，这两种句式都属无疑而问，明知故问。设问句本是自问自答的句式，但拜伦在这里是活用，和反诘句一样问而不答，而答案自明。不回答的回答，比明确回答还肯定，更有力量，使敌人张口结舌，无以言对；而且更能起到提醒听众注意，引导听众思考，发人深思。

总之，这篇演说词很有特色，一是情绪激昂，完全符合一个浪漫主义诗人的性格；二是由缓而急，步步逼紧的问句，表达了诗人强烈的义愤，饱含着对工人阶级的深切同情，最后在反诘中戛然而止，余意不尽，形成了这篇演说词的独特风格。

☒ 汪德羞

法律演说

[委内瑞拉] 玻利瓦尔

请接受我为人民永恒的祝福

——在委内瑞拉第二国会揭幕时的演说

1819年2月15日

立法诸公们：我把委内瑞拉的最高指挥权交给你们了。你们现在负有毕生尽力追求共和国安乐的高贵使命，你们的手中握有我们的前途和我们的荣耀，你们的手中有决定我们自由的法案。而在此刻，共和国的最高首领只不过是一个布衣而已，他希望保持平民身份一直到他逝世为止。然而，只要委内瑞拉的敌人不除，我将继续以军人的身份为国效力。我们的国家，现在有众多具有更大才华的年轻人给以正确的领导，能力、正气、经验以及一切领导自由人士所必需的素质都是人民的世袭遗产；还有许多平民，不时地显示出他们具有不怕危险的勇气，有避开危险的智谋，有统治自己与统治别人的艺术。这些英勇的人们，毫无疑问地会支持国会，他们也将被政府所信赖——这个政府乃是我竭诚效忠，而且永远拒绝任职其中的政府。

同样的，一个人长久居于高位，往往是民主政府腐败的象征。因此，公众所依赖的政府制度必须要经常举行选举，因为一个人长久把持权力是最危险的了。人民把遵命于他视为理所当然，而他也变得习惯于发号施令。所以篡位和暴君就开始了。公众的热切的盼望乃是及早宣布共和国人人自由的法案，而我们平民们一定害怕很久以来就一直在统治着他们的长官，他们害怕长官可能会永远治理他们。

在绝对专制的时代，独裁者公认的权力巨大无比。独裁者的意志就是最高的法律，他的部下参与他施予国内的计划，可以按照独裁者给予他们的权力肆意滥为。

立法诸公们！好好斟酌你们的决策吧。不要忘记你们将要为一个民族奠下国基，而且只要这些国基符合于我国未来的发展标准，这个国家就不难兴盛起来。假如委内瑞拉的护国神不指引着你们的决定，那又有谁有智睿来指

玻利瓦尔像

引你们去选择你们为公众安宁所采用的政府风格和形式？假如你们不顺从护国神的指引，我要警告你们，你们冒险的末路就是为人所奴役。

考察过去的年代，你们可以知道古往今来已有数千个政府。你们要知道这些国家在地球上曾大大地威风了一阵，而你们也将很悲哀地看出几乎整个世界都受不好的政府蹂躏过。他们也将发现，管理人类的制度中几乎全部都是来压迫人类的，看见人类常被守护人领导去打仗，人们不能消弭对参与叛变的恐惧。我们将会很震惊地看见地球表面上，人类正交相摩擦，至于那些可怜的羊群，注定是要喂饱它们凶暴的牧羊人。

说实在的，大自然在我们出生时已赋予我们追求自由的本能，可是不知是因为疏忽，或是由于人类固有的意愿，自由仍然遭到禁锢。正如我们今天所看到自由被贬抑的情况，我们有理由相信绝大多数人都奉行着自由堕落的主义，亦即在苛政猛于虎之下，是很难有自由的。你们想，上帝会赞成这种主义，而跟大自然的道德作对吗？这是自欺欺人！人类的怠惰造成的主义，上帝不会认为它是人类的神圣权利！

我飞翔于未来的年代，我的思维停留在未来的世纪里。我远远地望见，十分羡慕、自悦地望见这块庞大领域即将来临的富裕和安宁。我深受感动。我看见她是宇宙的中心地，她濒临两大洋的海域绵延不绝，而我们国家就在这又长又宽的心区。我也看见委内瑞拉正把她蕴藏在山里的金矿、银矿运往地球的每一个角落。我看见她用精巧无比的工厂，把她的富足安乐对旧世界的可怜者广播。我看见她贮存了多少知识，这些知识比大自然赐予她的财富还要珍贵。我也看见她从而自由的皇位上，手中握有正义的宝杖，戴有荣耀的皇冠，向旧世界昭示新世界的威严。

立法诸公们，你们要纡尊降贵，接受我的政治信心，接受我内心的最高期望，接受我为人民永恒的祝福，准许我向你们建议：不惜纡尊降贵，以使委内瑞拉成为最得人望、最有正义、最有道德的政府，一举钳制压迫、混乱

法律演说

和罪恶；要使委内瑞拉政府成为有正义、有毅力和和平的政府，要使委内瑞拉政府在法律保护下发展平等和自由。

好了，先生们，担负起你们的使命吧！我的使命，我已完成了。

鉴赏 jianshang 玻利瓦尔在率军相继解放了南美诸国后，毅然宣布引退，本篇是他在1819年2月15日的委内瑞拉第二国会揭幕时演说的节录，实际上就是一篇辞职词。

演说的一开头即开宗明义，宣布自己引退的决定：

"立法诸公：我把委内瑞拉的最高指挥权交给你们了。"坚决、肯定、毫不含糊，说明委内瑞拉的最高指挥权从现在起，是属于"立法诸公们"的了。接着玻利瓦尔表明自己的态度是："而在此刻，共和国的最高首领只不过是一个布衣而已，他希望保持平民身份一直到他逝世为止。"这说明他永远不再参政了，交权是彻底的，"立法诸公们"可以放开手脚大胆工作。然而他声明："只要委内瑞拉的敌人不除，我将继续以军人的身份为国效力"。充满着对祖国的爱和责任感。同时他说明自己引退的原因是：一、现在有更多的具有更大才华的年轻人。这说明国家后继有人，他应该把国家的权力交给他们。因为年轻人才是国家的未来和希望之所在。这里表现了一个资产阶级革命家和政治家的高瞻远瞩和博大胸怀。他比其他资产阶级政治家高出一筹的是不把国家最高权力攫为自己谋利的工具。为了国家的兴盛发展，毅然把权力交给年轻人。这在资产阶级政治家中是罕有的。二、一个人长久居于高位，会导致民主政府的腐败，并指出一个人长久把持权力的危害性：人民"变得习惯于发号施令，所以篡位和暴君就开始了。"公众"害怕长官可能会永远治理他们。"这就是个人迷信和个人崇拜产生的根源。这里，表现了一个杰出的资产阶级政治家的远见卓识和对祖国的高度的责任心。

演说词又揭示了古往今来政府的本质就是蹂躏、压迫人民，使人类交相摩擦。字里行间寄希望于"立法诸公们"要建立一个"符合于我国未来的发展标准"的、"为公众安宁所采用的政府风格和形式"的民主政府。

演说的最后部分，玻利瓦尔以一个政治家的热情向往着祖国的未来："我飞翔于未来的年代，我的思维停留在未来的世纪里。我远远地望见，十分羡慕、自悦地望见这块庞大领域即将来临的富裕和安宁。"热情洋溢,此时,演说者简直成为诗人,他把听众带进了未来的美好世界之中,使听众精神为之一振。玻利瓦尔在这里还一连用了五个"我看见"的排比句式,从不同侧面、不同层次寄托了自己的理想,抒发了自己的感情,听来优美动听,具有浪大的艺术感染力。

末段"接受我的政治信心,接受我内心的最高期望,接受我为人民永恒的祝福",是扣题,并向"立法诸公们"提出希望和要求,这是作为一个国家元首,在主动把最高权力交给更有才华的年轻人时所应有的交涉,也是对政府的负责。

综观这篇演说词,气势磅礴,心胸阔大,思想深邃,境界高远,感情真挚而热烈,并富有哲理性,确实是一篇不可多得的演说精品。

☒汪德羞

教育演说
jiaoyuyanshuo

在爱北斐特的演说

[德国] 恩格斯

1914年2月8日

也许有人要问：如何实现这种理论，我们能够采取一些什么措施来实现这种理论？达到这个目的有各种不同的方法。英国人大概会从建立一些单独的移民区开始，然后让每一个人去决定自己是否参加移民区；法国人却刚刚相反，他们也许会在全国范围内准备和实行共产主义。至于德国人从什么地方着手还很难说，因为社会运动在德国还是一种新的现象。我现在只从能够实现共产主义的许多办法中间提一下近来谈得很多的一种办法，这就是采取三个必然会促使共产主义实现的措施。

第一个措施是由国家出资对一切儿童毫无例外地实行普遍教育，这种教育对任何人都是一样，一直进行到能够作为社会的独立成员的年龄为止。这个措施对我们的穷弟兄来说，只是一件公平的事情，因为每一个人都无可争辩地有权全面发展自己的才能，而且当社会使愚昧成为贫穷的必然结果的时候，它就对人犯下了双重的罪过。显而易见，社会成员中受过教育的人会比愚昧无知的没有文化的人给社会带来更多的好处。如果说无产阶级在受了教育之后必然不愿再忍受现代无产阶级所受的那种压迫，那么从另一方面来看，和平改造社会时所必需的那种冷静和慎重只有受过教育的工人阶级才能具有。但在现在连没有受过教育的无产阶级也不愿意继续处于目前的状况了。甚至在德国我们也能够找到证明，西里西亚和波希米亚的骚动就是例子。至于别的国家就更不必说了。

恩格斯肖像

第二个措施是全面改组济贫所,把所有失业公民都安置在移民区内,让他们在里面从事工农业劳动,并把他们的劳动组织起来为全移民区造福。到目前为止,济贫所还把它掌管的资本用来放债生息,这就为有钱人剥削穷人创造了更多的机会。现在毕竟应该是把这些资本真正用来为穷人造福的时候了,应该是把这些资本的全部收益,而不仅仅是其中的百分之三给穷人的时候了,应该是作出资本和劳动的联合的卓越榜样来的时候了!一切失业者的劳动力都应当像这样用来为社会谋福利,而这些被迫堕落的受尽压迫的赤贫汉将会转变为文明的、自食其力的、勤勉的人;他们所处的环境,很快就会使没有联合起来的工人感到羡慕,并且为彻底改组社会开辟道路。

要贯彻这两个措施就需要钱。为了取得这些钱,同时为了改变到现在为止一切分担得不公平的赋税,在现在提出的改革计划中就应该建议采取普遍的资本累进税,其税率随资本额的增大而递增。

鉴赏 jianshang

在一般人眼中,短短的一篇演说,要说清我们能够采取一些什么措施来实现共产主义理论这样宏大的问题,是匪夷所思的事。但革命导师恩格斯的这篇演说,论述的正是这个问题,而且脉络明晰,令人敬仰。

恩格斯首先设问,提出演说论题,这种起势,破空而来,一下便抓摄了听众。"达到这个目的有各种不同的方法",是作答,也自然领起了下文,有哪些不同的方法呢?听众兴趣益增。恩格斯举英国人、法国人、德国人可能采取的方法为例加以说明。而由于是一种推测,语言又极有分寸使用了"大概"、"也许"、"还很难说"这些表示模糊判断的词语,这既体现出恩格斯思维逻辑的严密,也使听众迫切希望听到他本人的论点,"我现在只从能够实现共产主义的许多办法中间提一下近来谈得很多的一种办法,这就是三个必然会促使共产主义实现的措施"二句,自然过渡到下文。演说开篇,起接承转,可谓天然无痕。

下面恩格斯逐一论述三个措施。

"第一个措施是由国家出资对一切儿童毫无例外地实行普遍教育,这种教育对任何人都是一样,一直进行到能够作为社会的独立成员的年龄为止。"这可以说是精辟的"普及教育"的定义,对象、方式、年限一目了然。接着,恩格斯从人权和社会两方面论述"普遍教育"的重要。从正面看"每一个人

教育演说

都无可争辩地有权全面发展自己的才能",而这必须以接受教育为前提,因此每个人自然有权获得教育。从反面来说,如果社会剥夺了穷人受教育的权利,"使愚昧成为贫穷的必然结果的时候,它就对人犯下了双重的罪过。"既剥夺了受教育权,也剥夺了"全面发展自己的才能的权利。"因为只有教育才能使人摆脱愚昧,施展才能,脱离贫穷。一正一反,普遍教育之为人的基本权利的意旨立现。从社会的角度看:"社会成员中受过教育的人会比愚昧无知的没有文化的人给社会带来更多的好处。"恩

19世纪40年代中的恩格斯

格斯用了一个转折复句加以说明,"无产阶级接受教育后必然觉悟而不满压迫,这是掌权者担心的;"又斩钉截铁地宣称:"和平改造社会时所必须的那种冷静和慎重中有受过教育的工人阶级才能具有。"而这时社会的益处是显而易见的。接着,恩格斯以当时无产阶级不满现状,许多国家发生骚动进一步说明,给无产阶级普遍教育的机会势在必行,否则,反抗的烈焰将越燃越旺。

"第二个措施是全面改组济贫所",对此,恩格斯提出了具体的措施,大声呼吁应把"资本真正用来为穷人造福","作出资本和劳动的联合的卓越榜样",使失业者摆脱贫困。

第三是为实施前二个措施提供足够的资金,恩格斯把改革税制作为可靠的途经。

这个措施Z,主旨是使无产阶级获得受教育的权利和摆脱贫困的处境,这当然是"必然会促使共产主义实现的措施,但也应该指出,恩格斯演说中所论,只是简短地论及了实现共产主义的一种办法,并不能反映他有关共产主义实现理论的全部内容。

这篇演说主题宏大,逻辑严密,语言精警,富于雄辩,值得后人反复揣摩。

☒ 杨旺生

[前苏联] 列宁

胜利需要教育

——在全俄教育工作第一次代表大会上的演说

国民教育事业是我们目前斗争的组成部分。我们能够用十分明显的真理驳斥骗人的谎言。战争清楚地表明资产阶级用来掩饰自己的所谓"多数人的意志"是什么东西,战争清楚地表明一小撮财阀为了自己的利益而把人民拖入战争。所谓资产阶级民主是多数人的民主,这个信仰现在已彻底破产了。我们的宪法,我们的苏维埃(它在欧洲看来是新东西,但我们从1905年革命的经验中就已理解苏维埃了),是揭穿资产阶级民主制的一切骗人把戏的最好的宣传鼓动材料。他们公开宣布了被剥削的劳动人民的统治,——这就是我们的力量,这就是我们不可战胜的根源。

在国民教育方面也是这样:资产阶级国家愈文明,它就愈会撒谎,说学校可以不问政治而为整个社会服务。

事实上,学校完全变成了资产阶级统治的工具,浸透了资产阶级的等级思想,它的目的是为资本家培养恭顺的奴才和能干的工人。战争表明,现在技术的奇迹成了靠战争发财的资本家屠杀千百万工人和搜刮大量财富的手段。战争打不下去了,因为我们拿出真理,揭穿了他们的谎言。我们说,我们的学校事业同样是为推翻资产阶级而斗争。他们公开声明,学校可以脱离生活,可以脱离政治,这是撒谎骗人。具有旧资产阶级文化的最有教养的人们实行怠工是怎样一回事呢?怠工比任何鼓动员、比我们所有的演说和成千种小册子都带更清楚地说明,这些人把知识当作专利品,把知识变成他们统治所谓"下等人"的工具。他们利用他们的知识来破坏社会主义建设事业,公开反对劳动群众。

列宁在1918年

教育演说

俄国的工人和农民在革命斗争中受到了完备的教育。他们看到,只有我们的制度才让他们进行实际的统治;他们深信,国家政权完全是帮助工人和贫农,使他们能够彻底粉碎富农、地主和资本家的反抗。

劳动者渴求知识,因为知识是他们获得胜利所必需的。十分之九的劳动群众已经懂得:知识是他们争取解放的武器,他们受到挫折就是因为缺少教育,现在要使大家都能真正受到教育是全靠他们自己的。我们事业的保证在于群众自己负起了建设社会主义新俄国的责任。他们从自己的经验中学习,从自己失败和错误中学习。他们知道,要胜利结束他们所进行的斗争,是多么需要教育。尽管许多机关似乎在瓦解,尽管怠工的知识分子十分得意,我们看到,斗争经验已使群众学会自己掌握自己的命运。一切不是在口头上而是在行动上同情人民的人们,优秀的教师们,都会帮助我们,——这就是我们社会主义事业一定胜利的可靠保证。(欢呼)

鉴赏

列宁是伟大的革命导师,也是世所公认的演说大师,他的演说主题明确,逻辑严密,气势磅礴,感情炽烈,极富鼓动性。细观此篇,自可想见列宁的演说风采。

本篇主旨为驳资产阶级关于教育可以脱离政治的谎言,立教育是我们革命斗争重要组成部分的论点,但列宁一反陈规,既非正面论证,也不是先树靶子,再加痛斥,而是先破后立,在破中立,立中破,极变化之能事。

开端第一句,列宁即提出立论要旨:"国民教育事业是我们目前斗争的组成部分。"第二句突转:"我们能够用十分明显的真理驳斥骗人的谎言。"但接下去,列宁既未进行正面论证,也未指明将驳斥何种谎言,而对资产阶级民主痛加针砭,这表面上看似离题太远,实际上,列宁用的是抄后路的战术,破了资产阶级所谓民主的谎言,也就定了他们骗人的本性,断了他们的后路,使其无可逃遁,再驳他们在教育上的谎言,就如瓮中捉鳖了。列宁从"战争"切入,指出:"战争清楚地表明一小撮财阀为了自己的利益而把人民拖入战争。"战争是少数财阀为自身利益而发动的,被迫拖入战争的广大人民获得的只有苦难。三言两语,即揭示出资产阶级所谓"代表多数人意志"的所谓民主,只不过是一个最大的谎言。

大谎言既破,小谎言也就不在话下了,"在国民教育方面也是这样"一句轻蓦地牵出靶子:"资产阶级国家愈文明,它就愈会撒谎,说学校可以不问政治而为整个社会服务。"对此,列宁也是三枪两箭,一触即破。首先,学校完全变成了资产阶级统治的工具,浸透了资产阶级的等级思想,"它的目的是为资本家培养恭顺的奴才和能干的工人。"其次。"现代技术的奇迹成了靠战争发财的资本家屠杀千百万工人和搜括大量财富的手段。"在如此铁一般的事实面前,资产阶级胡说教育可脱离政治不是谎言又是什么?接着,列宁作一转折,宣称:"我们的学校事业同样是为推翻资产阶级而斗争。……"这既是对首句立论要旨的关键发挥,也用理直气壮的真诚反证了资产阶级的虚伪。此段结尾,列举"具有资产阶级文化的最有教养的人们"的"怠工"行为,垄断知识、破坏社会主义建设、公开反对劳动群众的卑劣行为再补一枪,使其谎言原形毕露。

结尾两段,列宁正面论证教育对革命事业的重要意义。他充满激情地指出。广大人民通过在革命战争中受到的完备的教育,充分认识了苏维埃政权的实质。认识到了知识的重要价值,并使他们通过学习,进而"学会自己掌握自己的命运。"而这正是我们事业胜利的充分保证。通过论述,教育与革命的关系,其无与伦比的重要性清晰明了,深刻警醒。

除了论述层次富于变化外,本篇语言也很有特色;用词尖锐犀利,充满战斗力,多用判断句和限制词,增强了雄辩的力量。全篇感情充沛,正气凛然,让敌人胆寒,使人民深受鼓舞。

☒ 方扬

[美国] 杜威

在华演讲集萃

——平民主义的教育(在沪讲演)

1919年

教育事业若不从大多数平民着想，换一句话说，若不提倡平民主义的教育，那么，一般平民觉得终日劳动都为了衣食，人的生活是很没有趣味的，久而久之，他们对于一切事业渐渐产生不愉快的反应。诸君要知道现在世界的社会问题还没有解决，那过激主义如同风起云涌。这是什么缘故呢？寻根究底，就是平民没有受切合于生活的教育，所以他们对于自己的职业不觉得有乐趣，只觉得有劳苦，这种情绪一旦冲破约束，自然是不可收拾了。所以，我们为了切合平民生活起见，提倡职业教育固然不错，然而要明白职业教育不单是教学生一种比人家好些的职业，使得他容易赚钱，因为赚了钱不必一定是快乐的；同时，需要教学生知道这种职业本身的好处，使得他对于这种职业有精神上的快乐。既然如此，那么世界社会问题的最后解决，不在加工资，也不在减短工作时间，实行普及平民教育，使得一般工人在用力之余，也有机会去用脑，这样，才能产生一种精神上的乐趣。

平民教育的真谛（在杭讲演）……先有数言，敬告诸君。第一，贵国人士，对于教育前途不可失望，或见西方各国如此富强，以为其教育制度必早已完美，教育事业必已有很久的历史，深恐一时不易追随。不知欧美普及教育之发达，距今亦不过近百年内的事。就以吾美国而论，实施普及教育，也不过是70年前的事。19世纪中叶，吾美国有一位叫霍勒斯孟的，极力提倡教育。他走遍了各都市村镇，宣传教育的重要，并讨论改良方法，协助地方建设学校，促进教育，功劳实在不小，发展到今天，吾美国的教育才渐就完善。无论何种事业，如商业、政治，均不能与教育分离，无教育则无各种事业。故吾美国的各种事业，均不能离开教育而独立。但是吾美国兴办教育为时仅70年，非甚悠久。故很希望诸君切不要以为教育不易收速效，而产生失望之心。何况贵国师道尊严，社会对于教育界人士颇有信仰，此实可助教育的发展。第二，欧美兴办教育，时间虽然不久，但也有了70年。这70年中，欧美各国所经历的失败，贵国可以不重蹈

杜威

覆辙；所获得的成效，贵国可作为准则，取其精华，去其糟粕，收效更易。如果贵国教育界能利用他人的经验，作为自己的经验，则事半功倍，同欧美并驾齐驱，是很容易办到的，就是胜过欧美，亦非难事。

平民主义的教育（在宁讲演）……秦始皇的焚书坑儒，是极突出的事例，这是愚民政策，决不是民国所宜采用的。我观察中国的社会教育，受教育者也大多为有势力有金钱的贵族子弟，根本没有平民教育，并且又偏重男子，轻视女子，像这种教育就叫做阶级教育，平民教育乃是公共的教育，是国民人人所应享受的。所以美国小学校称为公共学校。社会上劳力的人，有为生活所迫，不能为子女谋教育，则应当设法使他们享受，这样才可以称为公共的教育，而学校也称为公共的学校。这样说来，普及教育是为国民所急需而不可缓的。……

……吾人试观中国的教育，实根源于日本，是直接模仿日本的教育，间接模仿德国的教育，而不懂得要确定一国教育的宗旨和制度，必须根据国家的情况，考察国民的需要，而精心定之。决不可不根据国情，不考察需要，而胡乱地仿效他国，这是没有不失败的。这一点是中国一般教育应该注意的。……

中国一般教育家，在这个国家变迁过渡的时候，大多认为教育无目的可定，其进行也是无目的进行，而不知道教育一事，不可以无目的，无目的则如无舵之舟，无羁之马，教育的精神从何发展，其结果必不堪设想。今天我们既欲实行平民教育，那么平民教育的目的，必先确定。平民主义教育的目的，与贵族教育的目的不同，贵族教育的目的为固定的，而平民教育的目的在应变。其一就各人的天赋的本能，而因材施教。其二依时势的要求，使教育与之适合。总之，教育是活动而应变的，不是划一而机械的。故平民教育的目的，以发展社会上个人的才力与精神为最大的宗旨，不是像贵族社会那样限制人民受更好的教育。这是因为贵族社会的目的在于保守，而民国社会的目的则在进化。故民国国民必须人人能发展自动、自思、自立的精神，若此，社会才能进步。所以民国教育应当为将来考虑，从长远考虑，决不可以做贵族社会教育那样只顾眼前。由此而言，实行平民主义的教育，其目的在养成一般人民有知识、有能力及有自动、自思、自立的精神。

现代教育的趋势（在京讲演）一国的教育决不可胡乱摹仿别国。为什么呢？因为一切摹仿都只能学到别国的表面种种形式编制，决不能得到内部的特殊精神，况且现在各国都在逐渐改良教育，等到你们完全摹仿成功时，他们早已暗中把旧制度逐渐变换过了。你们还是落后赶不上。所以我希望中国的教育家一方面实地研究本国本地的社会需要，一方面用西洋的教育学说作为一种参考材料，如此做去，方才可以造成一种中国现代的新教育。

……

东方现在的情形，有两大危险不可不注意。(1)有人想抵抗物质文明。想要保存旧社会的思想习惯，叫它一点也不受物质文明的影响。要知道物质文明没有办法可以抵抗，如电线、电话、火车、工厂……等。已经到了国门口，没有拒绝的方法，一定要发生影响的，好像太平洋的潮水一涌而来。没有东西可以抵得住的。(2)有人妄想有了物质文明就全够了，把人生问题丢开，使物质的发达不能在社会生活上发生良好的影响，这也是大错的。你们的东邻就有这种错误，他们一方面想保存许多旧社会的思想习惯，不受新文明的影响，一方面极端趋向物质的发展，又不能利用物质的发展来增进人民的生活。这种错误的结果，使新旧分开，物质文明与人生行为分开，这是一种很危险的现象。

教育哲学　我为什么再三申明天然本能的重要，因为有许多教育学者把这个不学而知的本能看得太轻了，以为儿童一定不能由婴孩一下跳到成人的等级。所以，他们总想把儿童期缩短，将成人的知识经验硬装进去。他们以为儿童期是完全白废了的，哪里知道这是真正的教育基础！

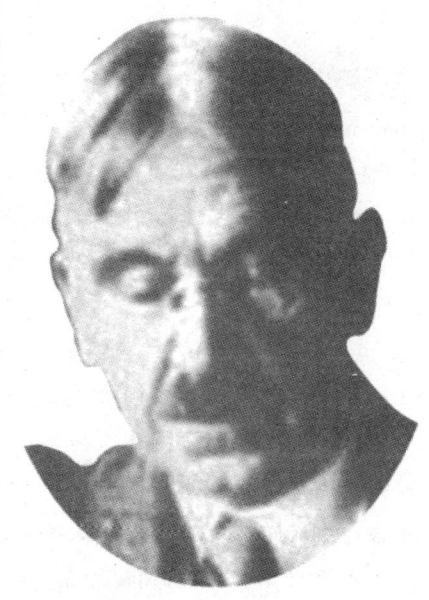

举两个理由，证明中国今日为什么应该格外注重本能的教育。第一，如果教育的目的是造成贵族的、专制的国家，那么

杜威

用这种装进去的方法也就够了,因为学的人多少总可得到一点知识。但如果在民治的共和的国家,那么教育便应该使人人有平等发展的机会,去做一个真正的民治社会、民治国家的分子。第二,如果在太平时代,这种旧法也未尝不可勉强过去。但在今天变迁、活动的时代,又不能不变迁、不能不活动的时代,就格外应该注重这种本能的教育。因为成人的性情已经固定、很难变迁,儿童的本能却是软的、易变的、可方可圆的,我们可以利用他朝着最新的、最适当的方向走去。

刚才讲过第一层保存传授过去的成绩。第二层使儿童养成改良社会的预备。此刻讲第三层是扩充推广儿童的环境。儿童的环境本来是很小的,不过零碎的家庭生活罢了,一到学校便较家庭扩大了。现在还要使他同各方面联络起来,养成更大的社会环境。

鉴赏 jianshang

约翰·杜威(1859—1952年),美国现代著名的实用主义哲学家、教育家。

1919年5月至1921年7月杜威曾来华讲学,他的学说通过胡适等人的传播,在旧中国产生过一定影响。他的主要教育著作有《学校与社会》、《民主主义与教育》。这里所收集的是杜威在华演讲的一部分,本文着重谈以下两个问题:

一、首先必须指出的他的教育观从根本上来说是改良主义性质的。这种性质在这些讲演中有着鲜明的表现。他认为现在世界的社会问题没有解决、"过激主义如同风起云涌"的原因在于"平民没有受切合于生活的教育"、"因而产生了""只觉得有劳苦"的情绪。这样的分析完全否定了阶级社会中的阶级对立的存在。而且把平民阶级为了实现自身解放的斗争称之为"过激主义"则更显示出了他的保守的改良主义立场。从这种立场出发,他认为解决社会问题的出路在于"实行普及平民教育",使一般工人在用力之余"产生一种精神上的乐趣。"从这里可以看出。他所宣扬的"平民教育"的目的,实际上是要达到阶级的"协作",以避免"过激主义"的发生。从这种保守的社会历史观和教育观出发,他鼓吹应该以"完善的教育"养成所谓的"真正共和的精神",并以此来攻击俄国的共和"徒有形式而无精神,遂酿成道德败坏,秩序紊乱"。这就更暴露了他对于俄国十月革命的敌对情绪。

二、杜威在这些讲演中也提出了一些值得重视的见解。如,关于平民教育问题,固然杜威宣扬的目的是错误的,但是"实行普及平民教育"本身在客观上能使广大的工人农民具有受教育的机会,这对于提高他们的文化素质、提高一国的精神文明无疑是重要的。特别是对于中国这样一个只有贵族子弟有受教育权、而广大的劳动阶级却没有受教育权的国家来说,尤其显得重要。而杜威所倡导的因材施教、因时施教的平民教育原则更是具有普泛性的借鉴意义的。又如,关于儿童教育,杜威主张以儿童的活动为中心,注重他们的本能,使他们的身心得到自由的发展。这种教育思想与中国旧教育相比,无疑也是进步的。中国的旧教育的一个基本特征就是向儿童强迫灌输"子曰诗云",因而严重地扼杀了儿童的本能,使他们丧失了自由创造的天性。正如陈独秀所说:"未受教育的人,身体还壮实一点,惟有那班书酸子,一天只知道咿咿唔唔摇头摆脑的读书,走到人前,痴痴呆呆的歪着头,弓着背,勾着腰,……无一件灵动中用"。(《近代西洋教育》)杜威提倡的这种儿童教育思想对于中国旧教育确实是一个有力的针砭,它对于改造中国的儿童教育是有一定的借鉴作用的。杜威的这些教育思想在当时及以后都在中国发生过影响。陶行知所提倡的"乡村教育"、"教学做合一"等就受到了他的这位老师的启发。

☒ 林雨

[德国] 爱因斯坦

教师和学生

1934年

亲爱的孩子们：

今天我高兴地见到你们，你们是充满阳光和幸福的土地上的幸福的青少年。

要记住，你们在学校里所学到的那些奇妙的东西，都是多少代人的工作成绩，都是由世界上每个国家里的热忱的努力和无尽的劳动所产生的。这一切都作为遗产交到你们手里，使你们可以领受它，尊重它，增进它，并且有朝一日又忠实地转交给你们的孩子们。这样，我们这些总是要死的人，就在我们共同创造的不朽事物中得到了永生。

如果你们始终不忘掉这一点，你们就会发现生活和工作的意义，并且对待别的民族和别的时代也就会有正确的态度。

鉴赏 jianshang

爱因斯坦（1879—1955年），著名物理学家，诺贝尔奖金获得者，1879年3月14日出生于德国乌尔姆，原是德国籍犹太人，1933年因受希特勒迫害而迁居美国。1940年成为美国公民。1916年创立广义相对论，1921年获诺贝尔物理学奖金。并与其他科学家一起于1945年研制成第一颗原子弹。1955年4月18日逝世。他在物理学的许多部门都有重要贡献，是现代物理学基础理论之一——相对论的创立者。著有《相对论的意义》、《关于犹太复国主义》等等。

爱因斯坦的这篇演说最早见于1934年出版的爱因斯坦文集《我的世界观》。

这篇演说词给我们的第一印象便是短小，确实太短了，全文总共只有五句话，还不满300字，可是这样的短小并不意味着它缺乏内容，

爱因斯坦

教育演说

没有货色。相反地，这篇演说与其它如此这般短小的演说相比，它不但不显得干瘪，反而是内容相当丰富的，这五句话中不仅交代了听众所处的时代，而且还谆谆地教导听众们。现存的"那些奇妙的东西，都是多少代人的工作成绩，都是由世界上每个国家里的热忱的努力和无尽的劳动所产生的"。他还要求演讲的对象们，（这是可以推而广之的），"你们可以领受它，尊重它，增进它，并且有朝一日又忠实地转交给你们的孩子们"。当然，他还告诉人们要正确对待别的民族和别的时代。这短短的五句话，句句有着落，一句表达一层意思，真是无从刊削，字字如玑。

爱因斯坦

一篇能收到很好的社会效果的演说，除了要有内容丰富、材料确凿新鲜和语言的巧妙运用等特点之外，还有很重要的一点便是要注意演讲的对象性，以便用有针对性的语气、方式等去达成演讲者和听众之间的交流。相反，如果作"对牛弹琴"式的演说，听众便会感到不知所言的茫然，就根本产生不了共鸣和不会收到什么效果，其社会功能也就无从发挥了。而爱因斯坦则似乎是个天才演说家，他深谙此中奥妙，演说从头至尾，他都是以一个富有阅历和权威的长者的身份出现，用叮嘱的语气，十分诚恳地向孩子们讲道理，而且讲得十分亲切。犹如一个慈祥的老人在给儿孙讲述自己的过去那样亲切动人。正因为如此，使人听了心悦诚服，而且产生敬意。

听一次好的演说，何止是心悦诚服？那更是让灵魂接受了一次洗礼。读爱因斯坦的这篇讲话，可以感知一种伟大科学家的高尚灵魂和一种伟大的人格，爱因斯坦这样的科学家，他有着一种异常宽阔的胸襟，他没有狭隘的民族主义和浅薄的时代意识。故而，爱因斯坦在他的演说中强调了"对待别的民族和别的时代"应该"有正确的态度"。世界是全人类的世界，科学是全人类的科学。爱因斯坦深深懂得其中深意而且自觉维护倡导这个。爱因斯坦的灵魂是伟大的，他的演说是他灵魂的外化。他是在用诚挚的真情和高尚的灵魂进行演说。

让我们也用诚挚和灵魂搭起人际沟通的彩桥吧！

丁赋生 薛海兵

[前苏联] 克鲁普斯卡娅

在学前教育工作者大会上的演说

1938年11月17日

同志们，我不打算讲应该怎样组织幼儿园的问题。在这方面已经积累了丰富的经验，我们已经有很多办得非常好的幼儿园。我打算谈谈那些也许会使我们大家都很激动的问题。

我想谈谈动员社会团体的力量的问题。我觉得，学前教育工作非常重要，因此必须广泛地吸引社会团体来参加这一工作。每一所幼儿园的主任都必须跟村苏维埃、市苏维埃、广大的农村知识分子和城市知识分子阶层保持紧密的联系。

不能说只是学前教育工作者才同幼儿园有关系；同这件事有关系的既有女教师，又有女政治教育工作者，还有女图书馆管理员和技术员的妻子。一般说来，现在农村里已有广泛的知识分子干部，而且苏联的知识分子是接近群众的。

我记得，我国目前的新知识界（它是在苏维埃政权下成长起来的）是怎样形成的。我总是想起苏维埃政权建立的最初几年的困难情况，当时人们是多么渴望获得知识啊，但是人们不知道从何着手。我常常讲起我牢记不忘的一件往事，就是一个小学刚毕业的小伙子怎样想进高等学校。他不知道高等学校学些什么，怎样学。不知道他是从土拉还是从梁赞步行来的，他脚上穿着一双树皮鞋，肩上背着一个口袋。他甚至不知道有教育人民委员部这样的机关，而去坐在罗蒙诺索夫（他还在小学时就学到关于罗蒙诺索夫的事迹）纪念像旁。他当时决定，如果能找到罗蒙诺索夫的纪念像，坐在它旁边，那么这样就可以进高等学校。他的算盘没有打错。果然，几个大学生发现了这个农村来的小伙子，看见他脸上的莫名其妙的表情就上前问他要干什么，然后就把他领到教育人民委员部来了。教育人民委员部送他到工农速成中学去学习，后来又送他到高等学校去学习，他以后成了苏联出色的工作人员，现在他是苏联知识界的一员。

教育演说

读书还读得不大好的人进高等学校，这已经是很久以前的过去的事情了。现在，我国的知识分子是通过各种不同的方法去掌握知识的。有的人是在正规学校学习，而有的知识分子却是走的一些没有人走过的道路。

所以我认为，现在的农村知识分子是容易发动的，他们可以帮助你们进行工作。我了解政治教育工作人员，了解教师和图书馆管理员。如果他们能担当起这方面的工作，那么往往能找到这样一些方法和机会去修建一个起初是规模不大的幼儿园，而后来却能变成受到社会关怀的一个大机关。这样的例子在我国可说俯拾即是。

在这里还应当发动群众。现在，我国知识分子干部日益增多，而且农村人民也与从前迥然不同，变得有觉悟多了。在苏维埃政权建立的初年，母亲们都担心会把他们的子女从幼儿园弄到红军里去，现在这种顾虑已经消除了。现在的农村也不是昔日愚昧无知的农村了。如果说还是旧的残余的话，那也是表现在别的方面，包括不会用新的方法去教育儿童，不会从小把他们培养成为社会活动家。我们今天谈的是教育儿童的问题。我们都希望用共产主义的精神来教育儿童。当然，这并不是说我们就在幼儿园内给一些还不会读书的幼童张贴一些布尔什维克的宣传画和标语。这是可笑已极的事。对儿童进行共产主义教育，这并不是让他们把某一个还不明白其意思的口号背下来。而是要从小把他们培养成社会活动家．培养他们的同志情谊、男女小孩的友爱、各民族儿童之间的友爱，培养他们的坚强意志，对周围生活和对劳动与学习的兴趣。

……

我们要广泛地展开如何正确地进行教育的宣传工作。在这个问题上，遗憾的是我国出版的涉及这方面的通俗教育书籍还很少，我们应该多出版一些怎样教育儿童、指出怎样逐渐形成儿童的自觉性、怎样形成儿童的观点的书籍。

正确而又广泛地宣传学前教育理论

克鲁普斯卡娅

具有重大的意义。这一工作不能进行得很抽象,而要尽可能简单,尽可能具体。在这方面,我们应当出版一些有关的书籍。我和沃尔科娃同志去找过有关这方面的旧版书籍。但是这种书为数很少。沃尔科娃同志应该利用这次会议来商量一下,我们应该给家长们和广大的社会活动家们一些什么东西来让他们明白这件事。

对家长的工作是两方面的。一方面,就是组织展览。我记得一个女工对我说,她怕把孩子送到幼儿园去,于是就躲在一个角落里偷偷地看幼儿园在干些什么。现在人们不再躲在角落里偷看了,但是我们要更广泛地组织一些展览,让别人知道幼儿园是怎样进行工作的。我们有很多东西可以拿出来展览。我们应该吸引最广泛的群众来参加学前教育工作。女工和农妇们也能够对幼儿园的工作人员提出许多建议,因为她们很了解生活。

总括说来,第一个任务就是推动社会团体,一方面吸引知识界,另方面吸引广大的群众来参加这一工作。其次就应当考虑一些具体的建议,应该怎样做,做些什么。

……

我认为,正是学前教育工作者才能对母亲们提出许多重要的政治问题,他们在对母亲进行工作时,就可以帮助落后阶层的人提高文化水平。要利用一切可以利用的东西,要利用电影。有这样一些戏剧,它不仅可以表现出我们的英雄事业,而且可以表现出我们平凡的、普通的儿童生活。仔细观察并且想一想,似乎没有什么工作可干了,而实际上远非如此。重要的是要更加深入、广泛地展开工作。当然,应当努力提高自己,这样你们也就会明白你们的任务是什么,明白我们应该怎样把今后要成为我们的后代的儿童培养成社会活动家。这就是最主要的。我的话完了。

鉴赏 克鲁普斯卡娅(186—1939年)。苏联教育家,列宁的夫人。jianshang 1890年参加革命运动,十月革命担任多种社会公职。这是克鲁普斯卡娅在1938年11月17日在全苏学前教育工作者大会上的演说。其主旨是论述如何推动社会团体、吸引广大知识分子与人民群众来参加学前教育工作,并且对怎样从事这一工作与具体应做些什么提出了一些很好的建议。

演说一开始,便使用两个限制性段落,将演说者要讲的具体问题提了出来。在一般人看来，关于学前教育的演说，怎么组织幼儿园的问题是不可不谈的一个主题。但是作者认为在这方面已经积累了丰富的经验似无需再讲。另一个问题是学前教育工作规模还不大，房子建造得还不够多，很好的幼儿园虽然有但数量还不多。这些也似乎应该展开论述。但作者也不打算讲这个问题。因为这是个客观的现实。作者更关心的是如动员社会团体的力量来参加学前教育工作的问题。

演说首先指出，一所幼儿园的主任都必须跟村苏维埃、市苏维埃及广大的农村和城市的知识分子保持密切的联系。不能说只有学前教育工作者才与幼儿园有关系，而整个社会都与幼儿园有关系。无论是女教师、政治教育工作者，图书管理人员还是技术员的妻子。演说认为苏联知识分子是愿意与群众接近的，在农村知识分子是容易发动的而且他们愿意帮助进行工作。而且目前人民群众也与过去迥然不同，变得有觉悟多了。这实际上是指出了动员社会团体与发动群众参与学前教育的必要性与可行性。

紧接着，演说还探讨了进行儿童教育的问题，认为这也需要全社会共同来做。作者认为应该用共产主义的精神来教育儿童。但并不主张给一些还不会读书的儿童生硬地灌输一些布尔什维克的宣传画和标语，作者认为那是可笑已极的事。而是主张培养成为社会活动家。培养他们的同志情谊，男女小孩的友爱，各民族儿童之间的友爱，培养他们的坚强意志及对周围生活和对劳动与学习的兴趣。接着演说谈对应该如何做好家长的工作的问题，认为应该两个方面入手。其一方面，是打消家长对幼儿园的好奇心与顾虑，另一面是积极动员家

列宁与夫人克鲁普斯卡娅

长也参加这项工作。因为她们最了解生活,可以对幼儿园的工作提出许多建议。

演说在作了如上的论述之后,又对学前教育的一些具体方面提出了一些建议。特别强调了幼儿园工作者必须提高自己的问题。演说的逻辑终点在于动员全民族共同进行学前教育工作,并通过幼儿园来提高全民的文化水平和将后代培养成为社会活动家。显示了演说者对学前教育问题的高瞻远瞩,与作为苏联教育家的崇高的民族责任感。

在艺术上,演说采用了漫谈式的方告。在拉杂的外表之下隐含着严密的逻辑线索。众多事例包括演说者亲身经历的事例的运用,一方面让听众产生亲切感,另一方面也增强了演说的说服力。

☒ 钦林

[新加坡] 李光耀

我要永远住下去

1966年

目前新马有大约六千个学生在澳洲留学，新加坡留学生约占一千名。新马学生目前共有六千名在英国攻读，其中两千名是来自新加坡的。只要他们学成归来，不管他们本来是新加坡或者是马来西亚的学生，我们都欢迎他们来新加坡，只要他们拥有优异的成绩。

有些马来西亚学生领袖最近从澳洲回来度假，表示以后想来新加坡做事。我对他们说：每月收入在750元或以上的人，不必担扰工作准证的问题，可是，如果你花费了你父兄的大把金钱在澳洲读了好几年书，还没有本事赚到750元，那么你还来新加坡干吗？

最近我读到两篇由一位英国政府的科学顾问Sollyzuckerman爵士所写的学术文章。他解释说：人民的教育程度与国家的总生产有直接的关系。他指出，在尼日利亚一千人中，只有一个人受过12年的学校教育。而他们的国民收入平均每人每年只有64美元。但在美国，一千人中就有300人受过12年的学校教育，而他们的国民收入平均每人每年是2800美元。

在新加坡的人口中（我们且不要计算那四十巴仙21岁以上的人，为了方便估计即将来临的情况，只计算那些在21岁以下的人口），假如我们在一千人中，能够有10个人受过12年的学校教育，这已经是很好了。

我们的国民收入每人每年平均达到330美元，以这样的情形看来，我们实在是不错的。

在新加坡，我们又有一块很贵重的地皮，如果不是为了马来西亚的话，我们就不会获得这块地皮的主权了。

英国人明白这块地皮的价值。他们在塞普鲁斯同恐怖主义作战了许多年。我曾在拉哥斯会见过马卡里奥大主教，我知道到了最后，他还是不能得到塞岛英国基地的土地保有权。我曾听到威尔逊先生告诉马卡里奥大主教说，他在回返伦敦的途中，将经过塞普鲁斯，并且要在那里降陆的。那个军用飞机场是威尔逊先生的领土。

但是在漳宜，三巴旺或实里达飞机场的土地是我们的。法律上规定这些土地的所有权是我们的，这一点对我们是非常有利的。

自从去年 8 月以后，我就希望我们今后能有一段时间，在各方面巩固我们的实力，10 年、15 年或 20 年，一直到我们自己能够达到一个更能生存更坚强些的地位。

英国国防部长禧利先生曾说过，这是他在亚洲最大的基地，他将派他们的 F－111 型飞机在此地停驻，这对于澳洲和其他方面都是有关系的。

这就让我们有相当的时间，在 1980 年之前，充分地巩固我们自己的实力了——只要我们晓得好好地利用这段时间。

人民的教育水准越高，就有越多高级合格人才来发展近代经济，这个国家就越有机会兴盛起来。

在 10 年到 15 年内，当 F－111 型飞机，停放在漳宜飞机场时，我们就要造就更多人才，在 20 世纪 70 年代末期，来替国家计划，对将来的出路作更良好的抉择。

简言之，我们将来是否能够成功，就靠我们将来的人才资源是否可以克服我们缺乏的天然资源。

你可能是一个世界上最富庶的国家，但是假如你没有受过良好训练的技术人才来开发，你不会有什么进展的。

在 1966 年这个新的年头里，我已经下了决心，对我们眼前的处境与立场，要达到一个更加实际，更加实事求是的估计。过去，我们曾经一切都基于长远将来以及最终的必然结局而拟定我们的政策，可是却出了岔子。事实上，我始终坚信，我们的所作所为是对的。但是正因为我们那么深思远虑，有些人却无法或不愿如此，以致结果出了乱子。

既然如此，我们现在只好暂且改换方针，要见一步行一步，但同时也牢记情理与历史的必然发展，最后必定还是证明我们的分析是正确的。

澳洲人的优点是坚毅刚强，精力充沛，对于事物的判断，往往以沉毅和旺盛的精神来提

李光耀

教育演说

出他们的主张。澳洲是一个年轻活跃的国家，可是却常常使人觉得她对于前途的何去何从，还不能作一个明确的决定——正如生活在这个地区的我们一样。

我们早已在此落叶生根，而且决心要在此地永远定居下来。要人们背井离乡，把牛羊鸡鸭等家畜和其他一切的身外物都搬上航船，远渡重洋，迁居到一个新的环境去，那是很可怕和非常难堪的一回事。我们的祖先已经经历过这种经验。我丝毫也无意卷起我的行装迁移到一个气候不同的地方去，我是定居在此地的，我要永远住下去。

鉴赏 jianshang　李光耀先生是国际上著名的政治家，他长期担任新加坡总理，在新加坡从英属殖民地而成为独立自主的、世界上最富庶的国家之一的历史进程中，建立了卓越功勋。从这篇演说中，我们可以强烈地感受到他作为政治家的远见卓识及对祖国无限深沉的爱。

在演说中，李光耀特别强调了教育的重要意义。演说一开始，他就热情洋溢地对在澳洲和英国留学的新加坡、马来西亚学生说："只要他们学成归来，不管他们本来是新加坡或者是马来西亚的学生，我们都欢迎他们来新加坡，只要他们拥有优异的成绩。"渴望人才……的心情溢于言表。接着他援引一位英国爵士的文章指出教育的重要。爵士认为：人民的教育程度与国家的总生产有直接的关系，尼日利亚和美国的例子足以证明。然后李光耀用统计数字介绍了新加坡全民教育情况。这与上述爵士提供的尼、美资料相比较，新加坡发展教育的重要不言自明。

李光耀重视教育有着深远的政治目的。新加坡共和国是一个年轻的国家，为了获得独立和主权，她历经磨难。新加坡原为马来西亚的一部分，1824年沦为英属海峡殖民地的一部分，二战中被日本占领，1946年成为英国直辖殖民地。1959年6月成立新加坡自治邦，1963年参加马来西亚，1965年8月9日退出，成立新加坡共和国。因此，在1966年，共和国成立不久后的演说中，李光耀关注的是新加坡的实力，在今后一段时间内，"在各方面巩固我们的实力"，"一直到我们自己能够达到一个更能生存更坚强的地位。"而要达此目标，必须重视发展教育。李光耀认为："人民的教育水准越高，就有越多高级人才来发展近代经济，这个国家就越有机会兴盛起来。"针对新加坡的自然条件，他有力地宣称："我们将来是否能够成功，就靠我们将来的人才资源是否可以克服我们缺乏的天然资源。"李光耀把发展教育与国家命运、前途相联系，使演说有震撼人心的感召力量。而历史已经证明，李光耀的方针是正确的，新加坡成为亚洲四小龙之一的现代化国家，与全力发展教育有着极为密切的关系，这充分体现了李光耀的远见卓识。

李光耀还在演说中表露了他对祖国深沉的爱。他一再强调"我们早已在此落叶生根，而且决心要在此地永远定居下来。""我是定居在此地的，我要永远住下去。"这种对故乡的深情厚意，是建设年轻共和国的原动力，也是发展教育的可靠保证。同时，演说中流露的这种伟大的情感，无论对求学澳洲和英国的学子，还是新加坡国民，都具有极大的激励、感染力量。

本篇演说艺术上语言雅洁流丽。论说时，列举丰富实例，体现了政治家的严谨、务实作风，也增强了说服力。热烈、深沉的爱国主义情怀使演说有着极强的感染力和鼓动性。因此，不失为政治家演说中的成功佳作。

☒ 杨旺生